珠穆朗玛峰是自然力的体现。要和它抗衡，必须把人的魂魄都掏出来。

——法兰西斯·杨赫斯本爵士《珠穆朗玛峰史诗》

中国登山家 李致新 王勇峰 攀登纪实

梦上巅峰

王灏铮●著

第29届奥林匹克运动会
珠峰火炬传递成功纪念版

中国社会科学出版社

图书在版编目(CIP)数据

梦上巅峰:中国登山家李致新、王勇峰攀登纪实:登山宝典/王灏铮著. —北京:中国社会科学出版社,2008.7 (2008.11重印)

ISBN 978 - 7 - 5004 - 7075 - 5

I.梦… Ⅱ.王… Ⅲ.纪实文学—中国—当代 Ⅳ.I25

中国版本图书馆 CIP 数据核字(2008)第 104414 号

责任编辑　王磊　晓颐
责任校对　李小冰
装帧设计　每天出发坊
技术编辑　木　子

出版发行　中国社会科学出版社
社　　址　北京鼓楼西大街甲 158 号　邮　编 100720
电　　话　010—84029450(邮购)
网　　址　http://www.csspw.cn
经　　销　新华书店
印刷装订　北京一二零一印刷厂
版　　次　2008 年 7 月第 2 版　　印　次　2008 年 11 月第 4 次印刷
开　　本　787×1092 毫米　1/16
印　　张　25.5
字　　数　451 千字
定　　价　41.00 元

凡购买中国社会科学出版社图书,如有质量问题请与本社发行部联系调换
版权所有　侵权必究

目录

前言　圣火照耀珠穆朗玛　　　　　　　王灏铮

001　**1988年　珠峰·伟大的跨越**
1988年　李致新和王勇峰参加了史无前例的珠峰跨越行动
5月5日　李致新站在了世界之巅
这两个年轻人没有想到世界最高峰的攀登是实现他们攀登
世界七大洲最高峰梦想的第一站

069　**1988年　文森峰·梦想的诞生**
1988年12月3日上午6时08分
李致新和王勇峰成功登顶
在这里，
他们确定了攀登世界七大洲最高峰的目标

103　**1992年　麦金利·危险的脚步**
1992年5月24日下午1时57分
李致新和王勇峰成功登顶
这座山让他们认识了恐惧

169　**1993年　珠峰·28小时的失踪**
1993年　王勇峰参加了海峡两岸联合攀登珠峰的行动
5月5日下午1时20分　王勇峰站在了顶峰
攀登七大洲最高峰
只有珠峰他们不是一同登顶
这一次
李致新险些失去王勇峰这个生死兄弟

213　**1995年　阿空加瓜·抢来的成功**
1995年1月9日12时05分
李致新和王勇峰成功登顶
这给中国出版的世界地图带来一个改动

245　**1997年　厄尔布鲁士·失败的威胁**
1997年6月10日下午1时26分
李致新和王勇峰成功登顶
在这里，他们获得了一个值得所有登山者借鉴的经验：
任何一座山都不能轻视

265　**1998年　乞力马扎罗·浪漫之旅**
1998年1月7日7时40分
李致新和王勇峰成功登顶
知道豹子为什么要到那么高的地方吗？
这是他们在非洲一直问自己的问题

313　**1999年　查亚峰·岩石的洗礼**
1999年6月23日下午1时25分
李致新和王勇峰成功登顶
在暴雨中抓住最后一段保护绳的时候
王勇峰说：七大洲的目标终于完成了

后记　只为这一天　　　　　　　　　　王勇峰

■ 2008年5月8日9时16分，奥运火炬照耀珠穆朗玛

前言
圣火照耀珠穆朗玛

王灏铮

2008年5月8日9时，王勇峰的声音从世界最高峰传回珠峰大本营，响彻指挥帐：再过10分钟，我们将点燃火炬。

指挥帐里，李致新握着对讲机的手有些颤抖。

9时11分，祥云火炬在珠峰成功点燃。

王勇峰摘掉氧气面罩，从第一棒火炬手吉吉手上接过火炬。

高擎火炬，他在世界最高峰上走了33步。

这一次的巅峰之旅与1993年的生死一线不同，与2007年的二度登顶不同，这一次，他是带着7年的梦想来的。"Light the Passion Share the Dream"（点燃激情，传递梦想）。他太喜欢北京奥运会火炬传递的口号了，这句话特别能代表他此刻的心情，他为自己设计的登顶感言就是高声朗诵这句话。可他没有实现，连续无氧状态下的指挥让他有点力不从心了。

33步之后，火炬传给了西藏登山

■ 左：高山适应性训练
■ 右：第一次高山适应途中的王勇峰

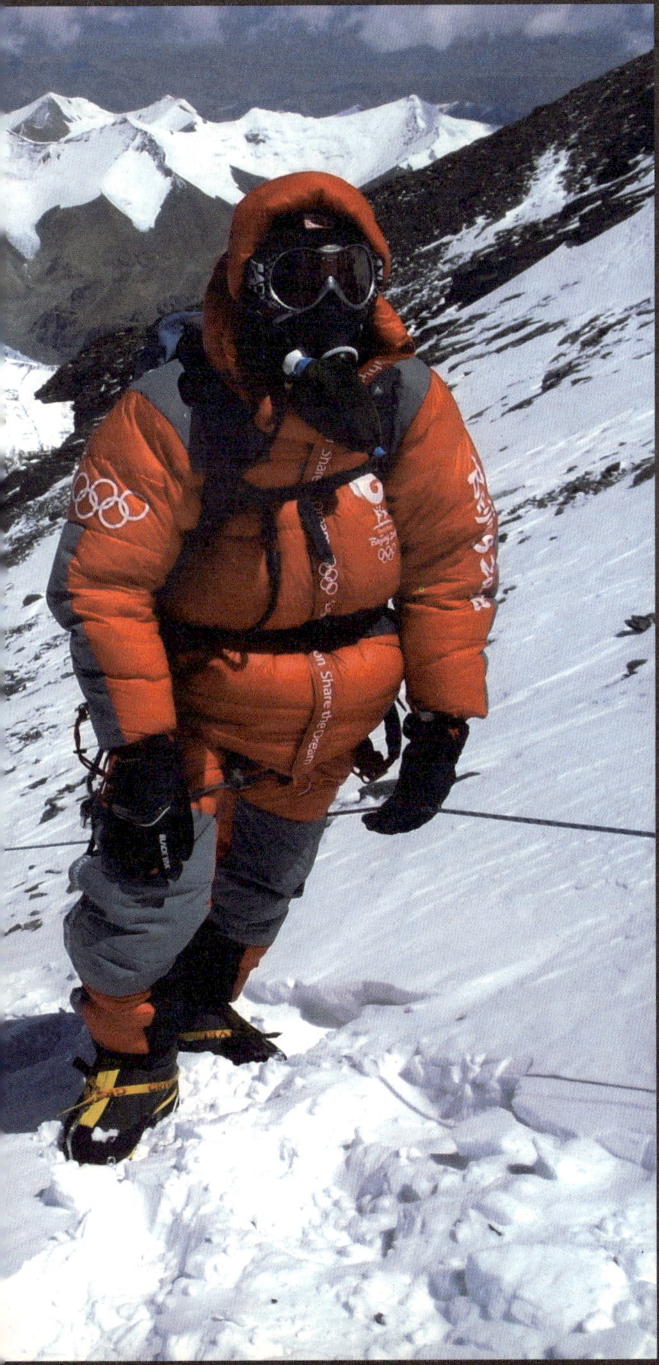
Share the Dream

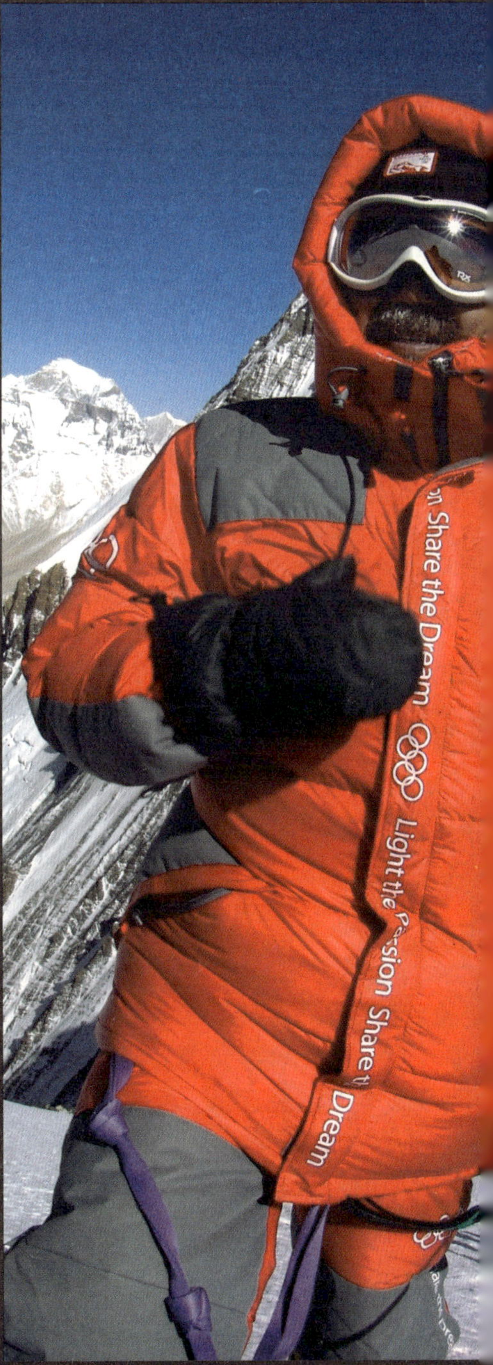
Share the Dream
Light the
Share
Dream

学校校长尼玛次仁,接着传递给中国农业大学学生黄春贵,最后一棒在藏族姑娘次仁旺姆手上点燃。

9时16分,8844.43米将铭记这个时刻。奥运火炬在这一刻照耀珠穆朗玛。

2008年5月8日,没有人看见王勇峰的眼泪,只有珠穆朗玛峰见证。

指挥帐里,李致新独自伫立,他的背后是欢呼的人群,当登顶的画面在电视里重现时,他已经是泪流满面了。

珠穆朗玛在这一天见证的还有他们另一位兄弟的眼泪:中央电视台体育频道总监助理张伟。从1996年张伟就开始跟随中国登山队采访,跟踪报道李致新、王勇峰的七大洲攀登之旅。2003年开始筹备火炬上珠峰的直播。这一次,李致新是前线总指挥,王勇峰是攀登队长,张伟是节目转播负责人,三个兄弟以这样的方式重聚珠穆朗玛。

珠穆朗玛同样见证了他们身后上百位兄弟姐妹的眼泪,世界之巅的六十多个日日夜夜,不仅让他们认识了一座山峰,也不断地认识和超越着自我。

1926年,法兰西斯·杨·赫斯本爵士在他的《珠穆朗玛峰史诗》里写道:"珠穆朗玛峰是自然力的体现。要

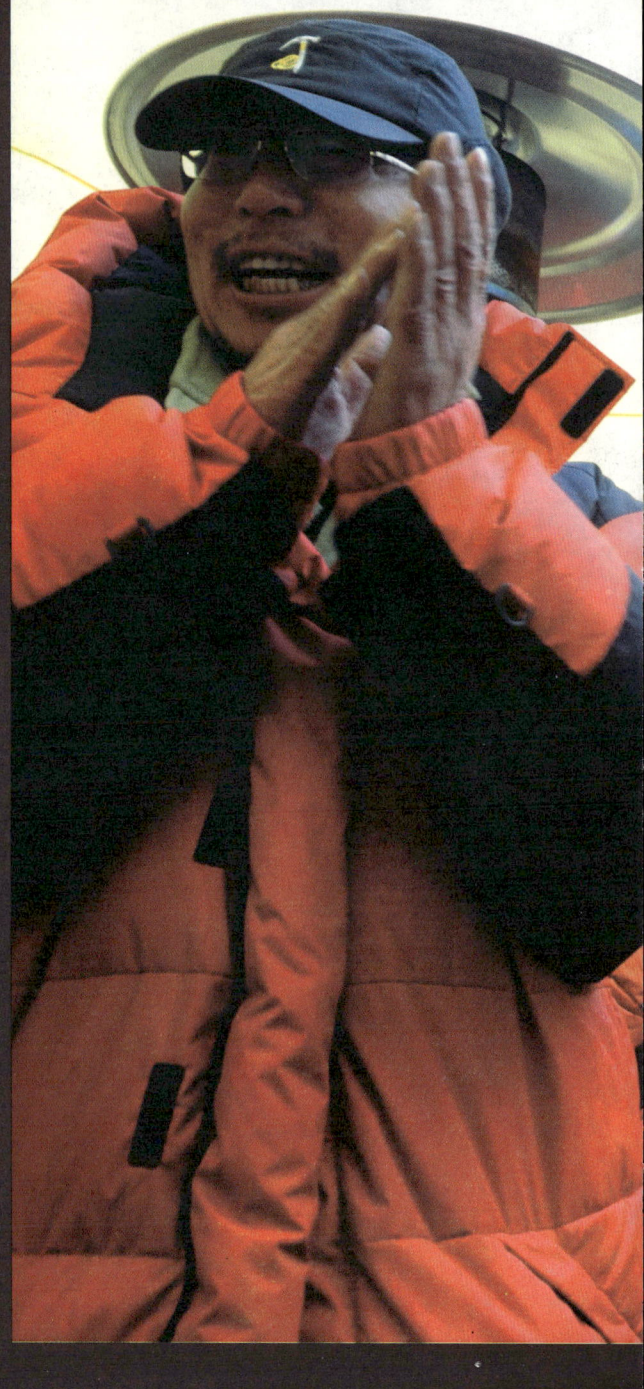

■ 2008年5月8日9时16分,火炬在珠穆朗玛峰顶峰点燃时,大本营一片欢腾

和它抗衡，必须把人的魂魄都掏出来。"

是的，所有的人，在这座伟大的山峰面前都拿出了敬畏之心。

从2008年3月，第一批人马开进大本营伊始，人们与这座伟大山峰的对话就开始了。4月4日，火炬队全部到达海拔6400米的前进营地。

适应了三天之后，王勇峰依旧头疼。45岁的王队长觉得自己的适应时间加长了，年龄大是一个原因，今年天气不如往年好是更重要的原因。60个人的攀登队伍分为运输队和修路队，大风和连续的降雪让修路任务始终不能完成。每年的登山季节，珠峰北侧至少有四十几支队伍攀登，按照惯例，所有的队伍都要参与修路，再加上一百多人在山上来来往往地适应性行军，多厚的积雪也都踩平了。可今年，由于情况特殊，山上只有这一支队伍，修路和运输的任务显得尤其艰巨。4月9日，王勇峰在登山日记里记下这样的话："昨天的动员会很悲壮，今天势必突破大风口。任何人在现场都会被感动的。这么大难度的任务，六十多人，没有一个人退缩。这个世界

■ 左上：从海拔8300米的营地望出去
■ 左中：把登顶画面传下山的高山摄像师也都是登山好手
■ 左下：王勇峰在海拔5800米的帐篷休息
■ 右：西藏自治区常务副主席吴英杰和李致新在山下迎接登顶成功的英雄们

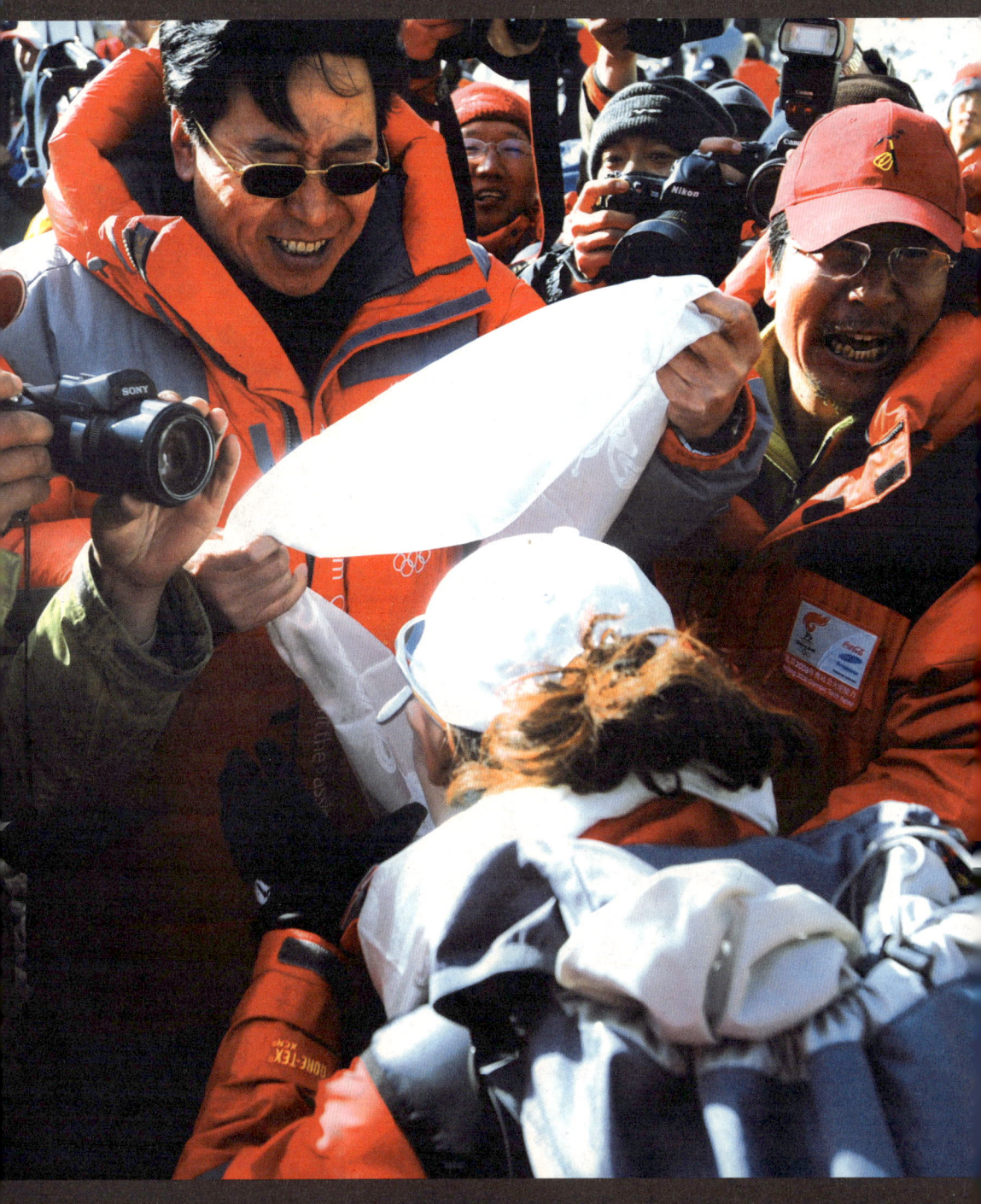

上还是存在英雄行为的。"

这一天，修路队突破了海拔7790米。

再过三天坏天气的周期就要到了。抢在坏天气之前完成运输和修路是登山过程中最大的困难。而对火炬队来说，更是几乎不可能完成的任务。队员们在几天的强攻中伤病复发比较严重，根本没有时间调整和休息，一直在不停地跟天气赛跑。

4月11日下午3时，这个不可能完成的任务胜利完成了。北坳以上物资全部运输完毕。突击营地路线修通，海拔7790米以上储存了120瓶氧气。这意味着，总体工作完成70%，而这一次，队伍是从6400米出发直接打通8300米的。

或许珠穆朗玛只能记住5位火炬手的名字，或许还能记住12位突击队员和7位接应队员的名字。但是，在他们的背后，还有更响亮的名字，默默地支持着火炬擎上顶峰。36名火炬手，15位高山协作，12名高山摄像。他们中的很多人都是杰出的攀登者，登顶对于他们来说是上去一趟，但在这次实现梦想的行动中，他们只是运输者，铺路者，他们的名字和山上的

■ 左上：在海拔6400米的营地，王勇峰和尼玛校长在制定登山计划
■ 左下：总指挥李致新在指挥登顶
■ 右：总指挥李致新和转播负责人张伟大本营合影

绳子一样，安全而无言。

到了4月12日，王勇峰感到身体万分的疲惫了。这是1993年以来在山上呆的时间最长的一次。往常山上人多，随便逛逛就消磨了时间，可这次，山上人少，日子显得尤其漫长。还好，任务完成顺利，到了13日，大风起来的时候，整个队伍可以踏踏实实地休息了。到了晚上，王队长已经和尼玛校长开始向往下山的生活了。大约是冰天雪地的缘故吧，他们的畅想总是围绕着大海、阳光，盘算着全家的度假计划。

尼玛次仁，1999年创建了西藏登山学校，所有人都爱叫他尼玛校长。这个在珠峰大本营做了十几年联络官的沉默寡言的人，有着山峰一样的胸怀和坚韧，十几年里，他成为珠穆朗玛的朋友，一次一次地在大本营仰望珠峰，直到2003年才第一次登顶珠峰。他因为爱山改变了自己的命运，同时也改变着无数藏族少年的命运，把他们从不知道山是什么的孩子培养成为一个个出色的登山向导。登山学

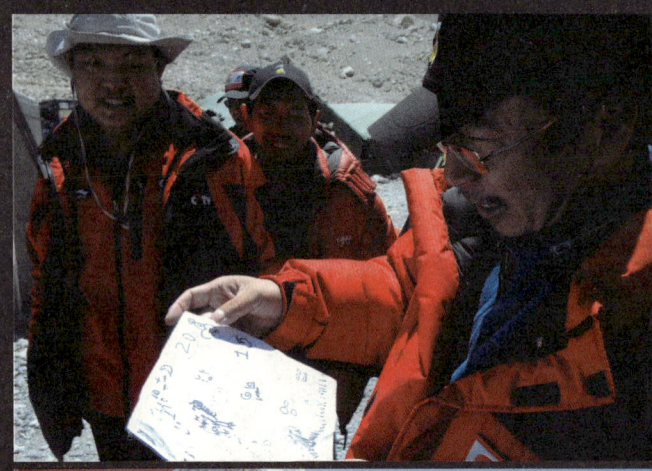

■ 左上：2008年5月5日是李致新登顶珠峰20周年纪念日，也是王勇峰首次登顶珠峰15周年纪念日，他们收到了一份特殊的礼物：毛毛小朋友为他们画的画
■ 左中：大本营也有轻松一刻，李致新和CCTV主持人张泉灵采访间隙拍pose
■ 左下：王勇峰在大本营网吧休息
■ 右：王勇峰走到哪里都不忘母校的校旗，就是在珠穆朗玛也是一样，5月8日，他带着母校校旗登顶。

校的孩子们叫他校长，但每个人都把他当作父亲看待。现在，登山学校不仅有了一支成熟的向导队伍，也拥有了一支专业的高山摄像队伍。山上的转播团队全部来自他的学校，登顶珠峰七次的阿旺罗布也是从西藏登山学校走出的。

学校发展越快，越要让尼玛校长付出更多的心血，也让他更觉得对家人愧疚了。每年在山里的时间有多一半，陪家人的时间少之又少。这似乎是每个登山者共同的心结。

4月16日，火炬队撤回大本营休整。

而这个时候，CCTV的转播团队也已经准备就绪，转播设备全部调试完毕。万事俱备，只欠东风。"东风"就是珠穆朗玛峰北侧攀登季节的好天气周期。

这个等待从4月16日开始一直到4月21日，火炬队第二次上山适应和运输。

4月26日，火炬队第二次回大本营休整。4月28日，火炬队再次出发。4月29日，抵达6400米前进营地。

5月2日的晚上，他们在6400米的营地吃了饺子，这似乎是一个信

■ 5月4日，火炬开始了真正的珠峰之旅，火炬盒在这一天被悄悄送上山。四位大学生队员从李致新手上接过火种灯

号,真正的战斗打响了。

5月4日,大本营指挥帐的灯不到6点就亮了,李致新和十几位工作人员开始朝喇叭口进发。喇叭口,从大本营进山的必经之地。跟随着队伍出发的是一件重要的东西:火种灯。

在喇叭口,四名大学生队员从李致新手上接过了高山火种灯,在无数人关注的目光中,火种灯开始了珠穆朗玛之旅。

5月7日下午1时,火炬队19名队员和8名高山摄像抵达海拔8300米的突击营地。

5月7日凌晨零点52分,《美丽的日喀则》通过报话机在8300米的营地响起来,这是突顶队员的起床号,悠扬婉转之中,伟大的一天到来了。

大本营的李致新和海拔8300米的王勇峰进行了短暂的通话,这两个被称为"登山双子星"的兄弟共同攀登24年中,在珠峰第一次以这样的方式对话。

5时10分,所有的队员行进状态良好,前锋队员已经到达第二台阶8680米高度,珠峰这个时候的风速大约是5米/秒,非常适合于登顶,突击队的进度表明,有望于9时前到达顶

■ 左上:胜利登顶后,火炬盒回到大本营
■ 左下:夜色中的珠峰大本营
■ 右:五星红旗、五环旗帜和中国印在这个登山季陪伴了珠峰60多天

峰。珠峰大本营指挥部不断提醒着,队员们走得太快了,要慢点儿,再慢点儿。

  6时,珠峰火炬突击队已越过第二台阶,超过8700米的高度,这一"神速"的进度一方面让指挥部很欣慰,但另一方面也很担心,觉得走得太快了,而且影响了中央电视台的直播计划。火炬登顶、成功点燃、电视信号成功下传才意味着活动成功。这次直播是中国电视媒体首次在海拔8800米以上的高度,用高清电视设备进行现场直播。当天,全球共有113个国家和地区的240个电视机构转播了中央电视台的登顶新闻。指挥部里不断传出"太快了,太快了"、"他们一走就刹不住脚了"的对话声。指挥中心要求突击队员调整速度。

  6时28分,走在前面的突击队员已经接近顶峰。

  6时32分,王勇峰从对讲机里汇报说,突击队已接近峰顶。要求队员过了第三台阶后停下休息。

  7时18分,越来越多的队员开始横切"大雪坡","大雪坡"呈40度到45度角。要挺进顶峰,必须横切大雪坡绕过山脊。李致新不断要求队员们尽量控制速度。现在大部分队员都到达最后的大雪坡,也就是8830米

■ 5月7日,前往8300米突击营地的途中

左右。指挥中心收到峰顶发回的气象信息，目前在8800米高度，风速16.7/秒，顶峰风速18.1米/秒。这是一个人体可以适应的值，但风速并不弱，相当于8级大风。

7时54分，队员开始横跨岩石。

8时07分，队员即将登顶。这时，登山队员所在的高度气温为摄氏零下30度左右。

8时30分，王勇峰报告说，峰顶有云雾缭绕，能见度很差。

8时50分，王勇峰高喊："队员们各就各位，我们已经准备好了。"此时队伍已经行至8840米。

就在这千钧一发的时候，从山上传来一个坏消息，一部摄像机的转播连线出故障了，这是最关键的一台摄像机，正是直播罗布占堆从火种灯取火的那台机器。紧张调试了10分钟之后，信号突然稳定下来了，事后，直播负责人张伟说，感谢第三女神，在关键的时候让他们获得了宝贵的4分钟。4分钟之后，这台机器再次罢工，所幸已经完成了任务。

9时07分，尼玛次仁大喊："传递时大家都去掉面罩。"登山队与大本营进行着最后的连线。

上午9时11分，罗布占堆用引火棒从圣火灯中点燃圣火。他对着镜

■ 5月10日，李致新从火炬盆中取出火种

头说:"我是罗布占堆,是中国登山队队员,来自西藏登山学校。"来自藏族的女登山队员吉吉手中的火炬被点燃,她双手高举火炬,向顶峰迈进。

2001年7月13日,北京奥申委在莫斯科的最后陈述中,杨澜代表北京奥申委承诺:"奥运永恒不熄的火焰将跨越世界最高峰——珠穆朗玛峰,从而到达一个前所未有的高度。"让奥运火炬登上珠穆朗玛峰,这是北京对世界承诺,是奥林匹克历史的一个创举。这个承诺也点燃了中国登山者心中的梦想。为了这个梦想,他们努力了7年。

2008年5月9日下午3时,在火种灯出发的喇叭口,李致新和王勇峰的手握在了一起,没有更多的语言,他们只是微微地笑着。从1988年到1999年这11年中,他们相跟相随,完成了攀登世界七大洲最高峰的梦想,他们那么熟悉对方,熟悉对方的呼吸、步速,甚至明了对方的一声叹息,11年的时间里,他们把生命相互托付。

又一个10年里,他们把人生的第二个黄金期再次交予梦想,让奥运火炬到达珠穆朗玛。

在人生的每一步前行中,他们满怀梦想,登上巅峰。

■ 5月10日,李致新把完成登顶任务的火种收进火种盒

■ 2008年5月8日,太阳升起来的时候,火炬队已经越过了人称飞鸟难以越过的第二台阶

1988年
珠峰·伟大的跨越

中国登山家李致新王勇峰攀登纪实

珠穆朗玛峰　世界最高峰　海拔8848.13米
北纬　27度59分　　　东经　86度55分
1988年　李致新和王勇峰参加了史无前例的珠峰跨越行动
5月5日　李致新站在了世界之巅
这两个年轻人没有想到世界最高峰的攀登是实现他们攀登
世界七大洲最高峰梦想的第一站

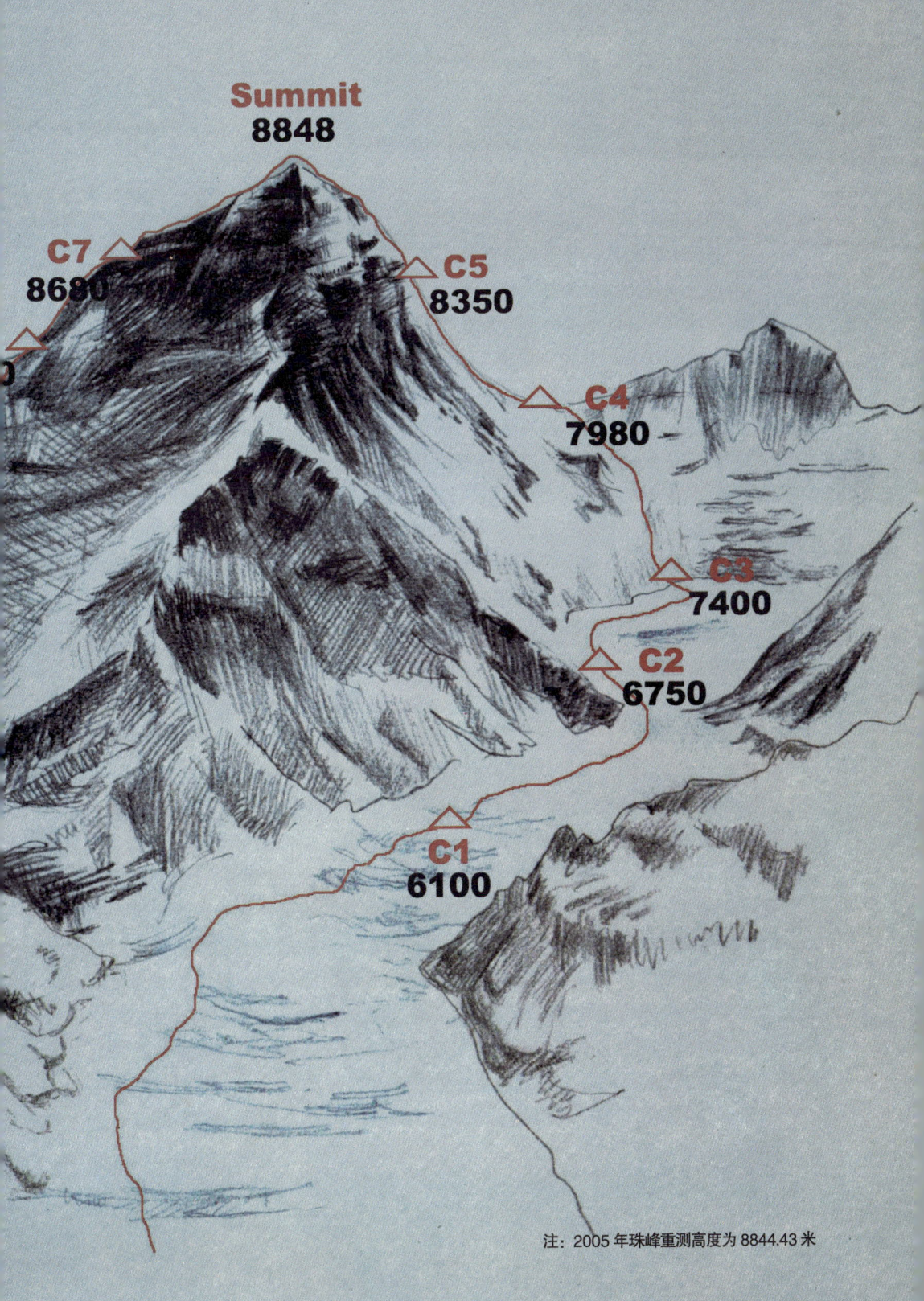

1988年2月，世界最高峰珠穆朗玛峰脚下。

两个年轻人面对着金字塔一样的山峰，常常一坐就是一天。没有话，风吹过沙砾的声音和呼吸的声音就是全部。

他们在这里，除去守住零下20度的寒冷，最主要的是守住两辆吉普车、两顶帐篷还有一个水泥台子。偶尔会有一些藏族牧民上来看看他们，经常来拜访他们的就只有一群野鸽子。

自从有了这群鸽子，两个年轻人有了一些事情，喂鸽子，听鸽子咕咕咕地聊天。鸽子走了，两个人继续沉默。

两个人，一个叫李致新，一个叫曹安。两个小伙子把该说的话都说了，快一个月了，这个地方只有他们两个人。

他们这种寂寞的守候是为了等待一个伟大的开始。

1988年，人类登山史上最伟大的一次登山活动——中日尼三国双跨珠峰就是从这个守候开始的。

珠峰墓地前，李致新用罐头盒为前辈们做了一盏盏小油灯，
照亮他们也照亮自己

珠穆朗玛峰北侧的大本营通常安置在海拔 5150 米的平坦的河谷里。

不知是有意还是无意，珠峰的墓地就紧靠着营地。面对着金字塔一样的珠穆朗玛峰。

所谓墓地，只是一些大小石块堆积在那里。不同的是，每颗石头或每块石板上都有一些字迹不太清晰的名字，那些名字是用冰镐刻上去的，有的，甚至是用石头划写上去的。

每颗石头、每块石板代表着一个生命。

珠穆朗玛峰上，安息着近 200 名登山者，他们的亲人惟一可以和他们亲近的就是抚摸这些石块。

■ 这位珠峰遇难者无疑是幸福的，他的墓碑上有缅怀的话语和妻儿的照片

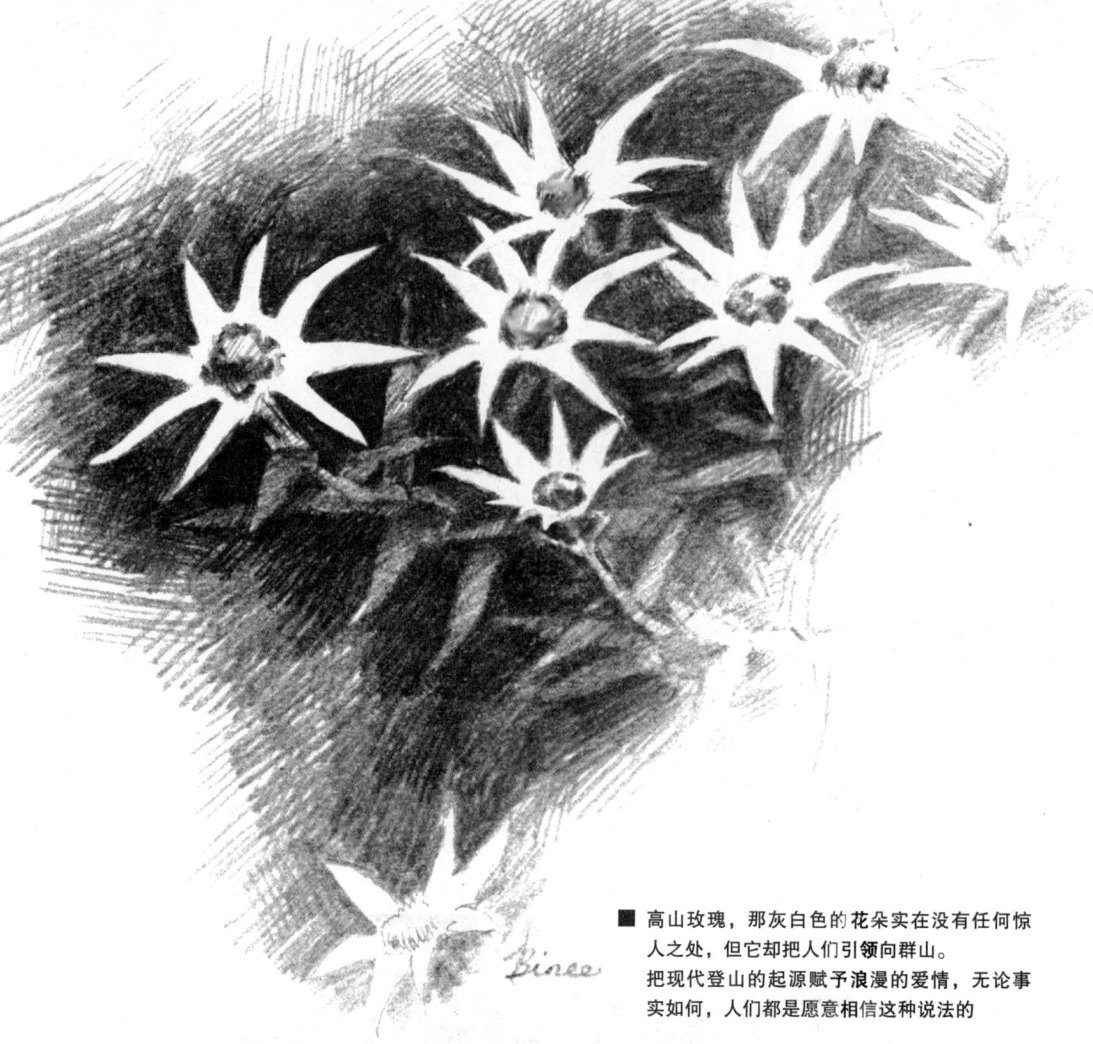

■ 高山玫瑰，那灰白色的花朵实在没有任何惊人之处，但它却把人们引领向群山。把现代登山的起源赋予浪漫的爱情，无论事实如何，人们都是愿意相信这种说法的

每一年的登山季节，墓地边会有沉默守候的人，他们望着珠峰，亲人安睡的雪山；珠峰也望着他们，安慰那些思念亲人的心。

1988年中日尼三国双跨珠峰的营地也是近贴珠峰墓地的。每天，向李致新和曹安他们问早安的就是这些攀登珠穆朗玛峰的前辈。

前辈们面前是一些空罐头盒和各种食品袋，那是每个过客留下的敬意的见证。

1988年3月2日，阴历正月十五，月亮最圆的一个夜晚。

按照白天清点过的人数，李致新和曹安用空罐头盒做了一盏盏小油灯，对照着墓碑上或清晰或模糊的名字，轻轻排列在墓地前，油灯橘黄色的光芒照亮了两个年轻人的脸庞，也照亮了墓碑上的字。

现代登山运动诞生于浪漫的爱情故事，可一旦进了山，你不会有一丝浪漫的感觉。

阿尔卑斯山上，海拔 3000 米到 4000 米的雪线附近，生长着一种野花，人们叫它高山玫瑰。这种植物生长的地方已经接近"高山植物禁区"了，采摘它十分困难。

传说，很久很久以来，阿尔卑斯山区的居民一直流行这样的风俗：当小伙子向姑娘求爱时，为了表示他对爱情的忠贞，就要克服重重困难和危险，勇敢地登上高山，采摘"高山玫瑰"献给自己心爱的姑娘。

直到今天，当地居民仍然保留着这种习俗。

高山玫瑰，那灰白色的花朵实在没有什么惊人之处，但它却把人们引领向群山。

将登山的起源赋予浪漫的爱情，无论事实如何，人们都是愿意相信这种说法的。

其实，现代登山运动的起源是这样的：18 世纪中期，阿尔卑斯山以其复杂的山体结构、气象和丰富的动植物资源，吸引了越来越多的科学家的注意。

1760 年，日内瓦一位名叫德·索修尔的年轻科学家，在考察阿尔卑斯山区时，对勃朗峰的巨大冰川发生了浓厚的兴趣。然而，他没有能力攀登到顶峰上去，于是，在勃朗峰山脚下的沙莫尼村口贴了一张告示："为了探明勃朗峰顶上的情况，谁要是能够登上它的顶峰，或找到登上顶峰的道路，将以重金奖赏。"布告贴出后，没有人响应。

一直到 26 年后的 1786 年，沙莫尼村的医生帕卡尔邀请当地的石匠巴尔玛，结伴在当年的 8 月 8 日登上了勃朗峰。

一年后，索修尔自己身带测量仪器，由巴尔玛做向导，率领一支 20 多人的队伍登上了勃朗峰，验证了帕卡尔和巴尔玛的首攀事实。现代登山运动由此诞生。

在《简明不列颠百科全书》中，"登山"的条目采用的就是这种说法。由于现代登山运动兴起于阿尔卑斯山区，所以，在世界各国，登山运动又被人们称之为"阿尔卑斯运动"。

从现代登山运动的诞生到 1988 年人类要双跨世界最高峰，已经有 200 年的历史了。

在这 200 年中，人类的登山运动已经在全世界范围内推广了，从南美的安第

■ 1787年，日内瓦医生索修尔带着测量仪器和20多人登上了勃朗峰，现代登山运动从此诞生了

斯山脉到北美的落基山脉，从中亚的高加索山脉一直到喜马拉雅山区。

在这200年中，登山的设备从麻绳、登山杖发展为岩石锥、冰镐、铁锁等复杂的装备，登山的形式也从初期简单方式，即选择容易和安全的路线攀登，开始朝着难度较大的路线挑战的高难度技术型登山发展。

当然，在这200年中，也有无数的登山者已经在这项运动中献出了生命，仅仅在珠穆朗玛峰上，就有近200具登山者的遗体常年陪伴着无言的冰雪……

此刻，橘黄色的烛光照射在那些无言的碑石上，提示着他们，眼前这座山峰的历史，也用这光芒引领着他们前行的道路。

他们并不知道前面的路上会有什么，李致新在心里给自己定下了一个目标：

■ 勃朗峰下沙莫尼小镇上,索修尔的雕像是一个标志,冰川雪水就从他的脚下淌过

一定要到达8000米的高度。

他那个时候没有琢磨8000米意味着什么,只是想,进了中国登山队,就得有8000米的纪录。

但他忽略了早在学校里就了解到的一段历史,人类在19世纪就得出了"8000米死亡线"这个概念。

1875年,意大利人斯宾内利、赛维尔和蒂桑迪埃乘坐热气球升空。当气球上升到8000米的高度时,斯宾内利、赛维尔当即死去,只有蒂桑迪埃由于气球破裂自动下降才从昏迷中苏醒过来而得救。

因此,蒂桑迪埃得出结论:人在8000米以上高空,如果不使用氧气,必然会死亡,8000米高度是"人类死亡地带"或称"生物禁区"。

从实验条件下的测量和理论推算,8000米高度的含氧量低得惊人,只相当于海平面的1/3。直到20世纪50年代初期,国内外的航空生理学著作都一直沿用把8000米以上高度称为"人类死亡地带"的观点。

李致新当时没有考虑,突破这个极限会遇到怎样的困难,甚至是生命的威胁。这个年轻人没有想过。

当然,他那个时候也不敢想,60多天后,他会站在世界最高峰上,而在11年之后,他走遍世界七大洲最高峰。那时候,什么也不会想,能来到珠峰,能参加这个超级行动,已经是幸福了。

其实,李致新他们真正能看着珠峰发呆的机会并不多。

到达大本营第二天一早,看见珠峰清清楚楚立在面前的时候,冬季队的留守

007

■ 1988年，40辆卡车组成的运输车队把200多人的给养运进珠峰北侧大本营

人员也欢呼起来,他们整整一个冬季也没有见到珠峰的模样。这一年冬天珠峰地区的天气不好,每天都有厚厚的云层包裹着珠峰,珠峰在一个冬季几乎没有露出过容颜。

李致新他们2月进大本营的时候,大本营只剩下留守的教练刘大义等三个人了。一进帐篷,刘大义把李致新拉进了自己的被窝,自己坐在帐篷一角抽着烟,开始嘱咐李致新和曹安。曹安当时是从新疆登协借调到中国登山协会参加这次"双跨"活动的,中国方面的人员是中国登山协会的人员和从各地调集的人员共同组成的。

吉普车是冬季队留下的,因为雪太大,开不出去了;帐篷里存着食品;水泥台子是电视转播发射塔的基座。李致新他们的任务是看护这三样东西。怎么看护,没说,第二天一早大家撤下山的时候,有人说了一句:别让风刮跑了。不知说的是东西还是这两个人,李致新觉得是说他们呢。

珠峰的2月,风有使不完的劲儿,在河谷里翻滚吼叫。大本营建在一片积雪覆盖的平坦的谷地上,谷地东西两侧是中绒布冰川的侧矶,南北两侧是古冰矶小丘。在他们的脚下,是150米厚的冰川,被沙砾和雪覆盖着。

在大本营苦守了一个月之后,李致新和曹安迎来了团圆的日子。大部队上来了,大本营热闹了起来。

北侧大部队是2月29日从拉萨出发的,拉萨距离珠峰大本营700公里。40辆卡车和10部四驱动的吉普车组成了一支浩浩荡荡的队伍。日方准备的70吨物资和中方准备的40吨物资装满了卡车。

在1987年签署的中日尼三国攀登珠峰协议书中,三国已有明确分工,中国登山协会主要负责中国境内至大本营的准备工作,尼泊尔登山协会主要负责尼泊尔境内至大本营的准备工作,日本山岳会主要负责大本营以上登山活动的准备工作。对于这些分工,日本方面分别给予财政支援。当年的名誉总队长是后来的日本首相桥本龙太郎。

全部人员在1987年就已经基本确定了,南北侧分别由四部分人组成:攀登队、大本营工作人员、电视队、报道队。

3月3日,北侧中国登山队队长曾曙生带领中国队和物资先期到达了大本营。三天后,日本队和尼泊尔队也到达了大本营。这个时候,南侧队也开始行动了。1988年3月,由中国、日本、尼泊尔三国356人组成的联合登山队,陆续开进珠峰两侧安营扎寨。

3月10日,北侧大本营开营了。大本营(Base Camp 简称BC,往山上建设的高山营地依次称为：C1、C2、C3……通常在雪线附近会设置前进营地，用以更换和储备技术装备，Advance Base Camp 简称 ABC)，每次登山活动中，大本营就是所有人的家，所有的物资储备在此，用来进行休整的地方，登山的总指挥通常是要留守大本营的。

建营升旗仪式，中、日、尼不同颜色的国旗依次升了起来。三国登山队员的衣服也分成三种颜色：中国队员按照习惯选择了红色，日本队员图吉利挑选了黄色，而绿色则属登山能力极强的尼泊尔队员。

三国登山队长致辞之后，大家一起干杯。每个人啤酒罐一拉开，白色的泡沫纷纷向空中喷去，大本营的高度是 5150 米，气压的变化已经很明显了。纷纷扬起的啤酒沫让开营式很热闹。

这一天，最低温度是摄氏零下 18 度，天气晴朗，没有风，在依次排开绿、黄、红三队后的背景是珠穆朗玛峰清清楚楚的雄伟身姿。

此时的大本营已经很整齐了。队员们从 3 日就已经开始了整理工作——装备、食品、氧气要分别按照从 1 号营地直至最后的 7 号营地的各自储备量进行详细的整理和分装。110 吨的物资像是要装进一个大储物间，大本营的工作人员要记住每一件东西的位置和消耗量，甚至，到撤营那天还剩几包咖啡，他们都要做到心中有数。

这就是人们常常把登山和战争作比较的原因了，乃是一个庞大的系统工程。每名登山者都是在这些准备工作中开始接受考验的。

在海拔 6500 米的营地，李致新蹲在帐篷里无论如何也撒不出尿

虽然已是 3 月了，但珠峰大本营没有丝毫春天的信息。夜里，帐篷里的温度是零下 13 度，帐篷外的温度是零下 18 度，白天是零下 6 度。13 日的一场暴风雪吹得帐篷里外都是雪，早上起来的时候，睡袋都变成雪白的了。接着而来的大风更是吹得人站不住脚，厕所也被大风吹垮了。

尽管是这样的风，人们却看到了希望。他们用以往的经验鼓励着自己：最多刮到 20 号，一到月底风就停了，这是春天的先声。

3 月 11 日，日本队的山田升、尼泊尔队的昂·拉巴克和中国队的帕孜力就带

着72头牦牛往前进营地出发了，当天就到达了海拔5500米的1号营地。第二天到达2号营地。

北侧登山线路的设计是建立7个高山营地。

登山的方式有几种，阿尔卑斯式和极地式，中国人通常采用的方式是极地式，建立高山营地，把物资逐一从营地运送上去，在运送物资的过程中，提高登山者的高山适应性。通常，第一个高山营地也叫前进营地，用途相当于大本营，用来缓冲，简称ABC，登达顶峰前的最后一个营地通常叫作突击营地。

3月13日，他们被大风吹下了山。15日，又有队员带着92头牦牛向山上前进。前进营地建不好，大部队是根本无法出发的。

3月16日，北侧的第一次行军开始了。每名队员背负十多公斤重的物资，沿着东绒布冰川，开始第一次适应性行军。天阴沉沉的，寒风夹着雪粒朝登山队员

■ 珠峰北侧大本营海拔 5150 米，中日尼三国联合登山队在珠峰的注视下举行了开营式

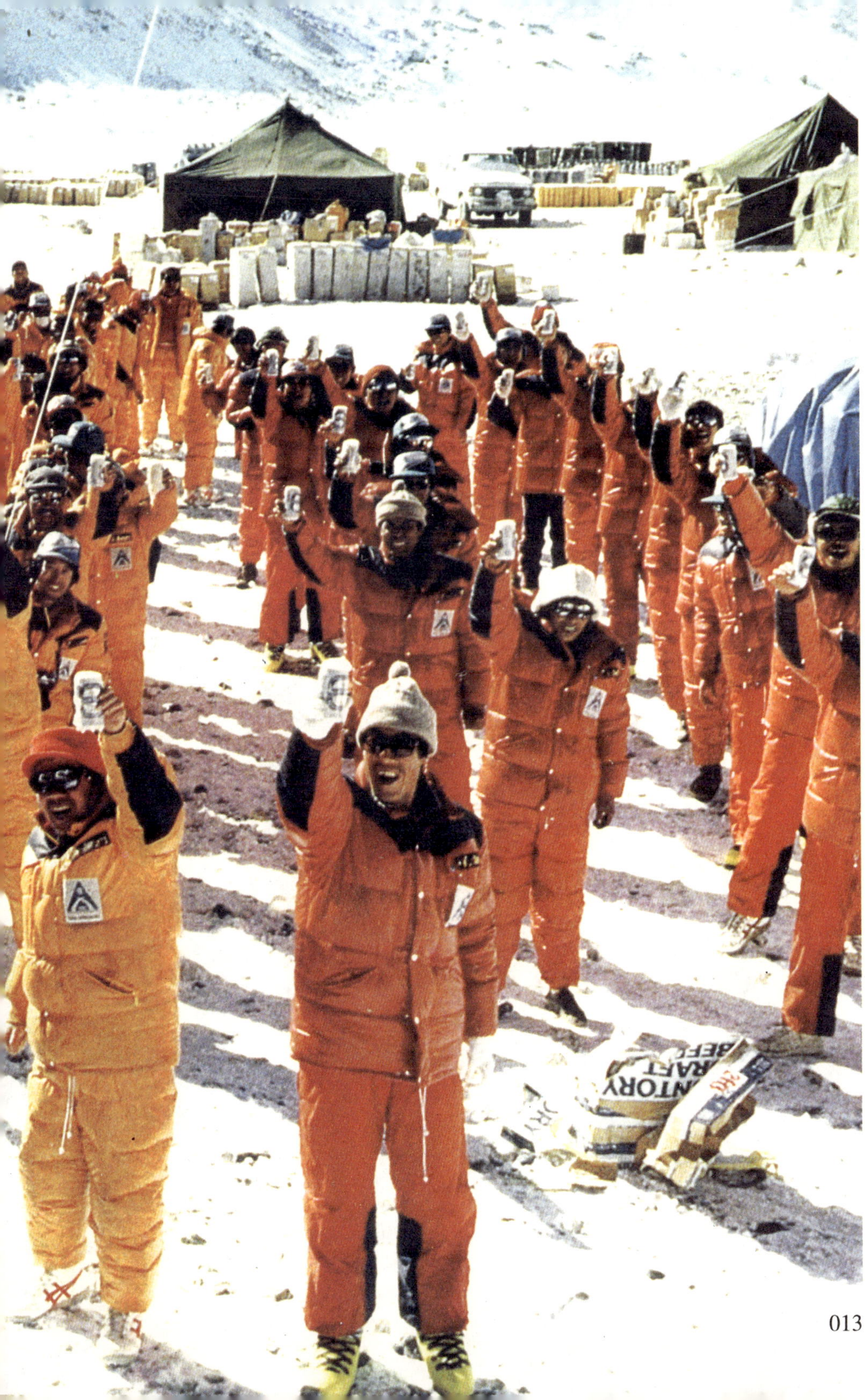

劈头盖脸打来；本来就因缺氧而呼吸艰难，一张嘴又被风和雪塞满，恨不得噎人断气。

　　走出巨石累累的河谷，又钻进层层叠叠、排山倒海般的冰塔林——那冰蘑菇、冰芽、冰锥、冰洞、冰湖，泛着幽幽的绿光，景色无比奇美壮观，但每个人都不敢掉以轻心。海拔5600米的一段路上冰川活动剧烈，道路很陡，常常突然有巨石从两旁山坡滚落下来，非常危险。前进时都十分小心，有好几处要跑步通过。有几次遇滚石袭击，因躲避及时，才幸免于难。

　　1960年，人类第一次从北侧登上珠峰的时候，这个冰塔林就曾是一个难题。

　　当时的随队记者，新华社记者郭超人这样记述道：

■ 珠峰北侧，牦牛可以把物资运到海拔6500米的前进营地

几座巨型冰塔并立在一起,像一道高峻的城墙堵住人们的去路。在冰塔林的上方,露出几条曲曲折折幽暗的裂缝。看来,这是惟一可以穿越的路线。但是,当人们踏上冰塔对裂缝进行进一步的观察后,才发现这里正酝酿着一场巨大的冰崩。很显然,从这里强行通过是极其危险的。队伍暂时停下来,开始寻找一条更安全的路线。正在这时,队员们在冰塔下的蘑菇石上,发现了一个奇怪的标记。大家围了上去,原来在石头裂缝里放着一张纸条。这是走在大部队前面的副队长许竞带领的侦察组留下的。纸上用红笔写道:"危险!冰崩地区。攀右侧山嘴绕行,切勿停留!速去!速去!"抬头观看,果然,在右侧一座十几米高的雪坡上,侦察小组用冰镐在冰雪上刨出了一级

级整齐的台阶，修出了一条小路。沿着这条小路行进不久，登山队员们就到达了海拔5900米的第二号高山营地。

毫不夸张地说，所有山峰的资料都是前人用生命测量出来的。

不久，李致新他们就又遭到一场暴风雪的袭击，只见狂风呼啸，飞雪飘扬，不得不在大风雪中安营扎寨。呼啸着的狂风与他们处处作难，刚扎住帐篷的一个角，就被大风掀开，于是十几个人共同合作，钉死一个角后，再钉另一个角……

海拔5500米、6000米和6500米处建立起的1、2、3号营地都是在这种条件下建起来的。然而暴风雪丝毫没有停止的趋势。

就在19日上午，1号营地的五顶帐篷被一股强烈的暴风撕成碎片；下午，3号营地也有帐篷被狂风撕毁。队员们被冻得瑟瑟发抖，连呼吸也非常困难。只好钻到其他未被撕毁的帐篷内躲避暴风雪，好些天被困在里面动弹不得。

"那风吹得人烦躁不堪，简直要发狂，怒不可遏。"所有被困在帐篷里的人都有这样的回忆。

困在帐篷里，李致新碰到了登山以来第一大难题，他撒不出尿。

在高山上上厕所不仅是一件不容易的事情，而且还有危险性，厕所修在营地附近，一般在营地和厕所之间要拉上绳子，防止迷失方向；在天气极其不好的情况下，人也是能被风刮跑的。高山营地通常都不大，大多会建在山脊上，所以说，上厕所是有危险的。

而此刻，风太大了，堵在帐篷口，谁也不会为这么点小事去和暴风较劲，但就是这么点小事难住了大小伙子。

和李致新一顶帐篷的是北侧攀登队长宋志义，一个有着8000米经验的老登山运动员。他说，拿个罐头盒不就解决了。老英雄可以，小英雄可办不到。李致新为这泡尿急出了一身汗。

在登山方面，李致新一直认为自己有天赋，这是他学生时代第一次攀登玛卿岗日山的时候就发现了。

玛卿岗日山又叫积石山，以往人们都称之为阿尼玛卿，它坐落在黄河上游以北，青海境内，是东昆仑北支的布尔汗达山脉最高峰。最高峰区域——玛积雪山，由十多座雪线以上的雪峰组成，主峰玛卿岗日峰海拔6282米，二峰海拔6268米，最早攀登上此峰的是由北京地质学院师生组成的登山队，他们在顶峰上留下一张从勘探日记本上撕下的纸，上面写着："为了祖国的荣誉，为了高山科学事业，胜利登上此峰。"

在当时，地质院校的学生们攀登玛卿岗日峰是具有科考和登山双重意义的。同在武汉地质学院水文系读书的李致新和王勇峰一同加入学校的登山队就攀登了玛卿岗日山。

那时候的登山装备很简陋，穿的是老式的登山靴，又沉又硬，也没有下降器，还要自己用绳子打抓结，以达到安全下降的作用。就在这么艰苦的登山活动中，李致新发现了自己的一个特长：生火，做饭。

他对自己的自信心大增，发现自己和山挺默契的，高山适应很快，干起建营地、做饭这些事一点儿不烦，还挺有乐趣。在玛卿岗日，他还露了一手：拔丝地瓜。从前只见过，在山里也是初试身手。当然，程序是对了，但丝儿没有拔出来。大家拿他开心：这哪是拔丝呀，大连水果糖嘛。这成了登山队的一个典故。

被戏称为"大连水果糖"的李致新认为，要论登山中的苦自己没有吃不了的。在库拉岗日，他、王勇峰还有三名新队员把1200公斤的物资从4900米背上了5800米。

可没有想到，登山的苦，他只见识了那么一点点。珠峰恶劣的环境，完全超乎了他的想象。

但是，要忍着。在登山中，谁是天才？忍是天才。

李致新不相信自己挺不过去，他和王勇峰经历了"无业游民"才进了国家登

■ 这些巍峨高峰的上半部好像有一条警戒线，谁也过不去

山队,来珠峰是那么来之不易,有什么不能忍的?

在中国地质大学(原武汉地质学院)念到大四的时候,他们俩已经参加了玛卿岗日Ⅲ峰(海拔6090米)、Ⅱ峰(海拔6268米)和纳木那尼峰的攀登活动。1986年,一晃与山打了两年交道,正是面临毕业分配的时候。他们那时的愿望是把自己的一生献给群山。由于当时国家登山队招收正式队员有困难,他们就要求分配到武汉地质学院在北京的研究生部,这样能离国家登山队近些。

就像现在中国登山队里的很多年轻人一样,当年他们放弃了所学的专业,守候着国家队,只等一声召唤。

1986年1月6日,李致新和王勇峰坐上了武汉到北京的火车,王勇峰还特意穿上了父亲送他的呢子大衣。他们憧憬着新的生活,跟随中国登山队攀登一个又一个的雪山。

两个年轻人绝没有想到,1月7日,他们站在北京站的时候,已经成了"无业游民"了。由于一些阴错阳差的原因,北京的研究生部说暂时不能接收了。他们俩傻眼了。

揣着自己的户口本在北京晃的滋味很难受,甚至想过糊口的出路,李致新准备去新疆贩羊皮,他喜欢那个地方,王勇峰想留在北京卖大碗茶。

正在万分沮丧的时候,日本登山爱好者"拉"了他们一把。1986年,日本神户大学登山队打算独立攀登中国西藏海拔7538米的库拉岗日峰,请中国登山协会联系高山协作人员。

李致新和王勇峰一听,自告奋勇去当背夫,这样总算能与山亲近了,总算是没有白白地晃在北京。

所谓高山协作人员,常被人们戏称"高山牦牛",就是像牦牛那样把物资背到高山营地上。整整一个月,他们每天把小山一样的背包背上营地,然后看着队员往山顶走。

15年之后,当年的日本队长见到他们还能准确地叫出他们的名字,那时候的印象太深刻了。老先生当年对自己的队员挂在嘴边的话是:坚持坚持,能做成大事。现在,见到了当年的年轻人,他很感慨,果然,坚持坚持,能做成大事。

他们在山上是拿自己的性命做赌注,当时他们不属于任何一个单位,一个机构,只是中国登山协会的临时工而已。

赖在北京不走,终于达到了目的,同年他们被中国登山队正式招进门下。

之后,他们俩一起参加了震惊世界的中、日、尼三国联合跨越珠峰活动,李致新是四名登顶的中国队员中惟一的汉族队员,王勇峰作为南侧队员也上到8100

米的高度。从此，他们的登山活动跨上了一个新的台阶。

想着这么年轻就能赶上攀登珠峰的机会，一泡尿有什么呀？

其实，每一个所谓具有高山适应性的人都是从这些生活细节开始适应的，无论是上厕所还是吃饭、刷牙、洗脸这些生活中稀松平常的小事儿，到了山里都是大大的难题。很多人发现自己能登山是从可以坚持一个月不刷牙中发现的。

能赶上史无前例的珠峰南北大跨越是每个人的幸运

世界上，不可能再有一个可以和喜马拉雅山相匹敌的山系了。数千座6000米以上的高山聚集于此，世界上14座8000米以上的雪山10座排列于此。喜马

■ 1924年，第三次远征珠穆朗玛峰的英国登山队最后的合影

拉雅,雪山的故乡。任何一个来这里攀登的人都是满心感动与崇敬的。

群山之中,世界最高峰珠穆朗玛峰从来都是人们渴望亲近的地方。

1921年,英国人向珠穆朗玛峰的中国一侧派出了第一支侦察队。从此,人类探索珠峰的历史开始了。1921年的这支队伍勘察了珠穆朗玛峰的北、西、东三侧,并且攀登上了东北侧的北坳,选定了第一条攀登路线:东北山脊。第二年,登山队登上了海拔8326米的高度。海拔8326米,这是当时人类所达到的最高点,距离顶峰只有500米。

英国向珠穆朗玛峰派出第二支侦察队的1924年,又派出第三支登山队,这一次到达了海拔8570米的高度,再次创下人类的最高纪录,但依旧没有登顶,这次攀登留下了著名的"马欧之谜",队员马洛里(Mallory)和欧文(Irvine)在攀登中不幸遇难。

马洛里给人们留下的一句名言至今还在传诵,人们问他:"你为什么要去登山?"他回答:"因为山在那里。"

■ 1924年,英国登山家马洛里在珠穆朗玛峰面临一个抉择:是三度折返还是死亡。图为攀登中的马洛里

除了这句名言之外,他和伙伴欧文还给人类留下了一个谜题:他们究竟是登顶之后失踪的还是结束在攀登的途中?

在队友的望远镜里,马洛里和欧文留下了攀爬的最后身影,一阵云雾飘过来,他们便永远停留在人们的记忆中了。在山上,云就是风,就是暴风雪。山下看来轻柔缥缈的一片云在山上却能夺去人的性命。

马洛里,那个和队友在珠峰帐篷里吟诵莎士比亚名句的登山家究竟有没有站在世界之巅?这个问题让人类不停地寻找答案寻找了76年,直到1999年,由美国人和德国人组成的马洛里—欧文搜索队在珠峰北侧海拔8100米的地方找到了马洛里的尸体,这个谜题依旧没有答案。

马洛里之后的15年里,英国人又对珠峰发起了四次挑战,均以失败告终。留下了无数对珠峰骇人听闻的评价,诸如:这是连飞鸟也无法逾越的地方。

当然,七次挑战的收获不止这些,人们对喜马拉雅山脉的认识也在一次次增

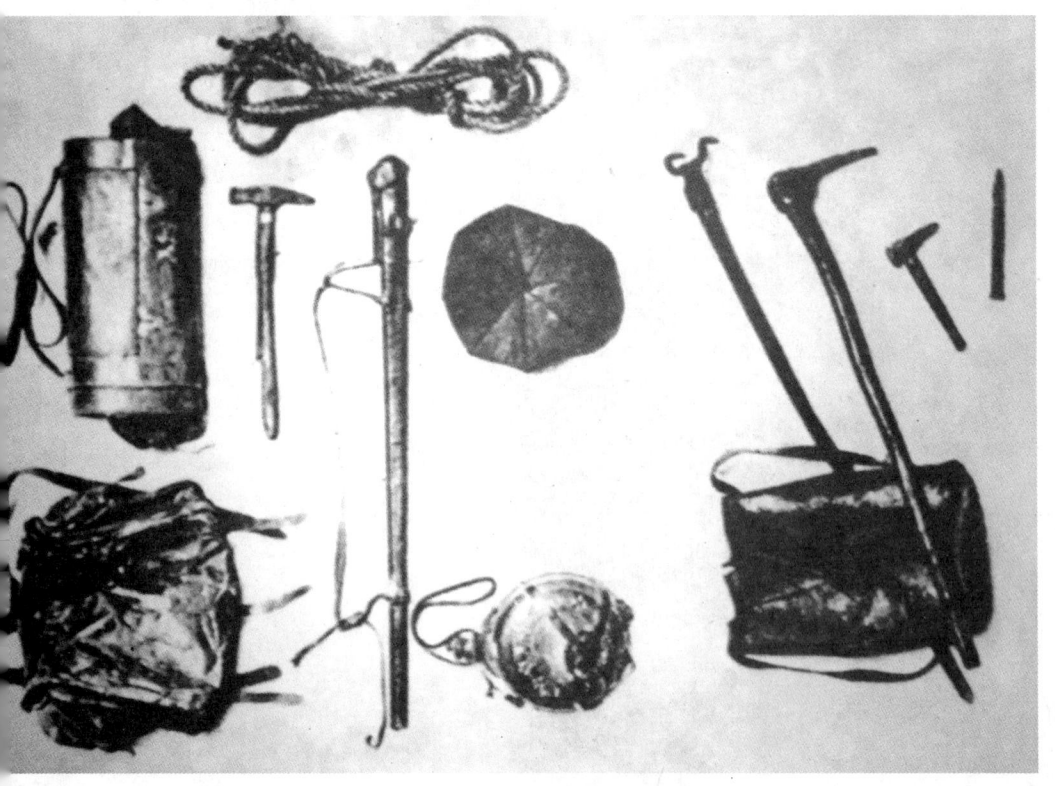

■ 中国登山队在珠穆朗玛峰北侧发现的20世纪20年代的登山装备

多。最大的收获是：证实了人类能够承受海拔8000米以上的缺氧环境。最大的发现是：源于藏族的夏尔巴人在作为高山搬运工方面有超人的素质。也是在这种发现中，人类确立了极地登山法，即，把登山物资向各个营地运输，步步为营的登山方法。

第二次世界大战结束后，北侧山峰停止对外开放，而尼泊尔却在1949年建国并对外开放珠峰南侧的攀登，从此，南侧攀登珠穆朗玛峰的活动开始兴起。

尽管英国在1950年和1951年相继派出了以德玛和希尔顿为队长的两支侦察队对南侧进行侦察，但第一张登山许可证却是瑞士队在1952年获得的。他们经南坳开辟了东南山脊的路线，在春秋两季进行过两次突击，最高到达8595米，还是创造了一个新纪录，最终力竭而退。

大约是上天感动于英国人对珠穆朗玛峰的执著，1953年，英国人终于获得了在南侧向世界最高峰挑战的机会，在队长琼·哈顿的指挥下，队员希拉里和丹增于5月29日终于登上了世界最高峰。

这是一次历史性的胜利，队长哈顿和队员希拉里因此获得了爵位封号，丹增也成为尼泊尔国民英雄。支持他们通向顶峰的正是那些默默无闻的夏尔巴搬运工，当然，也是丹增，为夏尔巴人树立了一个优秀的形象，使得以后的每个攀登者都义无反顾地相信夏尔巴人，正是这种信任使得珠穆朗玛峰南侧的攀登成为当地一个稳固的经济来源。

1960年，中国人首次从北侧攀登上珠峰以后，人类终于实现了最初的理想。从此，珠峰的魅力一天强似一天。

第二次世界大战前，希普顿曾经说过：珠穆朗玛峰被人们登上去以后，人们就可以去攀登自己所喜欢的山了。可实际情况并不是这样，人们变换着各种方式来试探这个独一无二的世界之巅。

从1970年开始，世界各地的登山家们掀起了一股攀登喜马拉雅大岩壁的热潮，先是英国队攀登安纳普尔纳南壁成功，接着德国队攀登南迦帕尔巴特也获得成功。而日本山岳会在珠峰南侧传统路线登顶成功的同时，也在试探着珠峰的西南壁，这是珠峰最难的路线。但从1971年开始的四年里，还没有人成功，1975年，还是英国人，成功地完成了珠峰西南壁的攀登。

随着世界上8000米以上的山峰被世界登山家逐个征服，一个新的课题又来了：登山家们能不能不用氧气就攀登上8848米的高度呢？1978年，意大利登山家梅斯纳尔和哈拉培突破了这个禁区。而到了1980年，梅斯纳尔从北侧以单人无氧的成功登顶迎来了梅斯纳尔的时代。

■ 意大利登山家梅斯纳尔1980年在珠峰北侧单人无氧成功登顶，由此带来梅斯纳尔时代

　　登顶的人数也在直线上升。希拉里成功登顶后的十年里，只有15个人登顶，到了1979年秋天，登顶人数突破100人，1985年秋达到200多人，1990年春达到300多人，1992年春400多人。到1993年，人类登顶珠峰40周年的时候，登顶人数达到575人次。其中，8次登顶的1人，5次登顶的3人。而女性登顶的人数从1975年日本的田部井淳子、中国的潘多以来，已经有29人30人次。截止到2001年，已经有873人1172人次登上珠穆朗玛峰，但也有165人遇难。

　　人们已不再满足于简简单单地直上顶峰又从原路返回的传统方式。开始不断花样翻新地为自己设计出更艰险的路线和更长的里程，其中之一就是跨越顶峰。

　　1964年，中国登山队成功登上希夏邦马峰后，当时兼任国家体委主任的贺龙元帅就这样问登山勇士："珠穆朗玛峰，你们能不能从北坡上，而从南坡下？"当时，没有人回答这个问题。人类用了17年的时间才从北侧攀登上珠峰，实现跨越该是一个怎样的壮举。

　　以后，也有很多人设想组织两支队伍，分别从珠峰的南、北坡登顶，在顶上会师后再实施大跨越，北坡上来的从南坡下，南坡上来的从北坡下。是日本登山队最早把这种设想变成行动的。1983年12月，日本女登山家高桥通子和她的丈夫高桥和三，各率一支日本山鹿同人登山队，分别由南侧和中国一侧的东北山脊向地球之巅挺进。但是他们的会师跨越之梦，被漫天大雪吹得无影无踪。

无论是中国队还是其他国家的登山队，谁都想把这个关于珠峰的顶级创意变成现实。直到20多年之后，贺龙元帅提出的跨越珠峰才成为现实。1985年，中国登山协会向日本、尼泊尔登山界提议，中、日、尼三国联合组成登山队，实现南北双跨珠峰计划。这个建议很快得到热烈响应。

开始于1986年的商议，在1987年的2月终于成为正式的议定书。中、日、尼三国登山界的人士穿梭于北京——东京——加德满都——香港之间，长达一年之久。200年的现代登山历史上最伟大的梦想终于有了蓝图。

联合登山队的全称是：中国·日本·尼泊尔1988年珠穆朗玛/萨迦玛塔友好登山，英文国际名称为：China, Japan, Nepal Friendship Expedition to Qomolangma/Sagarmatha 1988。珠穆朗玛，是我国藏语的发音，意为"第三女神"，萨迦玛塔，是尼泊尔人的称呼，意为"通达天庭的山峰"。西方人通常称为Mountain Everest（艾弗勒士峰）。

当时，由三国共同确定的登山任务是三项：1.通过国际合作促进友好和登山技术的发展。2.从世界最高峰的南北两侧同时登顶跨越。3.从世界最高峰通过卫星进行电视实况转播。

后两项任务，哪一项的完成都是划时代的，在珠峰都是一个奇迹。

在这个计划中，这本书的两个主人公：李致新和王勇峰分别出现在计划书人员名单中，李致新在北侧，王勇峰在南侧。

能进入这个名单，在他们看来是一种幸运。1987年，李致新和王勇峰在中国登山队是名副其实的无名小卒。半年以前，他们还是混在北京的"无业游民"。

在李致新看来，登山是一种命运的安排

20年过去了，每次回忆起爱上登山的缘由，李致新都会说，仿佛是命运的安排。

1984年的一天，李致新正在饭堂吃饭，王勇峰过来了，因为跑步的原因，李致新已经和高他一个年级的王勇峰很熟悉了，李致新是班里的团支部书记，联欢晚会上经常说个山东快书什么的,常说的段子是《剃头》,王勇峰记得特清楚"当的格当,当的格当,扣你二斗红高粱"。李致新那时候的愿望就是在运动会上"开"了王勇峰,一到跑 1500 米的时候,他们班加油时喊的都是"开了他,开了他"。当然,一次也没成功。较量中,他们是朋友了。

王勇峰说:"学校组织了一个登山队,你想不想参加?"

"是吗,有登山队?"小时候的记忆一下子冲了回来。1975 年珠峰的成功攀登是埋藏在他心里的一粒种子。

但当时登山队不要水文系的,只要和高山工作密切相关的地质系和矿产系的。李致新是水文系工程地质学专业的,王勇峰是水文系水文地质学专业的,原则上,他们都进不了登山队。可王勇峰因为是校运动队的,近水楼台先得月,已经报上了名,还参加了体能的测试。他向李致新透露了一个重要的信息:学校在几百个报名者中筛选 24 个,低压舱等一系列的测试已经进行完了,但有一个老师退出去了,因而还有一个名额。他指点李致新去找纪老师。

李致新摸到纪老师家,见到他第一句话是:我想参加登山队。

纪老师在武汉地质学院搞了很多年的科考工作,是一个经验丰富的登山家,

脚指头在登山中冻掉了好几个。

他问李致新："为什么要登山？"

李致新一下愣住了，来之前可从没想过这个问题，突发奇想："第一，我喜欢登山。"他想这是说服老师最重要的。现在，做了中国登山运动管理中心主任的李致新在选队员的时候，也要看他是不是真正喜欢登山，有没有为这个事业献身的精神是一个登山运动员的首要素质，硬拉进来是不行的。

"第二，听说将来还要和日本队合作，我会日语。"其实，李致新那时候的日语水平只够问个好。

时效最快的一次应用是第一次在西藏登山，宾馆的商品部不向中国游客出售进口香烟，李致新一听，当外国人还不容易？跟我走。他领着几个同学去了商品部，叽里咕噜说着谁也听不太懂的日语，买了一条"555"烟。

"第三，我东北人，我抗冻。"实际上，南方人才抗冻，那些南方同学冬天就睡在一个凉席上。李致新脱口而出三大理由。

老师一听，就同意他参加体检了，说只要系里同意就没问题。

当时很多人的心里是想去高原看看，李致新当时就是这种想法，即使以后当

不了登山运动员，也去山里看看，看看冰塔林、雪山。但当时有一点是他没有想到的：纪老师的问题他居然用了近20年的时间也没有回答出来，越是到后来，问他这个问题的人越多，而他，也在不停地问自己：为什么要登山？高山反应损伤着身体；疲劳折磨着意志；时时刻刻的意外威胁着生命。真的像孟子说的那样：劳其筋骨，饿其体肤，空乏其身，但还要一次次向山而去，今天，李致新说，这是用一生的时间也无法回答的一个问题。

听了纪老师的话，李致新直接去找系主任谈，这之前他还从没和系主任说过话呢，也顾不了那么多。系主任特爽快，说，作为咱们系的学生能去当然是好事，但要把功课安排好。

其实，李致新的顺利是王勇峰铺路的结果。当时组建登山队的时候，第一原则是登山要和科考结合在一起的，不要水文系的，王勇峰就四处活动，找系里，找体育教研室，找团委，到哪里都是一句话：我要登山。他当时有一个想法，登山是要经过生死考验的，如果一个人经历了生与死的考验，还有什么办不到的事？

王勇峰一直坚信自己能做大事，而要做大事就要经得起考验。登山当然是最好的考验。

王勇峰参加了学校的全部测试内容。登山队招收24个人，却有200多人报名。第一关是负重30公斤爬台阶，半个小时就刷下去100多人。还剩下100多人，过第二道关，体检。当时学校对登山队员的要求也不是特别清楚，所有的项目都检查，视力1.2的都被刷下去了，就剩下50多人了。再做低压舱实验，到了8000米了，给你一张纸条儿，让你回答一些问题，比如：1+1等于几？这一测试，只剩下了20人。王勇峰通过了所有测试。

现在想起来，一切就像是命运的安排。如果没有王勇峰的那句话；如果没有那么开明的老师；如果真像其他队员那样去做低压氧舱这样的专业测试，李致新可能永远和登山无缘了，至少戴眼镜这一条就过不去。

但在当时看来，进登山队只是一个努力的结果而已。

**海拔 7790 米，李致新和南侧的王勇峰通上了话，
通话内容是通报各自的食谱**

大连金县得胜乡林家大队小林屯，每次说起这一串地名，李致新的声调像是在唱歌，这是他一家人随父亲下放的地方。在这个小林屯里只有一所小学——林家小学。

林家小学往东 200 米是村上惟一的一个供销社。1975 年 6 月的一天，那条 200 米的土路上，13 岁的李致新在奔跑着，他手里攥着一份《人民日报》，这是他每天的工作，去供销社为学校取惟一的一份报纸。

《珠穆朗玛——青松》，这个标题到现在他也能脱口而出。这是那一天第一版上的一个巨大的标题。文章记录的是中国登山队第二次成功登上珠穆朗玛峰，其中很大的篇幅讲述了当时登山队政委邬宗岳的故事，他为了记录登顶的成功和登山运动员的攀登过程，冒着危险拍摄纪录片，在海拔 8500 米的地方失踪了。

邬宗岳，这三个字当时在这个 13 岁的少年看来只是个英雄的名字。他不知道，他的人生竟然和这个名字有着千丝万缕的联系。

毫无疑问，学生时代的李致新是一个优秀的学生。上小学时最得意的一件事是一年级就在全校背《为人民服务》。那时候广播里总播放"老三篇"，没上学不识字的时候他就会背了。校长让他站在凳子上背给大家听。他是校长最喜欢的学生，他因此而有了一个特权：每天可以看报纸。

如果在这一年你向着中国的西北方望去，也有一个少年正在成长。

在内蒙古的集宁，同样是在 1975 年，小学五年级的王勇峰开始练长跑了。他戎马生涯一生的爹说要锻炼他的意志，让他每天早上长跑。零下 20 度的集宁冬天的早晨，别人都戴着棉帽子捂着大衣的时候，他穿着秋衣秋裤、戴一个耳套就跑出去了，一天早晨能跑上四五千米。

他也是一个被认为很聪明的孩子，但他绝不是校长喜欢的学生，因为他不爱学习就爱玩。正全速向一个坏孩子发展着。

他那时候的事迹是老师的反面教材。在马路上撒钉子，躲在一边欢天喜地地

看自行车呱唧呱唧倒一地的是他；庄稼熟了跑到地里偷玉米白薯的是他；钻进火车车厢里偷西瓜的也是他……总之，一个坏孩子能干的事儿他都干了。但总不是那种顶天立地的淘气，老师的评价是"蔫儿淘"。

少年时代的王勇峰最崇拜的人是他的姨夫——他爹以前的勤务兵，因为他自行车骑得特棒，直到今天，描述他姨夫飞车的样子，他也是摇头晃脑极其得意。在他看来，当时他们家那辆28飞鸽牌自行车是最值钱的一个物件，骑上"飞鸽"飞奔集宁是他最兴奋的时刻。

李致新也有一个偶像，他的邻居，供销社的一个采购员。总能五湖四海地溜达，让他羡慕，当时的人生理想就是当一个采购员。但和王勇峰不同的是，那时候李致新爱上学爱读书。

六岁的时候李致新跟父亲下放到了这个小林屯，他家的菜地就在学校的前边，每天看菜地时，就坐在墙头上看学生上课，看着看着就不想看菜地想上学了，他妈妈说等等再上，他不干，就蹲在教室外面听人家上课，回到家一想起来就哭，他妈拿他没办法，让他插班上了学。

那时候，林家小学的桌椅还是水泥做的，两个人用一个桌子，自己带板凳。因为是插班生，他和另外两个同学用一套桌椅。即使这样，他的功课从来都是第一名。

念中学时李致新最大的心愿是考上大连工学院的化学工程系。上中学时化学是他最得意的一门功课，他的梦想是当化学家，成为中国的门捷列夫。但其他的功课扯了后腿。

从农村回到城市后，很多功课都是陌生的，像生物和外语，在农村都没有学过。在农村时学过两个星期的日语，高考时外语就选择了日语。但学校里不开日语课，他只能跟着广播学。早上上学要坐一个多小时的车，他就在出门前把日语广播录下来，路上和中午在学校听。那时候家里条件很不好，学习的地方都没有，他就拿着爸爸的工会证放学后去大连市工会的工人文化馆看书。这么读完了高中的最后一年。

高考那年正是彭加木遇难的那年。在当时的理解的那种寻找就好像是家里的孩子丢了，撒开大网满城找呗。那时很奇怪，怎么会找不到？这件事一直困扰着李致新，直到他开始登山才明白，那时候怎么也想不到自然有多大。

在那个崇拜英雄的时代，邬宗岳、彭加木的名字是很容易影响他们的，李致新报考了武汉地质学院和长春地质学院。那时候还有一个特幼稚的想法，学地质可以四处走。可以像他家的那个采购员邻居一样。

揣着门捷列夫的梦想,1981年,李致新走进了武汉地质学院水文系工程地质学专业。

而这一年,王勇峰已经在武汉地质学院水文系水文地质学专业读二年级了。

如果说,李致新考到武汉地质学院是个遗憾,那么对于王勇峰来说可是一个奇迹。

因为直到初二那年,坏孩子王勇峰的命运才发生了转机。

那年,学校选拔数学竞赛的学生,考初中四则运算,他居然被选上了。经过老师一番辅导。他居然代表学校去参加市里的数学竞赛。拿到市数学竞赛试题时,发现只有一道题眼熟,当时想,就做这一道吧,做呀做,凭着做出的一道题,居然榜上有名,他拿了一个第二。三个"居然"把他推上了当好孩子的路。

大概是因为数学是他的转机,关于学生时代的回忆都和数学有关。印象最深的是上几何课,画辅助线用虚线,他总是用实线,老师冲着他后脖子就是一巴掌,疼坏了,一辈子也忘不了辅助线要用虚线。

到初中快毕业的时候,他发现做一个好孩子是挺好的事,就认真念书了。到了高中,凭着数学成绩好,他进了市重点中学还进了重点班。

进了重点班,他又找不到自己的位置了。谁的功课都比他好,班上一共50人,他排名第35,感觉能好吗?善于安慰自己的王勇峰想,反正是赶不上了,算了吧,还不如好好玩玩呢。

他的"飞鸽"就是在这个时候开始陪伴他的,约上一些伙伴,这个星期天骑车往东走40里,下个星期天再往西走40里。回来跟大人讲他们到过的一些地方,他们都没听说过。集宁附近的山、树、水他几乎都见过了,走过了。

这就让他越来越发现学习是件没意思的事儿,到野外才是一件让人兴奋的事儿。于是,在高中,只留下一件得意的事。

那是在高一运动会上,老师让他参加冬季越野赛。当时大家都没太把比赛当回事,穿着棉衣棉裤大头棉窝就上场了。王勇峰可不一样,第一次参加比赛,可真当回事儿,认真极了,穿着单衣单裤一双球鞋就上场了,那可是冬天。发令枪一响就冲了出去,多冷呀,只有玩命跑才会暖和点儿。一看遥遥领先,心里更高兴了,任鼻涕横飞,拿了个第一名。

那一次他知道了幸福是个啥滋味儿,知道了成就感是个啥滋味儿。学校一看他跑得不错,就让他参加校队训练,可到了那儿,人家也是单衣单裤了,王勇峰

■ 到了珠峰李致新才发现,登山的苦,他才只见识了一点点

033

就没戏了。

就这样在愉快的东奔西跑中等来了高考。考上重点大学对于王勇峰来说当然是个奇迹。他在班里的名次一直是35名左右，高考的时候，一没有压力就超常发挥了，居然考了个17名，把他乐坏了。但分数上了重点线带来的惟一遗憾是只有放弃军官梦了。

王勇峰一直的梦想是当一个拿破仑那样的将军，阴错阳差进了武汉地质学院之后，还是做着将军梦，抱着军事方面的书苦读。那时候，王勇峰在同学中很有煽动性，原因就是总给他们讲战争故事，讲故事时那种豪气满胸怀的感觉令人一辈子难忘。

1982年，武汉地质学院的操场上，李致新、王勇峰认识了，因为跑步。

那年学校运动会，1500米的秩序册上同时出现了他们的名字。王勇峰已经是校队的长跑队员了。跑到最后一圈时，李致新差点超了他，王勇峰急了，开始加速，当然，他拿了第一。李致新记住了王勇峰的样子是因为他们班那么多女生给他加油，当时想，这人人缘还不错。下了场，王勇峰过来和他打招呼，他们就算是认识了。

比李致新高一个年级的王勇峰已经是学校一个人物了，进校参加新生运动会时，他跑了一个5000米的第一名。当时特别想进校队，老在体育教研室外转悠，后来，老师问他，想练练吗？他说想，老师说，那先跟着练吧。

王勇峰可是真练，别人跑1500米，他跑2000米，从来不偷懒。他似乎就是这么一个人，什么事情都喜欢做到极致，不超过极限不罢休，这在后来的1993年登珠峰时最明显，那一次，体力严重透支，直到今天也无法恢复，总有力不从心的感觉。

在当时，就凭这股劲儿，老师把他收进了校队，从长跑中，王勇峰找到了一种成就感和归属感。

因为这种成就感，他死心塌地做好学生了。入学一个月后，他当了班长，全心全意地当班长，像他练长跑一样不遗余力。有人训练晚了，或是下自习晚了，他把饭打回来放在宿舍。刚进学校的时候，很多人不会缝被子，他就给他们缝被子。大学三年级的时候他加入了中国共产党。

除了热心、厚道，这个班长的运动衣还给同学们留下了极深的印象。校田径队的王勇峰每次训练后回宿舍都很夸张地把湿透的运动服往墙角一扔，他觉得特潇洒，同学们也很欣赏这个时刻，因为，如果是在夏天，你会听到蚊子们"嗡"

的一声追随那些衣服而去，武汉的夏天，蚊子多恐怖呀，可班长怪味冲天的运动服就能有这样的引敌功效。

可也别以为王勇峰班长总是这样不修边幅，若是见他整整齐齐、刮干净了胡子打扮起来了，那准是学校晚上放电影。王勇峰没穿过什么好衣服，上了大学，家里才不让他穿带补丁的衣服了，大学一年级他才拥有第一身蓝涤卡制服，大三才有了第一身西服，那是他和李致新在校园里卖磁带挣的。一旦到了重要的时候，他会把蓝涤卡和他爹送他的一件将军呢大衣穿出来，看来，上大学时，看电影是一件比较重要的事儿。

都是好学生的李致新和王勇峰成为朋友，从那以后，是一座座雪山不停地加固着他们的友谊，就像这个时刻，李致新在北侧艰难地闯着风雪，王勇峰在南侧也艰难地闯着风雪。

上到了海拔7000米之后，由于中间没有障碍，南侧和北侧队员的报话机可以通话了，王勇峰和李致新居然也对上了话。

王勇峰最关心的是李致新在北侧吃什么。南侧由于进山的路途非常遥远，登山队带进山的食品沿途坏了很多，所以，给养一直处于困乏状态，到后期，只有突顶队员每天才有两包榨菜，其他支援队员经常是白米饭。

北侧的食谱要显得丰富得多，炸酱面、葱花饼，听得王勇峰快流口水了。

李致新独自一人上到了6号营地，见到等候他的宋志义，眼泪掉了下来

3月21日开始，大本营的风势开始减弱了。人们甚至嗅到了春天的气息了。中国队的于良璞悠然地说："在大本营旁边的绒布河里有小鱼，4月底去钓鱼吧！"说得每个人心痒痒的，也仿佛春天真的来了，的确，在大本营，白天可以脱下羽绒服了。

可这个时候，在山上修路的队员们是丝毫也看不到春天的希望的。他们在大风和冰壁面前寸步难行。

北坳冰墙，打通北坳最大的险关之一。它是立在海拔6600—7028米之间的一道冰雪陡壁，坡度平均50度，最陡处达80度，戴上墨镜看仍是光滑雪白的一片，令人头晕目眩。修通前往 7028 米北坳的道路才是真正的登山开始。

中方队员次仁多吉、日方队员山田升、尼泊尔队员昂·拉巴克等强手组成了结组，把保护绳一直架到了 6800 米。北坳顶上的 4 号营地建立好了。这一天，难得的新月升空，群山安静地泛着银色的光芒。

但紧接着向北坳顶上的 4 号营地运输物资时，三国队员又在冰墙上与大风雪展开了严酷的拉锯战。北坳是位于珠峰和章子峰之间的一个鞍部（山坳），正是大风口，狂风咆哮，不时有人败退下来。前进营地的炊事帐篷被风吹了起来，日本电视队的帐篷也被吹倒了。宿营帐篷里点不着煤气炉，很多队员连茶也喝不上了，只能蹲在帐篷里。

■ 突顶出发前在大本营

3月26日开始，三国所有的运输队员开始往4号营地运输，按照三国平等的原则，每个人都必须负重20公斤。但他们都在离冰墙顶部只有78米处被风雪无情地打了下去。时间不能拖，为了不至于延误登山计划，3月28日，北侧队长向山上队员发出了要坚决完成任务的动员令。

第二天，终于把将近1100公斤重的物资，主要是氧气瓶、煤气罐、食品和登山器械，背运到北坳顶部，胜利完成第一次行军任务。不过此时有五名队员已因病下撤。

4月1日，4.4吨的物资已经有1.8吨运到了海拔7028米的4号营地。北侧队以达到海拔8300米的6号营地为目标的第二次行军开始。

这天，南侧队经过长达九天的步行，也终于到达了设在孔布冰川东部的南侧大本营，营地海拔5350米。

由于南侧登山路线较短，只需建立五个高山营地，比北侧少两个，因此迟至4月3日才举行开营式。三国联合双跨珠峰的南北大行军从此全面展开。

4月2日，北侧修路队向第二险关、海拔7028—7450米的冰雪地带和大风口发起挑战。没想到大风口的狂风如此之大，而且是永无休止地刮着，加上出发时间晚了些，结果只到海拔7300米处便被狂风逼退。

4月3日，天气终于晴朗了。三国先头部队再次出发，他们在冰坡上每隔50米打一个冰锥，拉上绳索。但随着他们的攀升，风也很快跟来了，每秒40米的大风甚至干扰了他们和前进营地的通话，对讲机里全是啪啦啪啦的声音。在海拔7500米的高度，山田升一字一喘，断断续续地说："是的，我们正紧紧抓住绳子，否则就会被大风刮跑。"

山田升已经是第19次在喜马拉雅山攀登了，其中还有两次登顶珠穆朗玛，有10次8000米经验的山田升也说："这样的大风还是第一次碰上。"

4月6日，山上的攀登队长和所有队员都集中在4号营地。

而大本营也为5号营地的进展召开了一个气氛紧张的队长会。

日方的桥本队长汇报了在4号营地召开的攀登队长会议的情况，中心话题是："风力太强，不能硬干。7日向现在的最高到达点运送物资，8日再向上进一步修路。"

中方队长曾曙生提出了反对意见。这个和山打了20多年交道的老登山拥有的不仅是登山的经验，还有对他的队员的了解。他说："按这样的安排，不去继续修路，会挫伤士气。明天，请让三名中国队员早晨7点出发，去完成通往5号营地的修路工作。"

■ 到 1988 年，氧气瓶已经轻巧多了

桥本队长不说话了，这不是彻底否定了攀登队长的会议了吗？后来，在桥本队长的回忆中，曾曙生的发言在当时是被他看做挑战的，就是说，以前的做法是不对的，现在让中国队员做给你们看看，当时的桥本认为，这不是三国友好登山，而成竞争登山了。

曾曙生没有理会桥本的沉默，他心里也有同样的想法，这不是竞争，既然是一个团体，就不要考虑谁在前谁在后，山上的每一个弟兄都代表三国队员。

大本营和4号营地的无线电通话成了持续两个半小时的激烈争吵。最后达成妥协方案：让最有能力的队员去执行下一步的修路任务。

第二天清晨，中国队的次仁多吉从北坳顶出发了，下午1时总算把路修到海拔7790米的5号营地。终于突破了东北山脊的强风地带。

次仁多吉，被人称为是一个"钢铸铁打的汉子"。28天之后，也是他，第一个登上了顶峰，为了完成会师的任务，在山顶，在世界最高的地方，在不吸氧气的情况下，停留了99分钟。

从7日到9日，海拔7790米的5号营地和8300米的6号营地道路相继被打通，紧接着便开始了北侧道路上最为漫长、艰巨的运输。

不少队员背着沉重的装备几上几下，每走一步都要喘气，呼出的热气在眼睛上帽子上结了冰，能见度只有十几米。有时刚迈出四五步就被风刮倒，真想扔下背负的东西减轻负担。"可你想想，半途而废下来是什么滋味？"大家还是咬着牙硬挺住了。

登山途中最可怕的还不是险恶地形、缺氧、冰雪狂风和疲惫等等，而是孤独。

从北坳顶至5、6号营地的运输任务。长达七八个小时的行军中，只有白茫茫一片风雪为伴，没有色彩，没有声音，静得几乎让人发疯，李致新说："第一次真切感受到人在大自然面前是多么渺小。"

回到北坳营地，看见风雪里等候他的宋志义，李致新的泪水顿时"刷"地流下来。"只有我一个人"，他觉得那么委屈。

在整个登山活动中，李致新一共有四次孤独行军，每一次，都要落一次泪，但后来，他发现，这四次行军带给他的磨炼受用一生。

4月15日，中方主力队员次仁多吉带了两名队员，又以6个半小时的惊人速度，从北坳顶攀到6号营地，完成中方第二次行军的最后一次运输。17日，全体人员撤回大本营休整10天。

王勇峰在南侧学到了一个登山信条

就在北侧顶风冒雪艰难运输时，南侧队也遇到了巨大障碍。

南侧第一道险关是海拔5400—6200米的孔布冰川冰爆区，陡峭山坡上堆满巨大的冰雪块，遍布或明或暗的冰裂缝，有的宽数十米，深不可测；而且冰岩悬空而立，冰崩雪崩频繁，曾有不少登山者在这里被冰雪吞噬掉，素有"死亡冰川"之称。

为此，登山队在孔布冰川上架设了三十多架金属梯子，并在许多地段拉上了保护绳，但是前进中的险情仍时有发生。

4月6日，三名中方队员在前往海拔6100米的1号营地途中遇到冰川塌陷，刹那间只见方圆200米内的地段纷纷崩塌，发出巨大的轰鸣声。幸运的是三个人当时未在塌陷中心，当他们发现情况不妙时，拔腿就跑，总算捡回性命。

次日，1号营地附近已打通的道路被冰崩摧毁，架在冰裂缝上的许多金属梯子也被砸进冰缝中。这天还有一名中方队员失足跌进冰裂缝，亏得他机智地一挥冰镐钉住了冰壁，才免遭灭顶之灾。

11日，在距海拔7400米的3号营地约二百米处，又有一名尼泊尔队员坠入深达40米的冰裂缝，过了好久方被中国队员发现，放了根长绳下去把他拉上来。

4月19日，南侧又出现恶劣暴风雪天气，狂风卷起冰块砸在帐篷上，队员们被迫用睡袋挡住头部，捱过了一个惊险漫长的夜晚。

就这样熬到23日，天气终于出现转机，南侧队抓紧时机打通了登山路线上的最后一道天险——南坳，在海拔8050米处建起4号营地，但仍比原计划推迟了几天。

南侧队急了，不得不兵分两路，一路继续攀高设营，另一路加紧运送物资，以赶上北侧队的速度。

在运输物资的过程中，王勇峰认识到一个登山的准则：生死只是分秒之间。

第一次往8000米高度运输的时候，王勇峰背了一罐氧气，走了七个小时，终于到营地了，报话机里，南侧队队长王振华关切地询问第一次上8000米的王勇峰："情况怎么样？"

报话机里一通喘息声："到了，到了……哎哟……哎哟……"

大本营一下子紧张了起来，在8000米的高度，高空风、缺氧是很容易造成意外的，报话机里传出的声音很让人担心。

大本营使劲呼叫起来，王勇峰的声音终于传来了："我背上来的氧气瓶掉下山了。"

原来，眼看到营地了，他要靠在冰镐上休息一下，一哈腰，背上的背包带开了，里面装的氧气瓶如同炮弹一样从头顶上飞了出去。

望着氧气瓶冲下山在雪地上留下的痕迹，王勇峰半天缓不过神。这要是人滑坠了，不就跟这氧气瓶一样吗？眨眼之间就没影儿了，就是这么一恍惚呀。

后来，当了教练之后，他总要和登山爱好者们讲这段经历，他说，山上没有小事情，在生活中，忽略细节只会给生活带来麻烦，总有办法补救，但在山里就不同了，无论这个问题大小，都会危及生命。

北侧突顶名单是在汽车里定下来的，每个人的名字斟酌再三

"勇士们，辛苦了！"写着红色大字的黑板面朝珠峰，面朝奔大本营而来的41名队员。4月17日，结束了第二次行军的队员们终于回到了家。

山上的一个月让李致新瘦了好几斤，现在他们的任务就是迅速恢复体力。大本营的饭菜每天都在换花样，炒鸡蛋、蒸鸡蛋羹、炖肉、蒸包子，还出现了李致新最爱吃的大葱大蒜。

世界上海拔最高的一次足球赛在这里举行。一位尼泊尔球迷带了个足球上山，三国队员就在世界最高的足球场上举行了一场妙趣横生的足球赛。

好像谁回忆这段时光都和吃、玩儿有关，大本营似乎沉浸在一个欢乐的节日里。但实际上，表面的欢乐之下，每个人的心里都充满着焦虑。

第一、二次行军归来，队员们思索的几乎是同一个问题：现代登山史上这个伟大的梦想就在眼前，谁能进入突击顶峰的名单之列？

■ 修建完毕的登山路线。队员们可以借助固定的绳索架设的铝梯攀登

这是 1988 年 6 月 3 日，七家媒体的记者联合写下了长篇通讯《伟大的跨越》，在文中，有这样的语句：假如有人问你，什么事可以用"战争"两个字作比？我们想，那就是登山。因为它意味着风险、牺牲，但它又因此而具有荣誉感和使命感。

北侧的力量实在是太强大了，14 名中方队员中 12 人到达了 8300 米的高度，这显然是给了指挥部一个艰难的抉择。最后一次拍板会改在了吉普车里。在中国登山协会主席曾曙生 1988 年的登山日记里，这一天的内容记了 6 页。

参加这次拍板会的人员有四个人：中方队长曾曙生、副总队长许竞、中方攀登队长宋志义、随队高山医学病专家李舒平。李大夫带上吉普车的还有一摞身体测试的结果。

开"汽车会议"的时候，队员们还都在各自的帐篷里休息，谁也没有想到那个决定会让几个指挥者那样的痛苦和谨慎。

每个队员的身体检测结果是确定突顶队员的基本依据。所以，最先发言的是李舒平大夫。有五个人被他列入了特殊名单：扎西次仁，第一次上山，在海拔 7000 米咯血 5 天，血色鲜红，有肺里出血的可能；多布吉，基本情况正常，但动脉血含氧量低，74%，有脸肿、呕吐的现象；嘎亚，已经尽最大努力了，动脉血含氧量也很低；加措，左侧膝关节负伤，有压痛感；李致新，综合检查还可以，左脚大拇指冻伤，负重挤压会加重伤情，近期上山有困难。

李大夫提供了一个队员实力参考名单，第一组：次仁多吉、罗则；第二组：齐米、开尊、加拉、达琼、孙维琦、李致新、嘎亚；第三组，扎西次仁、多布吉。

攀登队长宋志义发言了，所有队员的表现都装在他心里。他提出了突击队成员名单：第一突击队：跨越队员，次仁多吉，支援队员，李致新；第二突击队：跨越队员，达琼，支援队员，罗则。加拉、加措、开尊、齐米、嘎亚为预备队员。

对于李致新，宋志义说："他的体测情况和我在山上观察的差不多，到了 7028 米之后，再看看他的脚的情况，不行，就换罗则。"

"汽车会议"的最终结果是确定四名突击顶峰的队员名单，到了 7028 米之后，根据实际情况再次调整。

当天下午，曾曙生向北京做了汇报。

李致新，你是要脚指头还是要登顶？

4月29日上午，所有的中方队员被召集到前进营地的炊事帐篷中，屏息着，倾听对讲机里来自大本营的声音。

果然，中方北侧的头号主力次仁多吉被委任第一跨越的重任。从海拔7028米到8300米运输时，这位以六个半小时的惊人速度完成的登山家镇住了三国队员。他在掌声中站了起来，挥了挥拳头。

接下来，曾曙生宣布了第一组的支援队员，他就是李致新。这三个字叫出来的时候，全场一片沉默。

"李致新，你是要登顶还是要脚指头？"曾曙生在问，声音低沉而严峻。

这也是大家沉默的一个原因。前两次行军中，李致新的左脚拇指冻伤感染了，医生诊断，再次行军就有坏死切除的可能，并有可能影响其他的脚指。

"我要登顶！"李致新声音不高。

这个问题，曾曙生已经是第二次问了，刚从山上下来的时候，有一天，李致新正和队友们打着扑克，在一旁看了他很久的曾曙生不经意地问了一句："李致新，你是要登顶还是要你的脚指头？"李致新头也没抬，把手里的扑克用力摔了出去："当然是要登顶。"

这个时候，曾曙生再次问了这个问题。

"李致新，到了8700米突击营地时，走不动了怎么办？"曾曙生又在清清楚楚地叫着李致新的名字。

"就是断了腿，我也要爬上去！"这一次，李致新从牙缝里蹦出了这句话。

曾曙生不间断地继续念下去："突击顶峰的第二组人员是达琼、罗则。"所有名单中，排在第一的都是跨越队员，第二个是支援队员。话音未落，小加措哭了："为什么不让我上？到了8200米我就不下来了，死也要上去！"

许多队员的眼圈都红了，小加措的父亲参加过1958年的珠峰侦察，出发前，父亲一再嘱咐他要完成任务。

"这样的机会对我来说就一次，希望第一、二次突击后不要马上下撤，给我一个机会吧！"大齐米的声音也哽咽了。去年集训临行前，他父亲病逝，母亲对他说："你去吧，一定要登顶呀！"

走之前，大齐米特意给母亲买了一个半导体收音机，想让母亲听到他的好消息。

"可是，如果我不能参加登顶，我母亲问我：'齐米，登顶的时候你到哪里去了？'让我怎么说呢？"

"这就是我们的队员——被称为世界上真正一流的硬汉。风吹雪打，可以冻伤他们体肤，可以吹裂他们的嘴唇，但他们不曾为此说过一句委屈，而现在，为了那登顶的夙愿，他们像孩子般地哭了。" 这是当年的通讯《伟大的跨越》中的一段真实的描述。

坐在一旁的李致新被眼前的情景惊呆了，他从来没有想过，突顶原来是如此残酷的事情，1985年，攀登纳木那尼的时候，他曾经经历过这种残酷。

那次攀登实际上是李致新和王勇峰在登山生涯中一次最严峻的入门课，那一次，他们懂得了在登山中，什么比登顶更重要。

出发的时候是很悲壮的。中国登山队的领导说，必要的时候要有为登山事业牺牲的精神。当时谁也没有理解这话的含义。

突击顶峰之前，路线已经全部铺好，天气也不错，李致新当时的体力状态非常好，看起来突击顶峰没有一点问题了。大家兴奋地策划着如何给学校发电报。

可就快到突击营地的时候，报话机突然哗啦哗啦响了，大本营传来了命令：李致新，立即护送日本队员下撤。李致新一下子蒙了，他说，当时的感觉是所有的梦想都破灭了。

从喀什坐了十天的车才到山下，又攀登了一个月，硬是拉着稀把物资运输到了突击营地，这一切不就是为了登顶吗？而这个时候，顶峰就在眼前了，不足200米就可以实现自己的梦想了，却要下撤！那是一种不能用语言描述的沮丧，李致新心里大骂：日本人连累了我，为什么不等我回来再病？

得病的日本队员当时已经昏迷了，对待高山病，最好也是惟一的方法就是迅速下撤，自然给氧。

于是，突击队员往上走，李致新和其他三个人开始把日本队员往睡袋里塞，人还没捆好呢，顶峰上的队员已经发出欢呼，在顶峰展队旗了。

把人装进睡袋之后，外面再罩上帐篷，不能捆太紧，太紧人就勒死了，也不能太松，捆松了人就滑出来了。这样，往下拖的时候，里面的人不会受伤，也不会因为时间长了睡袋被雪浸湿。

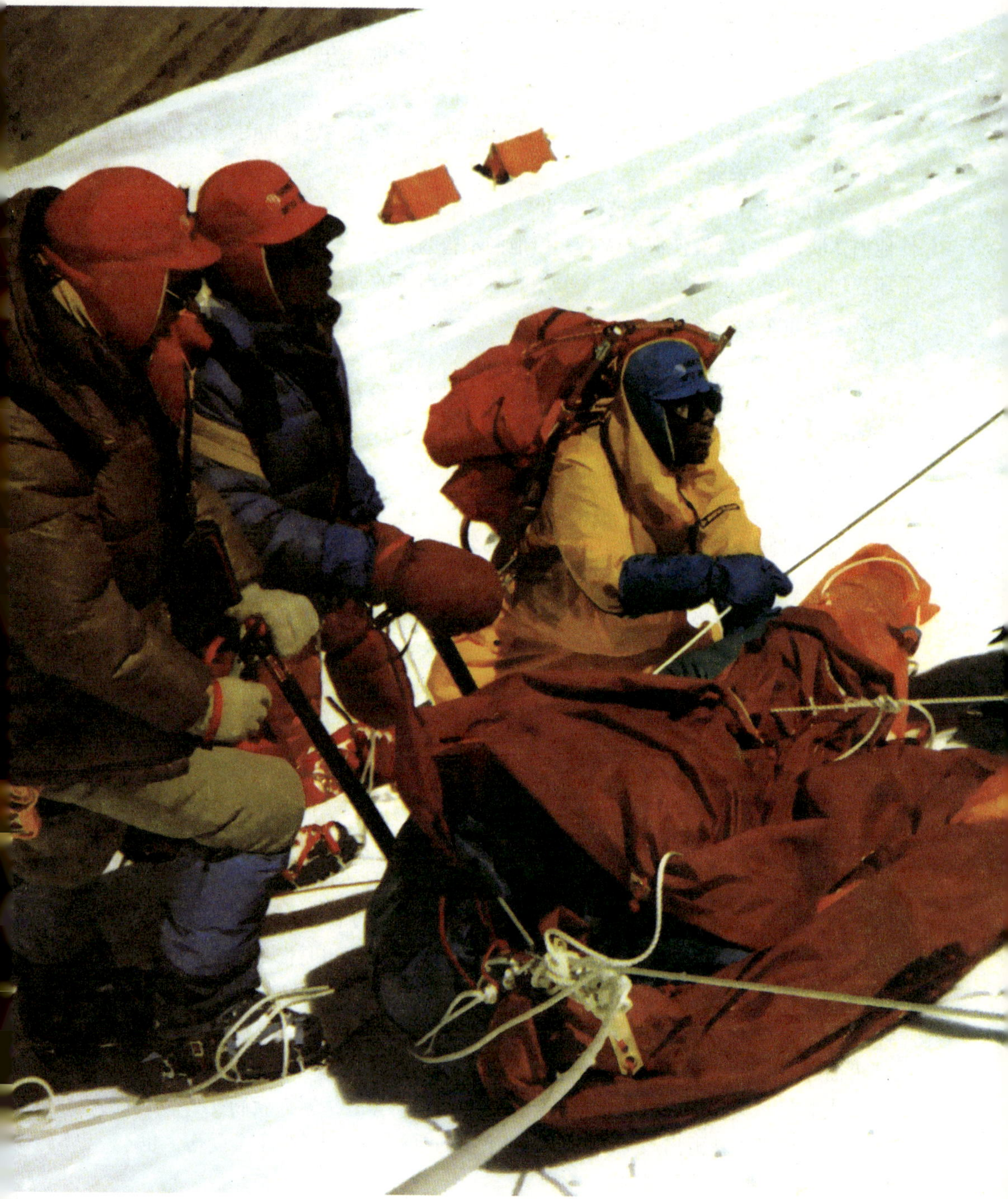

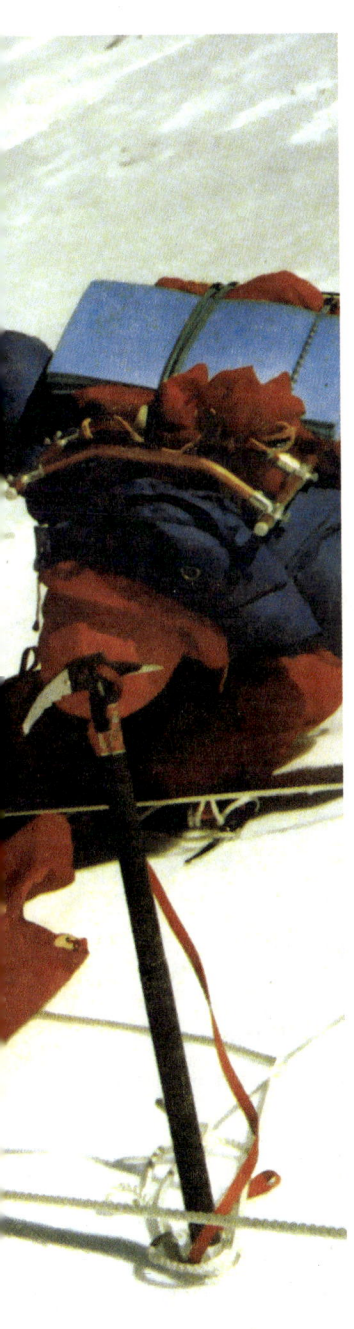

登山有的时候就是这样，越是在关键时候就越是要放弃名和利，哪怕它就在眼前了。这一次虽然没有登顶，但收获比哪次都大，我认识到一个无比重要的事情：生命是最宝贵的。当那些日方队员抱着我们痛哭的时候，我无比强烈地意识到：生命是稍纵即逝的。任何时候，都要舍弃自己的荣誉和利益去保全他人的安全。这是登山的真正意义所在。

"要成为一个真正的登山者，首先要认识到这一点。"这是李致新每次回忆起纳木那尼都要说的一段话，那一次，他认识到了登山中最重要的一个意义，那就是什么比登顶更重要。

他记得很清楚，当时大本营对他们这些放弃登顶队员的评价：你们没有登上自然界的高峰，但登上了中日友谊的高峰。

可现在，在世界最高峰珠穆朗玛峰面前，在人类现代登山史上最伟大的计划面前，他还是无法接受这个现实。

这毕竟不同于1985年的纳木那尼，这里没有伤员，这里没有意外，这里的12名队员都到达了8300米的高度。

在他看来，所有有实力的人都会被编进突击队，只是早登顶晚登顶而已，没有想到，突击队员是这么的少，而他，是突顶队员中惟一的一名汉族队员。

在这个残酷的时刻过去了十几年之后，坐在中国登山运动管理中心主任办公室里的李致新也要承认，当时确定突顶队员名单的那个场面确实是给他上了一课。

"那么多兄弟把机会给了你们，你们就是代表小加措、大齐米他们上去的。一定要记住这一点啊！"曾曙生嘱咐着四名入围的突顶队员。

■ 1985年攀登纳木纳尼峰是李致新和王勇峰在登山生涯中最严峻的一次入门课

在海拔 5150 米的大本营，
日方队长给李致新做了一个小手术

"汽车会议"之后，虽然突击队员的名单要等 29 日队伍上到 6500 米的突击营地之后才宣布，但大本营的一切工作围绕着登顶展开了。首要的工作就是针对前两次的行军情况进行装备调整，登顶队员们的风镜全部换成了带电阻丝的大风镜，据说，雪打上去可以迅速化开消散，同时，每个人的照相器材也配备了起来。

李致新成为一个重要的调整装备对象，他的雪套由半雪套调成了全雪套，半雪套是护在脚踝处，以防雪渗进高山鞋，而全雪套是护至膝盖，对于李致新的脚来说，防冻是第一位的。而等待出发的几天里，他的左脚成了他的一块心病。

4 月 25 日上午，日方总队长斋藤淳生钻进了李致新的帐篷。对于这位老队长李致新并不陌生，当年在纳木那尼，斋藤先生就是总队长。斋藤问他："听说李先生的脚冻了，能让我看一下吗？"斋藤先生是一个著名的外科医生，他捧着李致新的左脚仔细看了看说，"做个小手术吧。"李致新一听慌了："做手术？会不会影响行军呢？""不会影响。"

1985 年的时候，也是斋藤先生在山上治好了李致新的胃病，但就这样，李致新还是有些害怕，再有两天就要出发了，这个时候做手术是不是太冒险了？他赶紧去找中方总队长曾曙生，垂着头，曾曙生沉默了一会儿，说，斋藤说有把握就去做吧。

手术就安排在下午，斋藤队长的医疗帐篷里。一进那个十几平方米的医疗帐篷，李致新的心放下了，四面都是顶到帐篷顶的药柜，中间是一张手术床，斋藤队长和他的助手已经等在那里了，如果不是外面吼叫的风似乎要把这帐篷撕裂，这里和正规的医院没有什么分别。

手术只用了不到半个小时的时间，一块拇指大小的皮被割去，药棉塞进了伤口。呼啦啦的风声里，斋藤队长说了一句话：可以走了。

斋藤队长把每种药都向李致新介绍了一下，李致新问他："我要是实在坚持不住了怎么办？"斋藤拿出一个小袋子，"请你尽量不要用这个药。"李致新没有问那是什么，后来想想，估计是吗啡一类的东西。

斋藤淳生的治疗一直延续到山上，他在每个营地上都安排了一个给李致新换药的人，一直到 7028 米。三四次换药后，李致新的脚已经恢复了。

在中国人的攀登历史中，日本队始终是一个伙伴，在中国登山协会，会讲日语的人比会讲英语的人多得多，从 1980 年山峰对外开放起，日本队伍就从来没有间断过，在和日本队联合攀登的过程中，中国登山队学到了很多东西。

北侧突击营地的两个主角都已含笑冰雪间了

建立突击营地征服珠峰 8000 米以上才是令人自豪的。那里的高空风速每秒达 50 米以上，氧气含量只有海平面的三分之一，气温在零下 30—40 度，高空寒风轻则使人冻伤，重则把人卷走。

这时，东京、北京、拉萨不断向大本营提供最新的气象卫星云图，大家在焦灼的期待中掰着手指头算日子。

5 月 1 日，最后一仗全面展开，南、北侧第一突击队开始向高山营地挺进。这天，北侧队的六名突击队员从北坳到达海拔 7790 米的 5 号营地。与此同时，南侧队的六名突击队员也从 1 号营地赶到海拔 6700 米的 2 号营地。第二天，南北侧队员又各自再向上一个营地运动。

5 月 3 日，老天爷又来捣乱，印度洋上空有个低压槽偏偏在这时候移向珠峰地区。"南侧出现了暴风雪，第一突击队无法向上运动。"被困在 3 号营地的南侧队急忙用无线电话向北侧队呼叫。人们的心一下子凉了，因为南侧队员如不能按预定时间到达突击营地，那么 5 月 5 日双跨珠峰登顶会师的计划就可能告吹。

当晚，北侧队召开了紧急对策会议，决定北侧仍按原计划行动，如果到时候南侧队上不来，北侧队就实施单跨。而南侧队在听到他们的计划时，当即激动地表示：我们无论如何也要在 5 月 4 日赶到海拔 8050 米的突击营地。

5 月 4 日上午 10 时，南侧第一突击队顶风冒雪出发了。不料又节外生枝，这时北侧突击队也遭到暴风雪的袭击，一时无法行动。10 时 55 分，次仁多吉按捺不住，他抓起报话机叫通北侧大本营，喊道："我要走了，再不出发，脚也要冻坏了，还不如上去！"说完后只身一人顶着暴风雪走了。

下午 3 时，次仁多吉报告他已安全到达东北山脊海拔 8680 米的突击营地。两个小时以后，北侧突击队的全体成员都攀至突击营地并投入建营。

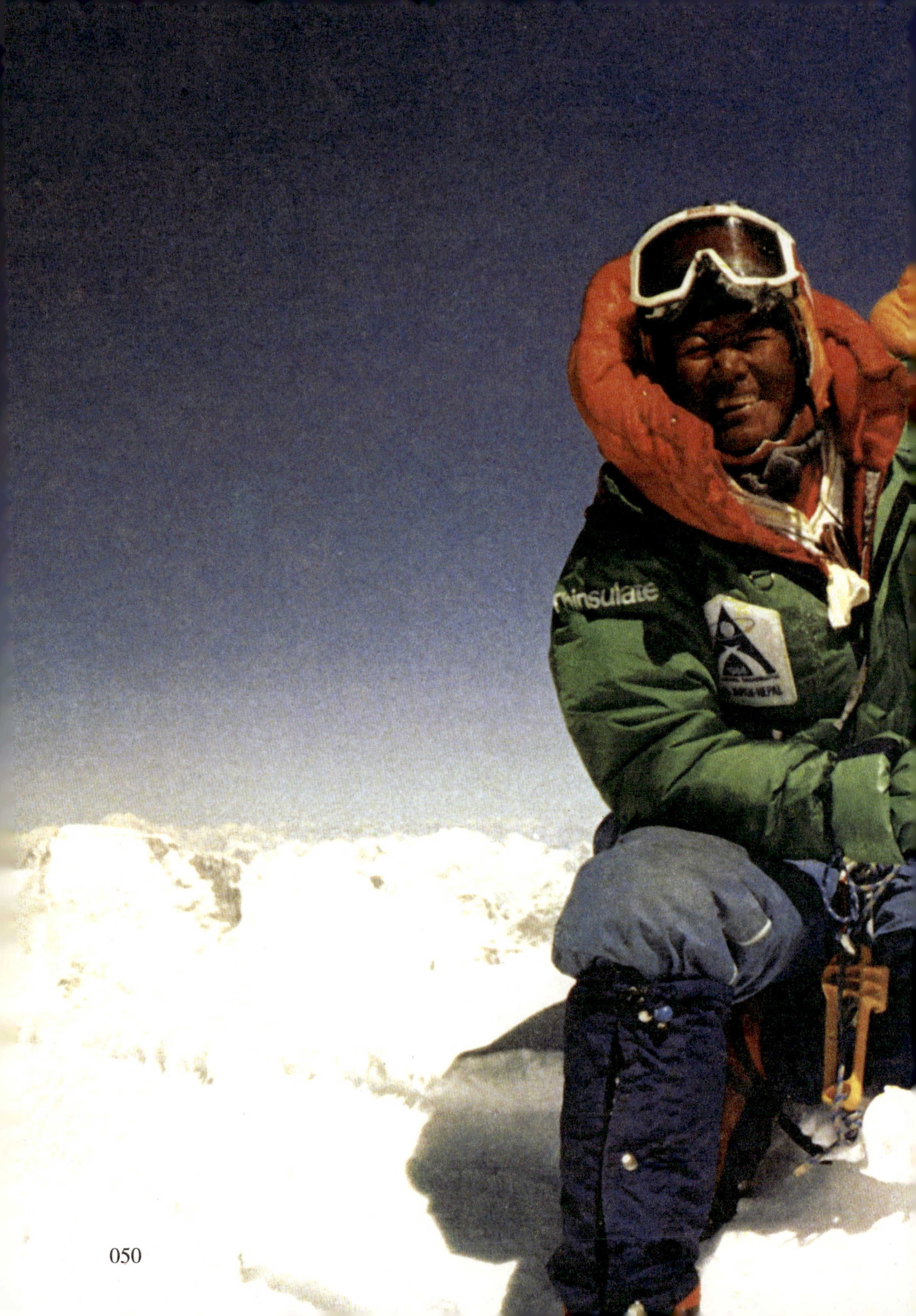

■ 1988年双跨珠峰是一次群英会，三国登山好手会聚珠峰

051

这时南侧也传来喜讯，到下午6时30分，已有三名突击队员在大风雪中相继登上海拔8050米的突击营地。

登上珠峰成功与否在很大程度上取决于天气情况。每年10月至次年3月，整个珠峰都在强劲的西北风控制下；5月末，又有东南季风向珠峰袭来，直到9月底才消退。因此，三国登山队选择了5月5日这一"最佳气候期"冲刺顶峰。

1988年的珠穆朗玛峰在李致新的记忆里是群英会。三个国家的著名好手都到齐了。北侧首批登顶的三名队员就是最好代表。5月4日，登顶前突击营地的那个聚会一直深深地记忆在他的脑海里。

但如今，聚会的两个主角已经魂归雪山了。

山田升，日本最具实力的登山家，这一年他38岁。从高中开始他就把登山当做自己的正业了，是日本登山家的代表。从28岁开始，他已经10次登上了7座海拔8000米以上的高山，被人称作"喜马拉雅山人"。

1983年冬天，他从东南山脊登上了珠穆朗玛峰，两年后，1985年的秋天，他再一次从相同路线无氧登顶成功，他这是第三次来珠穆朗玛峰了。

这个时候的山田升身上充满了一个登山家的个人魅力，他很随和，爱说笑话，还显示了无与伦比的实力。他把炊事帐篷称为是传递友谊的桥梁，他说："曾经有同波兰、尼泊尔、印度登山家合作的经验。因此，在活动中，哪些该做，哪些不该做，我都很清楚。作为一个登山家，最重要的当然还是体力和技术，但人缘也是很重要的。"

在山上，山田升已经在不经意间成为日本队的领袖了，每次出发前，都是他同大本营联系，招呼队友。

5月4日，突击顶峰的队员们赶到海拔8680米的7号营地时，次仁多吉和昂·拉克巴继续向上走去，侦察通往第二台阶的路线，其他队员忙着建营搭建帐篷。

到了晚饭的时候，7号营地热闹起来。李致新、拉巴克和索那都聚集到山田升和次仁多吉他们的帐篷里。山田升和昂·拉克巴用尼泊尔语交谈着，昂·拉克巴再用藏语把他们的内容翻译给次仁多吉和索那听，李致新则不知所云地跟着傻笑。总之，大家那么愉快，有着说不完的话。

那天晚上，突击营地的晚饭很丰盛。有烫荞麦饼、辣肉汤、方便米饭还有少不了的糌粑汤。除了李致新之外，所有的人都很喜爱糌粑，包括山田升，他也是通过饮食和各国队员相互了解和熟悉的，他说，吃同样的东西是传递友谊的一条捷径。

就是这个给李致新留下了深刻印象的山田升，和日本另一位登山家植村直己一样，1989年在攀登北美最高峰麦金利的时候不幸遇难。1992年，李致新和王勇峰是缅怀着山田升攀登上麦金利的。

昂·拉克巴是1988年珠峰双跨中让人难忘的一个人物。在珠峰大本营,想家的昂·拉克巴指着珠峰轻轻地说:"快了,翻过这座山就是了。"

他的登山天赋令人惊叹。27岁的他已经有15座7000米以上雪山的登顶纪录了,也曾站在珠穆朗玛的顶峰,但1988年珠峰的攀登对于他来讲依旧是独一无二的,以登山运动员的身份攀登,这是他平生第一次。

他曾经陪同有着"登山皇帝"之称的梅斯纳尔攀登上过世界第四、第五高峰——洛子峰和马卡鲁峰。但那些山峰只记录了梅斯纳尔的名字,无论是哪一个向导帮助登山家登上了顶峰,"夏尔巴"是他们共同的名字。

昂·拉克巴是以替补向导的身份和梅斯纳尔相识的。梅斯纳尔原来雇用的高山向导突然病了,当高山旅游公司把昂·拉克巴介绍给梅斯纳尔的时候,他很不愿意接纳眼前矮小的拉克巴。但当拉克巴在一天之内从海拔6000米到8000米之间进行了两次往返运输后,梅斯纳尔认准了他,从此,每次登山都要由他陪同。

但拉克巴并没有为这个荣誉而自豪,他不知道梅斯纳尔会不会在自己的书里提到这个不可或缺的向导。在大本营,昂·拉克巴对采访他的记者说:"他连书也不会寄一本的。我们身强体壮的时候,他从来不给我们拍照,一旦生了病他就拍个不停,他想以此显示比我们强。"

珠穆朗玛,在藏语中是"第三女神"的意思,而夏尔巴人则称之为"萨迦玛塔",意思是"通达天庭的山峰"。在这个通达天庭的山峰上,夏尔巴人用身体把来自各个国家的登山者送上天庭,他们的目的很简单,用性命养家糊口。即使是出色的昂·拉克巴也有退隐之心:"登山总难免出事,一旦出事,我的弟弟妹妹怎么办?父母早去世了,我得养活他们。再登两年,我要攒点钱做生意去。"

昂·拉克巴的计划没能得到实现。两年之后,他在世界第六高峰卓奥友遭遇雪崩,这座山峰的山难史上也不会有他的名字,他只是一个夏尔巴。

1988年到1991年,不到三年的时间里,当年参加双跨的三国队员中已经有九人含笑冰雪了。这其中,两个人的名字是李致新心头永远的痛。一个是当年的攀登队长宋志义,一个是李致新的教练孙维琦,1991年,梅里山难让中国登山队失去了这两员虎将。

就在北侧豪情万丈地准备登顶的时候,南侧的突顶队员却依旧是遭遇了困难。5月4日,当仁青平措、大次仁和尼泊尔队员安格·普巴到达5号营地的时候,根本没有炊具,几个人只吃了点糌粑。因此,登顶那天,从早晨开始就没有喝上一口水,没有吃上一口饭。

■ 出发前，天津同义庄小学五年级二班的同学们把他们的中队旗寄到了中国登山协会，希望登山队员们能把它带到珠穆朗玛峰上

**三国队员在顶峰上相互祝贺着，
尽管他们并不十分清楚对方在说什么**

5月5日清晨5时半，在海拔8680米突击营地，李致新向大本营指挥部报告："山上八级风，帐篷金属杆都被风刮弯了。"8时45分，风力稍减，北侧中日尼第一跨越组三个人强行向顶峰突击，随后第一支援组三个人也出发了。迎面就是那道被称为"不可逾越的大风口"，吹雪似雾。

12时15分，次仁多吉报告："我到达雪坡顶了。"

"向右横切过去，再向左就是顶峰了！"曾曙生在报话机里叮嘱着。他知道，在山上有时向左一步是胜利，向右一步就是深渊。听到次仁多吉的回应，他舒了一口气，估计一个小时就可以登顶了。

然而，仅仅过了27分钟，12时42分，次仁多吉兴奋的吼声传了下来："我登上顶了！"

消息来得太突然了，曾曙生拿着报话机足足沉默了5秒钟，他克制着自己的感情问："再看看周围，还有没有更高的地方？"

"没有了，世界最高的地方只有我们三个人，脚下是雪山、白云。"次仁多吉的声音准确而清晰。

"我代表中华民族，代表中日尼三国友好登山队报告，我们上来了！我们的脚下是雪山和白云！"次仁多吉的声音通过北侧大本营的无线电台直达北京。

他一马当先攀上了顶峰，他之后，尼泊尔队员昂·拉克巴、日本队员山田升也相继登上珠峰之巅。

12时50分，山田升到达顶峰，他直接扑向次仁多吉和昂·拉克巴，三个人摇摇晃晃地拥抱在一起，头顶上是蔚蓝的晴空，脚下是连绵的银色群山。

"我们终于成功了！""祝贺！""谢谢！"不同国度的语言纷纷涌出，尽管相互间并不清楚各自的意思。

这三个人都有着非同一般的实力。登顶这天早晨，他们从7号营地出发是早上8点45分，只用了大约四个小时就登到了顶峰，一般来讲，这段路都要用6个到7个小时。其速度可想而知。

为了争取与南侧登顶队员会师，他们三个人呆在这世界最高的地方等了又等，10分钟，13分钟，1个小时……氧气早用完了，山顶气温达零下30度，他们的手脚都冻麻木了。

"再坚持半小时，要准备付出代价！"这是三国双跨主峰设在北京的总指挥部传来的声音。

80分钟过去了，曾曙生问："你们还有氧气吗？"

"没了，瓶子都扔了！"

"手变颜色了吗？"

"黑了。"次仁多吉的声音在颤抖。

"立即下撤，跨越！"

次仁多吉说，他已经看见李致新了，离顶峰不远了。

曾曙生大声嚷着："次仁多吉，李致新背上去两瓶氧气，你马上背上那瓶没用过的，向南跨越。"

在强劲的高空风中，次仁多吉的声音再次传来："我不用了，我可以坚持，留着那瓶氧气给南侧过来的同志吧，他们更需要。"

所有人的眼泪夺眶而出，那是在8848.13米的地方，世界上最高的地方，那

■ 三国登山家在珠峰上创造了跨越奇迹

个地方的氧气只有海平面的 1/4，次仁多吉已经在那里无氧守候了 99 分钟。

次仁多吉给向自己走来的李致新拍了两张照片后，向南跨去。这是人类历史上首次在世界最高峰上的伟大跨越——向南侧下山。

14 时 20 分，北侧第四个人登上峰顶，这就是李致新，又是孤身一人。

李致新的任务是把南侧跨越队员接应到北侧，但 65 分钟过去了，南坡只有白雪茫茫。

15 时 25 分，尼方支援队员拉克巴·索那登顶，他只在顶上站了一下，就被风雪刮下来。他们两个人一起沿原路下撤。

人类顶峰会师的机会，就这样一次次被错过了。最后的希望只系在北侧剩下的日本队员山本宗彦和三名日本电视台摄影记者身上。

三声口哨从世界之巅传来，人类完成了最伟大的跨越

此刻南侧中方队员仁青平措、大次仁和尼泊尔队员安格·普巴正在齐腰深的积雪中拼命向峰顶攀登。

他们早上 8 时 25 分出发，比原定时间提前一个小时，但由于冰雪太深，很多路段不得不跪着用冰镐锄雪开道。

15 时 53 分，大次仁在经过长达 8 小时与冰雪搏斗之后，第一个从南侧登顶。三声口哨从世界最高峰传来，因咽炎而嗓子嘶哑的大次仁用预先约定好的三声口哨，向南侧大本营报告他成功的消息。这也是中国人第一次从南坡登上世界最高峰。另外两个人随后登顶。

大次仁在顶峰流下了泪水。从 1979 年参加登山活动以来，他做梦都是登上珠穆朗玛峰。他曾经宣称："这次如果我登不上珠穆朗玛峰，以后再也不登山了。"从早上出发开始，他的肺部就出现水泡，再加上 8000 米的干燥，他的喉咙一直疼痛不已，说话也出不来声音。南侧大本营和他联系时，话筒里只传出"呼—哧、呼—哧"的喘气声。

从这时起，全世界都在注视着北侧的山本宗彦。离顶峰只有 50 米了，山本宗彦摔倒在地，他试着站起来，但他已经太疲劳了，只能在冰雪和岩石上爬着、爬着，手里拖着氧气瓶，爬一阵，喘一阵粗气，哇哇地哭一通。

他太累了，氧气也用完了。但这时，他从背包里拿出了一面签有很多名字的鲤鱼旗和一个象征吉祥的 30 公分见方的乒乓球拍。这是他任教的中学的学生们行前交给他的，尽管一路上受到其他队员的奚落，但他仍然高举着鲤鱼旗，艰苦地，一步一步往上爬。登顶的这一天，是日本的男孩节，要为没成年的男孩子升起鲤鱼旗。这个中学教师要为他的学生们在世界最高的地方升起鲤鱼旗。

　　16 时 05 分，山本宗彦爬上了顶峰。很快三名摄影记者也跟上来了。南北两侧队员的手紧紧地握在一起，他们终于会师了。

　　在一万米的高空，中国科学院提供的"奖状 2 号"航拍飞机拍下了那个动人的画面：身着红、黄、绿色登山服的中日尼三国勇士，在地球之巅紧紧地拥抱。

　　这时，全世界的人们都在焦急地等待着从海拔 8848 米向下俯视的情景。但电视画面却迟迟没有出现。整整 17 分 40 秒过去了，5 月 5 日下午 4 时 27 分，北侧大本营监视器的屏幕被大片蓝天占满了。

　　这是梦想成真的时刻。世界之巅 360 度的全景出现在全世界面前。

　　摄影师中村进头盔上的小摄像机在沙沙地转动，中村的声音在欢呼："登山的朋友们，你们看见了吗？这是在世界的最高峰的顶峰，是全世界最高的地方。"

　　17 时整，从南侧上来的大次仁等三个人向北侧跨越，最终实现了人类从南北两方双跨珠峰的伟大梦想，完成了世界登山史上一次划时代的大跨越。

　　当晚，三方十二名登顶队员都安全返回突击营地。

　　一连串新的高山探险纪录就此在一天内诞生：

人类第一次跨越了珠峰

人类第一次在世界最高峰顶峰会师

人类第一次电视转播登山现场实况

人类第一次在珠峰上空用飞机拍摄登山场面

人类第一次一天内有十二人登上珠峰峰顶

　　另外，三国运动员还创造了顶峰停留时间最长的世界纪录。

**李致新用头灯指引着日本队员下撤的路，
他又冷又饿，委屈得哭了**

李致新撤回到8300米6号营地的时候，已经是晚上9点半了。

刚一到营地，报话机响了，大本营问："仁青平措和大次仁是否已经到达8300米的营地了？"李致新赶紧跑出帐篷去找，在另一顶帐篷里只发现了两个穿蓝色和绿色羽绒服的队员在休息，没有中国队的红色羽绒服，于是，李致新向大本营汇报："营地除了我之外，只有两个尼泊尔队员。"大本营一听就急了，仁青平措和大次仁是从南侧跨越到北侧的，对北侧的地形不熟悉，找不到营地是极其危险的。

大本营开始反复呼叫起来，终于，大次仁的声音传了下来："已经到达营地，仁青平措在突击营地，没有见到李致新。""你在几号营地？"第一次到北坡的大次仁说不出来呀。

大本营被山上的回答搞得一头雾水。其实，当时三个人都在8300米的突击营地上，大次仁为了保暖，在自己的红羽绒服外面又罩上了一件蓝衣服，被李致新错认成是尼泊尔队员了。直到10点半，两人在帐篷外面碰上了面，才彼此认出了对方，哈哈大笑起来。

接下来的事情是1988年给李致新印象最为深刻的事情了。

见到大次仁之后，他的心里也塌实了，赶忙钻进帐篷，点起炉子，脱下已经湿透的手套和袜子，准备把它们烤干后再穿上，另外，也实在需要喝点热水了。从突顶前夜到这会儿，他还什么都没有吃呢。他这样回忆了那个难忘的夜晚。

就在我刚刚生起炉子、脱下袜子、手套准备烘干的时候，报话机里传来了大本营曾曙生的紧急呼叫："李致新，听到没有，请回答！""听到，请讲。""现在日本队员正在下山途中，由于夜色很浓，又下起大雪，他们已经迷失了方向，需要你出来给他们指路，打开头灯，敲铝盆，用一切手段，向山上发信号。无论如何，你要克服困难，大本营命令你，钻出帐篷，为日本队员指路。"当时，我心里非常矛盾，一种莫名其妙的委屈涌上心头，竟

■ 李致新（右一）和登顶的队友们

061

不觉感到眼眶一热，我已经这么累了，袜子、手套都还是湿的，刚要暖和一下又让我出去，领导也太不理解山上兄弟的艰难了。没办法，只好执行命令。"执行命令！"说完我就把报话机摔到一边，重又套上冰冷潮湿的袜子和手套，拖着疲惫的身子钻出了帐篷。风雪中，我向山上打着灯光，只感到手脚冰凉，心仿佛在哭泣。

　　大本营的同志们也在为我担心着急，他们知道我的脚已经冻伤，为防止伤情的扩大，不断提醒我在原地活动手脚；怕我在风雪中睡着了，不停地和我说着话，鼓励我。可我此时的情绪坏到了极点，只是固执地感到他们不理解我。对他们的问话，我一概不理，更何况，在海拔8300米说话是那么困难。这时候，不知是谁说了一句："李致新，这是关键的时候，是你立功的好机会。"这真是火上浇油，我再也忍耐不住，钻进帐篷，冲着报话机嚷道："这好机会，你来试试！"接着是很长时间的沉默，再也没有人说话了。

　　此时，我已经看到日本队员向营地移动的微弱的灯光，他们现在正在海拔8500米的高度，我拿着头灯向他们照过去。

　　风越来越大，气温越来越低，我的手脚由疼痛变得麻木，寒风夹着雪片刮到我的脸上和脖子里，我越来越感到彻骨的寒冷，整个心都好像成了冰块，一种被亲人抛弃的感觉严严实实地包裹着我。终于，我无声地哭了。我不知道在这洁白的世界中倒下去的勇敢者的英灵在怎样嘲笑我，我也不知道我所崇拜的英国登山家马洛里站在8700米的暴风雪中该怎样痛骂我。但我知道，此时此刻我的灯光，意味着日本登山队员的生命，我只能无条件地执行命令。就像白天突击顶峰那样，坚持，坚持，再坚持。

　　此刻，时间仿佛停滞了似的，平时蓬松保暖的鸭绒装备，怎么也抵挡不住高山上严寒的侵袭了。还是我们的曾曙生队长理解我的心情，他说："李致新，今天你们登顶的实况，中央电视台进行了转播，中央领导及国家体委有关方面都给登山队发来了贺电。你的父母、女朋友、同学都通过电视看到了你登顶的情况……"听到这些，我的心里多少感到一些安慰，情绪也好了一些，在风雪中继续摇动我的头灯。日本队员下山的灯光，也越来越近了。

　　到5月6日凌晨一点多钟，第一位日本队员回到了营地，接到指挥部的命令，我已经完成了任务。于是回到帐篷，一头钻进睡袋什么也不知道了。待我第二天早上醒来时，发现我的帐篷里又多了两名日本队员，他们什么时间回的营地，进的帐篷，我全然不知。

成功地完成双跨后，李致新给《山野》杂志写了这篇稿子，既没有写登顶那个伟大的瞬间，也没有写自己险些丢了一根脚指头，却选择了这个登顶后的夜晚。

他说，登顶之夜所经历的一切，是极其艰难的，是对我心理上和意志上的一次磨炼和考验。每当我回忆起这难忘的经历，我都深有感触。对于攀登者来说，他所获得的一切不仅仅是在顶峰上，更多的是在他们艰难的攀登中，顽强的探索中和克服一个又一个困难的拼搏中。

**登山活动宣布结束之后，珠峰南侧突然传来消息，
南侧日本队的攀登队长要切腹自杀**

所有的故事可以在高潮时落幕，但惟有登山不同，登顶对于整个登山活动来说只是有了一个结果，登顶之后的故事往往才是最耐人寻味的。

5月8日，中日尼三国联合登山队宣布：双跨行动圆满结束，全体下撤。北侧已经开始拆除帐篷，依次向大本营撤回。得到不让登顶的消息后，南侧一直在大本营待命的日本队队长汤浅要切腹自杀。

关于1988年的双跨，这个节外生枝的故事让我难以忘怀。起初是因为好玩儿——北侧大本营向全球无线电爱好者发出求助信号，请求帮助联系上北京。如果是在今天，即使在顶峰上也可以通过海事卫星寻到一个在地铁里的人，这种方式多少有些可笑，毕竟是10年前的事情呀。但随着对整个珠峰攀登的回顾，这个故事是一种难言的酸楚。

5月8日晚，北侧登顶队员刚回到大本营不久，电台收到了来自南坡的消息：日方队长汤浅要自杀，他无法忍受自己的队员望着一步之遥的顶峰向下走。

5月4日，第二突击队的9名队员按照计划上升到海拔8050米的4号营地，但他们却遇到了意想不到的一件事：氧气短缺。南侧总队长，来自尼泊尔的贡嘎队长说南坳有24瓶氧气，但实际上只有10瓶左右，有的氧气瓶背上来之后又被背运工用了不少。这让南侧首席攀登队队长矶野刚太怒火中烧，他咆哮着放声大哭。

第二天早晨，除了日本的跨越队员北村贡背上两瓶氧气直接突击顶峰外，其

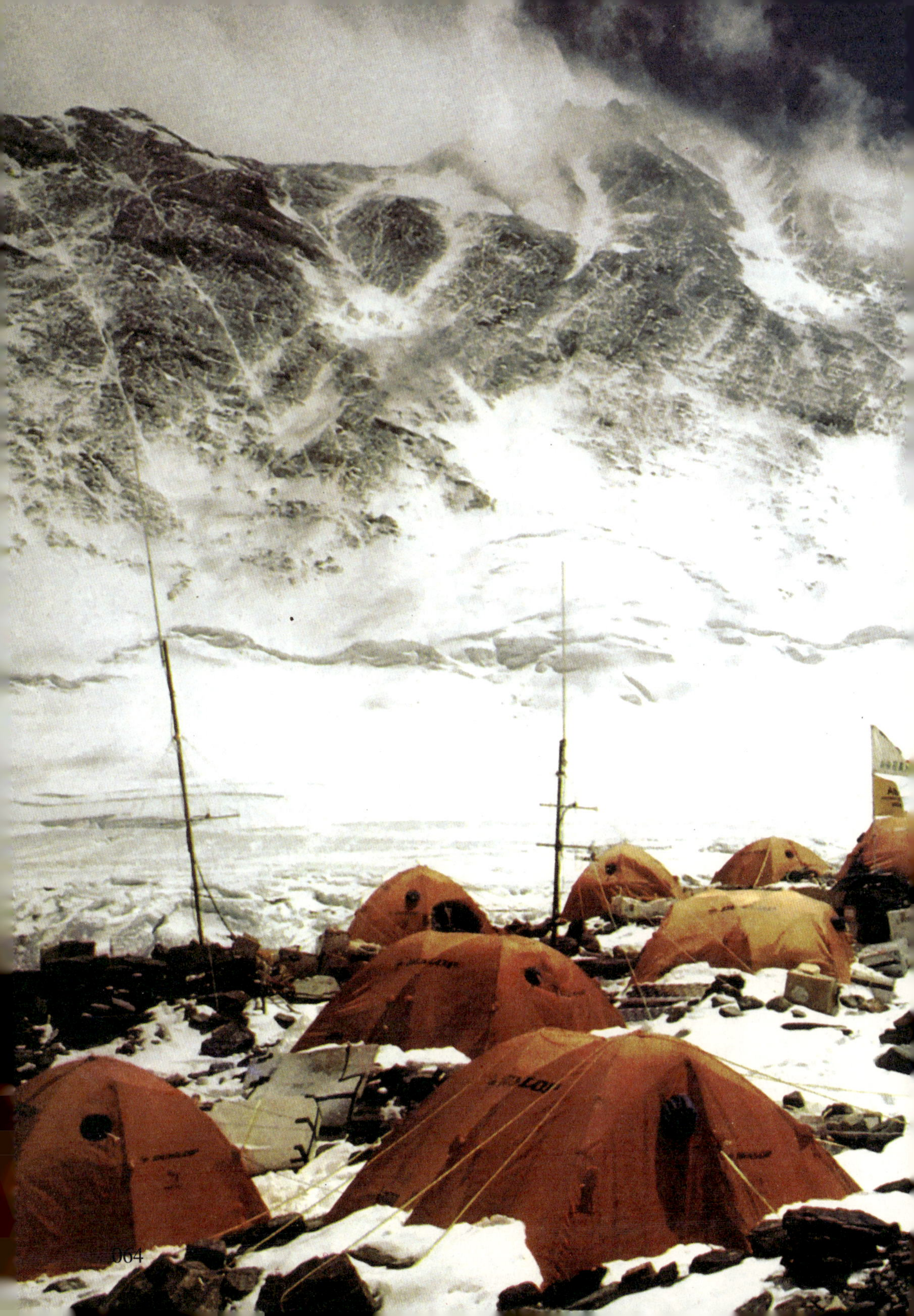

■ 无论登山的设备多么完善，珠穆朗玛峰也不会让人们轻易成功

余八名突击队员不得不中止突击。他们望着无云的碧空失声痛哭。谁在这个伟大梦想即将实现的时刻能让自己坦然放弃？边巴扎西哭着向王振华恳求："让我们上吧，没有氧气我们也可以。"

山上山下的哭声汇在一起，贡嘎队长说他要承担一切责任，可一个人一生一次的机会就这么失之交臂了，谁能为这负责任？

5月8日，中日尼三国双跨活动成功结束后，北京发出指令：活动已圆满结束，各营地待命队员撤回大本营，本次登山活动结束。

但南侧的登山活动并没有停止。对于来自北京的结束登山活动的指令，尼泊尔强烈反对。汤浅队长也认为"不能扔下尼泊尔队不管就下山"。他决定活动继续进行，并且宣布了第二次突击顶峰的名单，南侧，日本队还没有一个人登顶。汤浅强烈主张："我要让年轻的朋友登上顶峰。"他说，北京如果不接受他的请求，他就要切腹自杀。

北侧来自无线电中心的邹容祥收到电波。这个信息让大本营一下子紧张起来。和北京联系的时间已经过了，嘀嘀嘀的电波声像敲在他们的心上，邹容祥采用了无线电爱好者的联系方式：向全世界的业余电台呼叫。他们不断发送着信息，世界各地的回音传送到世界屋脊。

最后，他们选定了日本的一个无线电业余爱好者，是位女性。跟她说清楚了来龙去脉之后，北侧大本营问她：你愿意为我们传递这个信息吗？日本打到北京的长途电话是很贵的。对方很痛快：只要你们给我一套这次登山活动的纪念品就行。

就这样，在北京的总指挥史占春从被窝里被日本长途叫了起来。中日尼三国联合登山队总指挥部及时进行了协商。

中方认为：（一）活动已取得的成果是预想方案中的最佳目标，高山物资消耗已近极限，如再组织突击，须重新组织行军，进行突击前的准备，对筋疲力尽的二线队员来说，实难承担。（二）如勉强去做，在主观条件大大降低，天气情况难测，取得大胜之后心态也有所放松的情况下，是很难确保安全的。（三）三方12名队员中，尼方三人，中方四人，还都有双跨队员。日方虽然只有一人双跨，但有五人登顶。纵观全局，活动已经十分顺利和圆满了。

三方经过充分的协商，达成统一，认为：再继续下去只是画蛇添足，搞不好还会留有遗憾，于是，三方作出了结束活动的决定。

结束登山活动的决定斩断了日本队所有攀登的渴望，在他们下撤的身后，是流着泪的中国队队员。

汤浅说："若是我一个人倒好说，然而，像现在这样搞下去，很可能葬送掉队员的未来。给朋友们造成麻烦。那样……"报话机前的汤浅强忍着泪水："在这个紧要关头，我要直率地跟队员们谈一下。"

汤浅流着泪对山上的队员说："大家想要登上顶峰。但既然北侧的队友们终止了第二次突击，下决心下山，我们也不得不终止登山活动。请你们挺直胸膛下山回来吧。"

各高山营地传来了队员们的回答。3号营地的山本一说："对先生我们没有什么好说的。我们的想法是一致的。像这样继续搞下去，不仅对先生，而且对各方面的朋友都会造成麻烦。"

前进营地的高野说："结交了很多的朋友，只此一点，我就很满足了。"

在行军中刚刚向大家透露了已经订婚的井本则说："在这样近的地方看到了顶峰，真想再登它一次。"

无论是北侧还是南侧，日本的很多队员是辞了职来参加这次登山活动的，汤浅本人也是在3月辞去了爱知学院大学法学部长的重要职务来参加三国登山活动的。在北侧，队员们下撤时也是经历了一番苦痛的。

5月10日，汤浅计划登顶的那一天，天晴得让人心痛，甚至比5月5日那个伟大的日子还要晴朗。没有人能够描述这一天的汤浅是怎样的，没有人描述这一天下撤的中日队员是怎样的，谁也不知道他们在那一天流了多少泪。但那一天的两个尼泊尔人肯定是汤浅心头永远的痛。

那一天，尼泊尔队的两个队员登上了顶峰。其中有"酒神"——松·达瑞。

"在珠峰漫天卷来的暴风雪中，他仰天举着一个冰做的大酒罐，边笑边喝向山上攀去。"这位登山英雄这样被人描述，1988年5月10日，他第五次登上珠峰，站在这个通达天庭的山峰之上。几年后，他自杀身亡。

攀上巅峰

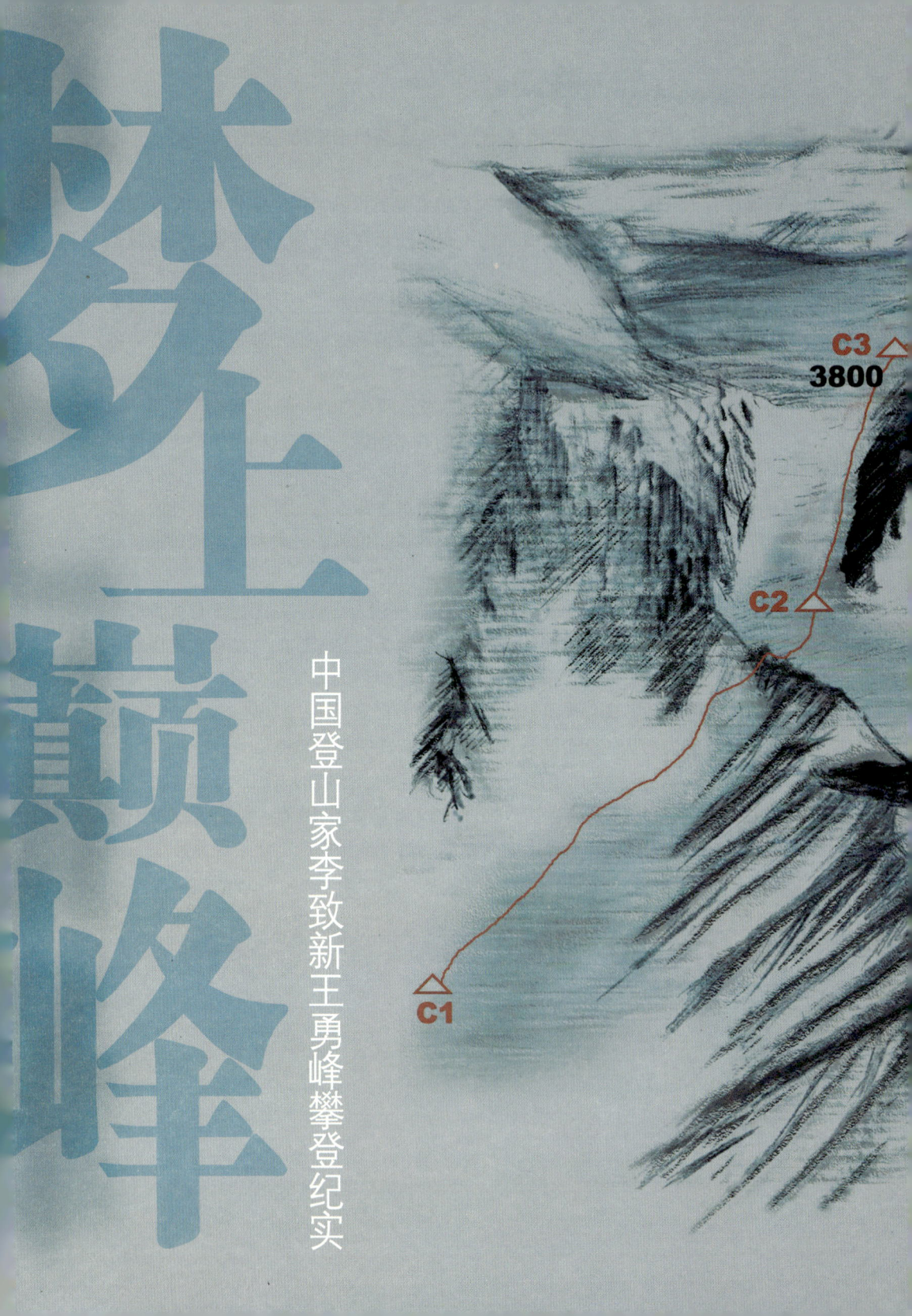

中国登山家李致新王勇峰攀登纪实

C3 3800
C2
C1

Summit
5140

1988 年
文森峰·梦想的诞生

文森峰　南极洲最高峰　海拔 5140 米
南纬　78 度 35 分　　西经　85 度 25 分
1988 年 12 月 3 日上午 6 时 08 分　李致新和王勇峰成功登顶
在这里　他们确定了攀登世界七大洲最高峰的目标

"慢慢长大之后，我发现，登山最对不起的人就是自己的家人。"1988年，登完南极最高峰文森峰的回国的飞机上，不知道为什么，正在记日记的李致新突然想起了妈妈。他妈妈有非常严重的心脏病，不能受惊吓和刺激，而他的儿子却让她始终生活在心惊胆战之中。这样想着的时候，泪水就淌了下来。"登那么多年山，那是哭得最伤心的一次。再后来，母亲去世以后，这种歉疚的心情一天强似一天。"这是李致新和王勇峰第一次海外登山，在这里，他们成为世界上第18、第19个登上南极最高峰的人，也是从这里开始，他们确定了攀登七大洲最高峰的目标。

■ 李致新和王勇峰在南极洲最高峰顶峰上。
攀登七大洲最高峰的梦想种植在此

南极的第一份礼物：生死合同

  1988年11月25日，智利，彭塔阿雷纳斯，地球上离南极最近的一个城市。机场上停着一架DC-4远程运输机。候机大厅里，望着大肚膛的运输机，李致新和王勇峰的神情有些茫然。

  这是改革开放以后中国人第一次海外登山，也是一次真正意义上的探险，他们要去的地方在今天也是很遥远的地方。11月14日出发到达旧金山之后，他们

071

■ 从1号营地出发时的王勇峰

经过迈阿密、圣地亚哥，用去了10天的时间，才到达彭塔阿雷纳斯。

到了彭塔阿雷纳斯，他们做的第一件事情是直奔图书馆，尽管到了地球最南的城市，尽管第二天就要开始真正的登山活动了，他们却没有见过要去攀登的山峰。对于文森峰的所有认识仅限地理位置和海拔高度，甚至没有见过文森峰一带的地形图，连文森峰的照片也没有见过。在图书馆里，他们和文森峰第一次谋面，伴随着照片与他们相识的还有外国登山队的成功和多次失败。

文森峰，我们来了，越过海峡，就是南极了。他们的目光越过南美的阳光和蓝天，望向寒冷的远方。

飞行员帕特向他们走了过来，微笑着递过来一份美国政府的照会，上面的内容比帕特的微笑要冰冷得多，这是一份美国政府关于南极探险的照会：《给计划去南极的访问者的公开信》。上面是这样的内容：美国政府非常支持去南极登山探险和科学考察，但那里环境十分险恶，飞行航程长，恐有不测，本政府对参加这次探险活动人员的生命安全概不负责。

照会上还特意注明的一点是：如发生意外，尸体就地掩埋，不能运送回国。

只有在照会上签名，才可以登机。

这就是南极的见面礼。虽然签下"生死合同"是每个去南极的人都会碰上的，但在1988年，去南极探险和进行科学考察的中国人毕竟很少。

金庆民，这位与李致新和王勇峰同行的女地质科学家先在照会上签下了自己的名字。她这一年已经快50岁了，这位身高才1.54米的瘦小女性有着惊人的勇敢和毅力，1986年，曾经参加中国第三次南极考察和首次环球科学考察活动，当年在经过德雷克海峡时险些遇难。那是位于南美洲和南极洲之间的一个海峡，连接着大西洋和太平洋，以大风暴和冰山多而出名，是世界上最危险的海峡之一，中国的"极地号"是在两座冰山合围之前冲过去的。这一次，她和李致新、王勇峰将飞越这个海峡。

南极的危险，金庆民是有过见识的。而对于飞往南极，也不是一件轻松的事，南极有一种奇怪的天气现象，叫"乳色天空"，狂风卷起漫天冰晶，太阳透过冰晶反复折射，形成日晕；冰晶使天空变成白茫茫一片，看不见远山，看不见地平线，甚至看不见对面的人。在空中飞行的飞机，由于无法靠地面的参照物辨别是上升还是下降，机毁人亡是常见的事情。不少到过南极的探险家和科学家都遇上过这种情况。

金庆民没有给两个年轻人做什么解释，只是迅速地签名之后，微笑着把照会递给了李致新。

■ 漫长的雪坡耗费着人的精力和体力

　　李致新和王勇峰对于南极的危险没有什么认识，但对照会的到来也不觉得突然。前一天，他们的美国队长吩咐大家对装备和食品做最后的分拣时，他们已经有些感觉了。美国队长说，飞机飞越海峡时，如果飞机发动机一旦停车，分批往下扔东西，先扔技术装备，然后是食品，最后是御寒用品。

　　他们的美国队长是美国著名的南、北极探险家麦克·登，同行的还有三位美国同行，探险家柯瑞斯、工程师杰克和麦金利的幸存者沃勒。

　　这支中美探险队一共只有六人，和李致新、王勇峰以往参加的登山活动完全不同，每次登山，加上后勤人员至少几十人，大家在一起不会孤单和寂寞，可这一次，所谓中美联合登山队也不过是六个人，他俩心里总是有点不塌实。

飞行在德雷克海峡上空时一个螺旋桨不转了

  这架 DC-4 运输机是加拿大和美国南极探险组织的一架退役的军用运输机，它将在没有导航的情况下，飞越气候恶劣的德雷克海峡和南极上空。飞行十几个小时才能到达爱国山营地。
  南纬 80 度，这个数字人们不陌生，人类对南极的认识是从这里开始的。1911 年 2 月 14 日，挪威探险家阿蒙森在这个纬度建立了第一个营地。应该说，中国人对于南极的认识是来源于 1911 年的世纪探险。

南极，让人们想起的只有寒冷。即使在夏季，这里也只有零下40度，而冬季的最低温能到达零下88度。和阿蒙森一样在1911年探险南极的英国船长斯哥特在遇难前的日记里这样写道："我们无法忍受这可怕的寒冷，也无法走出这帐篷。假如我们走出去，那么暴风雪一定会把我们卷走并埋葬。"

而他们要去攀登的文森峰是南极大陆埃尔沃斯山脉的主峰，也是南极洲的最高峰，海拔5140米。它位于南纬78度35分、西经85度25分的南极腹地。1958年，美国军用飞机在南极上空飞行时，发现了这座山峰，它的海拔高度虽然不算高，但相对高差比较大，山峰陡立、拔地而起，是一个冰雪的世界，没有生命，没有人烟，所以被探险家称为"死亡地带"。

签下了"生死合同"之后，李致新和王勇峰他们开始登机了，虽然此刻正是智利的夏天，但大家已经在短袖T恤外面加衣服了。那里究竟有多冷？不知道。该准备什么样的装备？不知道。看美国人怎么穿，自己就怎么穿呗。他们学着美国人的样子，鸭绒衣、毛线帽、高山靴，整整齐齐穿好，上了飞机。

飞机一边是座位，一边放东西。飞机的舷窗很破旧了，向外望出去，李致新发现右侧的发动机还在渗油。这飞机能飞十几个小时？看起来，探险从现在就开始了。

飞机轰隆隆吃力地爬上了天空。副驾驶开始教大家如何使用救生圈。李致新

■ 声称最抗冻的李致新舌头沾在勺子上被扯下一块皮

扑哧笑了，这要是真掉海里，就是淹不死，也冻死了，纯属多此一举。

飞机在南美洲和南极洲之间宽570公里的德雷克海峡上空飞行着，下面是蓝色的大海和密集的浮冰。李致新说，他看见了蔚蓝海水中跃出的鱼。

南极洲，这块约占陆地面积十分之一的银色世界是极其神秘的，儿时起，李致新就梦想着有一天，能踏上这片神奇的大陆，看看她那连绵的海岸，起伏的冰山，一望无际的冰原；更有那可爱的企鹅，顽皮的海豹。可真正到了这里，才发现，那只是教科书里的浪漫。即使是企鹅、海豹这些极为耐寒的极地动物也只能在南极的洲头海岸岛屿上滞留，绝不敢深入到南极圈内的冰雪大陆。

十几个小时的飞行是折磨人的。飞机发动机的轰鸣声简直要摧毁人的耳膜，看看美国人，个个戴着耳机闭目养神，中国人是一点儿准备都没有，摸出张纸，团起来塞到耳朵里。接下来的折磨是没有办法的，饿！五六个小时过去了，肚子咕噜咕噜叫了起来，美国人开始面包香肠大吃起来，三个中国人只有咽口水的份儿，随身一点食品都没有带，饿得没有办法了，只有闭上眼睛，不看，忍着。

很快，飞机上沉寂起来，每个人都昏昏沉沉的，飞机在和南极的气旋作周旋，一会儿迅速抬升，一会儿大幅下落，气流撞击机身发出强烈的颤动。飞机越过德雷克海峡，进入南纬66度34分的南极圈。

"看，一个螺旋桨不转了！"

李致新突然一声大喊，飞机上的探险家们都被惊醒了。大家都向舷窗外望去。果然，一个螺旋桨一动不动，而且，那个机翼还在渗油。

人人都望着机长，等着他的指令。

21时30分，人们等来的是机长微笑的通知：准备着陆吧。飞机上的人们大声欢呼起来。

走出机舱，清冽的空气迎面而来。真是一个绝好的天气，没有一丝风。眼前是一望无际的冰原。这个时候，北半球的祖国已经是夜幕低垂了，可在神奇的南极大陆却像白天一样明亮。11月，南极已经进入了极昼期，24小时都可以见到太阳。这会儿，阳光正斜照在茫茫冰原上，金光灿烂，万物生辉。

气温已经是零下40度了，每个人都又冷又饿，美国人一下飞机就迫不及待地往一个大帐篷里跑去，拿着面包、饮料走出来。三个中国人还继续抗着，他们身上没有钱，哪儿也不敢去。其实，那是一个免费供应的补给点，美国同伴没有把这个细节告诉第一次到这里的中国人，那些人一定奇怪呢，这些人，不吃不喝十几个小时，够厉害。

爱国山营地是他们的一个中转站，三个小时之后，一架小飞机来了。飞机可真小，人可以摇动它的翅膀。它落在雪里，要靠人们去拉。这个小家伙将把他们运往文森峰大本营。

小飞机一次只能坐两三个人，每个人只能携带 50 磅的食品和装备，它一次次起飞，把人们运往目的地。

文森峰大本营设在海拔 2300 米的冰原上，三个小时之后，他们降落在大本营。

一下飞机，呼出的热气在脸上结起霜，大胡子的美国人个个都像圣诞老人。美国队长指定一个地方让大家挖雪，挖着，挖着，雪下的秘密露了出来，吃的，喝的，还有电台。

大家在雪地上开始挖雪洞，帐篷搭在雪洞里，食品装备也要放在雪洞里，否则，暴风雪不知会把它们卷向哪里。

安置好帐篷和装备，三个人累得浑身像散了架，钻进睡袋昏睡起来。

一觉醒来，已经是 11 月 26 日下午了，太阳还是像睡之前，斜照过来。

有了精神，肚子开始抗议了。化雪烧水。这四个字在南极实施起来不是一件容易的事，一小锅水几个小时也不冒热气，巧克力冻得像石头一样硬。一杯冒着热气的咖啡刚喝一半，已经冻上冰了；刚煮好的麦片正要放进嘴里已经是凉的了。

大家正和时间拼抢吃东西的时候，只听李致新一声惨叫。看去，他伸着舌头，上面滴着血。原来，他要舔勺子上的麦片，舌头却被粘上了，一使劲儿，舌头上的皮被撕了一块下来。南极，真的要冻住一切吗？

南极每年分为两季，11月到次年3月为暖季，4月到10月为寒季。极点附近，寒季为连续黑夜，暖季为连续白昼。每年只有在暖季才可以进入到这个地区，因此，攀登文森峰的最佳时间是每年的11月15日到12月5日，现在，留给李致新和王勇峰的时间只有一周了，必须抓住最好的天气周期。

拉着雪橇，拖着沉重的装备，他们开始向1号营地进发。

■ 11月，南极进入了极昼，24小时能够看见太阳，还永远像北京早上10点钟的太阳

建立营地实际上是和风暴的拼抢

　　1961年，文森峰被一支美国登山队征服。截止到1987年，先后有美国、德国、加拿大、日本、韩国的35名登山探险家涉足。但文森峰在地质科学领域也仍然是个空白点。所以，在这一年，美国"麦克·登探险网"的代表、南极探险家麦克向中国发出邀请，希望组织中美联合探险队攀登南极洲最高峰——文森峰。

　　中方欣然同意。一是考虑到我国南极站的位置是南纬62度13分，西经58度58分，实际上还没有进入南极圈，在南极建站的14个国家中，长城站是最靠外的，中美合作南极探险无疑可以扩大我国南极考察成果。二是改革开放后赴海

■ 南极的暴风雪可以把天地搅成一片模糊，
帐篷一次次搭起，又一次次被吹倒

外登山对于中国登山界来说尚属首次，对提高中国登山运动在国际上的影响也有意义。于是，1988年4月26日，中美双方达成了协议，中方派出三名有一定科学专业知识的队员参加联合登山队。有关南极探险的费用筹集、路线安排、营地管理等由美方负责。

1988年11月，国务院批准了中美联合攀登文森峰登山—科考活动的请示报告。武汉地质学院毕业的李致新、王勇峰和南京地质矿产所的副研究员金庆民入选。

在这一年，李致新和王勇峰成为第18、第19个登上南极洲最高峰的人。也是从这一年开始，他们确立了两个目标：攀登上七大洲最高峰；对世界七大洲的地质构造进行研究比较。

此后的11年中，他们在登山的同时还采集了世界七大洲最高峰的地质标本，

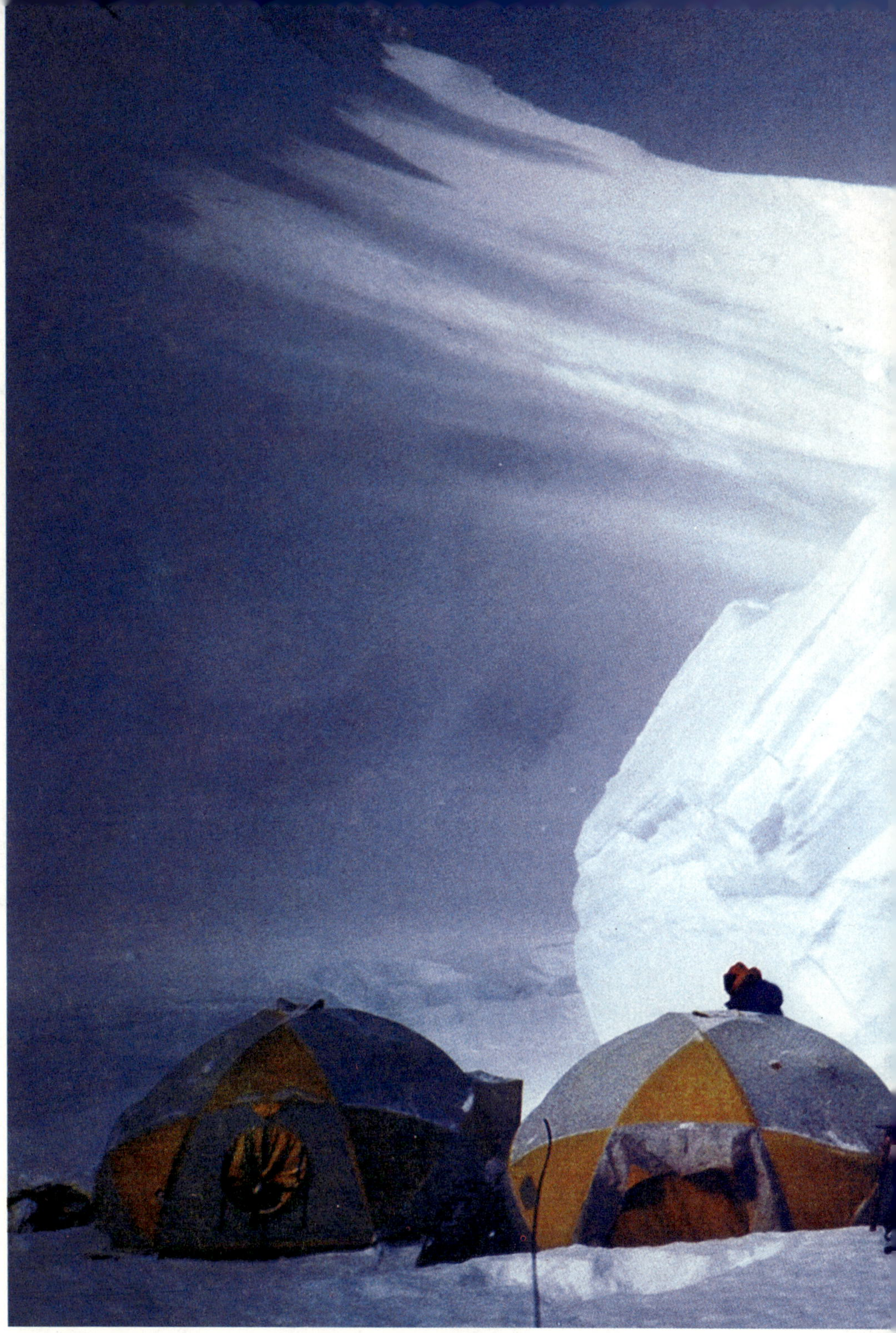

大本营附近的山峰被冰雪包裹得像大雪块

考察了七大洲最高峰的登山旅游资源和环境保护问题。1997年参加了中国地质大学（原武汉地质学院）杨巍然老师牵头的自然科学基金申请《世界七大洲最高峰地质构造对比》，使他们这项研究成为国家自然科学基金项目。也成为他们在中国地质大学攻读世界地质专业研究生的毕业论文。

一切，都是从南极开始的。

文森峰的攀登路线长约25公里，从海拔2300米的大本营到顶峰设3个高山营地。大本营到1号营地之间的距离是7.5公里，上升高度大约是300米，还要经过两个长长的雪坡，其间布满了冰裂缝。

已经50岁的金庆民尽管有16年野外考察的丰富经验，但也有20多年没有穿高山靴了，穿上高山靴，戴上冰爪，脚下的分量足有4公斤，背上还有20公斤的背包，在冰坡上，每一步行走都是困难的，而李致新和王勇峰身上的负重已经超过30公斤了。

走了不到500米，金庆民的脚疼痛起来，渐渐落在了最后。"不就是疼吗？没听说能把人疼死的，就算把肉磨烂了也得上。"后来，金庆民的考察文章《我在南极发现宝藏》被收入小学生课外阅读文库，女科学家的坚忍感染了很多人。

队伍刚刚到达1号营地，天气突然变了。刚刚还能仰望威严的文森峰呢，刹

■ 砌雪墙是抵抗风暴的最好方法

那间，云层似乎低得压到人的脚下，狂风夹着飞雪向人们袭来。

把天地搅得一片模糊的风雪中，队员们一遍又一遍地搭着帐篷，帐篷被一次一次地刮倒。暴风雪吼叫着似乎要把人和帐篷一起卷走，淹没了队员们的喊叫声，能见度只有几米了。

几次努力，帐篷勉强站住了，李致新着急地喊："快，快砌冰墙，不然全刮跑了！"茫茫雪原上，帐篷是惟一的庇护所，一旦帐篷没有了，在这个死亡地带上，结局可以预想。李致新用手锯锯出一块块长方形冰砖，王勇峰用铁铲铲起来，金庆民用雪橇运送冰块。终于，三道半人高的冰墙立起来之后，帐篷被护卫住了，他们的身边仿佛一个白色的城堡。

而他们自己，也成了雪人，浑身上下白白的，在雪地里移动。两顶小帐篷在南极风暴中像两叶小舟，飘飘摇摇。每个人，都那么渺小，随时随刻都可能被大自然吞没，消失在茫茫的南极。这似乎让人们体会到了斯哥特在这里所遭受的一切。

第二天，风力有所减弱，建设2号营地的任务开始了。

到2号营地要翻过一个大约45度的雪坡，然后再向下走去。用了两天的时间，2号营地才建好。

45度的雪坡走起来已经艰难了，还四处暗藏着冰裂缝，上面盖着薄雪，稍不

■ 用手锯把冰块锯成长方形冰砖，再用雪橇运送到营地，
在南极建营地有点像建筑工人在盖楼

085

留神就会被它吃进去。贴着亮晶晶的冰壁，冰镐开路，一不小心，金庆民摔了一跤，浑身冰雪，相机套掉进了冰窟窿，探头一看，只能隐隐约约看见一个豆粒儿大小的黑点。看着小黑点儿，几个人都没说话：人如果掉下去了，会怎么样？不敢想象。

越走，冰坡变得坚硬起来，要很用力，冰爪才能站稳。金庆民已经顾不上那个冰窟窿里的小黑点儿了，举起相机刚要拍下这段地貌就失去了重心，"哎呀"一声滚滑下去，冰裂缝密集的地区就如同是雷区，滚进去，后果不堪设想。

跟在金庆民身后的王勇峰猛地向上迎了一步，拦住了她。两个人站稳之后，回头望去，几米之外就是一条冰裂缝。有人这样评价南极：灾难与空气同在。此话并不为过。走了一段之后，金庆民没有到2号营地，直接回到了1号营地。

李致新和王勇峰虽然刚从珠峰下来不到半年，体力还没有完全恢复，但比起美国队友，还是显现出了绝对的优势。他们往返2号营地总是第一个回来，而那个工程师杰克运输一次回来就累得像醉汉一样，摇摇晃晃地回到1号营地。

一天的适应之后，李致新和王勇峰劝金庆民放弃攀登任务，着重在1号营地进行科考。金庆民感到非常遗憾，她很想成为第一个登上文森峰的女性，虽然她的理想不能实现了，但她的勇气和热情深深地感染着年轻人。

但一个人留在1号营地也是不安全的，杰克很担心地说："金女士，如果暴风雪来了，帐篷和睡袋被风刮跑了怎么办？要是不小心炉子着火烧掉了帐篷怎么办？一个人在冰原上走要是掉进冰裂缝怎么办？"他不知道眼前这位瘦小的女性在野外勘探中曾经遇到过什么样的困难，所以，他很难理解，这位女性身上的勇气从何而来。当年，跟随"极地号"，她第一次到了南极，地矿部40万职工只有一个名额，金庆民争取来了。在她看来，她争来的就是和死亡挑战的机会。

她微笑着宽慰美国同伴："放心吧，我会走运的。"

加拿大向导亨勒一遍又一遍教她怎么使用汽油炉，尽管他见过金庆民熟练地给大家煮过咖啡，但还是把每个要领一一说清楚，他知道，这关系到这位女性在文森峰腹地的生存问题。

李致新和王勇峰同样也是地质大学毕业的，他们理解金庆民的心情，知道她到了这个地方是不会让自己的双脚停下来休息的，因此更是担心她。

"金老师，您千万要当心，不要失火，天气不好不要出去，别爬得太高，别走得太远……"李致新一边检查她的帐篷一边嘱咐着。王勇峰说："金老师，您别着急，等我们登顶回来一定帮您考察。"

要和金庆民分手了，彼此的心情有几分沉重，互相叮嘱着一定注意安全呀。

金庆民拉着李致新和王勇峰的手说："为了你们的父母和妻子，你们一定要完成任务，安全归来。"这仿佛是母亲的嘱托，一股热泪竟涌出了眼眶。王勇峰刚刚告别了新婚的妻子，而李致新也是个准新郎了，他刚领了结婚证，还没举行婚礼呢。

空旷的冰原上留下了金庆民一个人和一顶小帐篷。"空旷的冰原，死一般的寂静，我身上的血似乎已经凝固。恐惧，不可抗拒的恐惧仿佛把我抛下了万丈深渊。"这是金庆民在第一天的日记里记下的话。

美国山友先被他们征服了

极昼中，南极的太阳永远像北京上午10点的太阳，平行地绕一圈就是一天了。这让南极洲最高峰的攀登可以违背一些自然的规律，比如，不用担心天黑了还没到宿营地，每天有劲就干活，累了就休息，完全不用考虑时间的概念。这就是文森峰登顶时间是早上6点的原因了，反正早上6点的太阳和北京10点的太阳差不多。

攀登文森峰要在大本营之上再建3营地，3号营地的位置，加拿大向导也没有去过，11月30日，在2号营地休整的时候，李致新和王勇峰听说另一支美国队也要去3号营地，放下东西就和他们一起出发去3号营地了。翻了几个雪坡之后，他们把第一批运输上来的东西放到了3号营地。

而同队的几个美国同伴却遭遇了坎坷。他们开始走的路是一个缓坡，可快到营地的时候，却遭遇了一个大冰壁，根本过不去。垂头丧气地回了2号营地。

回到营地一看，两个中国同伴已经回来了，他们更是受打击，你想，背着那么多东西走，都快到了，却没成功，又把东西背回来了，心情能好吗？

应该说，这几个美国同伴一直是没有把两个瘦弱的中国人放在眼里的，从出发开始，他们总是在一起叽里咕噜地聊天，不拿正眼看李致新他们，李致新和王勇峰心里有数，不理就不理，能登上文森峰就行。

第二天，按计划是运输的日子，可美国人实在累得不行了。只有队长老麦克提出可以和李致新、王勇峰一起去建立3号营地。

麦克是美国队员中体魄最强壮的一个，但登雪坡的技术并不熟练。由于飞机

载重量的限制,他们带的装备很少,很多危险地形只能靠交替保护向上攀登。

前往3号营地,最危险的地方是一道高差500米的雪坡,李致新和王勇峰把麦克"夹"在中间,三个人拴在一根绳子上,王勇峰在前面开路,李致新殿后保护。就在快要走出那道冰雪坡,正翻上一个60度左右的冰壁,准备绕过一道很宽的裂缝时,夹在李致新和王勇峰之间的麦克突然滑倒了,李致新高喊一声:"快保护!"王勇峰头也来不及回,就把手中的冰镐猛地插进冰雪里,双手牢牢握紧冰镐,身体尽量稳住。几乎在同时,李致新只觉得腰间那根联结着三个人的安全绳猛力一拽,麦克的一条腿已经卡在冰缝里了。

幸亏保护及时,否则他掉下去就会粉身碎骨,而三个人又是一个结组,弄得不好还会把李致新和王勇峰的命搭上。死里逃生的麦克感激不尽,连声说:"Thank you very much!"(非常感谢!)直到李致新和王勇峰他们离开美国时,

■ 建立在南极大陆的营地总是很有孤独感

麦克还念念不忘:"你们救了我,我们是好朋友。"

　　这一天,终于把3号营地建立起来了,它是向主峰发起冲击的最后一个突击营地,建在海拔3800米的地方。这里有四顶帐篷:中美联合登山队有两顶,还有两顶属于另一支美国登山队。不过主峰在哪儿,谁也看不见,也没有人知道该朝哪儿走,因为这儿离顶峰的相对高度太大,还有1300多米!

　　等李致新、王勇峰建好3号营地回到2号营地的时候,美国队友像是变了个人一样,左手拿着面包,右手端着咖啡迎接他们。两个人很不好意思,这变化也太大了吧?吃了饭,正坐下来休息的时候,发现美国队友又在帮他们解冰爪,脱高山靴了。

　　和美国队友之间的关系就这样融洽了。任何时候,实力是最好的证明。李致新和王勇峰,第一次的海外登山就这样征服了美国山友。

■ 站在顶峰上，王勇峰发现左边居然还有一座更高的山。他们第一次登上去的是文森峰Ⅱ峰

7个小时登上两座山峰

12月2日，是突击主峰的日子。李致新和王勇峰7点就起来了。这时气温在零下40度左右，帐篷四壁上全结了冰。9时46分，两个人揣上两块巧克力准备出发。但几名美国队员还没有准备好。为此他们在原地等了十多分钟，冻得直打哆嗦。眼看另一支美国队的队长柯瑞斯已经出发了，中国队员没有耐心再在寒风中等下去，于是也往山上走了。

没过多久，体力好，速度快的李致新和王勇峰就遥遥领先了。翻过一个雪坡又一个雪坡。翻上一条长长的冰雪坡后，前面出现三座山峰，仿佛高度差不多，但仔细观察，发现前面和右侧的山峰略高一些。根据攀登时间判断，两个人认为很可能前面的山峰是主峰，他们便直奔这座山峰而去。

由于风很大，山脊又比较陡，他们只能沿着右侧山脊下冰雪与岩石混杂交接的路线向上攀登。可是渐渐地，他们发现周围的山峰都落在了脚下，惟独右侧那座山仍然高高耸立着，他们开始怀疑判断有误，但这也只有等登上这座山峰之后才能确定。

起风了，狂风夹着大雪抽打过来。李致新和王勇峰的帽子、手套上都沾满了雪，口鼻呼出的热气在帽子上结成一根根小冰柱。通向山巅的最后几百米路程艰辛无比，那是一条刀刃状的山脊。他们俩没有绳子保护，上面风又大，行走时重心稍有不稳，就会跌下两侧的深渊。

李致新急中生智想了个办法，把两个人的上升器上的短绳子拆下来，连成一根较长的结组绳子，把自己和王勇峰拴在一起行走，这样就可以互相保护通过。于是两个人弯着腰，一只手扶着"刃脊"，一只手拄着冰镐，战战兢兢通过这段危险区。

下午2时30分他们俩攀上了峰顶。

按常规，每到一处顶峰都要拍摄一张360度的照片，两个人拿出国旗开始拍照。拍着，拍着，问题出现了：右侧的山峰居然在镜头里。这说明，脚下不是最高峰。采集了岩石标本，他们开始下撤。

下撤的时候，他们遇见了正气喘吁吁向上爬的柯瑞斯。令人吃惊的是，他开口第一句就问：你们征服的是不是主峰？原来他也不知道哪个是主峰。

李致新说："no，no，no！" "那你们上去干什么？"柯瑞斯问。李致新连比划带说地解释，从这座峰顶上看，右峰与它差不多高，但究竟哪座是主峰实在吃不准。柯瑞斯听后认为右峰是主峰，看来，李致新他们是错把Ⅱ峰当作主峰来登了。

怎么办？他们望着真正的主峰犹豫起来，是撤回突击营地休息呢？还是继续攀登。最后决定：继续登。反正南极一直是白天，无所谓宿营，累了就休息，缓过来就继续走呗。

看他们俩准备出发，柯瑞斯问他们打算怎么办？他们俩说，继续登顶。柯瑞斯一听，要和他们结伴成一个组，开始向真正的主峰冲击。

对于李致新、王勇峰来说，征服了Ⅱ峰后立刻再去攀登主峰，体力消耗过大，对于继续攀登来说是太危险了。但文森峰的主峰像磁石一样吸引着他们，一定要上。

突击顶峰的路更加艰难了，最后一段路是近70度的冰坡，亮冰闪着寒光立在他们面前。

又起风了，狂风夹着冰冷的雪片朝他们打来。异常的寒冷，只好偏着头向着

■ 背着铲子登山，这样的场景是文森峰一大特色。没有它建营是困难的

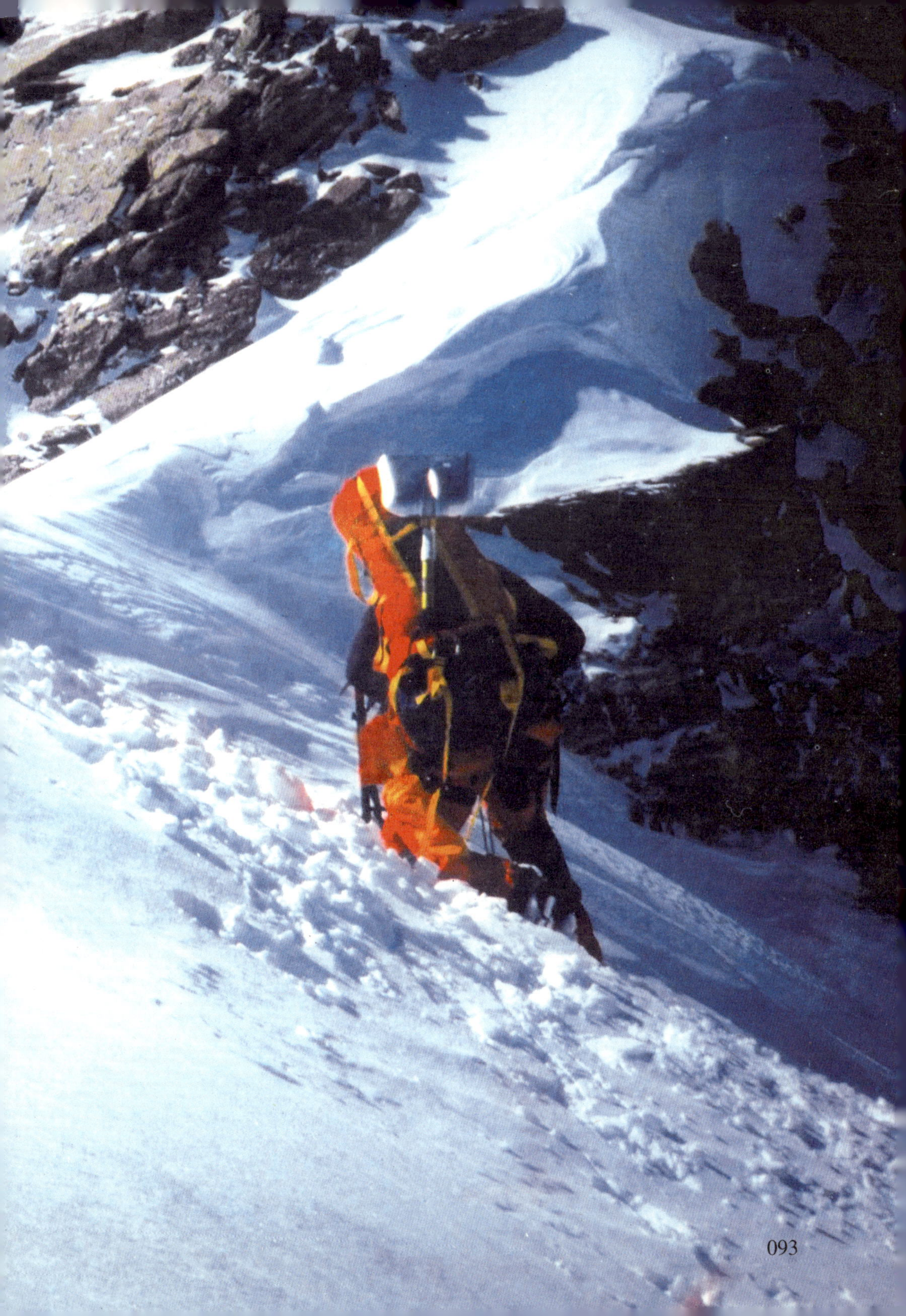

背风的一侧。李致新在前，王勇峰在后，回头看身后的王勇峰，几乎是一个雪团，看不清脸，帽子和手套上挂满了雪变成了白色，呼出的热气在嘴的四周结成了一个个小冰柱，只有那红色的鸭绒衣在风雪中显得特别醒目。

他们俩一前一后，互相交替着向上攀登。沿着山脊向上攀登，风也越来越大，坡度变得更加陡了。从早上7点出发，到现在，已经攀登了将近10个小时了，他们的体力都消耗得差不多了。面对着陡立的冰雪坡，只能沿"之"字形向上攀登。

他们互相鼓励提醒着对方，坚持、再坚持，越是艰难的时刻越要注意安全。一步一步，这是最关键的时刻，只有前进，没有退路。每一步不足20厘米，每一步都面临着生死的考验，成败的挑战。但是，这毕竟在一步步接近顶峰，接近成功。

三个人花了将近两个小时的时间，17时06分，李致新翻过最后一个陡坡，眼前一亮，情不自禁地高喊："到了！"

当地时间17时07分，柯瑞斯抵达主峰；一分钟后，王勇峰也登上主峰顶巅的尖三角。李致新取出高度计，上面的读数表明这里比Ⅱ峰高30米，确确实实是南极最高点。

北京时间12月3日上午6时08分，李致新、王勇峰成功地登上了南极洲的最高峰——文森峰的主峰。

高举起五星红旗，他们俩抱在一起，眼睛湿润了，激动得说不出话来。

站在南极的最高点遥望南极大陆，湛蓝的天空下一片洁白如玉的南极大陆，一侧是一望无际的茫茫雪原，坦荡无比；一侧是埃尔沃斯山脉如银的群峰，雄伟而又神秘。让手中的五星红旗在顶峰上迎风飘扬，拍下这美好的时刻，留作永久的纪念，采一块顶峰的标本带回祖国。他们在心里呐喊：文森峰，我们上来了！

他们是世界上登上南极最高峰的第18人、第19人，而从突击营地出发到登上Ⅱ峰和主峰，一共用了7小时02分，这是世界上绝无仅有的，创造了在最短时间内攀登主峰和Ⅱ峰的纪录。世界上还没有一名探险队员能在一天之内接连登上文森山的两座山峰。

所有的苦和痛都已没了踪影，他们俩哼着歌回到突击营地。一到突击营地，看到其他队友都垂头丧气的。一问，都没登顶。原来，根据资料指示，他们已经到了山底下，可一看李致新和王勇峰又往前走他们就跟着走，等走到了一看不是，体力也消耗没了，就回去了。

他们是第二天登上南极之巅的。

■ 这是真正的顶峰。7个小时之内，他们连续登上了文森峰Ⅱ峰和主峰

金庆民独守营地也大有收获

留守1号营地的金庆民也度过了难忘的四天四夜。

沿着54度的冰坡爬行200多米后,她在有岩石显露的陡崖旁脱下了登山靴和冰爪,换上轻便的"极地靴",开始向上攀登。她用手指抠着岩石裂缝,靠着多年锻炼的臂力和腹肌的力量,像壁虎一样一节节向上慢慢移动,选择有利地形,观察露头岩性。她抓紧时间,迅速地在野外记录簿上画地质剖面图,记录所见到的地质现象,并且用照相机拍下来。

这是她与队友们分别的第四天,金庆民已完全适应了文森峰的生活,当她攀

■ 很多地方都是要结组行走的,冰裂缝密密编织的大网使行军时时处于危险之中

上海拔3000米的一座山顶，透过照相机镜头极目远望时，心中涌动的已经是诗意了，寂寞带来的恐惧已经消失了。

凌晨2时，金庆民返回营地休息了一会儿，因为天气太冷，实在无法入睡。她又沿着一个近40度的冰坡攀登，跨过密集的冰裂缝，到达了2700米高度，再沿着陡崖向上爬。细心地观察岩石出露的状况，测量岩层走向，采集样品，同时拍照和绘制剖面图。

1988年12月2日20时10分，金庆民在一个背斜的轴部发现了铁矿露头，兴奋之极的她赶紧沿着露头去追寻，查明矿体沿着山脊延伸的走向。她立即用测量仪，测定了铁矿带露头的准确位置：南纬78度30分44秒到28度54分，西经85度42分到59度44分地区。

她从身上取出一面早就准备好的小型五星红旗，牢牢地插在铁矿带上，又在铁矿石上工工整整地写上"中华人民共和国金庆民1988年12月2日在此发现铁矿"的字样，并且照了相，取足了样品。后来经中国有关方面进行的技术测定，

认为金庆民发现的铁矿带长约20公里；主要含铁矿物为赤铁矿；矿石品位一般为30%到50%左右，富矿全铁含量可达54.28%到64.39%。

返回营地的途中，金庆民才感到自己已经十分疲惫。背上的矿石标本太多太重，可她一块也舍不得丢掉。有时，实在走不动了，摸出一块遗憾万分地丢下，看来看去，又忍不住拾起来。累极了，她只好给自己下道死命令：一直走回营地，一分钟都不能休息！因为她知道，如果一坐下，就可能再也爬不起来了，必须咬紧牙关，一步步地挪回去。

科学和探险永远是密不可分的。1911年，人们在南极那顶飘摇的帐篷里发现探险家斯哥特的时候，陪伴他的是一堆堆冰冷的岩石标本。斯哥特，这个和南极密不可分的名字留给世界的是两样东西：誓死不杀戮的绅士风度和至死不放弃的科学精神。

无数的科学家是深受这种精神感召的。

当金庆民终于可以望见营地的时候，她看到了希望，营地上晃动着两个小红点。她赶快揉了揉眼定睛细看，果然是两个红点，是队友们归来了！她像盼到了久别的亲人，更像是重返人间似的，热泪刷地涌上来，放开沙哑的喉咙拼命喊着：

"噢——小伙子们——"

营地的两个小红点跳了起来，喊着：

"噢——金老师——"

"小伙子们，登顶了没有？"

李致新高兴得故意骗她：

"啊呀，金老师，太难了，上不去呀！"

金庆民真急了：

"怎么会呢？上不去回来干什么？"

王勇峰忍不住大声报告：

"5点08分，登上文森峰之峰顶！"

金庆民"噢——"了一声，大叫：

"棒小伙子，为祖国争光了！"

两个小伙子已经快步迎了上来，帮她解下背包，三个人激动地抱成一团。

三个人情不自禁地唱起他们喜爱的《地质队员之歌》：

是那山野的风，

吹动了我们的红旗……

美国探险家和加拿大向导也陆续回来了,大家都为成功而疯狂地拥抱和握手,笑中有哭,哭中有笑。这次联合探险使他们结为生死之交的朋友!

登上世界七大洲最高峰的梦想种植在南极

在大本营,他们开始和各地的探险者聊天,知道世界上很多登山家都把攀登上世界七大洲最高峰作为自己的目标,很多人都在为此努力着,其中,就有和李致新、王勇峰一起登上文森峰的柯瑞斯。

1977年5月至1986年5月,一位名叫帕特里克·马罗的加拿大登山家,率先用了九年时间踏遍七大洲的最高峰,即:北美洲海拔6194米的麦金利山,南美洲海拔6964米的阿空加瓜山,亚洲海拔8848米的珠穆朗玛峰,欧洲海拔5642米的厄尔布鲁士峰,非洲海拔5895米的乞力马扎罗山,南极洲海拔5140米的文森峰,大洋洲海拔5030米的查亚峰。马罗的成功对世界各国的登山家产生了巨大影响。在他之后,就是美国的柯瑞斯等四个人创造了同样的纪录。

探险家们的谈话深深地打动了两个年轻人,两个人也悄悄合计起来,七大洲最高峰中最难的就是珠穆朗玛峰,李致新已经登完了,王勇峰也达到了8000米以上的高度;而最难到达的一座山就是文森峰了,从智利到南极的飞机票往返就要1.5万美元,现在,他们也成功了,而且,今年他们才二十五六岁,越想越觉得自己具备挑战七大洲最高峰的条件,在南极的冰天雪地里,两个年轻人给自己定下了一个目标:把五星红旗插上世界七大洲最高峰。

当年,年轻的他们当然没有想到,为了这个目标,他们献出了全部的青春,1999年,完成这个目标之后,他们已经是三十七八岁的中年人了。

回到北京之后,他们开始宣传自己的这个目标,人家都不信,才登了两个山头儿就说要登七大洲最高峰,以为是年轻人的痴心妄想。可他们是真较真儿,收集资料,最现实的问题是通过语言关,去海外登山,总要和外国人交流呀。李致新上大学时学的是日语,不容易改了,王勇峰说,他负责学英语。

1988年开始,王勇峰身上不可缺的是两样东西:随身听和单词本。就是和朋

■ 攀登文森峰是中国改革开放后的第一次境外登山，从此，中国人的脚步就没有停止过

友玩牌的时候，他的耳朵里也是塞着耳机，听英语。王勇峰是一个认准了事情就要做到底的人，他不知道哪一年哪一次会有继续攀登世界七大洲最高峰的机会，但学英语肯定是必须的。到了1992年，他已经可以熟练的和外国朋友制定攀登计划了，而1994年，他已经翻译一部关于冬季攀登麦金利的书了。他说，什么事情，只要坚持总有结果。11年攀登七大洲最高峰就是他们这么坚持出来的。

转眼到了1991年，中国登山协会的领导问两个小伙子，你们的七大洲计划怎么还没有动静呀？两个年轻人说，我们给剩下的山排了序，先登最难的。他们选中了北美洲最高峰麦金利。

选定目标并不难，难的是没有钱。那时候，在国内找赞助是一件非常困难的事情，人们在那个时候对登山人的评价通常是：吃饱了撑的。在生活刚刚富裕起来的时候，人们想得最多的是该好好享受了，只有很富裕了，人们才会想磨炼自己，寻找自我一类的话题。而这类话题，在李致新、王勇峰完成了七大洲最高峰的攀登之后正成为中国人的一个热门，中国人开始了自己的探险之路。

国内没有赞助，就去国外看看，半年多的时间里，王勇峰每天都在锻炼自己的英文写作，每天要写情深意切的信，寄出去，等待。

就在这种等待中，老麦克的电话来了，文森峰结下的友谊让这个美国心脏病医生总是很惦念两个中国小伙子，他问：你们最近在忙什么？王勇峰说，在准备为攀登北美洲最高峰麦金利峰而四处拉赞助。老麦克说，赞助不要找了，一切费用都由我和我的朋友提供吧。老麦克也正有此打算。七大洲最高峰之北美洲最高峰——麦金利峰，就这么到眼前了。

李致新和王勇峰的七大洲攀登正式开始了。

梦上巅峰

中国登山家李致新王勇峰攀登纪实

1992年
麦金利·危险的脚步

麦金利　北美最高峰　海拔6194米
西经 151度　　北纬 63度2分
1992年5月24日下午1时57分
李致新和王勇峰成功登顶
这座山让他们认识了恐惧

Summit
6194

C5
5100

C4
4300

C3
3400

1992年春天的麦金利山遭遇了罕见的暴风雪。两米厚的积雪把来自世界各地的200名登山者围困山中，12个人遭遇不幸；美国头号登山家掉进了冰裂缝，两名意大利人和三名韩国人滑坠身亡。李致新和王勇峰就是在这一年的这个时刻攀登上了北美最高峰，而且，走的是被人称为"死亡之路"的西壁路线。

1992年，《中国体育报》记者刘文彪的妻子，也是《中国体育报》记者的冥子为丈夫写了一篇文章《因为山在那里》，刊登在那一年的《读者》上，在文章中，她写到：帮他收拾好行装，抹去眼泪挥一挥手，对心爱的人不说再见。5月艳阳下的麦金利，气温只有零下15度。山势凶险，而他们这一次选择的路线是17条登顶路线中难度最大的。我没有如朋友们叮咛的那样，给他挂上一枚"护身符"；只在每个无月或有月的夜晚，读几页有关山的书。世界著名登山家植村直己的自传就搁在枕边。植村君是在麦金利遇难的，为了打破该山冬季无人登顶的季节禁区，他死在5000多米的一处冰壁上。在我看来，植村君已经成了麦金利山峰上的一个神。读他的书，便是我做的一次"晚祷"——我仿佛听见厚重的钟声在心的深处和谐地震荡。

这篇文章写在刘文彪采访李致新和王勇峰攀登北美最高峰——麦金利之前。任何一个对山峰知识有一点儿了解的人，谈起麦金利的时候总是要惊呼一声：是去那里呀。麦金利，这个名字就意味着寒冷、惊险、事故。

然而，关于麦金利的所有这些内容对于李致新和王勇峰他们的妻子来说，都是空白。至少在中国登山队，所有登山运动员的妻子在山峰知识上都是外行，不是她们不想了解，而是她们的丈夫在有意回避这些内容，因为，在那些登山的人看来，知道的愈多，担心就愈多，他们希望妻子把自己去登山只当做像普通人出差一样。惟一和普通人出差不同的是，他们的家人只去接不去送，而且，他们在登山的时候也不和家人联系，他们说，只要你联系了一天，家人就会天天惦记你的消息，那是一种煎熬。登山人的爱是深沉而无言的，他们用这种特有的方式保护和爱护着自己的家人。

而1992年5月10日出发去麦金利，是李致新认为最对不起家人的一件事，这一天，他女儿出生才10天。

■ 北美洲最高峰上的王勇峰

■北美洲最高峰上的李致新

第一次有关麦金利山的记载是在1794年。英国航海家乔治·克安克瓦沿着阿拉斯加海岸线航行时，在北方的水平线上发现了这座"伟大的雪山"，这就是它的最初记录。

靠近北极圈，开阔的大平原，麦金利山就屹立在那片孤独的大地上。虽然顶峰只有6194米，但周围景象却酷似北极，层层冰盖掩住山体，无数冰河纵横其中，有时候，风速可以达到每小时160公里。在这里，冬季最冷时低于零下50度，在这里登山如同是在北极探险。世界著名探险家，日本登山家植村直己就是在1984年冬季攀登此山时遇难身亡，成为麦金利山攀登史上第44位殉难者的。他之后还有山田升。很多知名的登山家攀登的脚步都是在这里终结的。

如同冥子写的那样，李致新和王勇峰的麦金利之行选择的是难度最大的西壁路线。倒不是他们想如何地创造一个纪录，而是联合攀登队的美国队长就这样确定的路线，传统路线他们已经攀登过了，这次一定要选择难度大一些的。会是什么样的难度？李致新和王勇峰是没有一点概念的，因为，直到来到美国阿拉斯加的小镇科地亚，在机场的候机厅里，他们才第一次在照片上认识麦金利。这时离出发只有一个小时了。

阿拉斯加本地人称之为迪纳利，意思是雄伟、高大，太阳之家。

1896年来阿拉斯加探险队的人们给了它新的名字。探险队的威廉姆·迪克认定她是北美大陆的最高峰。他以将要当选为美国总统威廉姆·麦金利的名字命名这座峰。他说，之所以要把这个荣誉给这位俄亥俄州的政治家，是因为他在荒无人烟的山里听到的第一个消息就是威廉姆·麦金利被选为新任总统。

第二支来到山脚下的白人队伍是美国地理调查队。他们命名了麦金利山周围的地形，如"勘察者冰川"、"罗伯特·马尔德冰川"。

在这两支探险队之后的岁月里，人们开始试图攀登北美大陆的最高峰。

但麦金利峰在1913年才被人类征服。

弗里德·里克库克这位参加过罗伯特·皮里的北极探险，并在1903年环绕麦金利山周围的人。在1906年进入麦金利腹地，12天返回后他宣布自己登顶麦金利峰。并在1908年出版了他登麦金利峰的书。不久他的声明就引起人们怀疑。后来人们证实了他的登顶照片是在罗斯冰川上所拍摄，离真正的顶峰垂直距离超过千米。

■ 麦金利冬季最冷时气温低于零下50度，在这里登山如同在北极探险

　　没有确凿证据证明库克是否登顶这件事困扰了人们很长时间。1909年11月四位阿拉斯加人坐在弗尔班克的酒吧里议论并嘲笑库克的报道。他们认为那是不可能的，只有阿拉斯加人才能做成这件事。随后他们决定他们将成为真正的第一批登顶麦金利峰的人。

　　1910年4月，他们开始了自己的尝试，并用狗把食品和装备运到3352米高的马尔德冰川。不可思议的是他们在没有现代装备，并且不懂如何实施保护的情况下，携带着一根很大的木桩开始攀登。他们为的是使远在山北面150公里的弗尔班克的人们从望远镜中能看到这个标志。1910年4月10日凌晨3点开始出发，威廉姆·泰勒和皮特·安德森花了一天的时间在上升2400米后，登上麦金利北峰峰顶。这段路程在今天看来也得两个到三个星期才能完成。他们在当时所取得的成就，就是在今天也没有几个人能达到。

　　尽管这个业绩很辉煌，可他们两个到达的不是真正的主峰。真正主峰是麦金利南峰。

麦金利的挑战仍在继续。

一直到1913年，麦金利终于被人类征服，以特德森·斯图克为队长的四人登山队终于在6月7日由队员沃尔特·赫特登达顶峰。赫特是阿拉斯加人、爱尔兰和印第安人的混血儿，赫特虽然没有死在麦金利的暴风雪中，可他却在25岁时和他妻子外出旅行时，船翻后被淹死。

斯图特只好与他的另外两名登顶队员——哈里·卡斯坦斯和罗伯特·塔特姆共同出版了《麦金利攀登》一书。

斯图特十分平心静气地描述了在21天的攀登中所观察到的事情：我们大部分时间呆在冰川上，常常被浓雾、寒冷、潮湿以及阴暗所包围。周围陡峭的山上不时传来由不稳定雪层所造成的雪崩的巨响，雪崩前的雪雾经常盖过冰川。在雪崩前没有任何迹象，也不知道雪崩是否可能摧毁我们。

斯图特还写到他看到了1910年登山队插在麦金利北峰的标志，平息了人们对那支登山队的各种议论。因为他们的标志从弗尔班克是看不到的。

斯图特攀登麦金利峰的路线是从北侧接近山峰，经过马德鲁冰川而到达顶峰。从他们之后的几十年，这是惟一的一条攀登麦金利峰的路线。

直到1951年，才由布拉德福·华斯伯恩开辟了另一条新路线。布拉德福是波士顿科学博物馆馆长，1942年从马德鲁冰川登上麦金利峰峰顶。1947年又一次和他的妻子芭芭拉（第一位女子）登顶麦金利。这条新路线从卡希尔特纳冰川开始延伸，现在它已成为攀登麦金利峰的传统路线。

布拉德福被认为是热爱自然、热爱山峰的人。现今这个区域地图上的许多事物都是由他命名和发现的。

他说，这是我的理想——世界上还没有一个地方像麦金利峰及其周围地区这样美丽，宏伟壮观，错综复杂和原始。

布拉德福所开创的新路线西·巴鲁斯几乎和首次攀登麦金利山一样有意义，因为这条路线使许多人实现了自己的梦想，飞机也是从这里第一次把登山者运到大本营，使登山者们免去了只有长距离行走才能到达大本营的艰辛，布拉德福路线引导着更多的业余攀登者在登山向导的带领下到达峰顶。

这个划时代的开创，使许多登山爱好者更容易接近这座山峰并登达顶峰。他们一般都愿在春季和初夏这个最佳的攀登季节进行尝试。但有一定登山技术和经验的人们已不愿走这条传统路线。他们认为走这条路线登达顶峰不需什么攀登技术，像上楼梯那样轻松容易。

从华斯伯恩开创这条传统路线以来，登山运动员们又开创了许多攀登路线，像西壁路线、卡斯因路线。这些路线都比马德鲁路线和西坡路线难度大。人类从不满足，一旦他们到达最高点，就想着用更困难的方式到达同样高度。

李致新和王勇峰这次要走的西壁路线是攀登路线中比较有名的一条：沿着传统的西坡路线攀升到4号营地之后，拐向更为陡峭和险峻的西侧，那里是因为攀登技术难度大而出名。

> 从春末开始，麦金利的太阳显示出它那缠绵可爱的特性。
> 早上3点钟就向山上爬来，
> 直到晚上11点才恋恋不舍地隐没在地平线下

1992年5月10日上午，科地亚的小机场里，美方队长麦克·辛克莱招呼大家换上鸭绒衣裤、登山鞋，准备上飞机了。他们要乘坐的是一架小型飞机，直接飞往麦金利雪山大本营。

从文森峰回来之后，麦克和李致新、王勇峰成为生死至交。麦克邀请他们攀登麦金利山。素有中国登山协会五虎将之称的陈建军出任中方队长兼教练员。《中国体育报》记者刘文彪随队采访。

此刻，天气晴朗，太阳照在身上暖融融的，大家都只穿着薄毛衣；之所以要

■ 中美联合登山队。左起：查克、麦克、马克、王勇峰、陈建军、李致新。
他们背后是麦金利

■ 麦金利大本营的飞机跑道常常会被雪覆盖起来，遇上那样的情况，所有的人都要出来，用脚踩出一条跑道

换上鸭绒衣裤，是因为飞机要在山峰中穿行半个小时才能到达麦金利大本营。这段飞行很危险，万一飞机坠毁或迫降，没被摔死也许会被冻死。

换衣服时，麦克和查克为大家表演了坐飞机时惊心动魄的样子：往窗外一看，嘴巴立即张大了，惊叫一声，紧闭双眼不敢再看，一个劲儿地在胸前画十字，过一会儿又偷偷睁开眼睛，又是一声惊叫，又开始画十字。

大家被逗得笑出了眼泪，这情景让李致新和王勇峰想起了去文森峰坐的小飞机。多少还是有些紧张。

螺旋桨的山地飞机只能坐三个人，王勇峰、刘文彪和查克第一批出发。机舱的一侧是他们的登山包，一侧是两个小椅子，身高1米7多的王勇峰、刘文彪坐在里面也觉得窝得慌。驾驶员一再叮嘱大家系好安全带，戴好安全帽，安全帽里有耳机，他飞快地说着嘱咐着，气氛一下子紧张起来。

飞机起飞后10分钟就进了山，完全是在雪峰中穿行。眼看着雪山就迎面撞过来，一拐弯，就向另一座冲过去了，快撞上又拐弯了。飞机的两个翅膀像是擦着两侧的山在飞行。但一看飞行员的表情，大家的精神又一下子松弛了，他竟然左顾右盼，嚼着口香糖和查克聊着天儿。紧张的气氛烟消云散了。

山地飞机在海拔2193米的山脚下平稳地降落了。天气出奇的好，没有一丝云，也没有一点儿风。大本营是个由东北向西南倾斜的雪坡，东北面高处搭着十几顶色彩鲜艳的帐篷，住着来自世界各地的登山者。南面是飞机起落的跑道，插着一溜黑色标志。在大本营已经有100多名分属不同国家的登山队员在这里安营扎寨，热闹得很。为了防止大风把帐篷吹跑，这里的帐篷都搭在深1米左右的雪坑里。

从大本营算起，麦金利山峰的相对高差近4000米。她给人第一眼的印象是拔地而起，十分雄伟。天气实在是太好了，在大本营祥和的气氛笼罩之下，他们这支只有七人的中美联合登山队的所有成员似乎都感受到一种成功在即的冲动。一边眺望着麦峰，一边说起在麦峰的最快登顶纪录——10天。"我们也许只用一星期就够了吧。"王勇峰对李致新说。

51岁的美国队长老麦克表示赞同。看起来，当医生的老麦克先生比他们信心还足。这让他们好像暂时忘记了自己要走的是西壁路线，在这条路线上曾经有23人成功地登上过顶峰，但是有八人却在下撤的途中消失了。

因为麦金利临近北极圈，从春末开始，麦金利的太阳开始显示出她那缠绵可爱的特性。早上3点钟她就向山上爬来，晚上11点以后才恋恋不舍地隐没在西面的地平线下，但是天空却未因此黑下来。这个季节，最黑的夜晚，也能清晰地看到群山的轮廓。这个特殊的地理现象，为登山者大大提供了方便。

李致新和其他三名队员随后到了。听王勇峰说大本营西面那座山是主峰，李致新脸上立刻现出嘲讽的笑："你再说一遍，哪个是主峰？"

　　王勇峰一愣，怀疑地看了李致新一眼，又指了一下那座山峰。

　　"你小子怎么老是要犯方向性错误？"

　　这又让人想起了南极洲最高峰文森峰，那一次就是王勇峰带错了路，他们本来是要登Ⅰ峰的，却上了Ⅱ峰，当然，他们也因此创造了由Ⅱ峰到Ⅰ峰用时最短的世界纪录。

　　"你说哪个是主峰？"王勇峰也心虚了。

　　李致新只是笑，不说话。

　　"快说，快说，求求你了。"这是他们俩一贯的方式。

　　李致新这才一指正北面两山之间望出去的一座很不显眼的山峰。这座山峰距离他们很远，看上去比大本营周围的山矮多了。刘文彪说："看着可不险呀。"

　　"看着不险，一登就知道了。" 李致新说。

　　中午阳光充足，气温接近10度。挖雪坑时大家把鸭绒衣裤都脱了，只穿着秋衣还冒汗。等把一切弄好，太阳已经慢慢落到西边山后，气温急剧下降。把鸭绒衣裤都穿上仍冻得不行。风吹到脸上如同刀割，手也不敢伸出来。大家便钻进了帐篷。

刚一出发就传来了坏消息：十年来最大的暴风雪即将来临

　　5月10日下午1时30分，中美联合登山队六人起程开始向1号营地进发，记者刘文彪一人独守大本营。

　　他们每个人手上都拿着雪杖和冰镐；腰上系着安全带，上面挂着铁锁、雪锥、冰锥、上升器、下降器；脚上穿着4斤左右又重又大的登山鞋，鞋上还绑着1米长20厘米宽的踏雪板，这是为了不至于在雪里踏得太深。人经过这样的武装已经笨得跟熊一样了，背上还背着个人装备，重40斤左右，装着睡袋、睡垫、鸭绒衣裤、袜子等防寒装备；身后拖着一个塑料小雪橇，上面放着六七十斤重的大包，里面装着帐篷、20天左右的食品、燃料和炊具。小雪橇设计得非常巧妙，雪橇和拖雪橇的绳子之间有一个绳结，它有很大作用，如果前面拖雪橇的人掉进

■ 著名的蘑菇云，每个登山者都不愿意看见的天象，这意味着暴风雪要来了

冰裂缝了，后面的雪橇不会跟下来砸在人身上，雪橇会停在冰裂缝边上，不知道是在多少人被砸了之后，人们发明了这个雪橇。虽然很科学，但李致新、王勇峰他们都是第一次用，走起来不是很熟练，雪橇总是会翻倒。

三名美方队员和三名中方队员各自结组出发。

通往1号营地的路是一段十分漫长的缓坡。一开始就出现了意想不到的问题。

他们带的东西太多，越走越吃力，又都穿着鸭绒衣裤，内衣都湿透了。

一个小时之后，陈建军越走越慢。他本来心脏就不好，又加上出发前照顾重病的老父亲，根本没有时间训练，他的体力明显不行。从大本营到1号营地都是缓坡。4个小时的路才上升60米。这样的坡度对登山队员来说本来是小意思，可路上积雪到膝，他们拖的雪橇又太重，体力消耗非常大，幸亏王勇峰的雪橇老翻倒，使陈建军多了些喘息之机。

前面的美方队员走了两个小时一直没看到中方队员跟上来，队长麦克很着急，以为出了什么事，一个人下来找。往下走了很远，才看到中方队员正慢慢腾腾地往上挪。

看到麦克下来找，王勇峰非常不好意思，下来一次要额外消耗很多体力，王勇峰心里不落忍，连说没什么事，让麦克先走。

美方队员看到中方队员落得太远，没再往前走，一直等着。中方队员上来后。查克问王勇峰是继续走到1号营地，还是就地扎营？这里距1号营地还有一个小时的路，看陈建军实在走不动了，王勇峰说扎营吧。

美方三名队员的体力不如李致新和王勇峰，陈建军很清楚。从1号营地开始，坡度要比今天的路陡得多，他自己也更跟不上了，考虑到会拖累大家，他决定撤回大本营并且一再嘱咐要注意安全，约定每天定时联系一次，汇报山上的情况。

可是就在当天晚上，一个更坏的消息传来了："请在麦金利峰的所有登山者注意，11日晚将有一场10年来最大的暴风雪袭击麦峰！"

5月12日陈建军下山后不久，李致新和王勇峰和两名美方队员也出发了。他们计划当天赶到2号营地。

他们走了不到一个小时，看到路旁有几个人在挖雪坑准备扎营。这是一支法国登山队，见李致新和王勇峰还要继续上，就拦住他们。说刚从巡逻的直升机上收到预报，一个小时之后，暴风雪就要来了，建议他们赶紧扎营。李致新、王勇峰对麦金利的暴风雪心里没底，不敢再走，停下等美方队员上来。

美方队员上来后，麦克和查克又向法国人详细询问了一番，决定登上前面一个大坡再扎营。麦克觉得今天走的路太少。

爬上那个大坡后，开始有细小的雪花飘起来。这里距 1 号营地还有一段距离，但不能再走。必须赶紧扎营。

天气预报说这场雪将是麦金利雪山 10 年来最大的。大家心里都有些发憷，马上七手八脚忙乎着扎营。他们找到一个别人住过的雪坑，李致新、王勇峰把它挖深、扩大，并在雪坑周围筑起了一堵一米高的雪墙。

一路上，轰隆隆的雪崩声不断，他们像是在往陷阱里走

5 月 12 日，他们要把一半东西运往 2 号营地，当天返回，第二天再带着另一半东西上山。上 2 号营地的路线坡度要陡得多，他们没法一次把所有的东西都带走。

仍是在山谷中行走，李致新、王勇峰走在前面。雪很大。

能见度只有 20 米到 30 米，两侧的山全看不见，只听到山上轰隆隆的雪崩声，令人胆寒。他俩越走越怕，总觉得是往陷阱里走，一点安全感没有。

上第二个大坡时，王勇峰累得不行了。他拖的雪橇最沉，那感觉像是和一个人在坡上进行拔河比赛，他往上拉，对方往下拉，他眼看就顶不住了。

■ 温暖的阳光照射下，大本营静谧的气氛很有家的感觉

走在前面的李致新感到他和王勇峰之间的结组绳越拉越紧，回头问："你怎么搞的？"

"不行，走不动了。"王勇峰有气无力地说。

王勇峰说着停下来，雪橇立刻向下滑去，差点把他拖倒。

"坚持一下，上了这个坡再休息。"李致新不理解王勇峰为什么会这么累。上了坡休息了一会儿，再走时，王勇峰的雪橇和李致新换了一下，李致新很快便知道王勇峰为什么会觉得累，这个雪橇上的东西太沉。

美方队员已远远落在后面，李致新、王勇峰不了解路线的情况，走了近四个小时觉得该到2号营地了，可老也走不到，好像永无尽头。上了第三个大坡，李致新也走不动了，两个人又歇下来，等美方队员上来。

美方队员上来后，说还有一小时的路，他俩才感到有了盼头，可再走时，腿软得跟面条似的，半个小时后，都累得不行了。王勇峰和麦克商量是否可以把东西先放在这里，明天运上2号营地。麦克很坚决地说："不行，雪这么大，东西放在这里明天肯定找不到。今天一定要走到2号营地。"

没办法，李致新、王勇峰只好硬往上撑。今天他俩之所以感到这么累——一个原因是背的东西比美方队员多，另一个原因是昨晚没睡好。

好不容易上到2号营地，他们看到这里有七八顶帐篷。今天雪太大，1、2号营地的人都没动，上来的也只有他们五个人。这里的人看到他们在这样的大雪天

■ 左侧那个不起眼的山峰就是北美最高峰麦金利

里上来，觉得很奇怪，知道他们当天还要返回，更是惊讶不已。

中美队员找到个雪坑，把东西埋在里面，插上标志，马上往回返。他们都觉得夜长梦多，必须尽快回到1号营地。所以走得很快，一阵风似的往下跑。

路程过半之后，麻烦来了。上山时的脚印被大雪覆盖，只能依靠路标辨别路线。路标50米才有一个，可在这漫天飞雪中只能看出20多米，找路标并不容易。雪花很大，一片一片的，铺天盖地，往哪边看都是一道看不透的雪瀑，那感觉像是被扣在一只大碗里——不知往哪走好。

从大本营到4300米的4号营地属于传统路线，是每年登山季节初始，由富有经验的高山向导确定，众多登山者踩出来的一条路。走在这条路上不用担心掉入暗裂缝，但偏离这条路，哪怕只是偏离一点儿，都是很危险的。

麦金利雪山裂缝之多是很著名的，许多登山家死在这里的裂缝中，所以，李致新、王勇峰找不到路标时担惊受怕的心情是可想而知的。每一步都是可疑的，脚下可能就是陷阱般的暗裂缝，随时可能掉进无底深渊，所以每一步都充满恐惧。不仅如此，他们总是担心方向错了，已经偏离路线。

登山最忌讳迷路，人的体力是有限的，错误的路线走远了，不仅可能遇到各种危险，而且也没有体力再回来。他们今天没带帐篷，如果当天回不到1号营地而在外面过夜的话，很可能会被冻死。惟一的出路就是找到路标，他们为此来来回回走了很多冤枉路，吃尽苦头受够了惊吓。

所幸的是，他们最后终于回到1号营地。这时，大雪已使所有的凸凹变为平坦，将一切涂成洁白，1号营地除了一片白色之外，什么都没有了。

这里本来住着很多人，但帐篷都搭在雪坑里，被大雪盖住，从远处根本看不见。现在能见度不到30米，看不见四周的山峰，他们没法确定自己帐篷所在的方位，便像没头的苍蝇一样乱撞，四处寻找。

积雪深到大腿，他们跌跌撞撞找了很久，发现一个地方像是有个雪坑，过去一看，雪坑已快填平，帐篷完全被积雪覆盖，只能看见帐篷两侧的两个布袋状的通风孔，像两只耳朵一样耷拉着。帐篷里面有人说话，这不是他们的帐篷。李致新很想把帐篷里的人叫出来，要点水喝，他渴极了，但犹豫一下，又往前走了。

东奔西走找了一个小时，仍没发现自己的帐篷，两个人又累又饿又渴，连空雪橇也拖不动了，傻愣愣地站在漫天大雪之中，像迷路的孩子一样茫然不知所措。

突然，王勇峰发现脚上的踏雪板不见了，不知是什么时候丢的。踏雪板有1米长，是绑在登山鞋上的，这样在雪地上走路不会陷得太深。没了踏雪板，以后就没法上山，王勇峰很着急，马上回去找。

119

■ 突击营地上，用冰镐勉强凿出两顶帐篷的地方

　　这么大的踏雪板掉了，王勇峰当时竟没感觉到，简直不可思议。今天他太紧张，只想着别掉进暗裂缝和寻找回来的路，根本没顾上脚上的踏雪板；他也太累了，感觉早已麻木。这时候别说是踏雪板，就是脚丢了都可能发现不了。

　　王勇峰往回走了一阵子，没找到，垂头丧气地回来。他根本不知道丢在哪里，没法找。

　　这时，李致新看到不远处有个小雪坡，猛然想起他们的帐篷就搭在这个小坡之上。上了小坡，果然看到了自己的帐篷，两个人立刻扔下背包和雪橇，爬进帐篷就再也动不了了。

　　他俩在帐篷里迷糊了半个小时，美方队员回来了。查克手里提着王勇峰的踏雪板。查克说是在距1号营地很远的地方捡到的。

　　麦克歇了一会儿后，开始做饭。这位51岁的医学博士是个非常勤勉的人，这几天都是他给大家做饭。

　　饭做好了，可李致新、王勇峰累得吃不动，只喝了些水就睡了。他们的鸭绒衣、手套、袜子全湿了，只能放进睡袋里让体温烘干。

风把王勇峰像树一样直直地吹倒在地

5月13日早晨，李致新、王勇峰爬出帐篷一看，太阳出来了，他俩精神为之一振。昨晚睡得很好，把一天的疲劳全睡没了，感到精力充沛，看到别的队伍出发上山，也跃跃欲试。

麦克做好简单的早饭，燕麦粥泡葡萄干，还准备了路上吃的中饭，每人两块奶酪、一根香肠、几块巧克力。

他们中午11点半出发。虽然积雪有两米厚，但下山的人和早上出发的人们已经把路踩出来了，走起来并不费劲儿，李致新、王勇峰只用三个半小时就赶到了2号营地，比昨天少用一个小时。

2号营地风很大，浮雪旋转着乱飞，打得人睁不开眼睛喘不上气。昨天埋东西的雪坑四周有道一米高的雪墙，现在，迎风面的积雪已堆得和墙一样高。雪坑早被填平。李致新、王勇峰放下背包开始清理雪坑里的积雪，干了两个小时，直到美方队员上来才干完。

中美队员的两顶帐篷口对口搭在雪坑里。风太大，只能在帐篷里做饭。这回李致新当厨师：煮方便面加鸡肉罐头。麦克坐在中方队员的帐篷口，给另一顶帐篷里的查克和马克递饭，一不小心，满满一碗面条全洒在帐篷里了。李致新、王勇峰全愣在那里不知怎么办好，麦克并不在意。耸耸肩笑笑，慢慢把面条一根根捡到碗里，自己吃了。这是最好的办法，如果重新烧水煮面还需一个小时。

两顶帐篷的出口经常打开进出，雪往里猛灌，地上积了厚厚一层。吃完饭后，帐篷里的雪先化成水，然后冻成了冰。

查克拿出高度计一看，这里的高度是2850米。李致新对这个高度非常失望，走了四天，才上升750米，离6194米的顶峰太遥远了，而原计划是一个星期登上顶峰的。

"熬吧，登顶的日子会来到的。"王勇峰不紧不慢地说。

5月14日的任务是把一半的东西运往3号营地。

三名美方队员都是业余登山爱好者，每年利用假期登两三次山，他们的年纪又大，马克36岁，查克31岁，和以登山为职业的李致新、王勇峰相比，体力和技术都要差一些。因此，每次上山都是李致新、王勇峰走在前面，背的东西也最多。攀登雪山走在前面和走在后面很不一样，后面的人可以踩着前面人的脚印走，危险小也省体力。

途中，起风了，很大，王勇峰估计有8级以上。风吹浮雪遮天蔽日，能见度转瞬间降到十几米。不过，今天有好几个队走在前面，脚印不会马上消失，不用担心迷路。他们上山已经五天，对山上的情况心里有了底，并不紧张。只是顶着大风走路很费劲，风夹着雪粒抽打在脸上，刀割似的疼。

爬一个大坡时——一阵大风吹来，王勇峰没防备，像棵树一样被吹倒在地。这个坡并不陡，不用担心滑下去，而且，雪很深，即使滑下去也不会有太大危险，但王勇峰是训练有素的职业登山家，他几乎是条件反射般地迅速侧身把冰镐劈入雪中，防止下滑，反应非常快。如果在危险的陡壁上遇到这种情况而没能迅速采取措施保护自己，后果无疑是粉身碎骨。

生死一瞬间，这样的经验1988年在珠峰南侧他就有体会了。

■ 在离顶峰50米的地方，查克放弃了登顶

这时，和王勇峰相距 20 米的李致新早已将冰镐的尖把深深插入雪中，全身压在上面。他和王勇峰是用结组绳连在一起的，如果王勇峰没能保护住自己往下滑的话，李致新采取这种措施就能把他拖住，否则的话，王勇峰会把他也拖下去。

王勇峰在雪地上趴了半天才缓过神来。他背着沉重的大背包，费了很大的劲才站起来。他很狼狈，嘴里嘟嘟囔囔不知在说什么。这时，一阵大风又把他吹了个仰面朝天。

这样的大风中坡上站不住人，一抬腿就会被吹倒。他俩不敢再动，直到风小了些才小心翼翼地往上走。

到了 3400 米的 3 号营地，他们看到许多刚从 4 号营地下来的人，一个个神情颓丧疲惫不堪，有几个人鼻子都冻黑了，这说明冻伤的肉已坏死，需要做切除手术。这些人说："上面风太大，无法登顶。我们的食品、燃料已用完，不得不下撤。希望你们的运气能比我们好。"

看到他们这种狼狈相，大家的心情很沉重，有种兔死狐悲之感。这些人失败

■ 大本营的合影。前排左起：李致新、查克、马克；后排左起：麦克、陈建军、王勇峰。这张照片现在还挂在山下小镇的一个餐馆里

■ 大名鼎鼎的西壁路线，陡峭而险峻，因为攀登技术难度大而出名了，很轻易地被暴风雪打垮。人在雪山上太渺小太脆弱，成功与失败很大程度上决定于运气的好坏。

中美联合登山队的队员倒还能找出理由安慰自己，他们相互说的都是这样一句话："等我们上去时，天气可能会转好。"

没有哪个登山家认为自己运气不好，只要他们还活着，总觉得上帝是站在自己这一边的。这可以说是登山者最重要的精神支柱，他们所有的冒险都是以此作为后盾的。缺少这种精神支柱的人，是绝对不敢攀登雪山的。

下山时，风停了，他们很顺利地回到了2号营地。被凛冽的寒风吹了一天，李致新脸疼得睡不着觉；王勇峰更惨，上下嘴唇全冻裂了，疼得要命，一晚上唉声叹气。

风，喊着叫着，堵在帐篷门口，人出不去，只有想出各种花样做好吃的

5月15日上午，呼呼的风声把王勇峰从睡梦中吵醒，他看到帐篷如打摆子的病人一样抖个不停，帐篷外的积雪已堆得很高，只有帐篷的尖顶还露在雪外，积雪把帐篷挤压得小了很多。王勇峰费了半天劲才把堆在帐篷出口前的积雪扒开，钻了出去。天昏地暗，狂风呼啸，浮雪上下翻飞，冰冷的雪粒直往脖子里灌。王勇峰心里想，今天肯定没法行动，不知美方队员怎么想。他缩头缩脑走到美方队员的帐篷前，听到里面有说话声，他们也醒了。王勇峰大声问："麦克，今天怎么办？"麦克打开帐篷出口，伸出头来说："今天这样的天气……"

一阵狂风吹来，一股浮雪如同被狼追急了的兔子，猛地扑向帐篷口，麦克的下半句话被呛了回去。他赶紧一缩头，把帐篷口拉了起来，待这阵风吹过去之后，重新露出头说："我看除了休息之外什么也干不了。"

■ 风雪把人们堵在3号营地里寸步难行

"今天改善伙食，做美国小面饼。"查克在帐篷里说。

所谓美国小面饼，实际上和北京大街上卖的煎饼差不多。他们把不锈钢套碗的盖子放在汽油炉上当饼铛，用黄油一抹，把面浆倒上去，"哧"地一股白烟，一张小饼就烙好了。

大家边烙饼边聊天，那气氛像大年三十全家人一起包饺子一样。一会儿，话题转向美国政治，王勇峰问查克："你认为布什总统怎么样？"

"不太好，但也不太坏。"查克说。

"今年的大选你还投他的票吗？"

"我想我还是会选他的，因为没别的人可选。选布什只会丢掉一只脚，选别人就要两只脚一块丢了。"查克耸耸肩，一脸无可奈何。

王勇峰、李致新大笑起来。

"真希望你两只脚都别丢，否则，我们没法一起登山了。"

查克放声大笑。

查克23岁开始登山，到现在已登过大大小小100座山。

查克说他也许会结婚的，但不会要孩子。他笑着说麦克有件T恤衫上印着这样一句话："登山很难，但抚养孩子更难。"

麦克老头41岁时才开始登山。那时，他作为心脏外科专家在非洲讲学，假期时，他突发奇想，和妻子一起去攀登非洲最高峰乞力马扎罗雪山。这座山并不难登，和他以后攀登的许多十分危险的雪山不可同日而语，可他没能登顶。虽然如此，乞力马扎罗雪山的优美、宁静和雄壮的气势使他发现了一个充满魅力、令人激动不已的新天地。回到美国后，他马上到一所登山学校学习，一年之后正式开始了他的登山生涯。

开始几年，他攀登了几座小雪山以积累经验，很快便雄心勃勃地向世界七大洲最高峰进军。他利用假期，每年两次到三次去世界各地登山。这些年来，先后登上了欧洲最高峰——厄尔布鲁士峰，南极洲最高峰——文森峰，南美洲最高峰——阿空加瓜峰，亚洲最高峰珠穆朗玛峰他上到了8100米的高度。

麦克很典型地代表了美国人的热情、勤劳和责任感。在山上，每天早晨5点多，他总是最先起来清理积雪；上山时他背的背包总是最沉的。麦克在美国属于上流社会，事业成功，很有钱，但他仍然非常勤奋，每天从早上7点工作到晚上10点，每周平均做三个大手术。他说，在美国要过上幸福的生活，必须勤奋地工作。

李致新、王勇峰对麦克有种特别的亲近感，这有个特殊原因，麦克的妻子是位华人。

■ 有时候，登山的伙伴比妻子还重要

做好小面饼后，他们又把午餐肉切成一片一片的，用黄油煎得焦黄。大家用小面饼夹着午餐肉，吃得津津有味。

饭后，两名美方队员回到他们自己的帐篷看小说去了。经常登山的人都知道在山上会有许多时间无事可干。只能窝在帐篷里消磨时光，所以，很多人都带着小说。

窝在帐篷里的李致新、王勇峰也找到了一件有趣的事儿，他们在带上山的一盘流行歌曲磁带里发现了一首喜欢的歌曲：《只要你过得比我好》，便开始学唱。李致新边听边记歌词，然后一遍一遍地唱，两个人整整唱了一下午。随身听没有喇叭，他们俩一人一个耳机，靠在一起，伸着脖子，大声唱着，歌声冲出帐篷，卷进暴风雪，他们用力地唱着，仿佛在唱给眼前的亲人。"只要你过得比我好"，这是他们那时候最想和亲人说的话。

进山前，李致新刚有了一个可爱的小女儿，没等孩子满月，他就来到了麦金利，王勇峰的女儿也刚两岁。

暴风雪里，李致新和王勇峰呼呼大睡的时候，山上已经有六个人遇难了

5月16日，麦金利雪山上仍是一如既往的大风雪，无法行动。下午风小了点，但还是不能上山，营地上别的队也按兵不动。麦克说："如果明天的天气和今天下午一样，就一定要上，老这样等着是没法登顶的。"

整个下午，李致新、王勇峰都在做智力游戏消磨时光。李致新出的题是老虎、狮子和熊一起带着自己的孩子过河，只有一条船，一次只能过两个，孩子不能离开自己的妈，否则会被吃掉，问怎么才能过去？

李致新脑子里装满了这样的问题，数理化在他的头脑中都是游戏化生存，他总会拿些游戏娱乐大家，回答不上来，他会很得意地说：上学时你肯定不是好学生，这多简单呀。

他也总能找出游戏娱乐自己。在西藏攀登穷母冈日峰的时候，他和王勇峰的休息方式就是带着队员往耗子洞里灌水，极其复杂地灌水，甚至要和都江堰试比高低的那种"工程"。

刚开始进山的时候，他还在罐头箱子里面养野鸟，自己舍不得吃的面包掰成渣都给了那些唧唧喳喳的小鸟，两三天之后，野性的鸟不甘受困，纷纷绝食，李致新慌张了，内疚地把它们赶紧放掉。

平时带小孩出去露营，他能用草根钓沙鳖，那是沙地里生存的一种鳖。在河滩的沙地上，找到沙鳖的洞穴，把草根伸进去，一旦鳖咬住了，便慢慢地提起来，赶巧了，能拽出一串沙鳖。一根草可以哄得孩子们乐半天。

总之，他在山里不寂寞，他的快乐在山野中统统都能找到。

而王勇峰不同，整理装备，安排登山计划的时候是他全部的幸福和快乐，登山在他的眼里更像战场，他像个将军，静静地观察，周密地思考，直到每个细节尽掌握在手中，在山里，他最兴奋的事情是看着行动按照他的计划一步步地推进，那么严密而且顺利。他也愿意有变化，迅速地化解那些意外会让他微笑起来。

大学一年级时有一件事深深印刻在他记忆中。那年开学前，和中学同学搭伴去武汉报到，在火车上，列车员中途查票，同学们各自找票的时候，他的一个男同学突然慌张地叫了起来，火车票找不到了。那是一个曾经让他佩服的同学，学习成绩总是名列前茅，王勇峰觉得自己一辈子也追赶不上的一个同学。可就是这个让他崇拜的同学当时那苍白的脸、惊慌失措的神情却让王勇峰那么的失望，一个人，怎么能连这点最基本的沉着和冷静都不具备呢？这个时候，他好像忽然明白，功课好并不意味做人成功。

■ 接近4号营地的时候，可以看见麦金利三大著名山峰之一：佛雷克山

在以后的生活中，他渐渐总结出来，一个成熟的人至少要具备三样东西：沉着、勇敢、热情。而登山，让他拥有了这三样财富。

每个人都有自己获取能量的途径，王勇峰的能量宝库在雪山里，你看生活中的他沉闷了，没有笑容了，那是他就该要去取自己的能量了，像大力水手一定要吃菠菜一样，王勇峰必须要亲近雪山。

王勇峰绞尽脑汁琢磨了一下午，不得要领。他也实在没有心思猜这个谜，带上山的食品并不多，如果再拖延时日，就可能因"能源"问题不战自退了。

晚饭时，大家都说明天一定要赶到3号营地，不能再等。他们觉得这一天特别长，整天在帐篷里窝着，像坐牢一样。这天最难受的是王勇峰。他上午就想大便，但外面的飞雪如枪林弹雨，他不愿出去，只好强忍着。他在帐篷里一会儿躺下，一会儿坐起，惶惶不可终日。一整天，他都在憋着大便的痛苦和大风雪的可怕之间权衡利弊，最后终于选择了前者。他整整憋了一天一夜，直到第二天早上。

晚上躺在睡袋里，每个人都在暗自祈祷，希望明天是个好天气。

5月17日是山上有六人遇难的那一天，在2号营地的王勇峰早晨醒来感到帐篷里很暖和，马上高兴了，今天可能是好天气。可一出帐篷他就灰了心，阴天，风依然很大，帐篷里之所暖和，是因为积雪几乎把帐篷覆盖了。

中美队员商量后，决定不能再等，今天一定要上3号营地。

一路上狂风怒号，大风将王勇峰吹了两个跟头，直要把人往下推。他们走得非常费劲，力气都花在和狂风较劲上了。当猛烈的阵风吹来，根本无法迈步，一抬腿就会被吹倒。这时，大家只能把冰镐插在雪中，人伏在上面和狂风对抗着，像两头发怒的牛顶在一起，相持不下，各自都耗尽了力气。

人往上走时不会觉得太冷，还会出一身透汗，但一停下来，马上会感到严寒刺骨。有时一阵风要吹几分钟，大家弯腰伏在冰镐上死抗着，不一会儿就会筛糠般簌簌直抖，接着，全身有种发硬的感觉，意识到快要冻僵了。这时没别的办法，只能僵持着，等阵风减弱。

天冷，大家不愿停下来吃东西。走了一多半路，王勇峰又饿又累，阵风吹来他弯腰伏在冰镐上时，听到肚里咕噜咕噜地叫。好在2号营地到3号营地的路不长，李致新、王勇峰走得快，只用三个小时就到了。

3号营地人多，每个雪坑都有人住着。要是自己挖雪坑的话那太费劲了，两个人正在犯愁，恰好有个英国队要下撤，腾出两个雪坑。这个英国队上山很早，被风雪困了许多天，食品燃料告罄，只好下撤，一个个灰头土脸懊丧得不行。

这晚李致新、王勇峰9点多就睡了，一点不知道上面已有六人遇难。

主峰深情地注视着你，所有的艰难和危险都变得无所畏惧

第二天天气好了点儿，但风仍把浮雪吹得上下翻飞，能见度只有30来米。3号营地的人都耐不住性子，从上午9点钟开始，纷纷出发前往4号营地。中美联合登山队是最后出发的，走在最后。

越往上走能见度越低，李致新、王勇峰看不见路两边的地形，真以为两边都是悬崖，战战兢兢一丝不苟地踩着前面人的脚印走。以后能见度高了，才看清路

■ 和在南极登山一样，营地周围也需要稳固的雪墙挡风

两边都是陡直的山壁,两个人都笑了。停下来休息时,李致新说:"今天这么多人上4号营地,雪坑肯定都被他们占了,我们就自己挖吧。"

"那咱们得快走,超过他们。"王勇峰着急了。

两个人甩开大步往前赶,一个队一个队地超。走了一大半路程,在一个贴着山壁的拐弯处,他俩超过了所有的人。

拐过这个弯儿,两个人惊奇地发现他们从浓云中浮了上来。这里是一道泾渭分明的界线,上面青天白日一丝风没有,下面是一片翻卷的云海。他俩惊讶极了,停下来不再往前走。全身心沉浸在这一奇特的景观中,庆幸终于苦尽甘来。

正在这时,他们发现前面很远的地方还有三个人慢慢往上走,已经离4号营地不远了。他俩刚才赶超别人超得性起,现在还没收住,背起背包就往前赶,最后终于超过那三个人最早到达4号营地。

4号营地是个大平台,非常开阔,大约住着200多人。这些天风雪太大,上来的人都被困在这里等待天气好转。营地上帐篷一个挨一个,如拥挤的村庄。

李致新、王勇峰只顾东张西望地找雪坑,找到雪坑把东西放好后,李致新这才抬起了头,他马上大喊了一声:"主峰!"

王勇峰抬头一看,也不禁叫了起来:"真他妈棒!"

巨大的麦金利雪山主峰陡直地矗立在眼前,气势磅礴,占据了整个视野。你感到它和你贴得那么近,仿佛伸手可及。它的面容是那么清晰,闪着蓝光的冰壁、赤裸的岩石、洁白的雪坡和每一道沟坎都看得清清楚楚。看着主峰,李致新、王勇峰像看到久别的亲人,心中充满终于相逢的激动和只有亲人才能给予的亲切和温暖,久久不能平静。自从离开大本营后,他们每天在茫茫风雪中攀登,一直没看到过主峰,如今突然看到了主峰,如同孤独无助的夜行者走过漫漫长夜,终于看到了曙光。

从4号营地往左走是传统路线,绕一个大圈,沿西北山脊登顶;往右走从主峰的脚下起步是一条直线,直插顶峰,这就是中美联合登山队要走的西壁路线。这条路比传统路线短多了,但难度也大得多,几乎是直上直下,看上去令人晕眩。可是,主峰就在你的面前深情地凝视着你,这是难以抗拒的召唤和鼓励,使人陡增一种异乎寻常的信心和勇气,对所有的艰难和危险都无所畏惧。

他们在4号营地等了一个小时,美方队员还没上来,便决定不等了,先下去。他俩往下走了几百米,看到三名美方队员正一步一步非常艰难地往上挪,都已疲惫不堪。

王勇峰看到他们累成这样,对麦克说:"你们先下去吧, 东西由我和李致

■ 壮美与危险并存

■ 典型的麦金利营地，雪墙包裹着帐篷

新背上去。"麦克说："你们俩背查克和马克的包，让他俩先下去，我和你们一起上。"

马克不同意，说想上去看一眼4号营地。

这时已是下午6点多了，麦克怕马克体力消耗太大，当天回不了3号营地，坚持让他和查克先回去。马克没办法，只好同意。

王勇峰提了一下三名美方队员的背包，发现麦克背的东西最多，有30多公斤。麦克年纪最大，可总是累活抢着干，每次背的东西都是最沉的。王勇峰把麦克的背包背在自己身上。

上到4号营地，王勇峰一问麦克才知道，今天那么多上山的队都把东西放在半路就回去了。3号营地到4号营地有三个30度到40度的大坡，是非常消耗体力的。"由此看来我们队的体力还是很不错的。"麦克微笑着拍拍王勇峰的肩膀。

他们把东西埋好后。没多耽搁，赶紧往下走。下了300多米，突然听到右侧山壁上哗啦一声脆响，紧接着是闷雷般轰隆隆的声音，一股小流雪奔涌而至。流雪发生在他们的侧后方。距离并不远。三个人根本顾不上判断流雪能否打到他们这里，便如惊弓之鸟撒腿就跑。直到再也听不到令人胆寒的轰隆隆的声音之后，三个人才停下脚步，回头看看不会有什么危险了，马上像被抽了筋似的瘫倒在雪地上。

流雪在下泻过程中会带下更多的积雪，越流越大，很难判断它的覆盖面有多大。他们三个人都是有经验的登山家，深知在这种情况下三十六计，走为上计，否则的话，等判断清楚确有危险再跑就来不及了。

今天上山的路难走，三个人本来就已精疲力竭，受了这一惊吓，在这4000米左右的高度来了段百米冲刺，体力和精力都已大大透支。他们缓了老半天，呼吸早已平稳，但全身软绵绵的，从地上站起来都非常困难。但他们不能再休息，必须抓紧时间往下走。太阳早已落山，气温越来越低，他们又冷又饿，若不抓紧时间，可能今天就回不去了。

李致新大喊一声：站住！
王勇峰吓了一哆嗦，停了下来。前面，是万丈深渊

三个人歪歪斜斜地往山下走去，一过那个拐弯处，天气立刻变坏了，狂风呼啸，雪雾翻飞。

麦克到底年纪大了，走得非常吃力。

越往下天气越差，能见度非常低，三个人相互之间都看不见。他们边走边吃力地辨认路线，凭着仅能看到的10米之内的地形，竭力挖掘上山时的记忆。

下了一个陡坡后，走在最前面的王勇峰冒失地往右拐去。最后面的李致新觉得不对，猛地拉住结组绳大喝一声："站住！"

王勇峰吓了一哆嗦，立刻停了下来。

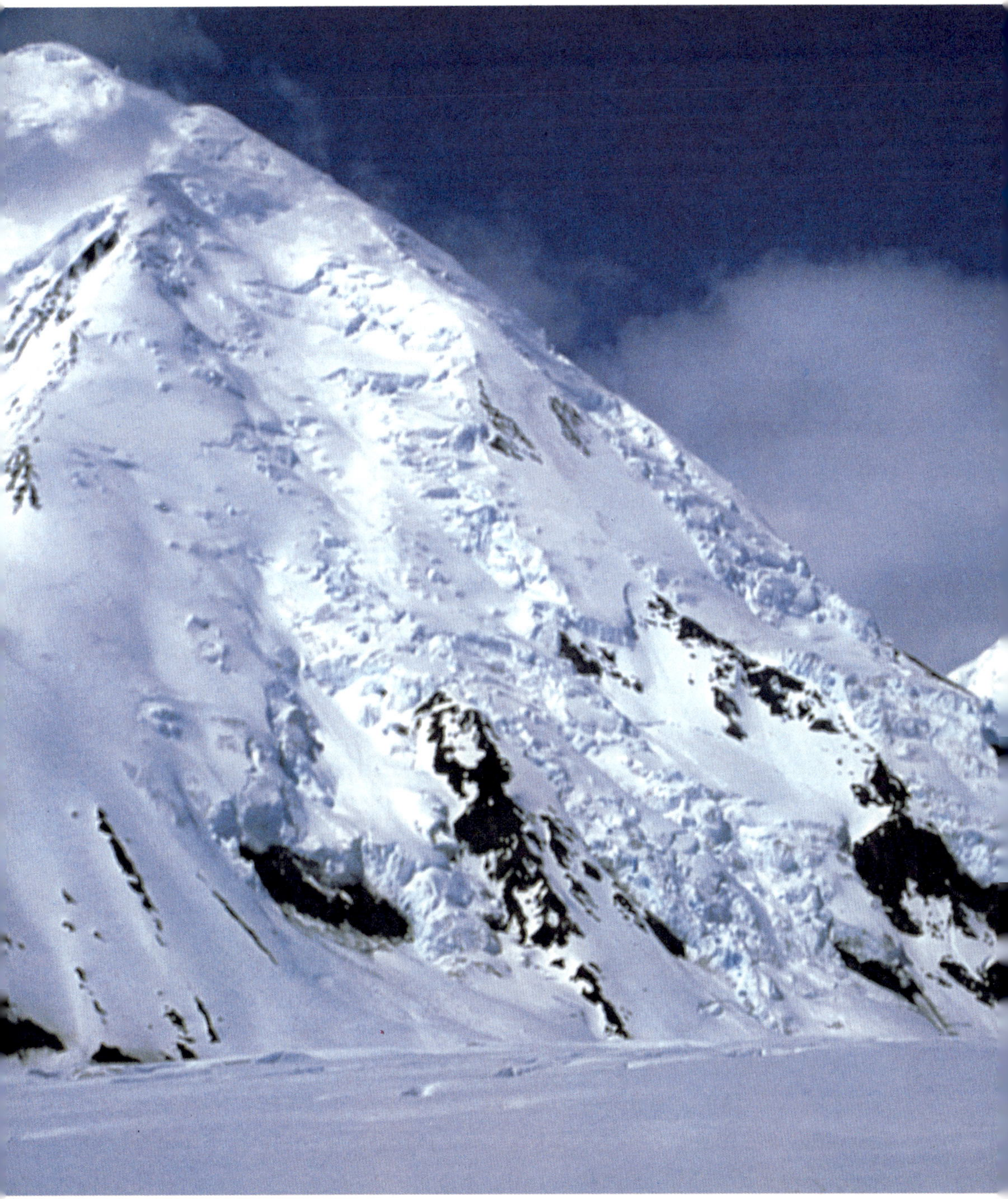

"路走错了吧？"李致新喊。

王勇峰仔细看了看，发现前面几步远的地方竟是万丈悬崖，他心头一紧，吓出一身冷汗，马上缩回来。

李致新见王勇峰找不到路，和他调换了位置，到前面找路。过了一会儿，路找到了。原来，下了这个坡应向左拐，王勇峰记错了，向右边的悬崖拐去。

李致新确认现在的路是对的，带着他们慢慢往下走。王勇峰惊魂未定，总怀疑路不对，他一手拉着结组绳一手紧握冰镐，做好遇到危险时采取保护措施的准备，一面不时问李致新路对不对。直到下最后一个陡坡时看见一道裂缝，王勇峰才放了心。上山时他走到这道裂缝前往下看了一眼，深不见底，很可怕，所以印象很深。

他们三个人晚上10点半回到3号营地，查克和马克也是刚到不久，正在整理东西。麦克对查克和马克说4号营地天气很好，如果再有四五个这样的好天就能登顶了。

这天大家都累惨了，但李致新、王勇峰因为看到了主峰，觉得距登顶的那一天不再遥远，因而情绪很高，信心大增。

人的身体在极度疲劳之后，神经反而会很兴奋，难以入眠。这晚，王勇峰躺在睡袋里翻来覆去怎么也睡不着，只要一闭眼，白天的情景像放电影一样在眼前显现。待这样的电影放过无数遍之后，他扭亮头灯看了下表，已是第二天凌晨3点半了。

山难和暴风雪的消息不断传来，但美国队长还是不肯放弃西壁路线

5月19日，他们要告别3号营地到4号营地宿营。一些上面用不着的东西如小雪橇、踏雪板、下山时吃的食品用的燃料等都留在这里，挖了个坑埋起来，这样，每个人的负重轻多了。

他们是中午12点半出发的，这时营地上的人已经走完了，他们又是最后一个出发的队。一路上，王勇峰和李致新见一个超一个，最后只有一个队先于他们到达4号营地，其他人全被远远地甩在后面。他们是下午3点半到4号营地的，三名美方队员三个小时后才上来。

今天的4号营地已不似昨天那样风和日丽，狂风像头狮子一次次向他们猛扑。一阵风过来，顷刻间眼前一片昏暗，什么都看不见。待风过后，每个人身上都裹了厚厚一层白雪。

他们挑了个更好的雪坑搭起帐篷。吃晚饭时，大家一边收听天气预报，一边商量以后的行动。天气预报说明天天气好转，接下来将有连续几个好天，大家一听又高兴又半信半疑。从4300米的4号营地到6194米的顶峰，只要有三个好天就能完成。

麦克说："这几天连续行动，大家很疲劳，以后的路都是峭壁，难走得多，所以，我们明天必须休息一天，以后的安排看天气情况再定。"

5月20日的天气和预报所说的相去甚远，依然是阴天和猛烈的阵风，山腰间乌云疾走，顶峰时隐时现。根据乌云移动的速度来判断，上面的风要比4号营地大得多。

早晨8点，天气预报又说24日以后才有好天气，在此之前全是坏天。这使大家心里凉了一大半，即使24日后确实是好天气，食品也很紧张了。

三名美方队员一大早就找人了解情况去了，李致新、王勇峰分工在帐篷里做饭。到了吃饭的时间，美方队员陆续回来，带来的全是坏消息：到现在为止上面已有六人遇难，一名瑞士人死于高山病；两名意大利人死于南壁路线，原因不明；三名韩国人在西壁路线遇难，很可能是由于狂风造成滑坠的。

美方队员通报完这些消息，好半天没人说话，大家心情沉重地喝着燕麦粥，味同嚼蜡。麦金利雪山每年都有人员伤亡，历史上遇难人数最多的年份是1967年和1980年，这两年各有八名登山者遇难。但5月到7月的登山季节初始就有这么多人遇难还是头一次。特别让大家震惊的是三名韩国人在西壁路线滑坠，这没法不让他们觉得自己面临的可能是同样的命运。

"这样的天气走西壁路线太危险，你要和麦克说清楚。"李致新神情严肃地对王勇峰说。

李致新、王勇峰是第一次攀登麦金利雪山，最大的目标是登顶，走什么路线并不重要，所以，他俩都倾向于现在这种情况下应走难度不大的传统路线。

"走西壁路线必须要有好天气，这就要等待。我们只带了八天的食品，如果等不到好天气，再想走传统路线食品不够，只能下撤。走传统路线不用等，天气不好也问题不大。"王勇峰对麦克说。

"我们需要再等等看，多打听些情况，然后和查克、马克商量。我们还有几天的时间可以等，根据天气情况决定走哪条路线。"麦克说。麦克也是第一次上山，登顶对他来说也是个极有诱惑力的目标，即使是从难度不大的传统路线上去。

和查克、马克商量时，他俩都不同意走传统路线，尤其是马克，坚决要走西壁路线。马克说："不走西壁路线，我和查克等于白来了。别的队出事是因为技术问题，我们队有实力从西壁路线上去。"

查克和马克去年从传统路线登上过顶峰，这次是专为西壁路线来的。

"如果天气一直不好怎么办？"王勇峰说。

"那只好走传统路线。"麦克说。

但查克和马克对传统路线根本不予考虑，要一直等下去。

"登山就是这样，不管死多少人，都有继续上的，上的人总比死的人多。"
王勇峰发出这样的感慨

下午风更大了，过一会儿就要到帐篷外面清一次雪。李致新、王勇峰待在帐篷里一个写日记，一个拿着学生英汉词典背单词。

■ 前往突击营地的雪坡越走越陡，王勇峰总感觉有人在往后拽他

"登山就是这样，不管死多少人，都有继续上的，上的人总比死的人多。"王勇峰自言自语地说。

人为什么要登山？这问题和人为什么要活着一样既简单又复杂，没有哪个登山家能说清楚。而且，这个问题不能多想，想多了就登不上去了。

英国著名登山家马洛里是这样搪塞提问者的："因为山在那里。"

这句话等于什么也没说，但成了名言。这也许是因为它暗示了一种只可意会难以言传的东西——仅仅因为山在那里，所以要去登，这是命中注定的。

吃晚饭时，李致新、王勇峰心情很灰暗，觉得这样等下去的结果很可能是食品燃料用尽，最后不得不下撤，连从传统路线登顶的机会也要丧失。

"天气预报不一定准确，不能全信。我们看到天气好就上，不好就等着。"马克说。

最后，麦克说道："明天早晨我8点起床，看天气情况决定走不走，你们安心睡觉，如果能走我叫醒你们。"

21日早晨8点，没用麦克叫大家全醒了，谁心里都惦记着今天能不能上山。

"天不好，继续睡，到10点钟再看。"麦克对大家说。

到了10点钟，麦克说："还是不行，看来今天只能继续休息。"

这天，大家四处转悠，见谁和谁聊，打探消息。

李致新看到一个日本队，上去和他们聊天。那些日本人听说中美联合登山队要走西壁路线，一个劲儿说西壁路线太危险，很容易滑坠。李致新对他们说："只要天气好，问题不大。"

日本人竖起大拇指，对他们的勇敢大加赞扬。

王勇峰看到一队人马刚上来，每人拖着个小雪橇从他身边走过，一个小雪橇上掉下一捆尼龙绳，王勇峰捡起来喊那个人。

那人一回头，王勇峰愣住了，非常面熟，但一下子想不起是谁。那人也愣了一下，但马上反应过来。

"哈罗，王先生。"那人满脸激动，说话都有些结巴了，"真没想到是你。"

他奔过来和王勇峰紧紧拥抱，嘴里一遍又一遍地嘟囔着："世界真小，世界真小。"

王勇峰这时还没想起他是谁，只是哼哈地应着，嘟囔着应付着，不敢说别的。正在他又尴尬又难堪的时候，旁边一个人喊这人叫杰夫。王勇峰一下子想了起来，两年前他作为联络官带着杰夫攀登过西藏境内的世界第十四高峰希夏邦马峰。

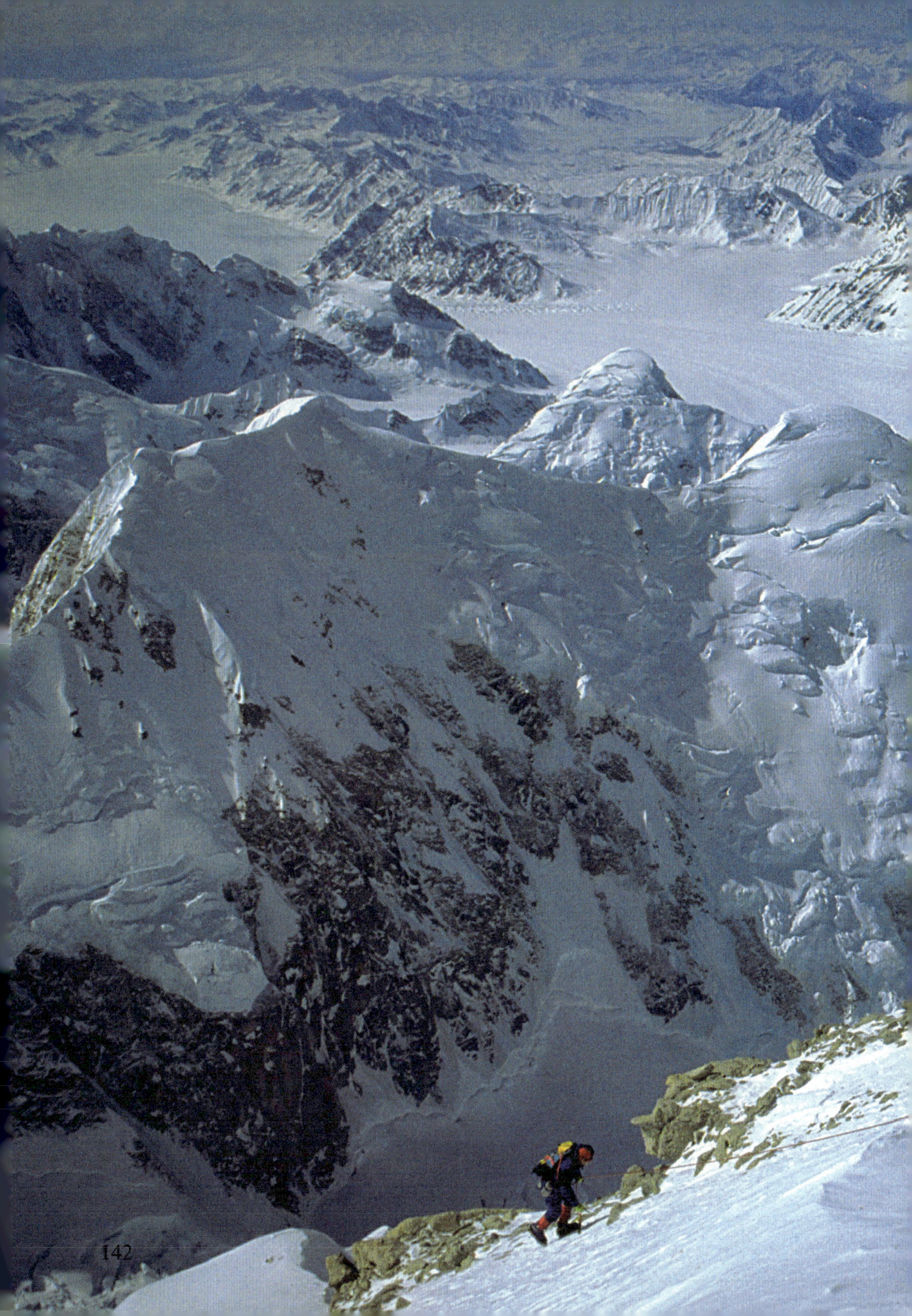

■ 正在修路的李致新和王勇峰

杰夫是高山向导，听说王勇峰要走西壁路线，他说西壁路线难度很大，非常危险。他已经四次登上过麦金利顶峰，仍没走过西壁路线。他说这条路线只有4900米处有个稍缓的斜坡能建突击营地，但这个斜坡很狭小，容不下几顶帐篷。去年有五个法国人在此建营，营地建好后，只剩四个人了，有个人毫无声息地滑落到1000多米深的峡谷中。另外，从突击营地到顶峰路线漫长，坡度陡，裂缝多，第一次走太危险。如果在半路遇上坏天气，只能等死。他劝王勇峰最好还是走传统路线。

　　听了杰夫这番话，王勇峰心里七上八下很不踏实。回来后他和李致新说了，两个人都认为应继续做麦克的工作，如果天气还不好的话，尽快从传统路线登顶。

　　麦克回来后，对王勇峰说他碰到了昨天从上面下来的五个美国人，他们是从西壁路线上山的，19日到达6050米处的一个大平台，从这里到顶峰的垂直距离不到50米，以后的路都是平缓的雪坡，但因为天气不好，他们没敢登顶，怕回不来，也不敢原路返回，只好绕道从传统路线下来了。他们对麦克说西壁路线太难，超出了他们的想象。

"他们五个都是登山经验很丰富的人。"麦克又补充了一句。

王勇峰知道麦克对走传统路线还是走西壁路线一直犹豫不决，现在看来他心里已倾向于走传统路线了。

"如果明天天气还不好，我们怎么办？再等一天就只剩下四天的食品了，即使走传统路线也很紧张，如果遇到什么意外，就难办了。"王勇峰说。

"天气还不好转的话，明天走传统路线。"麦克坚决地说。

听麦克这种口气，王勇峰估计他又和查克和马克讨论过，他们可能还是不同意走传统路线。

"如果查克和马克不同意怎么办？"王勇峰问。

"那只好分手。"麦克无奈地耸耸肩，"现在已到了非做出决定不可的时候了。"

沿着刀刃一样的山脊到了突击营地就传来查克和马克被困的消息

5月23日，晴天，无风，一层轻纱般的薄雾为威严的麦金利主峰平添一种温柔。积压在每个人心头的重负——面临重大抉择的沉重感，因此卸去，不用再争论，不需要自己抉择，上天都安排好了。

本来已准备分道扬镳的麦克、王勇峰、李致新和查克、马克无言地握了握手，现在，他们需要做的只是扭成一股绳，从西壁路线攀登顶峰。

李致新、王勇峰认为这样的天气走西壁路线不成问题。

今天要把所有的东西一次运往4900米的突击营地，每人负重30多斤。这已是精简到无法再精简的程度，要从背包里拿出任何东西都会导致失败。

仍是李致新、王勇峰结为一组，三名美方队员结为一组。从4号营地出发，开始是一段比较平缓的路，到了主峰脚下再往上走是40多度的雪坡，看得见雪坡上裂缝密布。在这个雪坡上，美方队员的速度明显慢下来。攀登雪山每个人都有自己的节奏和速度，不按这个节奏走很容易疲劳。李致新、王勇峰跟在美方队员后面走了一会儿，觉得难受，便超了过去。

以后雪坡更陡了，接近60度，还有两道明晃晃的裂缝挡在前面。第一道裂

■ 攀登麦金利时，李致新（左）和王勇峰已经对自己充满自信了

缝宽一米多，很长，绕不过去，只好跨过去。李致新把冰镐插入雪中，保护王勇峰先跨过去，然后在裂缝另一边保护，李致新再跨过去。背着沉重的大背包，在这样的陡坡上跨过一米多的裂缝，这对一般人太难了，但对登山队员来说不算什么。接下来是一道两米宽的裂缝，上面有道冰桥，可以走过去，但一过裂缝马上是一面陡壁，踩不稳很容易滑回来掉进裂缝。他俩过这道裂缝时心里很紧张，一过去马上把冰镐劈入冰壁中，稳住身体，防止滑回来。

上了这面陡坡后，他们回头一看，这面坡大约有1000米长，垂直高度上升了500米。他俩上陡坡走得很慢，但从不休息，美方队员已远远落在后面。

不久，前面又有一道裂缝，非常长，将整个山壁拦腰截断。这道裂缝宽窄不一，最宽处有四五米多，闪着幽蓝的寒光，像饿兽穷凶极恶的大口，令人毛骨悚然。不过，最窄的地方不到一米宽。可李致新、王勇峰还是感到很恐怖，一过去马上加快脚步，避之惟恐不远。

往上走转到了山脊的另一侧，坡度越来越陡。刚才走的路他们不太担心滑坠，现在不一样了，山脊的这一侧是万丈悬崖。两个人的速度慢了下来，确信这一步踩稳了，才肯迈下一步。

这时，他们看到了斜上方的那道山脊。在4号营地时通过望远镜观察，决定

■ 查克曾经从传统路线登上了麦金利

沿着这条山脊登上突击营地。山脊之上才是真正的西壁路线。李致新发现如从这里直接爬上山脊坡度太陡，接近80度，就和王勇峰商量是不是可以横切到山脊的正下方，找缓一些的地方上去。王勇峰看到一道模糊不清的脚印，切向山脊下方，这说明别的队也横切过。

在陡壁上横着走特别危险，因为冰爪前边的刺长，是能扣住路面的形状，两边的刺短，侧着走容易打滑，而且横切可能会破坏雪层，造成流雪，所以，登山的人一般不愿意横切。李致新、王勇峰仔细对比了两条路的危险程度。最后还是选择了横切。

他俩保持近30米的距离，非常小心地往上走，不时相互大声提醒："小心，踩稳了，别绊住绳子。"连接他俩的结组绳在地上拖着，走在后面的人很容易被绳子绊住。在这样的陡坡上一绊，肯定会滑下去。他们走到山脊的正下方，从一面近70度的雪坡爬上去，到了山脊上一块巨大的岩石下，在这里打了两个雪锥，挂了一条100米的绳子，准备等美方队员横切到山脊下时，可以依靠绳子的保护爬上来。

李致新爬上那块大岩石，观察上面的路线。山脊的坡度并不陡，大约40度，沿山脊上到突击营地不会太费劲，但山脊窄得像刀刃一样，另一侧是80度的陡壁，直落山底，低头一看，令人胆寒。

半个小时后，李致新看见了三名美方队员。他们没横切，直接向山脊爬去。李致新大声喊他们，听不见，往下走了一段又喊。美方队员听见了，查克向李致新摆摆手，表示不走这条横切的路线。他们认为横切太危险。

李致新、王勇峰只好收起绳子，沿山脊走向突击营地。山脊很窄，他们不得不一会儿从这一侧走，一会儿从另一侧走。两个人都提心吊胆，尽量不往下看。

突击营地确实非常狭窄，有六个美国人已先于他们到达这里，把这块地方圈了起来，占为己有。王勇峰对那些人说我们也是六个人，要搭两顶帐篷。那些人慷慨地让出了一点儿地方。

等了两个小时，不见美方队员上来。李致新、王勇峰正着急呢，看到麦克突然出现在他们下方，大声喊他们的名字，神情紧张地招手让他们下去。李致新、王勇峰下去后，麦克说："查克和马克遇到了麻烦，请你俩赶紧下去帮他们。"

李致新、王勇峰又上到突击营地，带好绳子、雪锥、冰锥、冰镐下来。他们打下两个雪锥，放下一条100米的绳子，三个人结组往下走。走了近100多米，再往下是一道亮闪闪的冰槽，坡度有80多度。麦克让王勇峰在这里用冰镐固定住一根绳子保护，他和李致新下降了20米，又横着走了一段。再往下走到了一块大岩石下，查克和马克就被困在这里进退两难。

原来，麦克的大背包吊在他俩身下，背包卡在冰槽里的一块石头下，把他们死死拖住，动弹不得。查克已把结组绳绑在大岩石下的一块小岩石上，他站在近80度的陡壁上仅有一脚宽的立足之地上，两手紧抓岩石的棱角一动不敢动。马克更惨，他抓着结组绳坐在岩石下的一个小坑里，两腿伸在悬崖外面，那个大背包就吊在他腰上的安全带上，一个劲要把他拖下去，马克眼看着望不见底的悬崖，面无血色。见到李致新，马克声音发颤地说："李先生，我们遇到麻烦了。"

"别着急，我一定把你们弄上来。"李致新安慰说。

背包吊在马克下面15米的地方，李致新用力拖了一下，纹丝不动。他便在

■ 4号营地以前都可以拖雪橇行军

岩石上打下岩石锥，挂了一根绳子，绑在自己身上，然后倒着一步一步往下移动。这个冰槽有70—80度，李致新本来可以用绳子吊住身体、用下降器下去；但他想在美方队员面前表现一下他的冰壁技术，只依靠两个大小不一的冰镐和脚上冰爪的尖刺一步一步往下移动。

他的冰壁技术果然高超，根本没用到保护绳就顺利地下去了。他从下面往上推背包，一点推不动，想了想，找到了原因，上面绳子拉得太紧，背包紧卡在岩石下面。李致新喊麦克，让他把绳子放松一点。绳子一松，背包离开了卡着的岩石，李致新一托就托了起来。他大声喊麦克往上拉，背包一点一点被拉上去。

查克和马克转危为安。由于紧张和长时间保持一种姿势，两个人全身都僵了，想动居然动不了。过了好一会儿，马克艰难地站起来，直摇头叹气。接着，查克也能移动脚步了。四个人结为一组，沿着王勇峰在上面固定的绳子向上走去。

李致新帮麦克背着相机。接过相机时，他偶尔回头看了一眼，下面的景色美极了，但他一点儿拍照的心思都没有。刚才救人的时候，他全身都是力气和勇敢，有意显示高超的冰壁技术，自鸣得意。现在他身上背着两捆绳子，两腿发软，全身无力，才明白刚才消耗太大了。想到明天要突击顶峰，路程更艰难，心里不禁对刚才的表演感到后悔。

他们抓着绳子用上升器登上那个80度的冰槽后，看到王勇峰弯着腰，全身压在冰镐上，脸都冻紫了，大家心里很是感动。

王勇峰在这里看不到下面的情况，只知道下面四个人的生命全系在他的冰镐上，一直用全身的力气压着，丝毫不敢松动。这样的姿势保持了将近一小时。

王勇峰在前，李致新压后，五个人拉着从突击营地挂下的长绳往上走。马克体力耗尽，走两步就要歇半天。

从查克和马克出事的地方到突击营地，平均坡度70度，非常陡峭险峻，如果没有这条保护绳很难上。李致新、王勇峰想到刚才麦克一个人没有任何保护就上来了，心里对他很佩服。

到了突击营地，大家都累得跟一摊泥似的，坐在地上只有喘气的份儿了。但他们实在没时间休息。救查克和马克用了一个小时，现在已是晚上7点半，明天要突击顶峰，必须早点吃饭睡觉才行。李致新、王勇峰挣扎着站起来搭帐篷，麦克也来帮忙。查克只象征性地干了两下，马克完全不行了，坐在地上根本起不来。

这块地方不够搭两顶帐篷，王勇峰用冰镐一点点刨着，勉强整出一块平一些的地方，把两顶帐篷搭好，其中一顶还歪在悬崖边上，看着都可怕。为了不使帐篷滑下去或被风吹跑，他们把所有的雪锥全用上了，把帐篷的每个角都牢牢固定住。

登顶的前晚，他们得到的最新消息是美国顶级登山家马科斯遇难了

麦克和旁边那个美国队的人聊了一会儿，回来后沉痛地对大家说："今天马科斯·斯特普斯掉入裂缝遇难了。"

"他是美国最著名的登山家。"麦克又对王勇峰补充说。

马科斯·斯特普斯曾独自攀登过世界三大陡壁，技术精湛，勇不可当，被称为登山天才。他多次攀登过麦金利峰，有一次从麦金利西壁路线3500米处直接登上顶峰，然后从传统路线返回4号营地。这么长的路一般人要走三天到四天，

■ 对付冰裂缝最好的办法是结组

151

他只用了 18 个小时，简直令人难以相信。由此，他被称为"登山疯子"、"外星人"。

此次，马科斯·斯特普斯是作为高山向导带着一帮人来攀登麦金利峰的，他踩着冰桥过一道裂缝，冰桥突然塌陷，他猝不及防掉入裂缝。本来凭他精湛的技术，肯定会迅速采取自救措施，即使掉下去也不至于丧命。可大量冰块随之而落，竟当场将他砸死。

听麦克讲完，大家很长时间默不做声。在为马科斯·斯特普斯深深惋惜的同时，感叹人在雪山上的无力和脆弱，似乎一切都是上帝在做出安排，人的命运完全不掌握在自己手中。

吃晚饭时，马克神情黯然地说："我不行了，明天不上了。"

听马克这么说，大家都愣了，感到很意外。

"你最好还是上，已经到了这里，不上太可惜，机会难得。"麦克劝他。

"我的体力和技术都不行，上到突击营地已经到头，再上会丢掉性命不说，还会拖累大家。你们不用劝，我主意已定。"马克口气很坚决。

大家听他这么说，也就不作声了，只默默地吃饭。

当晚收到的天气预报说明天是个好天。临睡前，麦克和查克就明天的安排征求王勇峰、李致新的意见。王勇峰说应当抓紧时间，尽快突击顶峰，建议明天凌晨3点钟起床，6点钟出发。他说夜长梦多，拖的时间长了，天气一变，我们就要和三个在西壁路线上遇难的韩国人做伴去了。

他们开始为第二天的登顶做准备，天太冷了，化雪烧热水就花去了不少时间，一直忙到夜里12点。

当晚的觉太重要了，直接决定着明天是否有体力登顶。这一点他们都很明白，可就是睡不着。李致新、王勇峰和麦克睡在一顶帐篷里，三个人都在翻来覆去地折腾。尽管谁也不说话，每个人都明白其他两个人和自己一样睡不着。他们今天太累了，人在过度疲劳之后，全身没一个地方不难受，神经会处于兴奋状态，很难平静下来。再加上明天就要突击顶峰，大家心里很紧张。从突击营地到

顶峰，垂直距离上升1300米，路线漫长，当天上去当天返回需要极好的体力。这段路上有几面70—80度的大冰壁，其艰难危险的程度是世界闻名的。

三名韩国人就是从这段路上走向死亡的，而马科斯·斯特普斯遇难带来的阴郁气氛也如浓雾般笼罩在每个人的心头，挥之不去。但他们同时又异常兴奋，顶峰——他们冒死追求的辉煌目标和伟大梦想已如此接近，登上顶峰的巨大喜悦和无上光荣与骄傲已在他们心中滋长、升腾。每个人都因此而血涌心跳。成功与失败，生存与死亡都将在明天定夺，这一切都使登顶前夜成为折磨人的不眠之夜。

3点钟一晃就到了。他们昏昏沉沉地爬起来，相互问睡得怎么样。麦克和王勇峰竟然睡了一个小时，李致新、查克则完全是睁着眼熬过来的。

王勇峰问查克感觉怎么样，查克垂头丧气无精打采地说："非常非常不好。"

王勇峰看查克那样子，觉得他对登顶一点信心都没有，但却不肯放弃。

凌晨3点天已很亮。今天又是个大晴天，无风，山上一片寂静，每个人都在心里庆幸运气好。大家烧水做饭，整理装备，紧着忙乎，到6点钟一切就绪。

马克和每个人紧紧拥抱，祝大家成功。他说："我在望远镜里看着你们。"

李致新和王勇峰采取了交替保护的方式冲击顶峰。
所谓交替保护，最简单的解释就是把自己的性命交付到对方手中。
11年，他们都是这么做的

麦克和查克在前，王勇峰、李致新在后，沿山脊向上走去。开始坡度不陡，只有30度，但大家都感到很累，这是由于昨晚没睡好的缘故。当他们走上坡度为50度的冰雪混杂的地形时，其疲劳程度已使每个人都对自己的体力忧心忡忡。

上了这段冰雪混杂的地形，山脊消失，左侧是直立的岩壁，右侧是60度的冰壁。在高山上，登山者几十斤的负重、笨重的装备以及缺氧造成的乏力使他们无法攀登岩壁，所以都选择冰壁。在冰壁上冰镐和冰爪都能扎进去，有了着力点，再陡也是可以攀登的。当然，不言而喻，登山中最危险的就是攀登冰壁，这需要极好的体力和技术，要胆大心细，出不得半点儿差错。

他们向右横切了一段，到了这面冰壁下。这是高200多米亮闪闪的一面大冰壁。在这样的大冰壁前，人禁不住有种渺小感。是的，太渺小了，这是无可争议的事实。可是，渺小的人有种不屈不挠的精神，也许正是这种渺小感成了攀登者的动力。

　　李致新、王勇峰冰壁技术好，年轻力壮，自告奋勇先上。他们每人握着两把小冰镐，交替劈入冰壁，脚上的冰爪扎入冰中，一步一步向上爬。在这样的冰壁上，对死的恐惧促使他们百分之百地集中精力，早已把疲劳忘得一干二净。

上了40多米，上面有一根别的队留下的保护绳，他们试了一下，还结实，就把上升器扣在绳子上，拉着绳子向上爬。这样省力多了，但他俩担心绳子不结实，走几步就要试试其结实程度。虽然这样，上升的速度仍然快多了，不久就爬了上去。

再往上是冰雪岩石混杂的地形，嶙峋起伏的岩石给他们一种安全感，不用担心滑坠了。两个小时后，前面是一道高300米的大冰壁，在太阳的照射下，闪着刺目的白光。他俩在冰壁前歇了下来，积蓄力量。歇了一会儿，他们发觉和没歇一样，疲劳像长在身上似的，摆脱不掉。他们太累了，不是一会儿半会儿能缓过来的。

两个人吃力地站起来，抖擞精神鼓足勇气，向大冰壁走去。

大冰壁的坡度开始是40—50度，并不可怕，但越往上越陡，60度，70度，80度，几乎完全直立起来。走了一半，两个人往下一看，心扑通扑通地狂跳起来，两腿禁不住开始发抖。他们的左侧几乎是直上直下，如果一滑，直接就回到4号营地了。

李致新向王勇峰喊："赶快交替保护。"声音有些颤抖了。

交替保护是一人在冰壁上钉好冰锥，固定住结组绳的一端。另一人往上走，走到结组绳允许的最大距离，钉上冰锥固定住绳子另一头，后面的人接着往上走，这样交替保护着上登。交替保护安全系数高了，但速度大大减慢，而且钉冰锥拔冰锥都是力气活，很累。交替保护也并非高枕无忧，很多登山者就是因为冰锥脱出而掉下去丧命的。所以，除了冰锥外，他俩还把冰镐劈入冰壁，身体伏在上面压着。冰壁上人站不稳，这样做是非常消耗体力的。

这一段两个人都疲劳之极，虽然恐惧心理压倒一切，但疲劳却不像先前那样容易忘却。每迈上一步都非常艰难，都需咬紧牙关以精神力量去克服疲劳。

他们用了大约两个小时，爬上了大冰壁，到了一个小平台上。他们在这里休息了10分钟，又继续向上走，他们知道不能多歇，越歇越想歇，但总歇不过来。

往上走是一段缓坡，接着是60度到80度的冰雪混杂地形，这里很容易滑坠。极度的疲劳使两个人都感到头昏昏沉沉的，直想睡觉，注意力难以集中，便不时大声相互提醒，这是在提醒对方也是在提醒自己。两个人走得非常慢，走一两步就要停下来，头抵着冰壁，喘半天气。

爬上这段陡壁后是个大平台，大得足够波音飞机安全起降。远处几个亮闪闪的峰尖平地拔起，他们判断那个最高的峰尖便是顶峰。李致新掏出高度计看了一下，这里的高度已接近6050米，胜利在望了。

近在眼前的成功鼓舞了他们，两个人觉得身上又有了力气，便朝着那个最高最雄伟的峰尖走去。现在所有的危险都被远远甩在身后，大平台上地势平整、开阔，很安全，积雪也只到脚踝。但走了不久，两个人都感到非常非常累，全身像散了架似的。这时已是12点了，他们今天已走了整整6个小时，登的都是陡壁，力气早已耗尽。同时，因为在几个小时内上升1100多米，对高山缺氧一时难以适应、头痛胸闷。肌肉酸软无力，每走一步都要忍受极大痛苦。

严重的高山反应使李致新出现了幻觉，总感觉自己是在上政治课，无论怎么摇头，老师还是说个不停

一小时后，两个人相互看了一眼，都发觉对方累得不成样子，两个人不约而同地向前看了看，那个亮闪闪的峰尖仍旧那么遥远，拼尽力气走了一个小时，好像一点没能缩短与它的距离，一种难以言说的颓丧和失望油然而生，他们心里真想哭。

李致新停下脚步，有气无力地问王勇峰："感觉怎么样，你？"

王勇峰走在李致新身后，早想停下来了，见李致新一停。马上站住了，弯着

■ 下撤的念头在王勇峰心里也转悠好久了，硬憋着才没说出口

■ 经过大风口时，居然发现了一个废弃的营地，很少有人在这种地方建营

腰大口喘气。

"我走不动了，一步也走不动了。"王勇峰说。

"我脑子里出现了幻觉，老觉得自己正坐在课堂上，听老师讲政治课。不管我怎么摇头，他都不住嘴。"李致新满脸恐惧，"我登珠峰时也没这样。"

"可能是因为你疲劳过度，边走边打盹，做梦呢。"

"不是梦，是幻觉。我很清醒，但没法控制幻觉。它像电影一样，一遍一遍在眼前放。太可怕了，我不知道再走下去会怎么样。你说咱们是继续上呢，还是下撤？"说到最后，李致新有些支支吾吾的。

王勇峰慢慢低下头，一时不知说什么好，下撤的念头在他心里也转悠好久了，硬憋着才没说出口。他很矛盾，要是别的山，他也许早顶不住了，但麦金利不同，登上麦金利是他1989年之后朝思暮想的愿望。为筹备这次登山他整整忙乎了近一年。现在已经到了这里，历尽千辛万苦，要是这么下撤，有点儿说不过去。可即使这样，他也不愿用生命去换取成功，他犹豫不决。

见王勇峰不说话，李致新又说："要是上的话，肯定能上去，平路，怎么挪也挪上去了，可能不能回来就难说了。大平台下都是陡壁，我们还有体力下去吗？"

"先上去再说，管它能不能回来。"王勇峰不知为什么突然拿定主意，嗓音沙哑地说，"要是没力气下陡壁，我们可以从传统路线下去。"

　　也许是王勇峰的坚定鼓舞了李致新，他使劲看了王勇峰一眼说："那走吧！"说完扭头向前走去。

　　最后这段平坦的路，竟是此次登山中最最艰难的一段路。他俩力气已完全耗尽，只靠着毅力靠着一种精神不屈不挠一步一步地往前挪。王勇峰缺氧反应很厉害，头痛欲裂，胸闷得像要炸开一样。李致新又回到了幻觉中，坐在教室里认真地听老师讲课。他头脑已经不清醒，像个梦游者，不知道自己在干什么，只是机械地移动脚步。

　　王勇峰尽管被高山反应折磨得苦不堪言，脑子还清醒，看到前面有道半米宽的裂缝，大声提醒李致新注意。李致新答应一声，晃晃悠悠向裂缝走去。他眼睛根本没看裂缝，不知怎么就过去了，把王勇峰吓出一身冷汗。以后，又遇到两道裂缝，李致新同样糊里糊涂地过去了。

　　　　　　　　走着，走着，王勇峰不知道往哪里走了，
　　　　　　转了一圈儿，再也找不到比自己站的地方还高的地方了，
　　　　　　　　　　　　"我们登顶了！"

　　这时，王勇峰看到远处的那个峰尖越来越矮，越来越小，已接近于消失，很困惑。他回头看了看才明白，原来，在远处看像是直立的峰尖，实际上是铺得很远面积很大的缓坡，那个峰尖只是这个漫长缓坡的最高处。他们现在已上了缓坡，但离最高处还是很远，路依然漫长。王勇峰心里有种永远走不到头的感觉。他昏昏沉沉的，直想睡觉，上下眼皮不时粘在一起，几次都是费了很大的劲才睁开。要是能倒在地上睡一觉，即使死了也行。这样的念头一遍一遍地冒出来。他一方面被这种念头深深吸引，一方面又调动所有的力量与之拼死抗争。想睡觉是疲劳程度超过自身极限和高山缺氧的反应，这时如果睡着，就永远不会醒来了。

　　以后，两个人都有些神志不清，但脚步依然磕磕绊绊地往前迈。这已不是靠体力，甚至不再靠毅力和精神，而是像一辆燃料耗尽的汽车，之所以还在行驶，只是靠着惯性，最后一点儿惯性。

■ 雪深、路长、坡陡是麦金利攀登路线的共同特点

走着走着,王勇峰不知往哪里走了,身体转了一圈儿,再也找不到比这里更高的地方了,他愣了半天,困惑不解。

"顶峰,我们登顶了!"王勇峰突然大叫起来,扑上去抓住李致新的两个肩膀使劲摇着,"致新,致新,我们登顶了。"

李致新被摇醒了,从政治课教室脱身出来,瞪大眼睛向四周看了看,没说什么,眼泪哗哗地流了下来。

两个人紧紧地拥抱在一起。

王勇峰也泪流满面。这是他登山八年来第一次流泪,他想控制也控制不了了,任凭泪水在积着厚厚一层污垢和涂满防晒霜的脸上痛畅地流淌。

两个人抬头望着晴朗的天空,像小学生在课堂上背书一样又天真又虔诚,声音朗朗一字一句地说:"老天爷,感谢你给我们好天气,真庆幸你能保护我们……"

两个人立正站着,足足朗诵了两分钟。

巨大的喜悦把全身的疲惫一扫而光,一点也不感到累了。他们掏出装在前胸口袋里的半自动照相机和一面小国旗,相互为对方拍下了站在顶峰上的英姿。

作为最早从西壁路线登上北美最高峰的中国人,他们将被载入史册。

之后,他俩原地转了720度,把四周的景色拍了两圈。从麦峰顶部向下望去真是太美了。蓝得发黑的天空,一望无际的雪山,还有在它的西面,那片水天相接的大海,那片蔚蓝色,这一切都使人心醉。

"是的,我们曾怀疑我们的实力,我们也曾一度感到过恐惧,也曾一度想放弃登顶,但我们最终还是咬着牙上来了。"王勇峰这样回忆他登顶后的心情。

安全下撤比登顶更艰难,他们集中了所有的心力小心下撤。
见到突击营地的帐篷时,王勇峰跪在了雪地上

他们在顶峰上待了15分钟后,开始往下走。两个人都像换了一个人一样,李致新也不再被幻觉困扰了。当走到一条裂缝前时,李致新惊诧地问王勇峰:"怎么还有裂缝呀?上来的时候怎么没遇到,路走错了吧?"

"没错,上的时候就有裂缝,一共三条,你都是看都没看不知怎么就过去了。"

"我自己怎么一点不知道。"李致新大惊。

他看了看这道裂缝，不宽，不到半米，但很深，黑幽幽看不到底，要是掉下去，很可能被紧紧卡住。他不由倒吸一口冷气，感到后怕。

快到大平台的边缘时，两个人又感到了那种无法抵御的疲劳，两腿像灌了铅一样沉重。他们又开始为能否平安地下去担心，越往前走越是忧心忡忡。

正在这时，麦克和查克摇摇晃晃东倒西歪地上来了，那样子像喝得酩酊大醉似的。

麦克和查克年纪比李致新、王勇峰大很多，体力比他们差。李致新、王勇峰从这里走上顶峰用了两个多小时，是拼着性命硬撑上去的。李致新认为凭麦克和查克的体力，不可能登顶。看他们那疲惫不堪的样子，没法走完以后两个多小时的路。所以，李致新觉得麦克和查克上来是接他和王勇峰下冰壁的，而不是要登顶。正当他和王勇峰最需要帮助的时候，他们来了。想到这里，李致新心头一热，泪水顿时涌出眼眶。

麦克和查克走过来，表情痛苦、凄惨，连说话的力气都没有。听王勇峰说他和李致新登顶了，麦克和查克只是伸出手和他们握了握，又摇摇晃晃地向前走去。

■ 几分钟的时间，帐篷就能被大雪染白

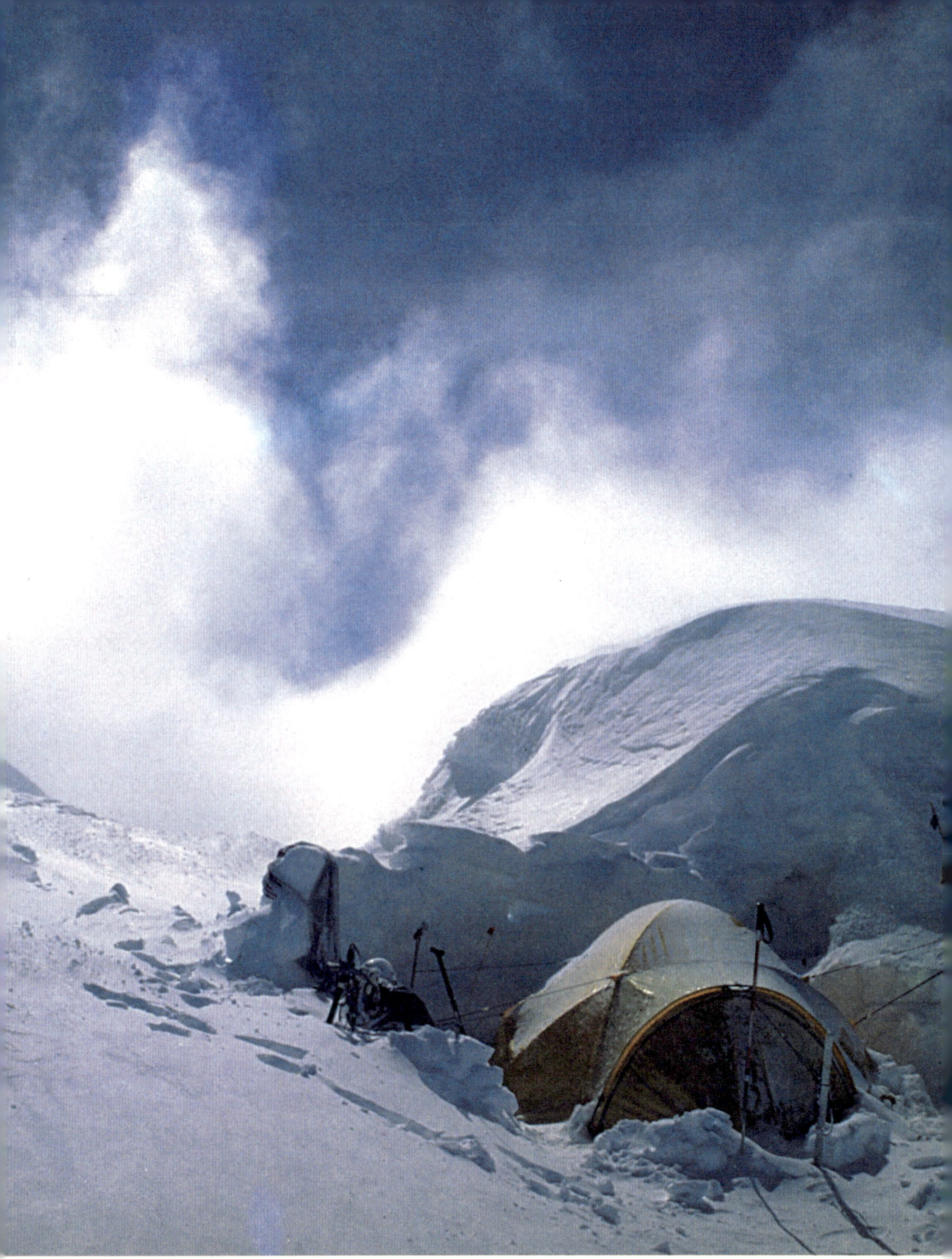

李致新愣在那里半天没醒过闷儿,当终于明白麦克和查克还要继续登顶时,不禁大为惊诧,同时对他们顽强的意志非常钦佩。可是,他们能上去吗?即使上去了,又有多少回来的可能呢?李致新、王勇峰不忍再看他们摇摇晃晃的背影,只在心里默默祈祷老天爷保佑他们平安。

李致新、王勇峰正要下冰壁时,碰上了在突击营地遇到的那六个美国人。其中一个人关切地嘱咐他们下陡壁时一定要特别小心,这个陡壁是西壁路线最容易出事的地段。

下陡壁时李致新、王勇峰仍采取交替保护的方式,慢慢向下走。为了战胜疲劳,两个人不时大声互相鼓励:"坚持,一定要顶住。"

下陡壁比上陡壁省力得多,但危险性也大得多,在陡壁上滑坠的大部分是下山的人。所以,李致新、王勇峰极其谨慎,集中全部心力一步一步往下走,甚至把对死亡的恐惧也抛到了脑后。

下了这段300米的大冰壁,两个人松了一口气,最危险的地段过去了。他们停下来休息了一会儿,吃了一些饼干和巧克力。

等他们下了第二个冰壁后,就没什么大的危险了,但这时两个人脑袋昏昏沉沉困得不行,头都抬不起来。离突击营地已经不远了,两个人咬着牙,用尽最后的力气往下走。

他们傍晚6点半回到突击营地,从出发到返回共用了12小时。

李致新跌跌撞撞径直走向帐篷,对马克的问候置若罔闻,一头扎进帐篷趴在睡袋上一动不动,像死过去一样。王勇峰在离帐篷几米远的地方腿一软,跪在雪地上。

马克急切地问这问那,问了半天,只见王勇峰像一尊雕塑,没一点反应。马克倒了一杯水,递到王勇峰手里,王勇峰喝了两口才缓过气来,但仍然不愿意说话,马克问好几句,他才答一句,比挤牙膏还费劲。马克知道他俩登顶了,很高兴,但听说麦克和查克至少还要四个小时才能回来,马上着急了,拿着望远镜长久地向山上瞭望。

李致新、王勇峰躺在帐篷里却又睡不着,脑子里全是这一天冲击顶峰的场面,一幕幕在眼前闪过。全身没一块地方是舒服的,胳膊腿都不知往哪儿放。身下又不平,硌得难受。两个人又爬起来,用登山鞋砸了半天,还是不平。一个小时后,他们才迷迷糊糊睡着了。

马克一直待在帐篷外面,过一会儿向上望一阵子。晚上10点多,马克看到那面300米的大冰壁下,有四个人往下走,其中一个人突然躺倒在地,另外三个人也坐下不动了。马克觉得那个躺下的人像查克，心里急得不行，眼睛再也不离开望远镜，一动不动地观察上面的动静。

一个小时后，那四个人还是一点儿动静没有。马克认定查克出事了，连忙用对讲机和机场联系，请求派直升机营救。可机场的人说太晚了，直升机没法来。马克一听，急得像孩子一样哭了起来。

马克叫醒王勇峰、李致新，商量怎么办。这时，他俩仍没从疲劳中恢复过来，一点儿力气也没有，王勇峰还感到心脏一揪一揪地疼。他俩相互问对方身体行不行，能不能上去救人？两个人都说不行，一点儿可能都没有。

马克又急得哭出了声，他抹了一把眼泪说要一个人上去救查克。

李致新、王勇峰认为马克的技术不行，上去肯定会先把自己扔在那里。王勇峰劝马克说："你一个人上去不行，还是等明天早上再呼叫直升机吧。"

马克执意要上，李致新、王勇峰怎么劝都不行。他匆匆忙忙披挂整齐，一个人向上走去。

当马克认为自己没有能力登顶时，便毫不犹豫地放弃了。但现在为了救查克，他却果敢而无畏，奋不顾身。

望着马克的背影，李致新、王勇峰非常感动，却一点力气也使不上，心里难受得很。他俩决定抓紧时间睡两个小时，或许能恢复过来。可两个人躺在睡袋里心乱如麻，既为查克担心，又为马克担心，一点睡意也没有。后来干脆不睡了，爬起来用望远镜向上观察。

晚上11点半的时候，他们看到马克到了第一个冰壁下，他的技术不行，上不去，便像动物园铁笼子里的狼一样在冰壁下烦躁不安地来回走。

一个小时后，李致新惊喜地发现麦克和查克不知什么时候到了那个冰壁下，和马克结为一组，慢慢往下走。他俩高兴极了，心中一块石头落了地，连忙点燃汽油炉烧水。

凌晨两点钟，他们三个人回到突击营地。走到离帐篷不远的地方，麦克扑通一声倒在地上不动了。过了一会儿他才睁开眼，嘴里喃喃地说："水，水。"

喝过水之后，王勇峰扶麦克躺在帐篷里，问他情况，他说他登顶了，查克没能上去，仅差50米。

麦克和查克在大平台上与李致新、王勇峰相遇之后，又往前走了一个半小时，查克完全累垮了，再也无法挪动一步。麦克独自一人向顶峰走去。这里和峰顶的高差只有50米了，平行距离大约有两三千米。这在平时简直不算距离，但对于此时体力和毅力都已告罄的查克来说，则漫长得无法逾越。

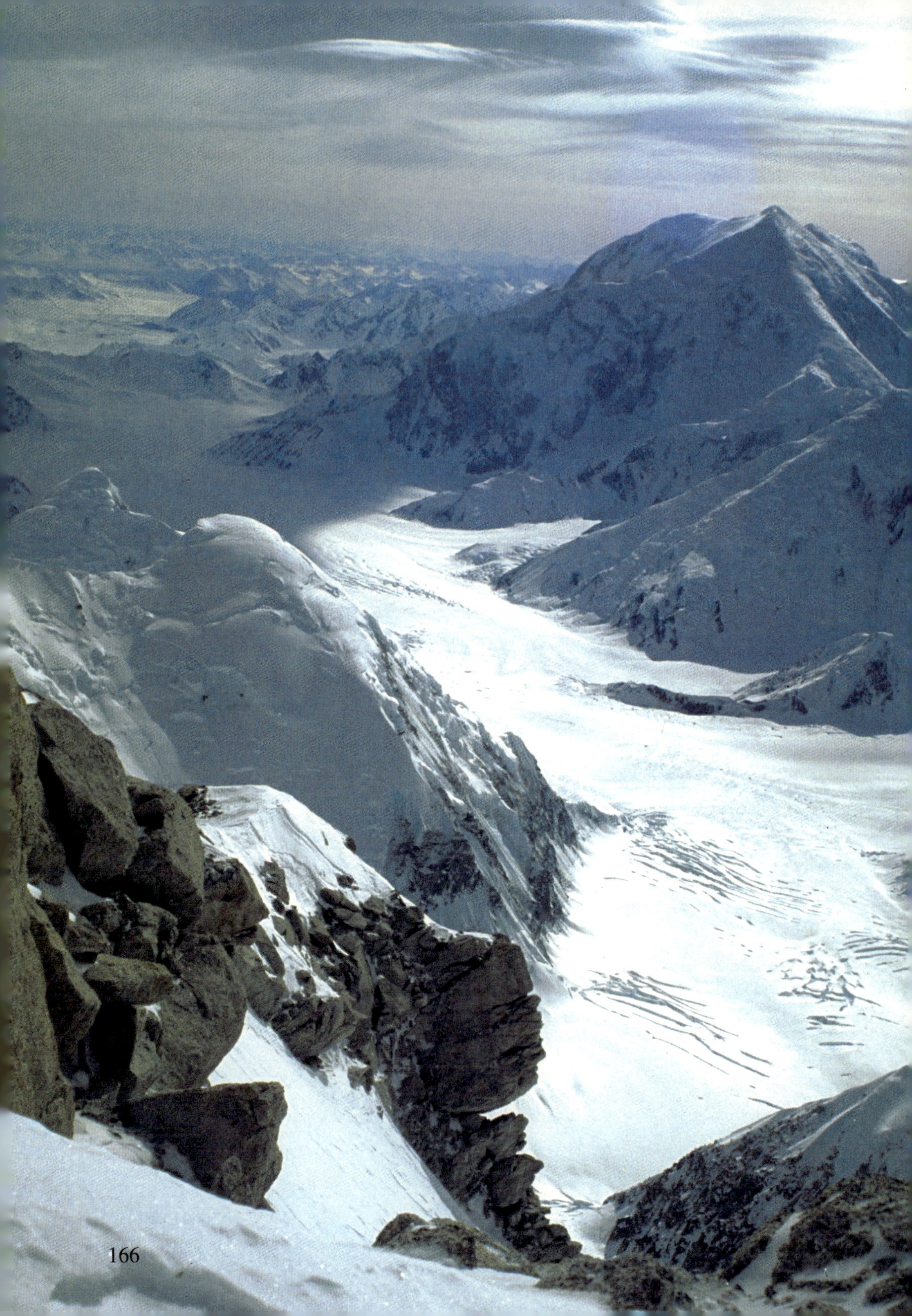

这种时候，独自一人和两个人一起往上走大不一样，少了那种极其宝贵的相互鼓励、相互督促和心理上的相互依赖，疲劳和恐惧都会成倍增加，人的精神很容易垮下来。但麦克顶住了，靠着坚忍不拔的意志和大无畏的精神成功地登上了顶峰。

　　两个小时后，麦克回到查克身边时，看到他已趴在雪地上沉沉睡去。麦克推了半天，他才醒过来。在6000多米的高度氧气稀薄，人疲劳已极睡着后，如果没人把他叫醒，他是永远不会醒的。

　　马克在突击营地通过望远镜看到的倒在地上的人确实是查克，当时他实在支持不住了，躺了一个小时，迷糊了一会儿。

　　麦克的登顶时间比李致新、王勇峰晚三个小时，他从出发到回来总共用了19个小时，比李致新、王勇峰多用七个小时。同样是登顶，麦克付出了更艰苦卓绝的努力。

　　第二天，天气仍然好得令人不敢相信，天空湛蓝，几片白云安详地浮在天上，温柔地望着他们。

中国登山家李致新王勇峰攀登纪实

1993年
珠峰·28小时的失踪

Kiu Yin-houa
Gonpa (Tibétain)
Wang Fou-tcheou

1993年 王勇峰参加了海峡两岸联合攀登珠峰的行动
5月5日下午1时20分 王勇峰站在了顶峰
攀登七大洲最高峰 只有珠峰他们不是一同登顶
这一次 李致新险些失去王勇峰这个生死兄弟

C5
7790
C4
7028

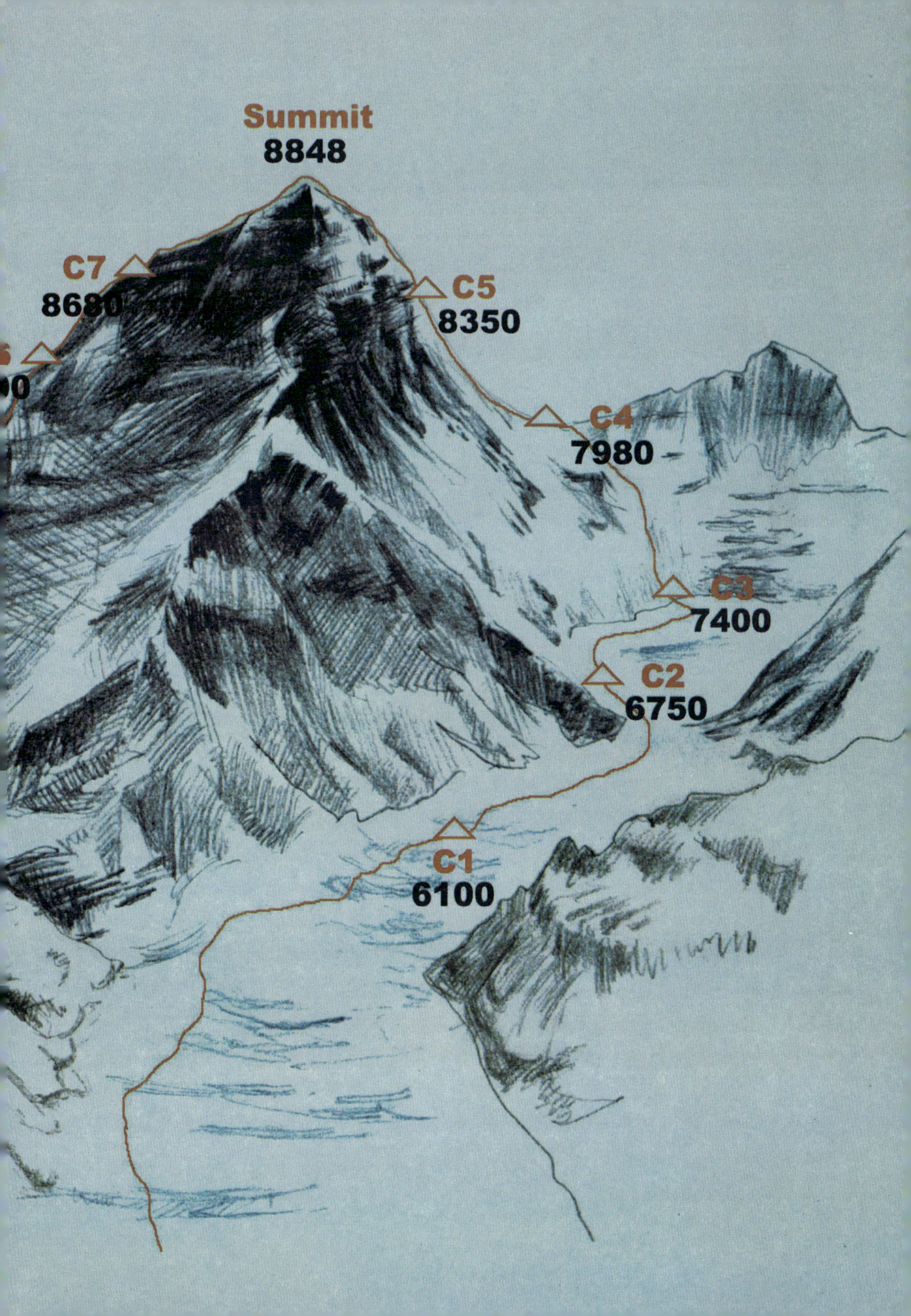
Summit
8848
C7
8680
C5
8350
C4
7980
C3
7400
C2
6750
C1
6100

登山的规则一般是凌晨出发开始攀登顶峰，无论如何下午两点以前也必须下撤，即使你距离顶峰仅有10米，但世界上很少有人能够做到这一点。

在回忆1993年攀登珠峰的时候，王勇峰说了这样的话。

当年，眼前就是世界最高峰的最高点的时候，他也要做一个抉择：上升还是下撤。他的右眼已经失明了，因为高山反应。

凭着一只眼睛，他站在了珠峰顶上那片宽2米、长9米的平台上。

之后，他被倒挂在第二台阶上。

第二台阶，在珠穆朗玛峰海拔8800米的北侧攀登路线上，是任何一个登顶者也无法忘记的地方。它横亘在珠峰北坡传统路线8680—8700米之间的岩石峭壁，其中一段近乎直立的4米左右的峭壁立在通往山顶的惟一通途上，这里是通往顶峰的最后一道门，也是一道鬼门关。

从1921年到1938年，英国人用了17年的时间，七次到北坡侦察、攀登，最终均以失败告终，到达最高的地方就是第二台阶。

被第二台阶阻退的英国人说：这里没有攀援的支点，横亘着世界上最长的路线，它无尽无边。因此，英国人给北坡攀登路线的定义是：飞鸟也无法逾越。

1960年，人类第一次攀越此地，中国登山运动员刘连满用自己的身体把队友送上了第二台阶。

1975年，中国队在这里架起了一个4米长的铝梯，从此，每个从北侧登顶的人都是依靠这个梯子逾越了这个台阶，其中包括1980年在北侧登顶的梅斯纳尔。

而到了1993年，这个铝梯上挂着王勇峰。

5月5日下午两点左右，冰爪与铝梯撞击而发出铿锵之声响彻海拔8700米的高空，王勇峰的一切努力是要让自己

■ 在加拿大攀冰训练的王勇峰

170

的头和脚换个位置。

从这个时刻起,整个世界失去了他的信息。

从某种意义上,对于1993年来说,最值得纪念的日子并非5月5日成功登顶的那一天,而是5月6日的10时30分。

10时30分,当海拔8680米的那个橘红色小点跃进望远镜的时候,珠峰大本营哭声一片。

对于所有等待王勇峰的人来说,28小时,都仿佛是一同经历了一个走不到黎明的黑夜。

在山上,24小时失去联系就意味着失踪。可1993年的攀登总指挥曾曙生不相信,他死死地盯着珠穆朗玛峰,好似眼睛要盯出了血,让自己的表针滑过一个小时又一个小时。直到等待了28个小时之后,直到这个橘红色的小点出现在望远镜里。

上山之前,王勇峰留下一句话:请第三女神手下留情,助我们登顶成功。

他的话,女神听到了。

在珠峰失踪了28小时之后,王勇峰回来了。

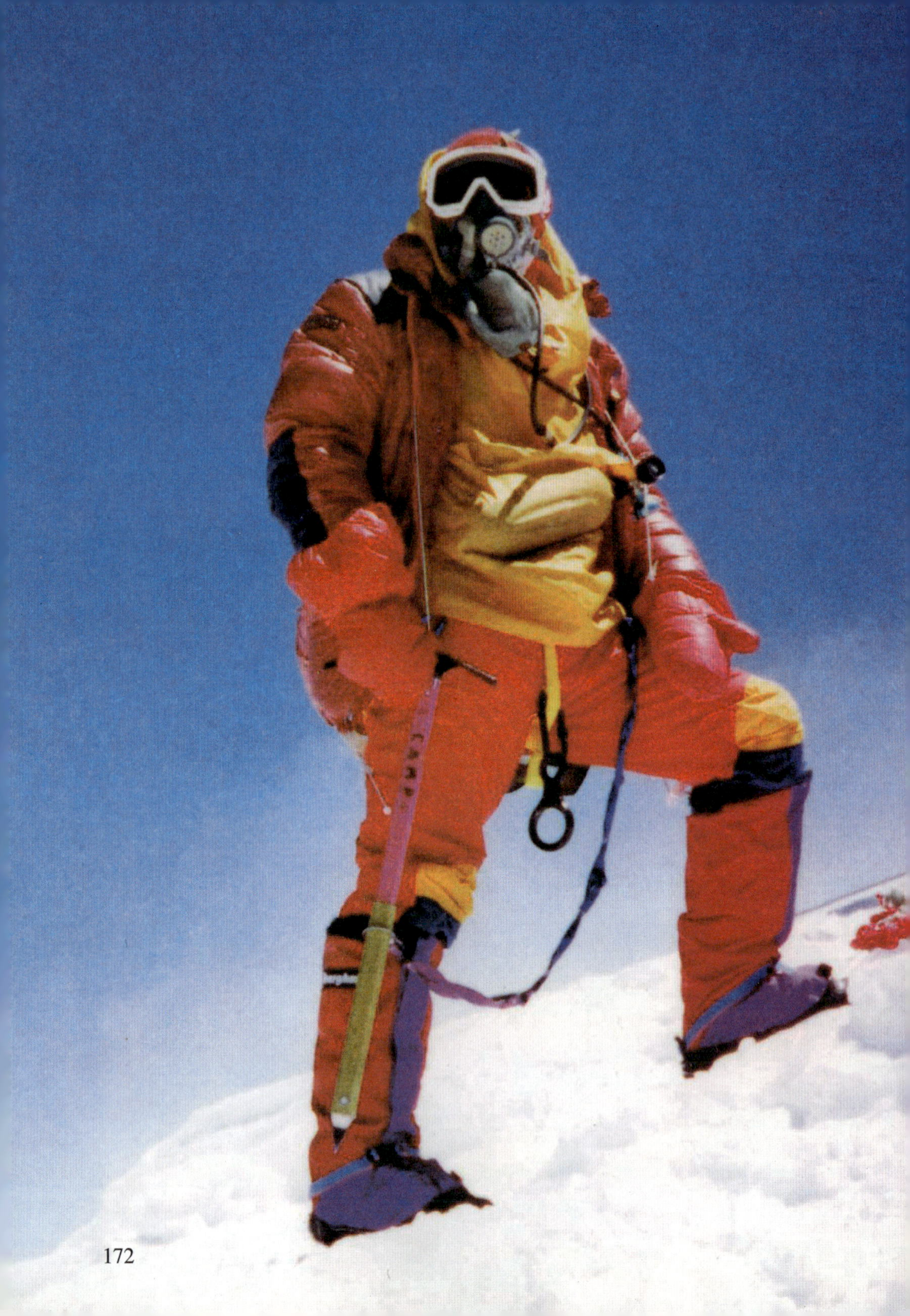

■ 王勇峰凭着一只眼睛站到了珠峰顶上

不登顶哥们儿干吗来了？
珠峰脚下，王勇峰没给自己留余地

1993年3月，站在珠峰北侧大本营的王勇峰已经不同于1988年在珠峰南侧参加双跨活动的那个王勇峰了。上山前，每个人都站在珠峰脚下留下了自己的愿望，只有王勇峰不给自己留任何的余地："当然要登顶了，不登顶哥们儿干吗来了？"

在这之前，他已经和李致新共同成功完成了南极洲最高峰文森峰、北美洲最高峰麦金利的攀登，还登上了海拔7543米的章子峰。

同是中国地质大学校友的马欣祥是这次海峡两岸联合攀登珠穆朗玛峰的队友，在他眼里，王勇峰的登山生涯已经进入了喜马拉雅黄金时代。

所谓喜马拉雅黄金时代是指人类登山运动开始转向喜马拉雅山的时候，进入了一个成熟的阶段。马欣祥的比喻就是：王勇峰开始成为一名成熟的登山者，而且，进入他个人登山的鼎盛时期。

中国登山队的训练基地在北京的郊区怀柔，很多队员的家也就安在了怀柔县城，王勇峰在登山队宿舍楼里的那个家一度也是马欣祥的一个家，王勇峰家里的那种登山氛围很让他迷恋。

王勇峰家墙上照片不少，女儿的照片、夫人的照片，当然，最多的是雪山的照片。那些雪山的照片下面是钉在墙上的铁锁，铁锁上挂着登山绳。

一个人在家的时候，王勇峰就是和这些绳子相伴。

登山绳可以打出各种结，在上升器、下降器这些登山设备还没有研究出来的时候，各种各样的绳结在攀登中帮助登山者保护自己上升、下降。这些绳结源自水手们，他们可以打出几十种绳结，后来，被移植到高山中的绳结有20多种，其中七八种是最常用的。

国外有很多关于绳结使用的书，但在20世纪80年代的中国，这些只有靠登山运动员之间言传身教，只有靠自己不断练习，烂熟于心。

王勇峰每天面壁所作的就是：把那些结打开，系上，系上，打开。直到系那些绳结成为他下意识的动作。

王勇峰的这份执著给马欣祥留下了难以忘怀的记忆。

从1988年到1993年，5年中，王勇峰的生活中心是三件事情：训练体能、练习技术、学习英语。

中国登山队设在怀柔的训练基地有一面15米高的人工岩壁，在基地能进行的技术训练也就是攀岩了。

王勇峰的夫人那时候是他的"教练"。

到了休息日，队友们都回家休息了，他还要训练，但没有人给他作保护，他就把夫人拉到岩壁下，先培训"教练"，再让教练保护自己训练。

就是这么艰苦的训练环境，你也听不到王勇峰喊一句辛苦，他沉默着，如同小的时候，他爹一句话就让他坚持长跑十几年一样，他认准了是对的事情，什么也阻止不了他。

山上的很多习惯会被王勇峰自然地带到生活中来，比如，喝矿泉水的时候，很少见他会大口大口地喝，还常常是会喝一口看一眼瓶子。比如，走路的时候，他很少有急匆匆的时候，他的步伐总是充满了节奏的。比如，平时的生活中，他总是心不在焉的样子，只有说起登山，他的眼睛才会放光，他可以侃侃而谈几个小时不疲倦。

生活中，你眼前这个轻声说话、朗声大笑的人很难让人想象得出，他的身体里究竟蕴藏着怎样的能量，他的心胸里装着怎样超凡的雄心和超人的意志。因为，生活中，他太普通了，每天不忘几件事的就不是王勇峰，一段时间不出笑话的就不是王勇峰。

1990年，他和李致新在西藏做登山联

■ 1993年以前的五年间王勇峰的生活中心是两件事：训练、学英语

络官，他在珠峰，李致新在希夏邦玛，进山前，王勇峰负责食品的购买，用他的话说，a piece of cake！（简单极了！）在山里辛辛苦苦过了一周，李致新说，咱们能不能改善改善生活，吃点荤的，可怎么我也找不到，就联系上了在珠峰的王勇峰。王勇峰说，no problem！（没问题！）买了不少呢。在三个纸箱子里。李致新兴冲冲奔了过去，打开一箱，糖水马蹄，打开一箱，又是糖水马蹄。他急了，问王勇峰："这是什么荤的？""of course！"（当然！）

这是王勇峰三句最经典的英文，很多第一次见面的人会以为他只会说这三句。但"当然"刚出口，他自己也愣住了，马蹄怎么不是肉？王勇峰不知道糖水马蹄还叫糖水荸荠。他给大家备了三箱水果罐头。

王勇峰还有一句名言，7000米以上说的话算数，7000米以下说的话不算。有道理，似乎只有踩到了冰踏到了雪，他的沉着才会回归，若是在平原，他只剩勇敢和热情了。

王勇峰的同事对他有个评价，这个人实在没有什么惊天动地的，但，绝对是一个令人难忘的人。可这种令人难忘好像只有进了雪山才会有。

从1988年到1993年的5年中，这个等待雪山的王勇峰就是在训练和学英语的生活中度过的，到1993年，他等来了海峡两岸联合攀登珠穆朗玛峰的行动。

海峡两岸组成联合攀登队经过了三年的准备

对于每个登山者来说，攀登世界第一高峰是一个永远的梦。但这个梦对于台湾的登山者来说整整做了十年。

1982年，台湾曾组织了世界上第一支女子登山队攀登尼泊尔海拔5800米的天霆峰，走向中尼边境的一路上，大家却在讨论攀登圣母峰。圣母峰，这是台湾山友对珠穆朗玛峰的称呼。在这群为圣母峰做梦的人当中，有一个叫李淳容。

这是一个爱山的人，学生时代就迷上了登山。她说，山是一本无字的大书，你从中读到的东西取之不尽。你顺利了，她会提醒你别小家子气，放开眼界；你受挫了，她会像最知心的朋友来抚慰你，让你抬起头来。

在读山这本无字大书的时候，她把十年的梦想交给了珠穆朗玛峰。

在台湾的登山史上，20世纪80年代曾经是一个活跃时期，曾经登上过新疆境内海拔7546米的慕士塔格峰和印度的莎瑟峰。在印度攀登庇古巴特峰的时候，三名队员不幸遇难，这延缓了台湾登山者的脚步。到1993年，台湾还没有一个人登上过海拔8000米以上的山峰。

这一次，李淳容选择了和大陆队员合作。

1989年，中国登山协会收到了一封来自台湾的信件，收发室的工作人员很自然地把它交给了登山协会的胡琳。胡琳女士是在台湾读的大学，很多校友还在台湾生活，所以，收发室一见到是台湾的信件，就以为是胡大姐的私人信件了。

这封信的内容显然在中国登山协会引起了反响。当时，两岸的沟通已经很多了，但联合组队登山还是第一次。

也是从这个时候开始，李淳容的名字在中国登山协会被大家熟悉了起来。1989年到1993年三年间，李淳容往返两岸十几次。

在台湾，她最得力的助手是她的丈夫——一位著名的电视导播，曾经告诫李

■ 沉着、勇敢、热情被王勇峰看做登山赋予他的三大财富

淳容不准再提珠穆朗玛的人，却在三年间支持李淳容筹集资金、组织队伍，直到1993年跟着进了山。

为了配合这次登山活动，中国登山协会派出了比较强的队伍，当时的中国登山协会副主席曾曙生担任队长，攀登队长是金俊喜，队员是王勇峰、罗申、加措、小齐米、普布、开尊、马欣祥。

第一次确定的突顶名单里没有王勇峰

5月3日，18时15分，高倍望远镜里，大本营发现6号营地正在搭建的第二顶帐篷被高空风卷走了。消息被证实之后，大本营的气氛一下子紧张了起来，这意味着计划全部被打乱了。

■ 王勇峰失踪28小时回到珠峰大本营时，引来了哭声一片

山上一共有八名队员，今夜，他们只能挤在一个六人帐篷里了，这一夜，谁也不可能躺下好好休息了，在8300米的高度，他们要蜷曲着坐一夜，而山上的风力每秒24米，气温是零下42度。

挨过今夜也是个开始，帐篷和食品的情况所限，必须要有两名队员下撤了。每一次的登山都会有这样的遗憾，极小的一个细节也会断送整个计划，甚至是一个人的终生梦想。谁将退出登顶的行列？对于任何一个到达8300米的人来说都是一个极限的突破，任何一个人的突破都是付出了极大的代价的。这个时刻，无论是对队员，还是对决策者都是一个艰难的抉择。

至少5月2日晚的大本营是这样的，快11点了，三四个方案都被推翻了。台湾队员很容易确定，无论是高山适应还是体力，都是非伍玉龙莫属，但到大陆队员这里就难了，六个大陆队员都具备登顶的实力，割舍谁都是痛。

所有人的目光聚集在曾曙生身上，他低着头，沉默着，沉默着，一咬牙，说："抛开一切感情因素，无条件服从全队的需要。我们的目的，就是要尽最大的力量保住台湾队员登顶。所以，我主张让实力最强的五名藏族队员协助伍玉龙登顶！"这是当年随队记者的实录，这意味着，把所有的力量都放在力保台湾队员身上了。这个决定并不意外，从一开始，台湾队就处于这种被帮助和保护的位置，近两个月的运输、修路、攀登过程中，始终是大陆队员承担更重的工作，到了7790米的高度，大陆队员每人半瓶氧气，台湾队员是每人一瓶氧气。

但是，这个决定也意味着，等待了五年的王勇峰又要和珠峰失之交臂了。

李淳容很为这个方案感动，当然接受了。这个时候，台湾队员李城彦冒了一句："那北京队的王勇峰呢？他的体力和各方面条件都不差。"

李城彦在大本营负责山上的行动规划和记录，每个人在山上的表现在他那里都有一个数字化的体现，有一个数字是李城彦根本就不能忽视的。在高山营地，每天别人休息了，还在分物资，整理装备的人是王勇峰，每次运输安排计划的是王勇峰，从6500米往7028米北坳运输次数最多的是王勇峰，他在那条路线上往返运输九次，是所有队员中运输最多的。李城彦说，这样的安排太不讲人权了。

豁达和忍耐是王勇峰一直认为的登山者必备素质，
他这样要求自己了，还是要经过历练

1985年纳木纳尼峰的攀登给王勇峰的考验已经让他意识到登山的严酷性，有时候，这种严酷并不只是来自于暴风雪，来自于高山缺氧，它还来自于很多不可逆的人为因素。

纳木纳尼峰，海拔7694米，位于西藏阿里地区，和"神山之王"冈仁布齐峰遥遥相对。1984年，中日组成联合攀登队攀登这座处女峰。

当时的日本首相中曾根康弘给这支队伍题词：风雪磨人。对于王勇峰来说，这次登山活动的确是风雪磨人。

这是王勇峰和李致新第一次以国家队队员的身份参加登山活动。两个人的不同在于：李致新是以登山的实力到了纳木纳尼，而王勇峰是以他的精神到的纳木纳尼。

1984年，中日联合攀登玛卿岗日之后，国家队要在中国地质大学的队员中选择去纳木纳尼的队员。

在玛卿岗日的登山活动中，王勇峰的表现不是最出色的，但他还是选上了，因为老师说，他身上有登山运动员们最难能可贵的品质。

成功攀登玛卿岗日之后，所有队员都要去北京参加庆功会，还要到人民大会堂参加国庆35周年的庆祝活动。这在当时的在校大学生来说简直是无上的荣光。谁不盼着去北京呀。

可就在这个时候，发生了一个意外，一位老师得病住院了。领队老师朱发荣急坏了，他要留下来照顾住院的老师，可又没有人领学生们去北京了。这个时候，王勇峰站了出来，他说他留下来。

王勇峰是登顶队员，是一定要参加庆功会的，又是那么难得的机会，他好像一点儿也不惋惜，他说，以后机会多着呢。于是，就在其他人到北京在鲜花与掌声之中沉醉的时候，王勇峰在医院给老师端屎端尿一个月。

后来，推荐队员的时候，朱发荣老师选择了王勇峰，他的理由很简单，登山人的精神比身体素质更重要。朱老师的定论在后来王勇峰的登山生涯中得到了很好的诠释。

王勇峰身上究竟有一种什么东西呢？李致新每次和陌生人讲起王勇峰，总是要从买羊皮的事说起。

在大学里，因为跑步，李致新和王勇峰慢慢熟悉了，又经常在一起踢球。王勇峰是他们班的主力，李致新也是班里的主力。有一次，他们争球，王勇峰速度快，一绕，就把李致新超过去了，李致新也追不上他，就在后面使一个小绊儿，他"吧唧"一声就趴地上了。趴在地上，王勇峰笑着说："致新，你跟我来这个？"那个时候，李致新就发现王勇峰是一个豁达不计较的人。

李致新要说的买羊皮的事儿是在青海西宁，1984年第一次攀登玛卿岗日的时候，他说真正了解王勇峰，是在那里。

进山之前，他们在西宁训练，同时采购进山食品。

一天，在街上闲逛的时候，看到了卖羊羔皮的，白白的软软的，看着可好了，从东北来的李致新就琢磨，爸爸妈妈身体不好，可以买回去给他们做衣服，多暖和。

王勇峰一听，好呀，我帮你问价钱。

"60块钱一张。"

"太贵了。"李致新也不知道应该是多少钱就随口说了一句。

那人说："没关系，买不买，先看看。"

接着又把他们拉到自己住的招待所去看货，李致新有些不想去了，总觉得人生地不熟的，心里不踏实。可王勇峰说，去吧，看看怕什么。

到那一看，一屋子的羊羔皮，让他们随便挑，可李致新身上还真没带钱，再说，他一琢磨，买也要等下了山再买，不可能买了背着上山呀。就说，等我下次来再买吧。

那个人说，你根本就不想买吧？50块钱卖给你。后来一直降到30元。

李致新说，那好吧，我回去拿钱。

其实他心里更没底了，60块钱的东西一下降到30块，听着心里就打鼓。回去就问老师，老师一听，说绝对不许自己出去买东西。李致新一听，这更不能去了。

那天晚上，大家正在房间里聊天呢，王勇峰突然问李致新："还去不去买羊羔皮了？"

李致新说不去了。他觉得这是一件无所谓的事情。谁知王勇峰"咚"的一声摔门出去了。

看他气哼哼的样子，李致新也觉得心里有点儿过意不去，但很快就忘了。

后来在山里时间长了，两个人又经常在一起聊天了。

玛卿岗日的大本营有又厚又青的草，躺在大草坡上聊天是一件最幸福的事。

每次聊天，李致新都要大吹特吹他的家乡大连。李致新原来

■ 王勇峰认定了一条原则：想成为一个真正的登山者，就要做到豁达、开朗、有韧性。但没有想到，真的要经受这样的考验时也是需要勇气的

是学日语的，后来学英语的时候，他学的第一句英语就是："Dalian is a beautiful city!"（大连是一座美丽的城市！）

那天在大本营草坡上也是在聊美丽的大连。

在王勇峰眼里，李致新的故乡还挺神圣的，全国多少火车是从大连开出来的，大连的苹果有多好，大连的万吨轮有多棒，他都知道，甚至，他还报考过大连的学校。

这么轻松地聊着聊着，就说起了那天买羊皮的事，李致新问他："那天买羊皮的事，你是不是生气了？"

"是，我是生气了。"王勇峰点点头。

"那你摔门去哪儿了？"

"买羊皮去了。"

李致新一听，立即感觉到，眼前的这个同学有着与众不同的东西，他的那种朴实简直是少有的。

李致新最爱给人讲这段，就是因为，那是王勇峰最真实的写照。

1984年底，李致新和王勇峰投入了攀登纳木纳尼的训练。这时候，李致新和王勇峰已经是形影不离的朋友了。当时王勇峰正在写毕业论文，李致新每天把饭给他打到宿舍里，到李致新写论文时，王勇峰也是如此。

他们很珍惜国家队队员这个身份，总想做出个样子来。

在纳木纳尼的登山活动中，王勇峰是支援队员，负责运输，通常，支援队员登顶的希望不太大，因为把物资、装备都运送到指定营地之后，体力已经消耗很大了，支援队员一般都是待机状态，身体条件允许、天气情况允许时，还可以登顶。可王勇峰却被老队员赶下了山。

王勇峰当时的任务是，把物资从2号营地运到突击营地，为突击队员做准备。

突顶那天，雪非常大，背的东西又多，运输根本不是在走路，走一步跪一步，王勇峰生生地是把路跪出来的。

但是，王勇峰不是突顶队员，把装备运到突击营地后，要回到2号营地待命。

王勇峰最终也没有等到登顶的机会，老队员怕他太年轻拖了登顶队员的后腿，硬是让他下了山。

从2号营地到突击营地有多远呢？只有一两个小时的路程。但王勇峰却不能向上。尽管上山的路是他一步一步跪出来的，但还是和登顶无缘。

下山的时候，他碰上了抢救日本队员的李致新他们，李致新等三个队员是放弃了登顶在救援，王勇峰二话没说，加入了救援的队伍。

回到大本营后，王勇峰一句没说山上的情况，直到队员们都撤下来了，有个老队员难过地抱住王勇峰时，他再也控制不住自己的泪水了，哭得昏天黑地。

纳木纳尼恐怕是王勇峰一辈子也不会忘掉的地方。

他一直就认定一条原则：想成为一个真正的登山者，就要做到豁达、开朗、有韧性。但没有想到，这样要求自己了，要真的经受住这样的考验也是需要勇气的。

王勇峰认定了：珠峰在等待他，等待他的到来

在大本营，关于王勇峰的入选成为一个焦点，李城彦坚持认为，王勇峰应该成为突顶队员，他说，台湾队、西藏队和北京队共同登顶才是圆满的结局。

西藏体委主任洛桑达瓦说，我同意台湾队的意见，拉巴和王勇峰实力差距不大，应该让王勇峰上。

曾曙生起身对大家说："谢谢大家！今晚，首先是我们自己，在登顶之前作了一次超越式的攀登。"

山上，蜷曲在睡袋里躬身坐着的王勇峰不知道自己的命运曾经拐了个弯，后来，他知道了，只说了一句：还有机会。他说得极其平静，仿佛注定，珠峰就是在等待他，无论到哪一天，等待着他的到来。

在山上的两个月里，王勇峰已经认识了自己，他每天都比别人要少两三个小时的休息时间，总是最后一个进帐篷，把当天的装备整理好，还要准备第二天的运输，所有的装备要分放在各个背包里，根据队员的实力分配，往往最重的就落在自己背上了。他不是攀登队长，只是一个普通的队员，但却承担了比普通队员更多的职责。

年龄慢慢大了之后，他总是很怀念1993年在珠峰的日子，那时候，身上总有使不完的劲儿，一根绳子，一个冰锥都不会逃出他的记忆。因为认识了自我，所以他才不怕是否能进入突顶名单，他知道，自己有这个实力。

当然，在海拔8300米为大家化雪烧水的时候，王勇峰脑子里一片空白。六人帐篷简直要被八个大汉挤爆炸了。他坐在帐篷口，开尊燃起了嘎斯罐，王勇峰往里面加着雪块。一锅水一个半小时才能烧开。

每个人分到了两小杯开水，藏族队员开始吃糌粑，王勇峰什么也吃不下去，

他的嗓子已经肿起来了，嘴裂了很多口子，结着黄色的痂。

喝过了水，大家开始吸氧，每个人的头脑都轻松了起来。加措和王勇峰开始和大本营联络。

这时，时间已经是零点了。

李淳容的声音从对讲机里传了出来："山上的朋友们，感谢你们每一位到达8300米高度的山友。还要感谢山上所有的队友。由于条件有限，我们必须做出一些本不愿意做出的抉择，只能请大家理解。吴锦雄，我要和你先讲，能听到吗？"

6号营地帐篷里的人都明白，这是要宣布登顶名单了，他们静静地倾听着。

李淳容继续说："我们有心痛的地方，但又必须承认你速度慢一些，所以只好选择伍玉龙攻顶，而你明天下撤。我明白，在你现在的高度，每人都有登顶的能力……你能理解吗？"

吴锦雄说："理解，理解。"

■ 高山牦牛被登山者看做是忠实的朋友

李淳容的声音哽咽起来，停顿了很长的时间之后，她说："望大家都记住这一点，或许最后的成功者只有一两位，但应当感谢后面所有支援的人，这才是登山的本质。我希望登顶者记住这一切都是队友给予的。"

接着，她让吴锦雄把对讲机交给伍玉龙："登山者和登山家不同，希望你爬得越高要越谦虚，不要忘了所有队友为此做出的努力，望你做一个真正的登山家。"她在说这段话的时候，也是断断续续说完的。帐篷里一片静默。

将近一个月的努力终于在这个时候有了答案。很多人在成功面前的放弃都不是纯粹个人的原因，只有真正的登山者才会坦然面对这种放弃。

老曾和达瓦主任要和加措和拉巴通话，拉巴一直没有出声，他眼睛直直地盯着和他一起下山的吴锦雄，一句话也不说，加措对着对讲机说："拉巴答应明天和吴锦雄一起下山。"

向突击营地出发前，台湾队员伍玉龙决定退出

按照计划，5月4日，所有冲顶队员全部到达海拔8680米的7号营地，休息一晚，5月5日早冲击顶峰。

4日早晨是大家分手的时间，从前一晚和大本营通过话之后，6号营地一直是沉默的，大家一言不发各自睡去了。说是睡，其实都是半坐着闭着眼睛休息而已，拥挤的帐篷里谁也躺不下。

就在大家都起来开始收拾睡袋，准备装备的时候，伍玉龙突然说："我不能上了，让吴锦雄上吧。"突然的一句话让所有的人都停止了手中的动作，伍玉龙说："我整夜没睡，背和脚都伸不直，后背还在抽筋。"普布说，已经到了这里，很不容易，要忍耐。王勇峰也说，要坚持，机会很难得。加措盯着他，一句话也不说。帐篷里一下子安静极了。

每个人都在鼓励、安慰他，也没有什么更多的语言，只是"再忍耐忍耐吧，机会很难得"。

伍玉龙不说话。帐篷里又是一片寂静。突然，普布说："伍玉龙不上，吴锦雄你上。"吴锦雄说："等伍玉龙作决定，如果他不上，再报告大本营作决定。"

伍玉龙在这个时候做出这个决定确实是令人出乎意料的，能够突破8300米的高度说明你已经具备了登顶的实力了,而且,大本营又配备了那么强的力量来护送台湾队员上山,这的确是一个难得的机会。但伍玉龙还是放弃了。

大本营接到山上的报告也感到很突然,李淳容让伍玉龙静下心来祷告5分钟,让他5分钟之后再做决定。5分钟后,伍玉龙的决定没有变。

李淳容说:"好,这没关系,伍玉龙,你不要有包袱。下撤要注意安全。"

大本营又问吴锦雄,吴锦雄说:"还是支持伍玉龙上,如果他不上,我就上。不过希望征得藏族队员和王勇峰的同意。"

他把对讲机交给了加措,加措对着对讲机用藏语讲了几句话。其他几个人都在向吴锦雄默默地点头和微笑。王勇峰已经在帮吴锦雄整理背包了,他给吴锦雄准备了一瓶氧气,让他出发时边吸边走,但王勇峰没有想到,即使是这样,吴锦雄还是没有坚持到7号营地,一路上,他没有限制地吸氧,不仅吸光了自己的氧气,还把王勇峰的氧气瓶拿走了,王勇峰几乎是无氧上了8680米。

中午12时30分,六名突顶队员向上走。

通往8700米突击营地的路上,王勇峰把自己的氧气给了吴锦雄

5月4日,冲击顶峰行动开始前一天,突击队员从海拔8300米高度的6号营地向海拔8680米的突击营地运动。

12时30分,六个人出发离开6号营地。走了没多久就是一片岩石和冰雪的混合地形,开尊在前面开路,普布固定保护绳,齐米观察,加措指挥,王勇峰断后,吴锦雄在一旁等着修路。

现在,大家的目标很明确,在保证整个队伍的安全前提下,全力保护吴锦雄,他只背了自己的睡袋和氧气,而其他人都背着13公斤的物资。

在三条保护绳的帮助下,大家顺利通过了这个地段。

吴锦雄是队里惟一被允许使用氧气的队员,王勇峰和藏族队员只是背着氧气,但不能用。

翻上了峭壁之后,吴锦雄坐在雪地上大口大口地喘着气,王勇峰从他旁边经过,示意吴锦雄不要着急,慢慢走。

可刚一迈步,他感觉自己的腿上有东西在拽,停下一看,是吴锦雄。他用冰

镐钩住了王勇峰的腿。

王勇峰一脸疑惑地望着吴锦雄。大概是伸手钩住王勇峰耗费了体力,吴锦雄喘了半天气,才说出话:"我的氧气用完了。"

王勇峰也没有想到,吴锦雄这么快就把瓶里的氧气吸了个一干二净。

他摇了摇头:"不行,这是明天登顶用的,不能给你。"他身上有4瓶氧气,一瓶是他当天要用的氧气。其他的是全队的氧气,这一天,他负责背氧气。

■ 在库拉岗日做高山协作人员的王勇峰和他的队友

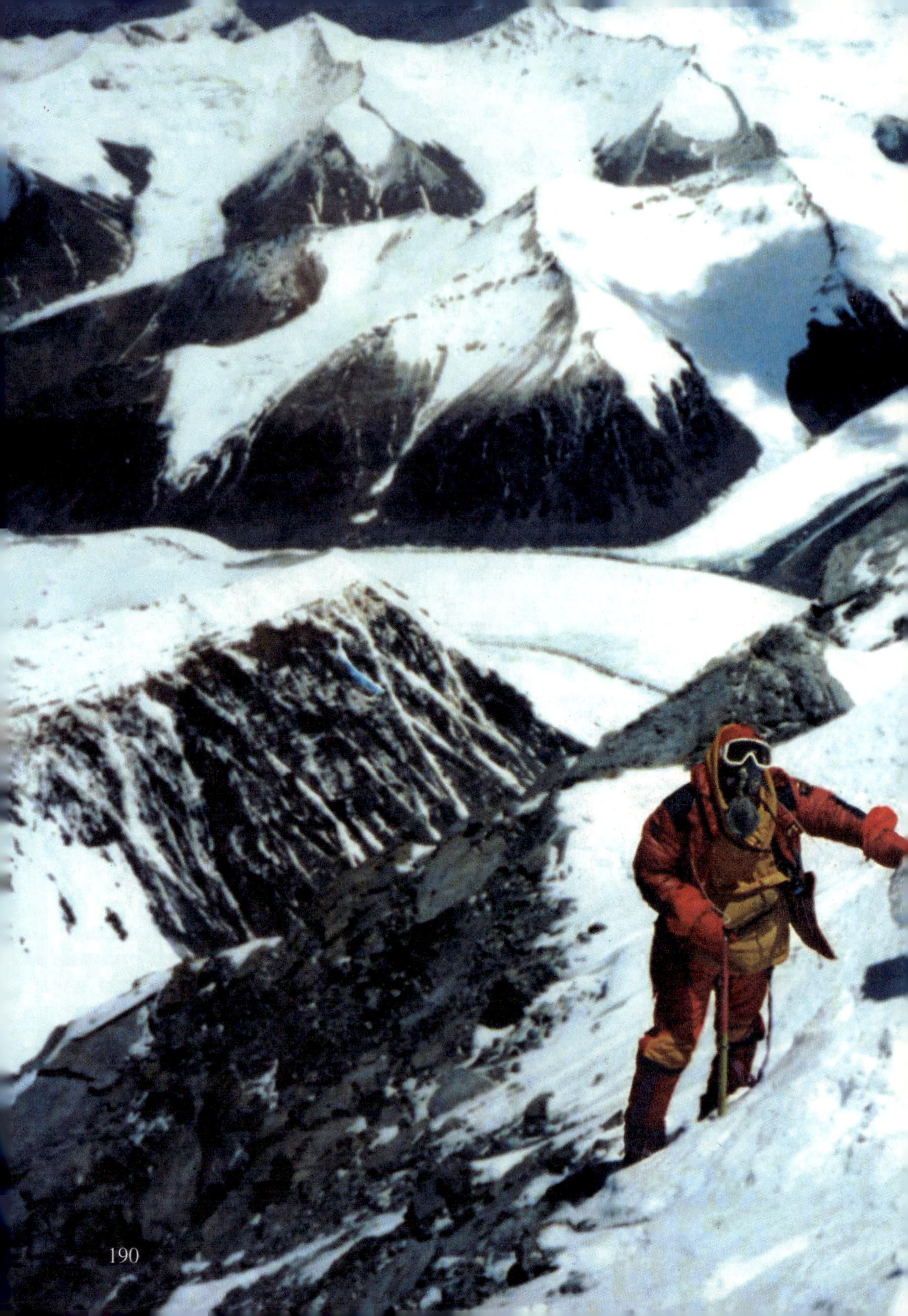

■ 每次翻看当年攀登的照片，王勇峰都会疑惑地问自己：我是怎么稀里糊涂地走过那些陡峭地形的

"先给我吧。"吴锦雄坚持。

"就快到营地了,到了营地再给你,再坚持一下。"

"不行,现在就得给我,我坚持不下去了。"吴锦雄不甘心。

王勇峰不理他了,转身要走。

吴锦雄再次钩住了他的腿,说:"你还没给我氧气呢。"

"再坚持坚持吧。"

"不,你不给我氧气,我就不走了。"吴锦雄开始耍赖皮。

王勇峰想了想,取下了自己的氧气瓶。在海拔8000米以上的高度这样做,几乎意味着选择死亡。

"给你一瓶吧。"

王勇峰背上背包头也不回地往上走了。

一直到了营地,钻进了帐篷,吴锦雄才把氧气关起来。他冲着王勇峰说:"王勇峰,明天要给我两瓶氧气,否则,我不够用。"

王勇峰说:"哪有那么多氧气?今晚每人一瓶,明天每人一瓶还不够分的,哪有多余的,本来氧气就不多。"

吴锦雄急了:"那要想点办法才行,没有两瓶,我肯定是不够的。"

王勇峰不说话了。

吴锦雄继续对加措说:"加措,你是突击队长,你该想想办法呀。"

加措也没有应声。

这段关于氧气的回忆真实地记述在吴锦雄的书中,《8848的征服与敬畏》,台湾第一人登上珠穆朗玛峰的全记录。

15时48分,加措报告大本营,到达第一台阶了。

报话机里,曾曙生大声嘱咐着:"你们一定要一起走,注意互相保护!注意高空风!"

"明白,放心。"

所谓"第一台阶"也有"黄色走廊地带"的说法。1960年攀登过此地的人这样描述:从颜色上来看,珠穆朗玛峰北坡的岩石有灰褐色和黄褐色两种。今天要通过的地区是黄褐色岩石比较集中的地方。它像一条黄色的带子,从东到西横摆在8200米至8400米的地方,这是过去外国人所说的"黄色走廊地带"。它的黄褐色岩层差不多从8200米开始,向上一层层排列着,从北面看去,好像一摞平放的书。要想攀升,必须随时注意选择台阶翻越走廊的那一层。越过黄色走廊,

■ 1988年在南侧攀登珠峰的时候，王勇峰就认识到一个登山信条：丝毫的疏忽都会带来生命危险

■ 人们休息了，王勇峰还在分放装备。那一年充沛的精力总让他难以忘怀

就接近珠穆朗玛峰的东北山脊了。

1924年,马洛里和欧文就是在这个高度失踪的。1975年,中国登山队的副政委邬宗岳也是在8500米的高度滑坠的。在悬崖边,留下了他的背包、氧气瓶、冰镐和摄像机。

在这里,高寒、峭壁、缺氧、高空风,拧成一股绳,折磨着攀登者,多少人,在这里被击退。

18时20分,6名突顶队员越过了"第一台阶",到达了8680米的7号营地。在一块窄窄的岩石上搭起帐篷。

突击营地,顾名思义,登顶前的最后一个营地了。

到了这里,任何人都有缺氧的反应。

虽然只剩6名突击队员了,但还是非常拥挤,大家都半坐在帐篷里,只能把高山靴脱了,两条腿伸进睡袋里。

开尊和王勇峰在帐篷口为大家烧水,王勇峰机械地运动着,把雪块挪进帐篷,递给开尊,融化之后,再取新的。

大家谁都不说话,傻呆呆地盯着锅里的雪块。

突然,开尊把做饭用的铝锅递了进来,传到了加措的手里,加措一接到锅就开始吐了起来,整吐了半锅。

帐篷里只有三个人在动,加措在吐,王勇峰和开尊在烧水。

喝了点热水,大家恢复了一些气力,开始和大本营通话。

曾曙生的声音传了上来:"突击营地的战友们,你们是好样的!今天,你们突破了自己的高度,站了世界之巅的边上。向你们祝贺,为你们骄傲!我们知道你们此时艰苦到什么程度,请你们好好休息,为保存体力不要说话,打开报话机听着就行了……"他的声音哽咽起来。

吴锦雄要过了对讲机:"李姐……"台湾队友都这样称呼台湾队长李淳容,"你不知道……今天的攀登……有多么难,我,心里难受……"吴锦雄大哭了起来,"所有的藏族队员和王勇峰,都不吸氧,行军时只有我一人吸氧……我感谢他们……我心里难受……他们是背着氧气却不能吸呀!"吴锦雄又哭了起来。

大本营的李淳容也是泪流满面:"知道了,吴锦雄,所以你要记住这一切!记住大陆队员为攀登做出的牺牲。请让我感谢所有的藏族队员和王勇峰!吴锦雄,明天你要坚持,有那么多好山友和你在一起,你是幸福的人……"

这时候,报话机里传出了一个稚嫩的声音,王勇峰一听,愣住了,泪水止不住地流了下来。

那是他女儿的声音。

进山之前,《中国体育报》的记者张健很细心,他去王勇峰家采访的时候,让王勇峰3岁的女儿王颢对着录音机说了一段话,现在,他拿出磁带,交给了老曾。

"爸爸,你好,我想你了,你想我吗?我和妈妈盼你早日回来,妈妈说,祝你登山成功!"

这声音拨动着王勇峰的心弦,他再也克制不住自己的情感,呜咽起来。

登山人的意志是坚强的,但登山人的心也是最温柔的,他们善感,也多情,在每个人心中,家庭都是第一位的。每个从山里走出来的人都更爱家,更珍惜那份天伦之乐。

突击顶峰的时候到了,刚出发,王勇峰的一只眼睛失明了

5月5日,突击顶峰的时刻到来了。

凌晨4时,大本营开始呼叫突击营地。

"BC呼叫,BC呼叫突击营地!加措、开尊、小齐米、吴锦雄、王勇峰,听见没有,请回答……"

山上的3号营地也开始呼叫突击营地。

突击营地没有一点声响。

5时,老曾打开手边的录音机,音乐声响了起来:"特别的爱给特别的你……"这是1993年最流行的歌曲。

还是没有反应。

6时,老曾的嗓子都快喊哑了:"突击组的队员们,今天天气很好,请准备起来化雪烧水。"

直到7时30分,王勇峰的声音终于出现了:"大本营……听到了,昨天太累了……"

"队员情况怎么样?"老曾问。

"休息不好……放心,不会影响行动。"王勇峰回答。

王勇峰关于出发的那个早晨是这样回忆的。

■ 第二台阶，一个闪耀着人性光芒的地方

■ 1984年，王勇峰和李致新还是大学生的时候，跟随中国登山队攀登了玛卿岗日，他们登山的脚步从这里开始了

5月5日凌晨，我们六名突顶队员从睡袋里拔出脚，冲击珠穆朗玛峰顶峰的时刻到了。

这是8680米的7号营地。开尊起来化雪，每人喝了一小杯水，吃了几口糌粑。加措吃了几口就吐了出来。他胃痛难忍，我们都很为他担心，他还能完成登顶任务吗？

用雪化水很慢，直到9点我们才出发。

近十年的登山生涯了，我一直盼望着这个机会。这一天终于来了。我不信神，但我希望老天爷保佑，给我们一个好天。登顶的任务完成与否，天气太重要了，尤其是在珠峰。天刚一发白，我就扒开帐篷往外看了看，不错。夜里奇冷，至少摄氏零下30度。一冷，天就好。

大本营通过望远镜观察着山上的情况，直到六个人全部出发了，还看见帐篷

口蹲着一个人，大家费尽心机的琢磨，明白了，是帐篷门没有系好，风吹得一动一动地，以为是有个人。

这场虚惊很值得，幸亏当时这门没有系紧，否则，王勇峰的一个生还希望就被断送了，他下山的时候，根本没有力气解开帐篷门。

望着6个小黑点靠近第二台阶，大本营的人松了一口气，但他们不知道，王勇峰的心却在那个时候提了起来。他这样回忆那一天：

一出发，开尊和普布走在最前面，然后是小齐米和加措，我跟在台湾队员吴锦雄的后面。

这高度真是地地道道的生命禁区，走出没有20分钟，就感到憋气难受。我把氧气调大一些。看见吴锦雄正坐在那边喘气边吸氧，我向他摇摇手，示意他别着急。这时，"第二台阶"已离我们不远。但是，向上攀了没几步，我突然觉得右眼一片模糊，几乎什么也看不见了。我的心不由得一沉，完了，目测不准，怎么向上攀登？一步要是迈错了，就会出事。那么，我的登顶之愿也就无法完成了，生命也受到威胁，怎么办？我一咬牙，马上作出决定：不能告诉任何人，大本营要是知道了，肯定会逼我下撤，就是剩下一只眼睛，我也决不能放弃登顶机会，一个登山队员，一生中这样的机会能有几次？危险，只能靠自己去闯，我相信我能战胜它。横下一条心：死也要死在顶峰上。

攀登速度明显慢了很多，体力消耗太大。

12时40分，四名藏族队员首先登上顶峰。

13时20分，我终于登上了顶峰。激动，使我忘了失明和疲劳。

10分钟后，来自台湾的吴锦雄也成了世界上站得最高的人。我们拥抱在一起。吴锦雄激动地喊了一声就哭起来。我们拍拍他，亮出了海峡两岸联登队的队旗。

这时，藏族队员加措看到我今天的氧气又耗尽了，便把自己没用的氧气瓶解下送给我。他和几个藏族队员没有吸氧，是无氧登上了顶峰！我很感激他，他真是救了我，凭着这瓶氧气，按我们商定好的今天下撤到7790米的5号营地，是不成问题的。但谁又能想到呢？在极度的疲劳和顶峰猛烈高空风的冲击下，氧气瓶还没有放稳，就骨碌骨碌滚落到山下去了。我懊悔极了，但也没有办法。这个高度，意外太多了。

我没有想到，更大的危险还在后面。

13时40分，我们开始下撤了。一没了氧气，再加上右眼失明，我越来越行动艰难。对于我，氧气在这个时候就是生命。由于缺氧体力极度衰竭，下山时远远落在其他人后面。眼见5位战友离我越来越远，我明白，自己顶多能撤到7号突击营地。

终于，来到了"第二台阶"的陡壁，这里陡得足有80度，一只眼睛难以判断方位，我更加小心翼翼。挂上下降器后，我一再提醒自己，慢一些，慢一些，别慌，一定要沉着冷静。但是，下到金属梯一半的时候，右脚突然踩空，一个倒栽葱向山下扎去。这一瞬间，我心里咯噔一下，闪过一个可怕的念头："完了，这下命肯定是丢在这里了。"

因为人在这种情形下就是在海拔低的地方要翻身也是很难的，更别说是在海拔8700米的高处了。只能是在绝望中"垂死挣扎"了。我用尽全身的力气踢甩，右脚在岩壁上乱踢。幸亏我是挂着下降器下山的，我左手本能地紧紧抓住下降器的绳子，很快阻止了下坠，头朝下挂在陡壁上。

第二台阶，是珠峰对人最大的考验，每个在此通过的人都留下人性的光芒

第二台阶，珠穆朗玛峰海拔 8680 米的北侧攀登路线上，任何一个登顶者都无法忘记的地方。它横亘在珠峰北坡传统路线上 8680 米至 8700 米之间的岩石峭壁，其中一段近乎直立的 4 米左右的峭壁立在通往山顶的惟一通途上，这里是通往顶峰的最后一道门，也是一道鬼门关。

从 1921 年到 1938 年，英国人用了 17 年的时间，七次到北坡侦察、攀登，最终均以失败告终，到达最高的地方就是第二台阶。

被第二台阶阻退的英国人说：这里没有攀援的支点，横亘着世界上最长的路线，它无尽无边。因此，英国人给北坡攀登路线的定义是：飞鸟也无法逾越。

1960 年，人类第一次攀越此地，中国的登山运动员刘连满用自己的身体把队友送上了第二台阶。

1960 年 5 月 24 日 12 时，四名中国队员站在了第二台阶下，他们是王富洲、屈银华、贡布和刘连满。

在他们的右侧，立着一块 4 米多高的岩壁。他们看到：岩壁表面没有支撑点，只有一些很小的棱角，根本无法用于攀登。岩壁上虽然也有几道裂缝，但裂缝之间的距离都在 1.5 米左右，同样无法用于攀登。

在王富洲的保护下，刘连满在岩壁上打了两个钢锥。但刚一攀登就摔了下来，连续摔了三次，刘连满伏在岩壁上喘不过气来。

贡布和屈银华也分别尝试了两次，也都摔了下来。

时间，一分一秒地过去了。

刘连满一咬牙，对王富洲说，你们踩着我的肩膀上吧。

刘连满是从消防队借调到登山队的，在这个最危难的关头，他想起了消防队员常用的技术：搭人梯。

可是，这是在海拔 8000 米以上的地方，是氧气不足海平面 1/3 的地方呀。

刘连满伏在岩壁上，等着队友踏上他的肩膀。

屈银华流着泪脱下了高山靴。在那样的海拔高度，脱高山靴就意味着冻伤，但屈银华怕踩伤队友的肩膀，还是义无反顾地脱了下来，可刚放上去一只脚，就

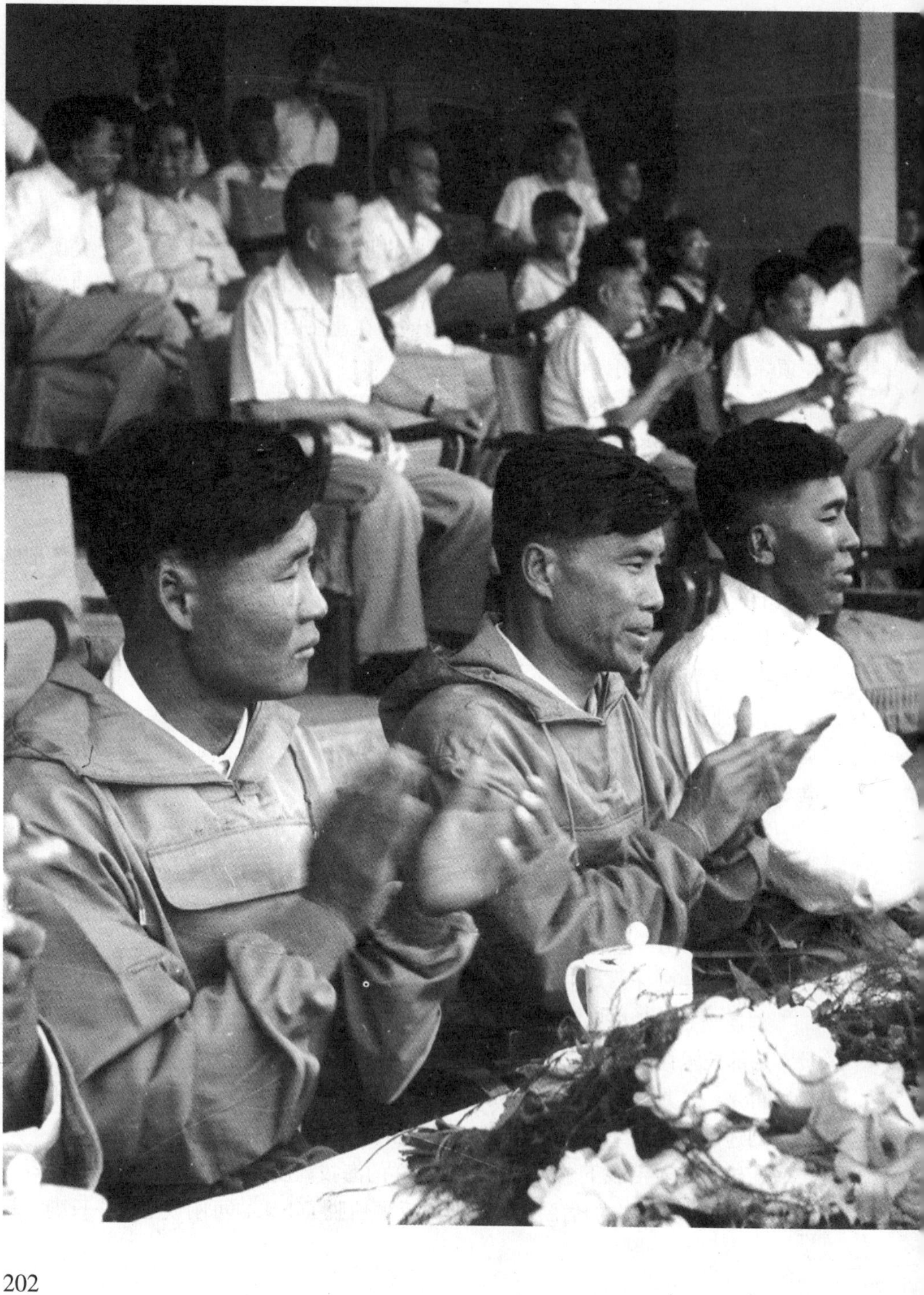

■ 1960年，是刘连满（左一）用自己的肩膀把队友送上了第二台阶，但没有登上珠峰成为他终生的遗憾
右图上至下：首次从北侧登上珠峰的王富洲、贡布、屈银华

王富洲

贡布

屈银华

滑了下来，鸭绒袜子太滑了。

时间又在无情地滑过，屈银华又脱下了鸭绒袜子。

他为此付出的代价是冻掉了两只脚。

踩在刘连满的肩膀上，屈银华又打了两个钢锥。

贡布、王富洲、刘连满都站在了第二台阶上。时间却已经是下午5时了。这个4米高的岩壁耗费了他们整整3个小时。

继续向上走，刘连满的体力已经不允许了，走一步摔一跤。连睁眼的力气也没有了。

谁也不知道第二台阶上面还有什么，人类的足迹是在他们脚下延伸的。谁也没有想到，这里离世界最高的地方只有130米了。

王富洲决定，把刘连满安置在避风的大石头下，等他们回来。为防不测，他们给刘连满留下一瓶氧气。还有兜里的几块水果糖。

出发的时候，四个人都以为再也见不到对方了，他们是以诀别的心情告别的。就是在今天，每每回忆起那个时刻，他们都要泪水奔流。

5月25日北京时间4时20分，人类第一次从北坡登上珠穆朗玛峰顶峰。

怀着忐忑不安的心情回到8700米的时候，眼前居然站起了一个人。

刘连满看到了他们的身影，一下子站了起来。

在他的身边，氧气瓶下面压着一张红铅笔写的纸条，上面写着：

  王富洲同志：我知道我不行了，我看氧气瓶里还有点氧，给你们三个人回来用吧！也许管用。永别了！同志们。你们的同志刘连满。 5.24

刘连满留下的氧气救了三个登顶的队员。

后来，刘连满没有留在登山队，而是回到了家乡，在一个工厂里工作，他的生活一直很拮据，几乎没有人知道，这个寡言的老人曾经做过那么惊天动地的事情。

直到1999年建国50周年的时候，有媒体挖掘出这位老人，人们开始重新了解1960年中国人攀登珠穆朗玛峰时的那段故事。

在中央电视台建国50年大庆的电视专题片里，年过半百的刘连满流着泪说：没有登上珠峰是我一生的遗憾。

1960年的损失是惨重的，多人冻伤、两个人截肢。到1975年再次攀登时，第二台阶成了一个攻关课题。于是，有人提出了架梯子的创意。

现在，北京左安门内大街，中国登山协会的宿舍楼里，还能见到一个铝质梯子，安静地横在楼道里，和它一模一样的一个梯子至今还在珠穆朗玛峰，海拔8680米的地方服役。

当年，这样的梯子做了很多，完成这个梯子设计任务的人是罗志升。

进过航校的罗志升当时任中国登山协会后勤部长，一提金属梯他马上想到了飞机制造，那该是最轻的材料。1974年的冬天，他找到航天工业部，被推荐去西安的国营红安公司寻求帮助。

把情况和工程师吴根喜一讲，很快有了图纸。按要求梯子的重量不能超过2.5公斤。制作时用了专门做飞机机翼的轻合金挤压型的材料。为了减轻重量，吴工在梯子两侧和横梁上钻了很多洞。

赶制出来的十几个梯子送到了珠峰，它们先在通过冰裂缝和小冰壁时发挥了作用。金属梯被连接4米长时能承重100公斤。

1975年，金属梯成为那一年的焦点。大本营通过望远镜关注着搭建金属梯的每个细节，当金属梯架设起来之后，大本营一片欢呼。

以后，每支队伍到达突击营地后首要任务都是看看第二台阶的梯子是否完好，并且加固绳索。1960年之后，每一个通过这个险关的人都是踩着这个梯子上去的，它的前身，是刘连满架起的人梯。

至今，设计了这个梯子的罗志升家里还珍藏着一张照片，登山运动员攀越第二台阶的一个场景，他没有到过那个高度，但他的设计帮助了无数的登山者，他为此自豪。

当然，罗志升肯定没有想到，当年为控制重量而钻出的那些洞挂住了王勇峰的冰爪，他因此而挂在了梯子上。

用什么样的荣誉换这三根脚指头我也不愿意，王勇峰的妻子说

王勇峰后来已经无法回忆出挂在梯子上的细节了，记忆中最深刻的是，他对自己说：我得活着回去，必须活着。

不知过了多少时间，也不知用了什么办法，我自己都记不清了，只觉得

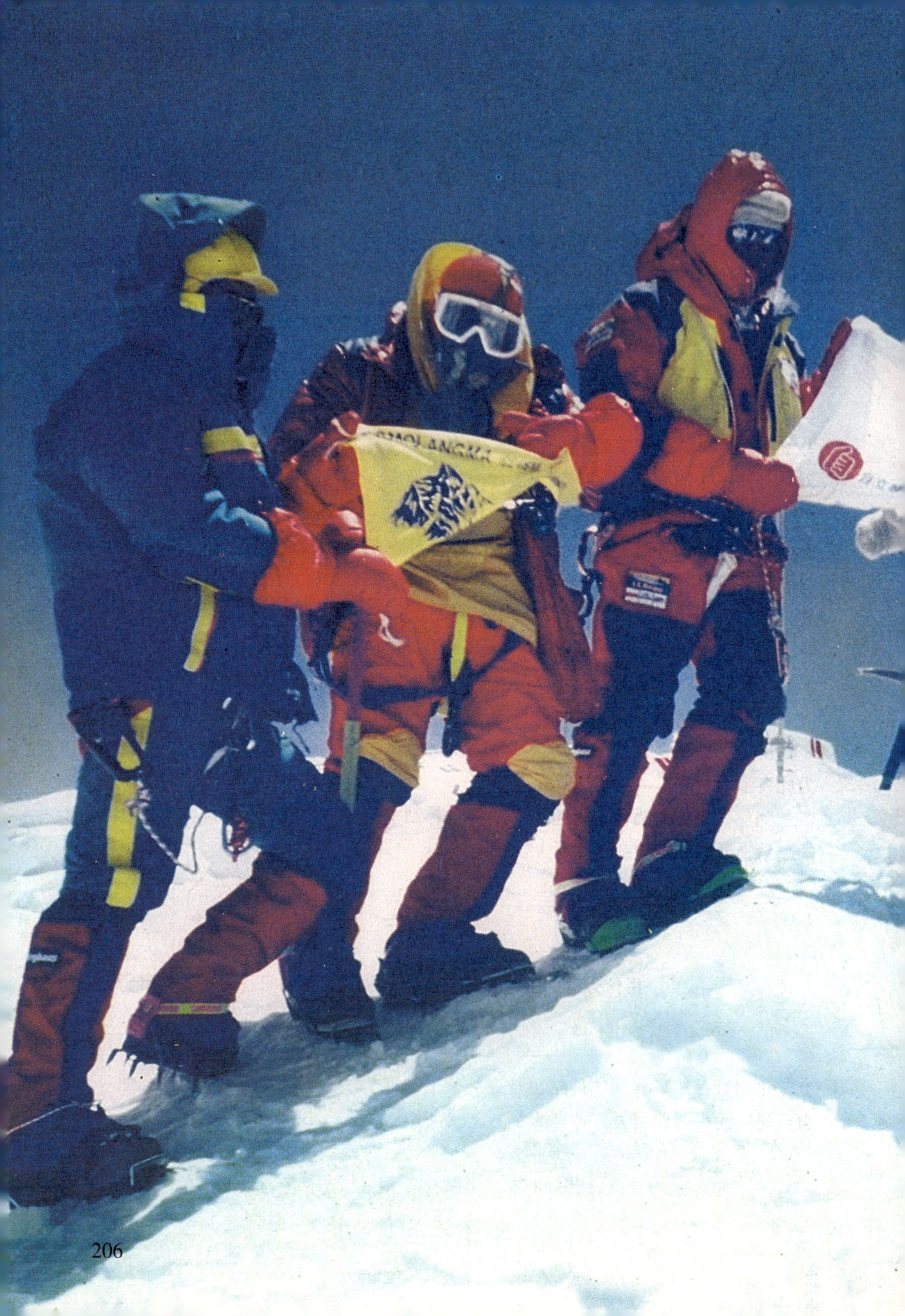

■ 海峡两岸登山队站在了珠峰顶上

上天在帮助我，让我翻了过来。上身终于朝上了。可经过这么一折腾，我一点力气也没有了。当我爬到海拔8680米的突击营地时，实在没有力气再往下走了。

我明白，从眼睛到体力，都是因为缺氧造成的。有了氧气，肌体的血液循环加快，一切才能正常。我把惟一的希望寄托在7号营地，我相信那里会有氧气，真有，就是有了生的希望。

咬着牙，一步一步挪到了7号营地，上天再次保佑：一是营地的帐篷门没有拴，如果拴死了，我的手指尖已经冻伤，就解不开了；二是里面的三个氧气瓶里都有氧气，一个压力120，一个压力50。我一头栽进帐篷，即像饿极了的孩子见到妈妈的奶一样，不顾一切地大口吸了起来。安上调节器吸上氧之后，我才有些后怕。昨天，报话机已经丢失，今天等于一个人下撤。在第二台阶真挂死在那里，或途中滑坠，任何人连我是怎么死的都不知道。

吸完氧，才感觉肚子有些饿。但是，我把随身带的防风火柴划了一整盒，也没有划着火。连口水也喝不成了，反正氧气救了命。

再说成功突击顶峰之后，西藏队员和台湾队员都于当天返回了7790米的5号营地，惟独不见王勇峰。

上山前，王勇峰进行了最后一搏的准备，把装备精简到最少，掂了掂报话机，一琢磨：死沉死沉的，也未必有用，干脆丢下。这样，大本营无法联系上他，整个世界也失去了他的音讯。

在北京的中国登山协会当天晚上已从大本营的电台中得到消息，王勇峰失踪，很可能已经遇难。

中国登山协会的领导们整夜未睡，守候消息。

天一开始蒙蒙亮，曾曙生和大本营的工作人员就没离开过望远镜。

对于所有等待王勇峰的人来说，28小时，都仿佛是一同经历了一个走不到黎明的黑夜。

在山上，失踪24小时就意味着雪山有可能留下了她的儿女。可曾曙生就是不相信，王勇峰会回不来了。

北京在等他的消息，没有他的消息，谁也不敢通知家属。

曾曙生死死地盯着望远镜，让自己的表针滑过一个小时又一个小时。

当表针指向10时30分的时候，海拔8680米的突击营地上，一个晃动的小黑点出现在望远镜里。

这个时候，28小时已经过去了。

大本营哭声一片。"王勇峰还活着，王勇峰还活着。"人们哭着，喊着。

从某种意义上，对于1993年来说，最值得纪念的日子并非5月5日成功登顶的那一天，而是5月6日的10时30分。

王勇峰简直是死而复生。

他身上穿的那个橘红色的羽绒服被他看成是一个幸运的象征，贴了无数块膏药和胶布之后，还是他最钟爱的一件衣服，每年冬天训练攀冰的时候，他都会穿着那件羽绒服。

看到了山上晃动的黑点，人们的心更紧张了。在那样的高度，王勇峰能否安全下撤，成为一个新问题。大本营通知在4号营地等待的马欣祥，迅速上到5号营地，接应王勇峰下山。

4号营地在海拔7028米，5号营地却是在海拔7790米。马欣祥二话没说就

■ 第一个登上珠峰的台湾队员吴锦雄（中），把王勇峰接下来的马欣祥（左）抱着王勇峰哭了一场又一场

出发了，实际上，这已经是在挑战自己的极限了，7790米，是马欣祥1993年登得最高的地方，他没有想到自己是在挑战极限，惟一的想法是：把王勇峰接下来，一定让他活着下来。

山上的王勇峰不知道山下的一切悲喜，他集中了全部心力，为了一个目标：安全下撤。他回忆：

> 由于有了氧气，我的体力已稍有恢复。最让我高兴的是，早晨一醒来，我发现自己的右眼能看得见了。看来，这只是由于缺氧导致的暂时性失明。但是，现在我仍然面临着一个极大的危险，那就是迷路。下山的路早已被积雪覆盖，一个人走是很容易迷路的，而且一迷路就会走到异常陡峭的北壁，根本下不去也决无力气再返回原路。靠着经验，更靠着运气，我终于回到了5号营地。到了这里就安全了。

5月6日下午，刚一出5号营地的帐篷，王勇峰听见有人一声声喊他的名字，以为是自己在幻听。

突然，眼前一个人扑了上来，抱住他大哭起来。

定睛一看，竟然是马欣祥。

"你上来干什么来了？"王勇峰一脸茫然，他一点心理准备都没有，会有人上来接他。

马欣祥一听，又哭了起来。

一边哭，一边断断续续地把山下的情况讲给王勇峰听，两个人抱在一起又哭起来。

直到马欣祥见到王勇峰，大本营才正式通知北京：王勇峰安全回来了。

这时，已经是5月6日下午6时了，北京下了一天的雨。

一直守在电话机旁的李致新不知道怎么表达自己的心情，站在办公室里直转圈。

庆祝，一定要庆祝。他险些失去这个生死兄弟。

整整一夜，李致新没有睡，和几个朋友枯坐着，忍受着等待的煎熬。

他飞奔出登山协会，急着回家通知和他一样焦急的朋友们，连续两次，他都没有骑上自行车，摔了下来。

他相信自己的朋友不会有危险，可真的得到消息了，也实在难以克制兴奋的心情。

回到北京，王勇峰连家都没回，被直接送进了积水潭医院，右脚的三根脚指头严重冻伤，只有截去了。

这个30岁的登山家从此成了三等残疾人。

在中国登山队，很多队员都有严重的冻伤，尤其是早期的登山活动，装备的落后和登山途中的意外使很多队员都有冻伤，仅在1993年海峡两岸攀登珠峰的活动中，就有13例冻伤，中国登山队教练罗申因为在暴风雪中脱下了鸭绒手套系帐篷带而失去了右手食指，对于这个攀岩教练来说，手指比什么都重要。

进手术室的时候，王勇峰说，怎么比挂在岩壁上的时候还害怕？

他的妻子一直在一旁默默地掉眼泪。

她说："用什么荣誉换这三根脚指头我也不愿意。"

梦上巅峰

中国登山家李致新王勇峰攀登纪实

Summit
6964

C3
5800

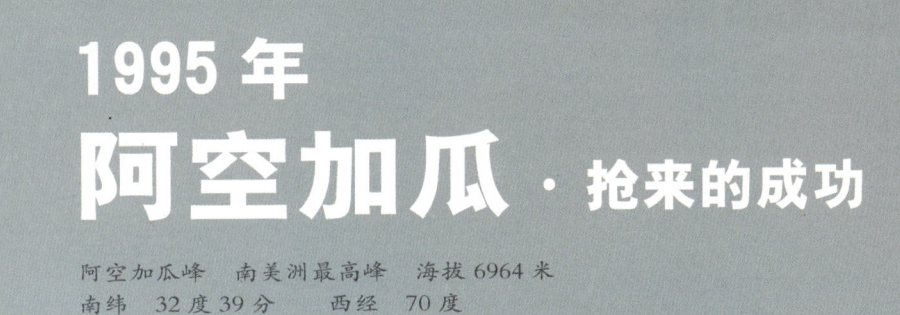

1995年
阿空加瓜·抢来的成功

阿空加瓜峰　南美洲最高峰　海拔6964米
南纬 32度39分　　西经 70度
1995年1月9日12时05分　李致新和王勇峰成功登顶
这给中国出版的世界地图带来一个改动

△ C2
5400

△ C1
4900

第一次在北京见到加拿大人兰迪的时候，我就怀疑他是一个误人子弟的老师。因为即使是在冬天，他也要把强健的肱二头肌露出来，摇头晃脑地要和人摔跤。1993年到1994年三年的时间里，他是在北京一所大学里教英语课的。

果然，他是一个让人不太放心的老师。当年的很多学生还记得这个"外教"，因为每次在课堂上不能提起"登山"二字，只要有了开头就没有了结尾，他可以把整堂课和课间休息时间都让给这个话题。他喜欢北京喜欢得要命，当时的梦想就是卖掉加拿大的房子在北京建一个攀岩馆。课堂上也总是要和学生们讨论这个理想，学生们一看和老师实在是话不投机，就给他介绍了李致新和王勇峰。

见到李致新、王勇峰那一刻，兰迪封存了自己的梦想，不建攀岩馆了，要和他们去登山。

2001年，我在北京一个吃烤鸭的小饭馆见到兰迪时，王勇峰指着他介绍：这是加拿大彪，兰迪。

因为兰迪的原因，他们南辕北辙

彪乎乎，是大连的一个俗语，形容人很鲁莽，天不怕，地不怕，被李致新引进了中国登山队。这个本来是贬义的一个词却在登山队备受欢迎，每个人都自诩为"彪乎乎"，还因此形成了一个"彪团"，在运动队，无论教练还是队员都以年龄排序，互称大彪、二彪、三彪……王勇峰是三彪，李致新是四彪，王勇峰尤其喜欢"彪乎乎"这三个字，连自己的女儿也被他叫做小彪乎乎。

登山队的老教练刘大义给了"彪乎乎"一个最好的诠释：没有点彪乎乎的劲头是登不好山的。

1994年，王勇峰给了加拿大人兰迪这样的解释："彪乎乎"意味着特别勇敢，特别热情。兰迪爱死了这个词儿，非让大家从此也叫他彪。

一定要说说这个"彪乎乎"兰迪的故事是因为他是一个重要的谜底。那就是，1995年1月，李致新、王勇峰去炎热的南半球攀登南美洲最高峰阿空加瓜的时候，为什么要先飞去寒冷的北半球的加拿大。

还要从1994年说起，兰迪一见到李致新和王勇峰就决定了要和他们去攀登阿空加瓜。当时，这两个人正在为经费的事情头疼，兰迪说他也不要教书了，回国找赞助去。

为登山的经费筹集和繁复的申请准备发愁，这是全世界的登山爱好者有着共同的困难。在日本，从事摩天大楼外墙清扫的专业人员中大多数是业余登山家，据说，这不仅是筹集登山资金的好办法，也是攀登悬崖峭壁的一种特种训练，无论是系绳的技巧还是臂力、腿力的锻炼，据说登山和擦玻璃原理相同。他们擦玻璃挣了钱去登山，登山回来再擦玻璃为下一次做准备。

对于这种烦恼，兰迪很熟悉，他一回国就寄出了100多封信，在漫无目标的等待中，加拿大航空公司回信了，他们愿意提供所有人员的优惠飞机票，但没有直飞的，要先到加拿大，再转机去智利。

北京这边也有了好消息，北辰体协拿出30万元资助这次攀登活动。在国内，企业赞助登山这是第一次，那个时候人们对登山的理解几乎是零，他们不明白为什么要去吃这个苦，登山能得到什么？这是很多人要问的问题，也是哪个人都无法回答的问题。

这次和北辰体育文化公司的合作也是登机前几天才最后落实全部经费，长达9个月的筹款过程，一波三折，令人心焦的折磨让人难忘。

1994年12月3日，北辰体协南美登山队终于出发了。领队是北辰体协副会长白建强，三名队员：李致新、王勇峰、刘文彪。

中国体育报的记者刘文彪跟随李致新和王勇峰采访北美洲最高峰麦金利时是个随队记者的身份，而这一次，他是以一个新的身份出现的，正式队员。这个身份让他很骄傲，他在《踏遍艰险人已归》的系列报道里写道：有多少个夜晚，我为此激动难眠，一心想成为第一个登上一座独立山峰的中国记者。

似乎每个采访过登山的记者都有这样的一个过程，开始是以一个观察者采访者的身份登山，但很快，他们难以自拔，要成为其中一员，成为一个真正的攀登者。当然，很难有人能逃脱这种命运。

"登山是一种甜美的苦役，"刘文彪总这么说，"这中间有着宿命的味道。仿佛这山就是为了等待我，而在那里历经沧桑几千万年。"他妻子冥子说，只要有一段时间没有去登山了，刘文彪会拿出在山里用的头灯和冰镐，细心地抚摩着。随后，拿起雪杖，在家里煞有介事地一步一步走着，尖利的雪杖把地毯戳得满是印迹。冥子有句名言，被很多登山队员的妻子所引用，"为妻子的我是嫉妒山的。然与其嫉妒，不如和丈夫一起爱山"。

>因为他们的这次攀登，
>中国出版的世界地图从 1995 年开始做了一个重要的改动

1994 年 12 月 28 日，在兰迪的故乡，加拿大埃德蒙顿进行了三周的攀冰训练之后，白建强、李致新、王勇峰、刘文彪和兰迪及他的朋友达戈组成的登山队飞向智利首都圣地亚哥，从这里进入阿根廷。他们飞行了 18 个小时，2 万公里，经历了春夏秋冬。

阿空加瓜峰，南美洲安第斯山脉的最高峰，位于南纬 32 度 39 分、西经 70

■ 李致新在这一次的攀登中肩负摄像师的任务

度，在智利和阿根廷的交界处，属于阿根廷，靠近智利，海拔 6964 米，是与珠峰遥望的西半球的最高峰。

和以往攀登南极最高峰文森峰、北美最高峰麦金利峰一样，到达阿空加瓜之前，除了它的海拔高度，颇有名气的高空风以外，两位登山家对它几乎一无所知。这一年，国内出版的地图上，南美洲的最高峰还是玻利维亚的汉科乌马峰，而不是阿根廷的阿空加瓜峰。即使是地图出版社出版的世界地图也是如此——汉科乌马峰的标高略高于阿空加瓜。

出发之前，李致新和王勇峰已经发现了这个问题，南美洲最高峰的分歧很早以前就存在，可到了 1994 年，世界上的认识基本统一：南美洲最高峰是阿空加瓜。各国登山家也都把阿空加瓜作为南美洲最高峰来攀登。

当时，李致新和王勇峰，包括中国登山协会的领导也没有把这个问题放在心上，当年，青海的玛卿岗日还曾经被美国人测量成九千多米呢，随着人类的攀登和测量技术的发达，很多模糊的概念就慢慢清晰了。

但他们没有想到，这件看似平常的一件事后来引起了轩然大波。

成功攀登了阿空加瓜之后，国内很多媒体做了报道，"中国登山家登上南美洲最高峰阿空加瓜"引来了很多读者的抨击，其中不乏激烈的言辞，"连最高峰是什么都没有搞清楚，瞎登什么山呀"。读者来信越来越多，中国登山协会意识到，这个问题必须严肃对待了。

联系地图出版社的时候，热心的编辑端木先生接待了李致新，看过了李致新收集的各方面资料之后，端木先生还把出版社一张珍贵的藏品地图拿了出来，和李致新带来的资料进行比较。

地图出版社发布地图信息是根据各国对外发布的资料而来的，在阿根廷之前，玻利维亚就已向世界发布了南美洲最高峰是玻利维亚的汉科乌马峰，虽然汉科乌马峰和阿空加瓜同属安第斯山脉，但他们每一次公布的标高都要比阿空加瓜稍高一些，因此，地图出版社始终都是尊重这一资料的。

但是，地图出版社还是非常重视这一次在国内引起的争论，出版社特意和玻利维亚驻华大使馆联系，咨询当时的情况。玻利维亚大使馆确定：南美洲最高峰的确不是汉科乌马峰，此前的测量有误差。

多年的一个悬案有了定论。从此，中国出版的地图，从 1995 年开始，从地图出版社开始，全部做了一个重要的改动：南美洲最高峰是海拔 6964 米的阿空加瓜峰。

两位登山家攀登阿空加瓜而引来的一场风波也由此落定。

在阿空加瓜，每个登山者出发时都要穿越60位先驱者的墓碑

阿空加瓜峰是一座闻名世界的险峰，自1897年1月14日瑞士登山家楚布里根首次成功登上此山以来的近百年间，许多人攀抵峰顶，但也有不少人功败垂成，死在途中。最悲壮的莫过于阿空加瓜脚下的那60座墓碑，就是为这些遇难的人修建的。在世界最著名的最艰险的三大陡壁中，阿空加瓜的南壁位居首位。愈危险愈有魅力，这似乎是登山中的一个法则，但，来的人多，归的人少，这使得阿空加瓜的攀登史成为一部壮烈的英雄传奇史。

李致新、王勇峰此次选择的路线是阿空加瓜的西北壁，虽然没有南壁那么危险，但路线漫长，尤其是从突击营地到顶峰，高差为1100米，往返需要十几个小时，对于攀登者的体力来说，这是一个严峻的考验。很多人虽然从这条路线上达到了顶峰，却有人因为体力不支而遇难。就在出发前两天，当地的报纸上刊登了一张阿空加瓜遇难者的照片，他头枕着登山包，左腿跷在右腿上，安详地躺在顶峰上。他就是登顶后体力耗尽无力下撤的，这个年轻的美国小伙子，年仅28岁。

阿空加瓜山脚下的60座墓碑中，不知道有多少人的命运如此，那些墓碑上镌刻着遇难者的姓名，但大部分没有遗体。那些墓碑密密麻麻地排列着，每一个上山的人都要穿过这片碑林。

从阿空加瓜山脚下的小镇出发，需要走两天的时间，才能到达海拔4230米的大本营。第一天的宿营地设在海拔3300米，路程是8公里，要走8个小时。

大批的登山物资由骡子运输，大家自己背的只是帐篷、睡袋、食品和路上要用的个人装备。就这些东西，每个人一米高的大背包已经是满满当当了，再加上绑在背包上的海绵睡垫，背包的人都被埋在了背包下面。

刘文彪提起自己的背包掂了掂，足有40多斤。

他看着大背包有点发愁。出发前，他也每天进行了强化训练，背着五六十斤的书，从1楼爬到13楼，再从13楼跑下1楼，如此往复，一天七八趟。但今天，看着这硕大的背包，他还是有些犯憷，背上40多斤的包走8个小时，这是从来没有过的体验。

他还要面临的一个问题是，前几天，在加拿大攀冰训练的时候，汽车差点翻

了，他的肋骨撞在了一个箱子角上。从那以后，一碰受伤的地方就疼。到了出发这会儿，索性不能大笑，不能咳嗽了，走路都要小心翼翼不能颠着。

李致新和王勇峰很担心刘文彪的肋骨，一直在问："怎么样，能上山吗？"对于刘文彪的实力，他们不太担心，毕竟在麦金利已经有过考验了，但刘文彪的伤势他们实在心里没有底。

刘文彪心里还算有数。出发前一天，他给自己上了一贴膏药，出发的时候，已经感觉好多了。他对着背包绞尽脑汁地想了半天，把所有的东西又都拿出来，斤斤计较地开始精简。毛袜子、毛帽子先拿出去，估计3300米的地方还能抗，头灯的电池由8节减到4节，两支圆珠笔减成一支，两个小药瓶拿掉，倒出几粒药装进一个小塑料袋里……

领队白建强这会儿已经没有什么选择了，他身材瘦小，且常年坐办公室，平时基本上是没有什么训练的，让他连续不停走8个小时就是个考验了，更何况还要负重。白建强一句话也不说，任由王勇峰把背包背在他的背上。他的包相对轻一些，也就30斤。

李致新和王勇峰背包的重量要远远超出刘文彪和白建强的，那小山一样的大

■ 从大本营出发，是一条令人烦恼的冗长的碎石路

■ 穿越山谷，阿空加瓜静静地凝视着每个走向它的人

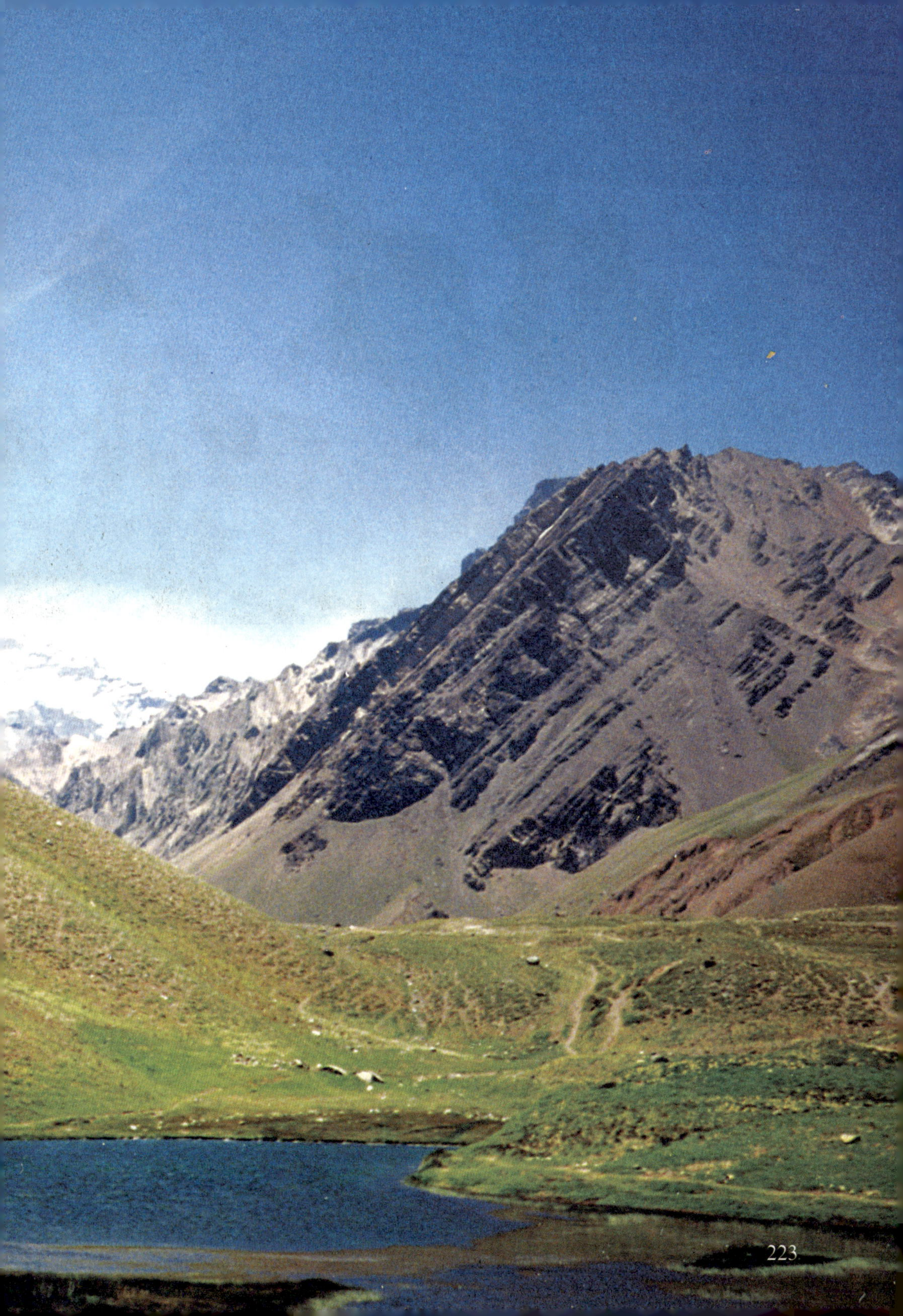

■ 路上的刘文彪（右一）、王勇峰（中）、白建强（左一）

包他们似乎没有放在心上。

攀登是沿着奥考尼斯山谷向上开始的。山谷两侧陡直的峭壁像两扇打开的门，门的中间是一个清澈的小湖，湖水的四周是嶙峋的石峰，湖水的中央，一座山峰清晰的倒影，那便是阿空加瓜了。抬眼望去，洁白峭立的阿空加瓜南壁顶天立地地盘踞在奥考尼斯山谷的尽头。

1月份，北京还是隆冬，但此时的南美大陆则是最炎热的夏天，但大家出发的时候，还是都穿着风衣，并不是因为怕冷，而是为了挡风。阿空加瓜的高空风是最著名的，狂风带来的滑坠和冻伤的例子有很多，风，是阿空加瓜攀登者最大的威胁。

人在山谷中行走，阵风来时飞沙走石，吹得人打晃。奥考尼斯山谷是攀登阿空加瓜的必经之路，无论是走西壁、攀南壁还是上西北，都要先经过这个山谷。

山谷两侧的峭壁经过常年的风化，不断变成石块和沙土流下来，直堆到山腰间。更有房子大小的巨石在碎石沙土坡上陈列着，有摇摇欲坠之势，制造着一种紧张的气氛。而李致新他们四个人行走的小路就在这些巨石间蜿蜒着。

一条浑浊的急流沿着山谷奔腾而下，发出隆隆的巨响，一种身体土黄却有着鲜艳毛冠的小鸟，时时在小路边叫着，清脆的鸣叫缓解着人们的心情。

四个人排成了一排，拄着雪杖小心翼翼地走着。这段路坡度不大，但因为是在乱石之上，大家尤其小心脚下的路，埋头走着。只要偶尔一抬头，总能看到远处的阿空加瓜峰静静地凝视着你。

慢慢地，四个人拉开了距离。到了小湖前的时候，四个人因为拍照而各成一路。

李致新、刘文彪和白建强都带了照相机和摄像机，不同的是，李致新的照相机和摄像机总挂在脖子上，随走随拍；刘文彪是只有休息的时候才把这些沉家伙从包里拿出来拍一会儿；而白建强的摄像机则一直都收藏在背包里，休息的时候只是专心致志的休息。在上山拍照搞创作是一件心有余而力不足的事情，开始的时候，你会大呼小叫地找角度，之后，你会随便端起相机按一下，再之后，你就连说句"真美"的力气也没有了。

李致新被这个小湖拖住了脚步，其他三个人出发了一个小时他也没跟上来。而王勇峰已经不知不觉地加快了步伐，很快就消失在碎石坡的背后。四个人散落在乱石之上。

经过了一条小河之后，路开始难走了，有的地方也陡了起来。人们的喘息声粗重起来，脚步开始像电影里的慢镜头了。在这样的路上行走两个小时之后，那条被攀登者踩出的小路把四个人引到了谷底的小河边。这是要跨过的第二条小河。

水流很急，能听得到河水中石头轰隆隆的滚动声，河上架着一座小铁桥，但年久失修，已经不能过人了。为了寻找过河的地方，四个人转悠了将近一个小时，才发现了一个地方在河两岸的巨石间挂了两条铁索，尽管河水不宽，但若真从这铁索上掉下去也是极其恐怖的事情，只要失足落水，结局肯定跟河水里轰隆隆滚动的石头一样。但路只有这一条，别无选择了，四个人颤颤巍巍地上了铁索。

翻过了一个山脊，又渡过另一条小河，被强烈的阳光照射了6个小时之后，宿营地终于到了。这时候，天也快黑了。尽管累得要死，可谁也不敢歇，搭帐篷、做饭，一通忙活。晚饭就是方便面，里面加了点火腿、葱头和黄瓜。每个人吃得都挺香。

■ 阿空加瓜的冰塔林是浪漫的

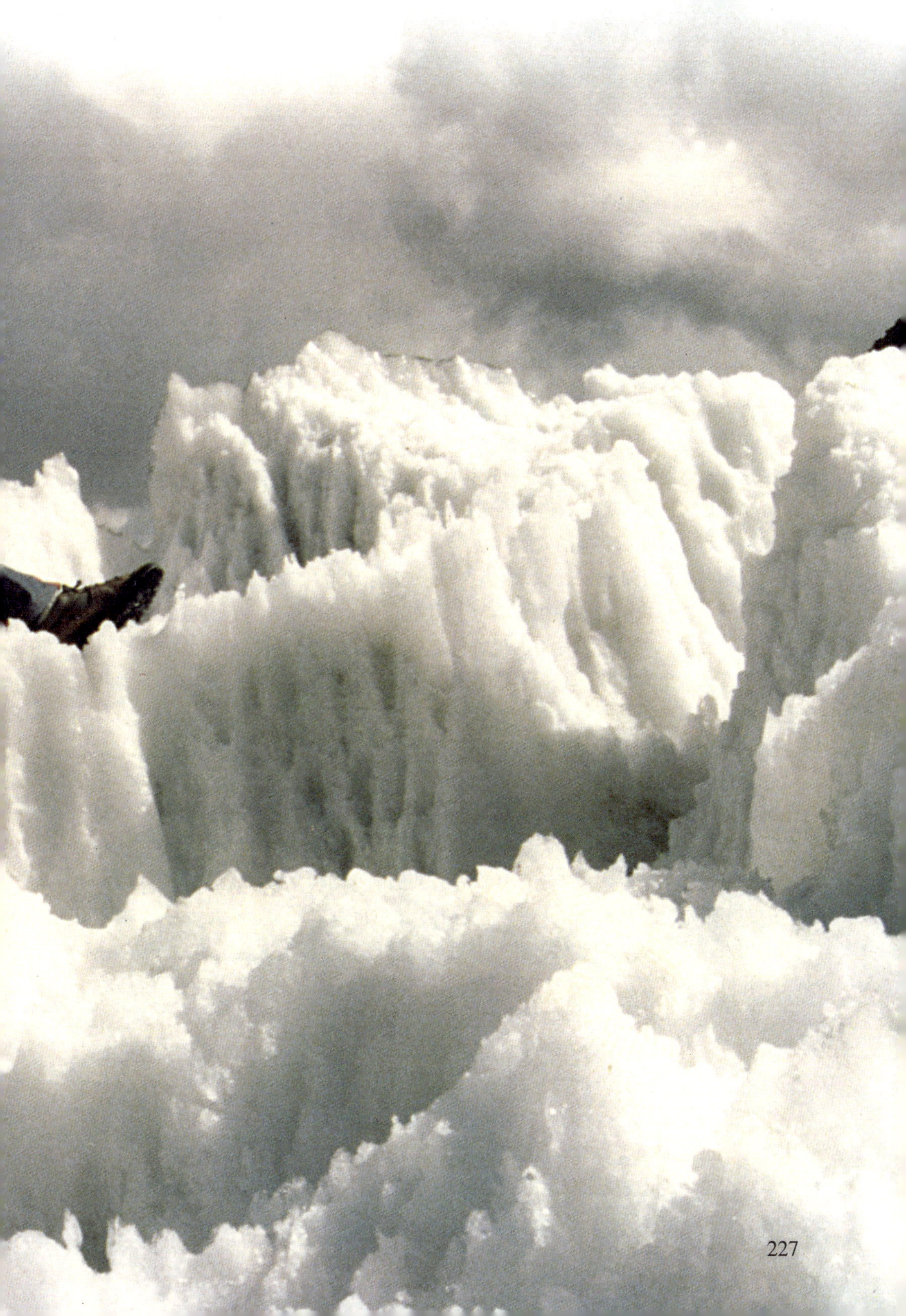

白建强大叫：
我给你们拉了 30 万赞助，就不能给我雇头驴吗？

    1月2日，目标是从海拔3300米的宿营地直上海拔4230米的大本营，上升高度近1000米，路途约20公里，估计要走12个小时，这是非常艰苦的一天。

    因为中途不再宿营了，帐篷、睡袋、炊具就留在了营地，由后面跟上的两头骡子运上大本营。这样，大家的负重都跟着减轻了。李致新和王勇峰的背包也精简到了20多斤，白建强干脆把摄像机都包在睡袋里交给骡子了，背包里只剩下了一壶水和上去之后要换的衣服。

    从宿营地往上走过一个大坡之后，是一大片草地。那些草长得很是奇怪，像坐垫一样一块一块贴着地面生长着，上面密密麻麻地拥挤着一些黄色的小花。放眼望去，满世界都是镶着绿边的金黄色坐垫。到了高原地区，所有的植物都会以自己的方式寻求着生机，它们紧伏地面，逃避狂风的吹袭，更深地吸取土地里的养分和水分。

    这些奇异的花朵让刘文彪兴奋不已，他满心欢喜地坐到坐垫上要留影，坐在金色坐垫上当然是要付出代价的，他嗷嗷地叫着从花朵上跳起来。原来，令人怜爱的小花间竟隐密地藏着无数坚硬的小刺，刘文彪捂着屁股走出了草地。

    痛也值得。再往前去，就是望不到头的平直宽阔的河滩了，寸草不生，四五个小时里，脚下都是一成不变的鹅卵石，两侧则是一成不变的光秃秃的岩壁。这样的路不难走，但枯燥得让人麻木，仿佛一辈子也走不完的样子。

    出发没有多久，白建强开始呼哧呼哧喘上了粗气，他跟在王勇峰身后好久，终于开口了："能不能给我雇头驴呀？"王勇峰现出那一贯迷惑人的憨厚的笑容，声音恳切："老白呀，这四条腿的东西也贵得太邪门了，还是挺挺吧。"阿空加瓜每年有来自各地成千上万的登山爱好者到这里登山，但他们到达大本营无车可坐，不想走两天的路就得向当地老百姓雇驴。来阿空加瓜登山的注册费并不高，一个人只需要80美元，但雇驴的价格可是贵得惊人，一头驴要价一千美金。白建强心里也很清楚雇驴的事儿没那么简单，就真是雇了，他也得心疼死。可实在是累呀，越走越累，累得人欲哭无泪，白建强对着干巴巴的河滩破口大骂："我给你们拉了 30 万的赞助，你们却不肯给我雇头驴。"他骂着，走着，最后，到了大本营，望着峻峭的雪山，他又感慨了：真他妈的美呀。

王勇峰一直走得挺带劲儿，把后面的人落下足有半个小时的路程。他刷刷地走着，走着，走了四个多小时之后，他所能承受的极限也到了，他认为大本营应该到了，看见迎面走来的下山的人，王勇峰问：到大本营还有多远？那人说，还要走 5 个小时。他的话像是施了魔法，王勇峰的腿一下软了，看到一块能挡风的大石头时，他把背包一扔，躺在石头旁一动不动了。

王勇峰的睡姿成了一个诱惑，每个走到他身边的人都模仿着他的样子，放倒了自己。这会儿，能睡上一觉最美。没过一会儿，李致新开始催促起来："快，快，起来，天黑之前一定得赶到大本营，都起来。"大家不情愿地爬起来，继续走无聊的河滩。

实际上，该死的河滩很快就到了尽头。走了没多久，前面又是一条小河，过了小河，就不用沿着河滩走，而是开始上山了。

当看到一个被掀掉顶子的破房子的时候，就到达了原来的大本营了，那些房子是被暴风雪摧毁的。到了这里就离真正的大本营不远了，但因为最后的一段路是 45 度左右的陡坡，所以登山者一般都要在这里调整一下，积蓄力量。

再出发的时候，王勇峰打开了白建强的背包，他要帮他背些东西。往外掏东西的时候，所有人都大吃一惊：他的背包里居然装着很多石头。三个人迷惑不解，问他：装这干吗？白建强有些不好意思了，吭吭哧哧地说："我看这些石头挺漂亮，就捡起来装包里了。"

他的话把所有人逗得笑弯了腰："背着石头上山，有你的。"

王勇峰看也不看，把那些石头都扔了出去，又掏出一些东西装进了自己的包。

在大本营，这四个人成了稀有动物

大本营平坦宽阔，100 多顶色彩鲜艳的帐篷花团锦簇般地绽放。将近 20 支登山队数百人已先期到达。南美这座著名的最高峰早已成为阿根廷的一大旅游胜地，而且是一个相当可观的赚取外汇的来源。最令人惊奇的是，这里为各国登山者提供服务的主力军竟是阿根廷军方，他们可提供直到直升机救援在内的服务，

■ 阿空加瓜大本营像个村子。方帐篷是食堂，一份牛排要价60美元

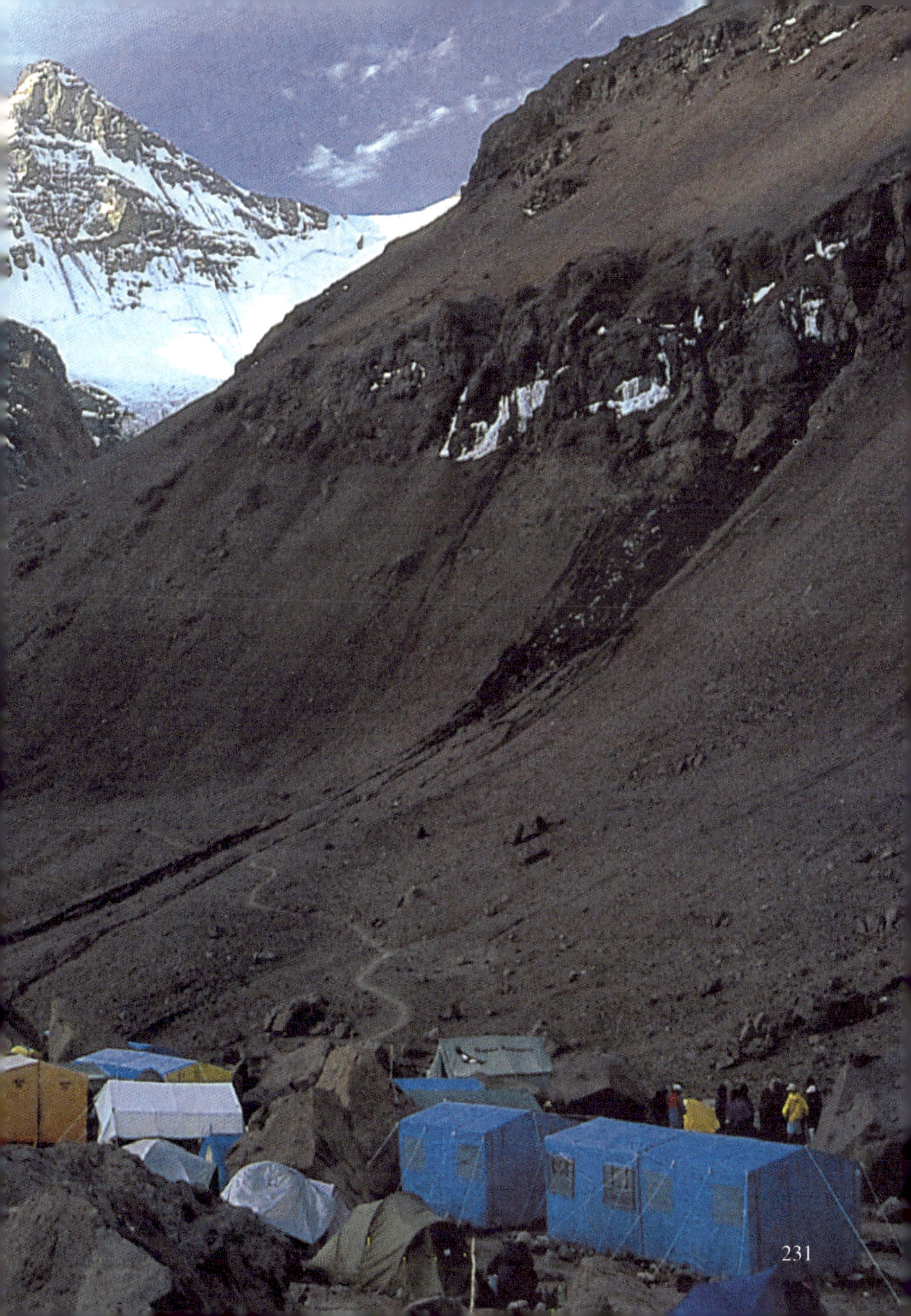

当然，价格昂贵。

在大本营，来自中国的登山队再次成了"珍稀动物"。

"你们从中国来？"许多不同国度的登山者面露惊奇之色。

1897年，当瑞士一名登山家历经数月成为第一个站在阿空加瓜峰顶的人之后，迄今为止，已不知有多少人登过顶峰。据说，每年到这里的世界各国登山者有近千人之多。然而，据当地人讲，黄皮肤的中国人到达这里还仅限于十多年前台湾的一支登山队。在他们的意识中，中国人来阿空加瓜登山本身就是新闻。

"中国远征阿空加瓜峰登山队"成了热点，很多人都过来打听这支队伍的情况。当他们知道王勇峰和李致新曾经登上过珠峰、麦金利峰、文森峰时，更是惊奇万分。中国营地成了一个景点，挂满了国旗和队旗的帐篷前总有外国队员扯着李致新、王勇峰他们拍照。

这样的情景和他们的每一次海外登山的经历都是相同的，每一次面对这样的询问时，他俩的自豪和自尊就会油然而生，每到这个时刻，他们就会感觉自己不仅仅是个登山者，更是一种象征。

吃过晚饭之后，刘文彪立刻钻进了帐篷，连续的上升再加上到了大本营之后繁重的建营劳动，他的高山反应加重了。

晚上9点多，王勇峰钻进了帐篷，喘着粗气铺好了睡袋。躺好之后，用头灯照了照刘文彪的脸，觉得不对劲，又用手摸了摸他的额头，大叫一声："你怎么发烧了？"

"不会吧，除了头疼没有别的感受。我平常也不感冒，怎么会一上山就感冒呢？是不是因为你刚从外面进来，手凉呀。"刘文彪说。

王勇峰又把脑袋凑过去，脑门碰脑门试了试，"没错，就是发烧了，不会低于39度。"王勇峰说得特别肯定。这语气显然吓着了刘文彪，已经有过多次进山经验的刘文彪很明白在这样的海拔高度感冒的后果，1992年，他和李致新、王勇峰一起攀登麦金利的时候，就在4300米的4号营地亲眼看见一个瑞士人因为肺水肿而遇难。

王勇峰马上坐起来，在帐篷里四处乱翻，找到了一盒康泰克。刘文彪吃了一粒，"不行，不行，再吃一粒。"刘文彪不听他的，"一粒能维持12小时呢。""那你烧得这么厉害，也不能光吃这个呀。我找兰迪要点别的药。"说完，穿上衣服就出去了。

帐篷里剩下刘文彪靠在那儿直发呆，想着自己又是受伤又是发烧，他觉得自己运气真是不好，心灰灰的。

过了好久，王勇峰气喘吁吁地跑了回来："快穿上衣服，找医生去。"

阿根廷人都讲西班牙语，王勇峰苦练而成的英语根本用不上，他找到了达戈，把刘文彪的情况说了说，达戈说，光吃药哪行呀，得看医生。达戈会讲点西班牙语，带着王勇峰在营地转了好几圈，才找到负责人，之后找到了医生。

医生拿着听诊器在刘文彪的胸前背后听了半天，说很好呀，没什么异常。又拿出体温表测了测体温，37度，很正常，根本没发烧。王勇峰和刘文彪相视大笑。

看似可笑的事情，在王勇峰身上发生并不奇怪。这大概也是他能成为备受山友尊敬的"Captain 王"（王队长）的原因。每个队员的表现、身体、情绪都装在他心里，他默不作声地观察着，不动声色地拿过队员的背包，用些小把戏宽慰那些失去信心的队员。不少山友是因为跟随他的脚步而爱上了登山。

到大本营的第二天早上，一块房子大小的巨石冲向营地

在阿空加瓜登山，有一种失败是最让人痛心无奈的。常有一些登山队因为帐篷被暴风雪摧毁或是做饭时不小心把帐篷烧掉而放弃登山计划。没办法，阿空加瓜的高空风就是这么厉害。

■ 在暴风雪中下撤的兰迪

为防不测，李致新和王勇峰这次共带了四顶帐篷。到了大本营之后，要先搭两顶帐篷。但在两顶帐篷怎么搭的问题上，白建强和李致新各执己见。

大本营在一座石头山峰脚下的缓坡上，缓坡上是一块一块较为平整的地方，各个队伍的帐篷就搭在这些平地上。开始，大家选中了一块大石头后面的平地，白建强说大石头挡风，可以在石头后面做饭。但大石头后面不很宽敞，李致新说搭两顶有点儿挤，应该这里搭一顶，往下点再搭一顶。白建强认为两顶帐篷分开不方便，坚持在一起，两个人一番争执，最后，白建强获胜。

这时，和他们一路上来的一个日本小伙子正四处转悠，找扎营的地方，白建强就向他推荐了李致新原本计划搭另一顶帐篷的地方。日本小伙子很感激，说那地方不错，就搭起了帐篷。

第二天一早，帐篷里的人还没都出来，就听到对面山上隆隆作响，一块房子一样大小的石头拖着一股尘烟像轰隆隆的坦克一样，冲着大本营就滚了过来。

大本营的人先是望着远处，愣着，接着哇哇叫着四散而去。

李致新刚从帐篷里探出个头，看着巨石滚来，袜子也没穿，光着俩脚丫子蹦跳着往山坡上跑去。

滚石快到山下时，向右偏了，然后与山腰上的另一块巨石撞在一起，一声山崩地裂的轰响。巨石化做无数碎石，天女散花一般向大本营飞来。

坡下有七顶帐篷在一瞬间被砸成一片片碎布，一块碎石炮弹一样飞过中国队的营地，将那个日本小伙子的帐篷划了一个大口子。

滚石过后，四散的人群都回到了原地。真是万幸，被砸的七顶帐篷里没有人，外面的人也没有受伤的，那无数的碎石居然在人缝中全飞走了。

望着日本小伙子被撕了个大口子的帐篷，白建强满心歉疚。谁知，那小伙子却跑过来一把抓住白建强的手，连声感谢。白建强被小伙子摇晃着手臂，一脸诧异。

日本小伙子说："非常感谢，非常感谢，因为是把帐篷搭在了你介绍的地方，仅破了一个口子，我原来是要搭在坡下的，要是那样，被砸坏的帐篷就是8顶了。"

他边说边从怀里拿出一架照相机，说："这是一次性的，质量很好也很轻，适合在高山上摄影，送给你，表示我的感激之情。"

这天上午，日本小伙子在破了的帐篷前蹲了很久，之后，跟中国队的队员说，他决定下去休息几天，本来他的高山反应就很重，加上这一惊吓，小伙子说恢复恢复再上来。但直到10天后李致新和王勇峰他们登顶回来也没有见到这个小伙子。

■ 左起：达戈、兰迪、王勇峰、白建强、刘文彪、李致新

三个半小时上到 2 号营地，镇住了加拿大队友

1月4日，李致新、王勇峰开始向上行动，当天即赶到5400米的2号营地，然后又返回4900米的1号营地。当兰迪和达戈知道李致新、王勇峰只用了3个半小时就从大本营上到2号营地时，惊讶无比，因为在大本营了解到的情况是一般这段行军路程需要8—9小时。

"现在我们才算知道什么是职业登山家了，今后你们俩怎么做，我们就学着怎么做。"兰迪、达戈打心眼里服了。

所有人的信任在这个时候其实都是一种压力，这其中包括来自白建强对他们的实力无条件的信任。这是国内企业首次出资赞助登山，是中国登山运动与企业联姻的关键的第一步。他们认为这个首次尝试是很运气的，遇到了北辰体育协会这个合作者，白建强在最困难的时候都坚信南美之行一定能成功，并不惜一切代价地为此行走奔波。但也正因为如此，这次登山对于李致新和王勇峰来说，也多了一份以往所没有的压力。他们不仅要登顶成功，还要考虑从宣传的角度，尽可能多地把攀登过程拍摄下来。毕竟已有10年的登山经历了，这10年的经历告诉他们，一个登山者没有任何理由轻视他所攀登的山峰。

在山下，李致新、王勇峰就和白建强研究了很多次攀登方案，但因为资料不全，又没有亲眼见

过这座山，对攀登路线上的事情并不了解，因此，所有的研究和讨论仅仅是纸上谈兵。

到了大本营，看到了阿空加瓜的地貌特征和攀登路线的情况，他们心里有点底了。

现在，这里是雨季，气候稳定，极少有雨雪天气，加上猛烈的北风终日不停，早将冬天的残雪一扫而尽，除了背风的南壁是终年不化的冰雪，其他三面都是裸露着陡峭的岩壁和嶙峋的碎石坡。而李致新和王勇峰要走的西北路线，基本上没有冰雪，都是30度到40度的碎石坡。没有冰雪，就少了雪崩、冰崩、流雪、暗裂缝这些危险的潜伏。比较而言，岩石路线的安全性更大一些。不过，阿空加瓜的狂风也不是随便刮的，到了高处，风力常年在10级左右，极易造成滑坠和冻伤，对体力的消耗也是很大的。风大，是攀登阿空加瓜的一个难点，另一个难点是山体陡峭，突击营地最高只能建在海拔5800米的地方，只有那里有一段很小的地方可以建营。突击营地距离顶峰的高差是1100米，这使突击顶峰的路线变得极其漫长，攀登者必须有极好的体力。

最后的攀登计划是这样确定的。领队白建强留守大本营，其他三个人和加拿大的两个山友分成两组上山，李致新、王勇峰一组；刘文彪、兰迪、达戈一组。按照计划，第二组在海拔4800米的1号营地多休息一天，适应高度。这样，第二组的进度比第一组晚一天，李致新和王勇峰突击顶峰的当天返回突击营地，第二天，第二组再登顶。

上山的路上，他们迎头碰上了有人骑着自行车下山

从6974米的顶峰直抵4200米的大本营，带着登山镜，顶着鲜艳的红色头盔，满嘴的大胡子和头后的小辫儿迎风飞扬着。这本来是美国登山家坦杰斯在顶峰希望人们看到的一个景象。但事实上，当登山者在山上碰到他的时候，他基本上是骑几米就扎进岩石堆或是摔倒了，然后，爬起来，再骑。极少的路段里，他和他的自行车疾驰而下。

在前往1号营地的路上，李致新和王勇峰迎面碰上了骑着自行车下山的登山者。这个场景让王勇峰想起了坦杰斯。当年的坦杰斯应该就是这个样子。

攀登任何一座山峰的时候你都会碰上一些奇奇怪怪的登山者，他们选择了自己最爱的方式去登山，或是因为某种目的而选择一些特殊的方式去攀登。坦杰斯选择这样的方式是为自己的冬季登顶麦金利峰做准备。到1988年，还没有人在冬季攀登上麦金利之后成功返回的。1984年的冬天，日本登山家植村直己完成了攀登，但在他的国家正在为他庆祝的时候，却传来了植村直己失踪的消息。他没有活着下来告诉人们，冬天的麦金利峰顶是什么样子。坦杰斯，这个出生在阿拉斯加的美国登山家要完成这个愿望。

为了训练自己的体能，坦杰斯三上阿空加瓜。当他骑着山地自行车连滚带爬地回到大本营之后，他又开始准备第三次登上阿空加瓜。这一次，他是带着滑翔伞上去的。在6000米的地方，他休息了一晚，第二天，当云散去的时候，他登上6600米的高度，从山上跳了下来。他像鸟儿一样在空中翱翔了20分钟，飞行了大约6公里之后，回到了大本营。

■ 李致新的镜头里出现了十字架和圣母玛利亚像时，顶峰到了。随即，翻卷的乌云遮住了晴朗的天

这次成功使坦杰斯坚信，自己想做的事情一定可以完成。

1988年，坦杰斯终于成为第一个冬季在麦金利成功登顶的人。在登山中，安全下撤才意味着登山的完满成功。

坦杰斯骑着自行车飞驰阿空加瓜是王勇峰在他的书里面读到的。1992年，他和李致新攀登完麦金利之后，他在麦金利脚下买了坦杰斯写的书：《危险的脚步》。他当时正在学英语，想从翻译这本书开始，认识坦杰斯，也提高自己的英语水平。

这会儿，1995年1月4日，行走在阿空加瓜碎石路上的王勇峰忘记了那本书翻译几页了，但想起了书里的这个故事。每每讲起阿空加瓜山路上骑自行车的人，王勇峰总是要感叹一番，高山探险在国外已经发展成了一种充满个性的运动，而在国内，还有很多人不理解，好好的日子不过，花那么多钱去爬山，图什么呀。怎么爬上去，再怎么爬下来，这有什么意义？每当有人这么问他的时候，他都是一脸苦笑。

直到90年代底开始，国内业余登山俱乐部迅猛发展起来的时候，问这样的问题的人渐渐少了起来。

> 站在顶峰之上，铅灰色的云朵像电脑动画一样迅速翻滚着。
> 只有云知道，这种壮丽是暴风雪的信号

按照原来的计划，5日和6日在大本营休整两天后，7日进入海拔5850米的突击营地。

可就在6日，B组进驻1号营地。夜晚，阿加空瓜峰顶出现了一块一动不动的蘑菇云。一种不祥的感觉涌上了心头，李致新、王勇峰清楚地记得1992年在麦金利时也曾见过这种云，它预示着一场暴风雪即将来临。王勇峰立即把情况报告给白建强，他听后非常焦急，四处探听天气预报，但ön没有准确的消息。

其他国家的登山者也开始议论纷纷，但都拿不准这块蘑菇云到底会带来什么后果。有个德国人跑来问他们，他们说，这是天气转坏的预兆；德国人也说，他们的智利向导认为两三天内将会有一场特大暴风雪。

大家的心情沉重起来，真像那位智利向导所说的，登顶计划就吹了。因为根

239

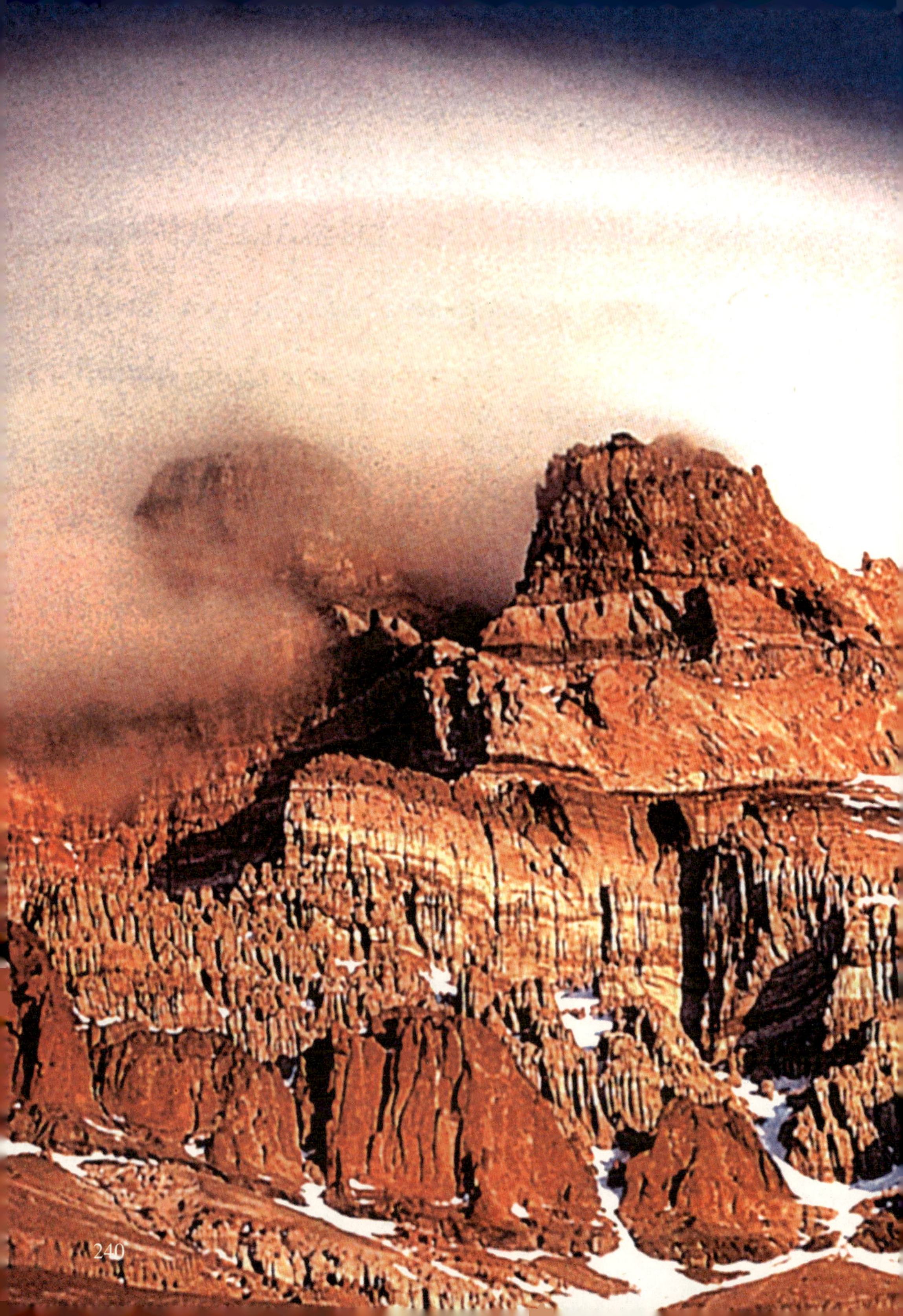

■ 蘑菇云，暴风雪的信号

据当地有经验的人讲，阿空加瓜地区这场特大暴风雪至少要使整个登顶计划延滞10天甚至半个月。如此下去，食品、燃料都不够。

7日下午4时，狂风仍在刮个不停。左思右想后，李致新、王勇峰当机立断：立即实施突顶计划，抢在暴风雪到达之前登上阿空加瓜峰。

4时40分，他们俩人顶着狂风开始向2号营地攀登，同时也通知先期到达1号营地的B组向2号营地攀登，两个组在2号营地会合。

晚8时30分，他们到达2号营地。顶着强劲的高空风支起帐篷，钻进帐篷倒头就睡。由于海拔高度上升，大家都有些头疼，再加上疲劳和狂风肆虐，当天晚上休息得并不好。

8日下午3时，李致新、王勇峰到达突击营地。在那里，为纪念攀登阿峰遇难的德国登山家而修建的几个小木屋已被狂风吹得破烂不堪。在突击营地，当天已有一德国登山老者孤身一人在那里扎营。

9日清晨7时，只喝了几口开水后，李致新、王勇峰准时开始进行突击行动。必须要说，他们的运气真是太好了，这天万里无云。

100分钟后，他们上到6500米高度，连他们自己也觉得神速。但接着是一个平均坡度40度的岩石碎屑坡，最艰难的路段出现了。走两步滑落一步的情形完全打乱了行走节奏，没想到，这最后400米高度竟花了3小时。

高度近400米，途中全是松散的碎石，像沙地一般，上两步就会下滑一步，体力消耗极大。加上这里海拔已超过6000米，两个人对缺氧的反应很大，全身疲软，头痛眼花。每上升两米，就不得不趴下大口喘息一阵，而在这过程中，又滑下去一米！

在这一步一滑中，王勇峰右脚的截趾部分开始阵阵疼痛，毕竟才手术三个月。

山上狂风怒号，哈出的热气瞬间便在羽绒帽贴着前额和两额的边沿上冻结成冰碴。只有咬紧牙关向上攀登，终于走出碎石槽，来到6850米的西北山脊。

前面山脊的宽度不足一米，风大人站不稳。无法在山脊上行走，否则就会被狂风吹下悬崖。他们选择了在山脊两米左右的地方，顺着山脊前行。这时候，因体力消耗已近极限，加上缺氧反应，感到头昏昏沉沉的，精力难以集中，只是机械性地一步步向前迈腿。

翻越过一块巨石后，突然，耸立在顶峰上的标志——一个铅制十字架出现了。离他们不过10米的距离，再有10米，顶峰就在眼前了。所有的疲惫被欣喜一扫而光。

王勇峰展开藏在怀中的五星红旗，大步流星向顶峰走去。李致新拿出摄像机，记录这个时刻：这时正是12时05分。中国登山家擎着五星红旗正走向南美洲最高峰。

从瑞士人第一个踏上此峰到今天几乎整整一百年了，中国登山家终于来了。

在这个登山季节，这几天与他们同在大本营的十几支登山队无一人登顶。

站在山顶上，远处的云铅灰一样的颜色，迅速涌动翻卷着，好似电脑动画一般地运动着，不是只有云知道，这种壮丽的景象意味着暴风雪快来了，来不及多欣赏一眼，李致新和王勇峰立即下撤。

下撤不到一小时，眼见狂风裹着乌云向山顶压来。

B组三个人已经不可能登顶了，天气眼见变坏了。

果然，10日晚，一场特大暴风雪终于袭来。

11日清晨积雪竟达一米以上，原来裸露的几乎全是风化的岩石山路已被埋没得无影无踪。

李致新用报话机向仍在突击营地待机的B组发出强行下撤的命令。驻扎在2号营地的十几名阿根廷救援军人这时已把所有在2号营地的登山者集合起来，掩护他们集体下撤。

B组三个人在下撤中迷路，差点走向深渊，幸亏李致新在能见度变好的瞬间发现险情，一阵声嘶力竭的大喊，终于把他们引到正确方向。

在大本营，见到李致新、王勇峰，白建强本来准备好的，在心里经过反复的演说词顿时忘得一干二净，只有拥抱，紧紧地拥抱。

梦上巅峰

Summit
5642

中国登山家李致新王勇峰攀登纪实

BC
4200m

1997年
厄尔布鲁士 · 失败的威胁

厄尔布鲁士　欧洲最高峰　海拔5642米
北纬　43度21分　　东经　42度26分
1997年6月10日下午1时26分　李致新和王勇峰成功登顶
在这里，他们获得了一个值得所有登山者借鉴的经验：
任何一座山都不能轻视

"我从来没有这样激动过,因为我几乎是在失去知觉的情况下登上这座高峰的。能让五星红旗在七大洲最高峰上飘扬,是我作为一名登山队员最大的幸福。我要为此而努力,再大的困难,再大的危险,也要完成这一壮举。我们来到这里很不容易……"在欧洲最高峰厄尔布鲁士的顶峰上,看到李致新泪流满面哽咽着说这番话的时候,手拿摄像机的王勇峰禁不住心头一热……

对于中国人来讲,去海外登山,实力是放在第二位的,经费才是头等重要的。这是李致新、王勇峰从1988年开始进行七大洲最高峰攀登以后得到的最深刻体会。到1995年,七大洲最高峰的攀登只剩下欧洲、非洲、大洋洲的三座最高峰。可这最后三座相对容易的山峰却始终不能列入计划,原因很简单,虽然这三座山的攀登难度不比那几座大,但经费的需求是一点不低的。

■ 高山适应途中的王勇峰

直到1997年5月初,在中国登山协会为韩国登山队举办的招待会上,李致新提议组织一个中韩联合攀登欧洲最高峰登山队,欧洲之行才算有了眉目。

出发时间定在了6月,任何一座雪山的攀登至少要半年的准备时间,可他们却不得不打破常规,用不到一个月的时间来准备对欧洲最高峰的攀登。

6月2日他们登上了北京飞往莫斯科的飞机。

每次登山都会创造一些第一次,这次也是一样。下了飞机后,他们居然是坐一辆破旧的大公共汽车去与韩国人约定见面的宇宙饭店。

宇宙饭店如同它的名字,气势宏伟,只是没有什么游客。一直到4日晚上10时他们才和韩国人会合。

韩国队共有13人,登山水平参差不齐,有的人来过厄尔布鲁士。见面后他们商定5日12时飞离莫斯科。

可到了5日吃早饭的时候,他们才知道整个计划要听旅行社安排,这让他们大吃一惊,跟着别人的计划登山,对他俩来说还是头一次。虽然觉得已背离了登山所包含的讲究计划、准备完整、考验体力、融合意志和智慧的内容,但他们已是无可奈何。

飞机向南飞行了两个多小时后,下午3时到达了名叫矿水城的小城市,那里

247

一辆能乘坐40多人的大巴在等他们。大巴看起来和北京的公共汽车没什么两样。只是多了丁零当啷的伴奏而已。

高加索山脉是欧洲登山家探索阿尔卑斯之后的第二个山脉。

高加索山脉很容易被人们冠以"最美的山峰"这样的评价。冰川、溪流、森林，每座山都仿佛是一幅俄罗斯油画。但李致新和王勇峰实在是没有心情欣赏，只想快点，快点到山下吧。

天黑之前，他们到达了目的地，住在一个四层楼的旅馆里，偌大的旅馆只住着这一支登山队。

人们把厄尔布鲁士称作是火山之子

厄尔布鲁士山，是大高加索山群峰中的"龙头老大"，简称"厄峰"，是博科沃伊山脉的最高峰。在小比例尺的地图上，它给人的印象仿佛是"骑在"亚欧两大洲的洲界线上的"跨洲峰"。其实不然，它的地理坐标为北纬43度21分，东经42度26分，整个山峰，不言而喻地落在俄罗斯联邦的政治版图内——当前归属联邦的卡尔巴达——巴尔卡尔共和国，西侧则紧靠俄罗斯的斯塔夫罗波尔边疆区的东南隅。

长期以来，西方人士往往把欧洲最高峰的桂冠，含含糊糊不加解释地戴在阿尔卑斯山勃朗峰（Mt.Blanc，海拔4810米）的头上。到20世纪50年代初（可能更早些），国际学术界达成共识，基本以高加索山系大高加索山脉的主脊，作为亚欧两洲陆上分界线南段的天然分界。自此而后，问题也迎刃而解：欧洲第一高峰当然非这条分界线北侧海拔5642米的厄尔布鲁士山莫属。

"厄尔布鲁士"一名，一般都认为和波斯语有关，但不同意见仍很多。

有的认为来自"aitibares"一词，原义"高山"、"崇峰"。有人认为这座山的名字跟伊朗北部的厄尔布尔士山的名字"孪生兄弟"般的相像，后者有"闪烁"和"熠熠发光"等意，前者也不外这个意思，都是用来表示山巅永久积雪在阳光照射下反射亮光的景象。

总之，厄尔布鲁士山名称的来历、含义等问题，迄今依然未根本解决。

高加索山系素有"民族之山"、"语言之山"的称谓和别名，比喻生息其间

■ 中韩队员在进行高山适应

的民族和分布其中的语言极多。这众多的民族，众多的语言，也曾不约而同地给他们家门口这座神灵般的山岳，取过很多名字。命名的根据是多种多样的——地理位置、生活感受、观测结果，以及悠远的传说、丰富的想象……如阿布哈兹人称它为极乐山；切尔克斯人称它是把幸福带到人间的幸福山；卡尔巴达人管它叫白昼之山；巴尔卡尔人和卡拉哈伊人名之为千山等。

纵观长逾1100公里的大高加索山脉，高峰诚然比比皆是，"出类拔萃"者也不少。如西段有栋巴伊—乌尔根山，海拔4046米；中段有什哈拉山，海拔5058米，德赫套山海拔5203米，乌伊帕塔山海拔4646米和卡兹别克山海拔5033米；东段有特布洛斯—穆塔山海拔4494米和巴扎尔—杜济山海拔4480米等等。但厄尔布鲁士山，"身个"比它们谁都"蹿出"一大截——海拔高达5640米。它毫无争议地成了高加索山系的"众山之王"，并一跃登上整个欧洲第一高峰的"宝座"。

除了高度，厄峰"形体"出众，即壮美中透着"威严"。这座山岳主要是由地质史上火山长期连续喷发的产物——安山岩构成。

其锥状外形就清晰地表明它是"火山之子"。加之生来呈一大一小、一高一

249

■ 远远望去，厄尔布鲁士总是那么迷惑人，仿佛伸手可及

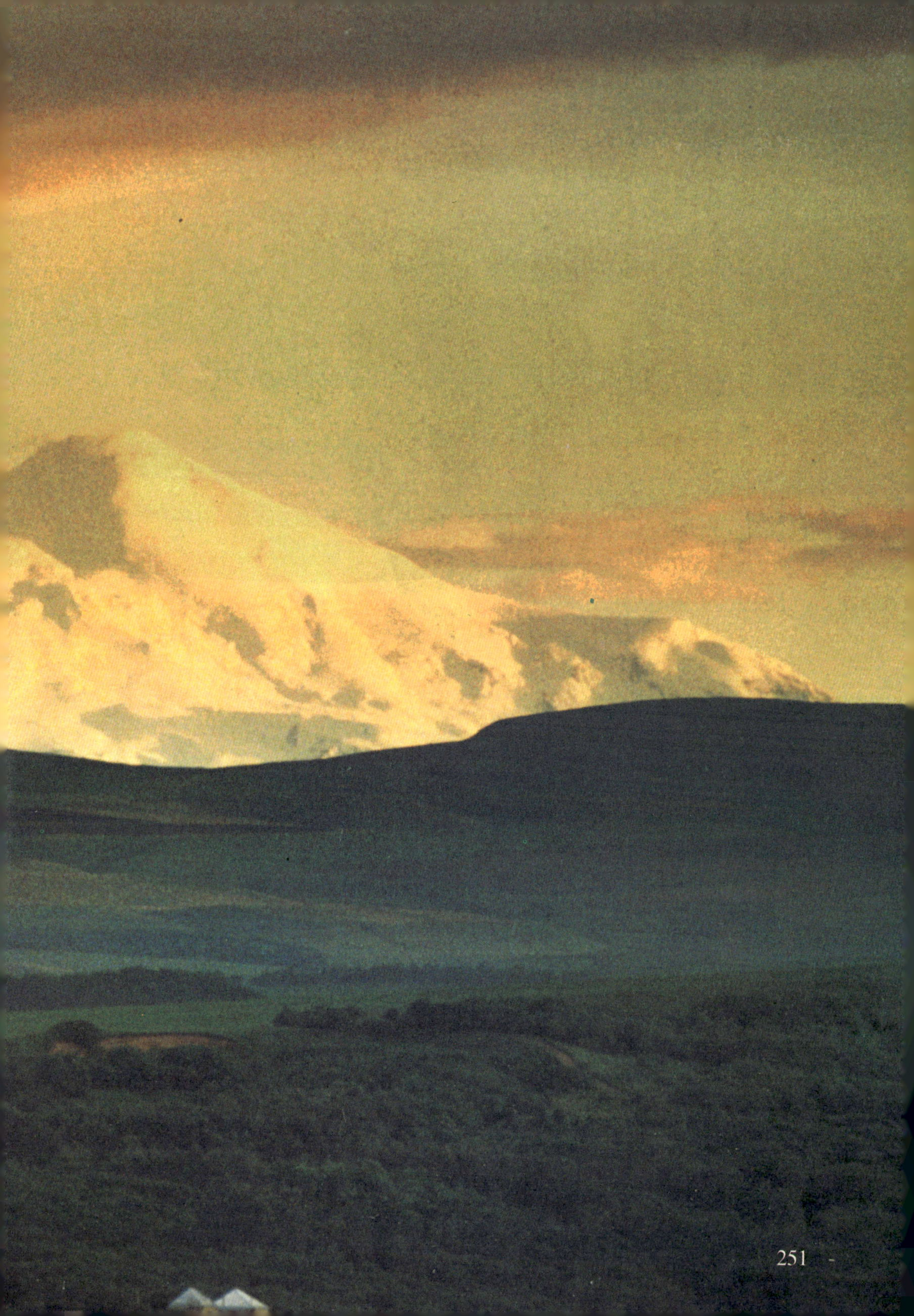

■ 观察路线

矮的"双峰并峙"态势，海拔分别为5642米（主峰，居西）和5595米（辅峰，居东）。从野外实地远眺，进入人们眼帘的这位"双顶巨人"，巍巍而耸，凛凛而立，超群绝伦，凌逼霄汉，敦实中显现出一种难以描述的威严……加之它矗立于大高加索山脉总体倾斜比较平缓的北坡上，又游离于这条山脉的主脊之外（以支脉相连），左近绝少其他像样的山峰露出。

因此，它的相对高度格外触目，即使距离数十公里，一眼望去，也显得高插入云，上接天际。在它高大的"形体"上，终年冰雪覆盖，雪线北坡在海拔3200米，南坡则在3500米；有50多条冰川悚然下垂，总面积达140平方公里。其中，有大阿扎乌冰川和小阿扎乌冰川，长2100米；小阿扎乌冰川为悬冰川，长不足1000米。冰川末端溢出的溶水，像乳汁一样"哺育"着周围数以百计的溪流，高加索地区著名的库班河和捷列克河等，就是从这些冰川发源分别流淌注入黑海和里海的。这在人们心目中，平添了浓重的神秘和敬畏之感。

厄峰集多种天然优势于一身。按高度是高加索地区第一山、俄罗斯（过去是前苏联）欧洲部分第一山、整个欧罗巴洲第一山，加上山区天造地设的绮丽自然风光，是天赐的自然财富，拥有极大的登山和旅游价值。所以一个时期以来，俄罗斯（包括苏联）官方和民间都予以高度的重视，从60年代起即着手策划，兴土木、搞基建。经过数十年的惨淡经营。已经将这里开发为一个体育运动和各种旅游设施兼备的登山活动基地和观光中心、滑雪运动中心。除了为俄罗斯本国各项有关事业服务外，还吸引了世界各地不少人士前来观光、游览和从事登山、探险一类的体育科研活动。据记载，厄尔布鲁士山的近现代意义上的登山活动，是从1829年开始的。这一年，由本地人正式攀登上海拔5595米的辅峰，1874年英国人登上海拔5642米的主峰，这是人类首次登上它的主峰，并记录在案，到1998年，已经越过了124年的漫长岁月。

厄尔布鲁士的攀登史上，二战时留下重要一笔

由于受黑海和里海冷暖气流的影响，山上天气变化特快，给登山带来极大的不利。近几年，受俄罗斯国内剧变以及车臣战争的影响，没有人敢来厄尔布鲁士峰这个昔日旅游胜地，5月的这支登山团是近年来惟一具规模的队伍。他们住的这家旅馆也是厄尔布鲁士峰周围几十家旅馆中惟一对外营业的一家。苏联时期，每年这个季节至少有一两千人来这里旅游和登山，苏联登山家的起步训练也是从这里开始的。

在厄尔布鲁士峰的攀登史上，最重要的一章，要算是第二次世界大战中为争夺厄尔布鲁士进行的战斗。早在1829年时的俄国将军埃马努耶尔曾指挥士兵攀登厄尔布鲁士峰，以确定军事制高点。也就是说早在一百多年以前，俄国的将军们已然认识到厄尔布鲁士峰是一个战略要地了。而正好在一个世纪之后，在第二次世界大战中，法西斯德国军队首先在这里夺取了厄尔布鲁士，而且也确实起到了重要的战略要地的作用。

那是1942年8月21日，蓄谋已久的法西斯德国高山部队，在库罗马和盖马拉两名上尉的率领下，没有遇到激烈的反抗，就占领了位于海拔5300米附近，厄尔布鲁士峰顶稍下方一点的"高山旅馆"，并在那里升起了一个高空载人的气球，上面有持望远镜的炮兵观察人员。而那时的法西斯德军已经占领了盛产石油

■ 突击营地是一个大碉堡一样的建筑

的巴库油田。苏军为夺回巴库油田，曾多次组织部队攻取厄尔布鲁士；但都是由于苏军士兵不懂高山特点，缺乏登山装备，许多优秀的指战员仅仅穿着夏季的单衣上山，而到了夜间气温骤降至零度以下，指战员们不是被冻死就是严重冻伤，还没有与敌人接触就丧失了战斗力。后来苏军最高统率部专门组织了一个团的高山部队，指战员们都是战前攀登过厄尔布鲁士的登山者，并给他们配备了登山服装和其他装备。这个团的两千多人经过艰苦的战斗，将侵占厄尔布鲁士的法西斯德军全部消灭，重新夺回了这个战略制高点。

　　厄尔布鲁士之所以重要，就因为它是里海与黑海之间地峡上的最高点，德军占领了苏联的石油主要产地巴库，是为了获取战争所必需的石油，所以苏军不惜任何代价也要夺回这个产油区。而苏军向巴库地区增援部队的情况，被占领了厄尔布鲁士并在厄尔布鲁士峰又升起的载人的高空气球上的德军观察哨看得一清二楚，他们立即用无线电通信装备调动德国空军和炮兵攻击苏军的增援部队，使得苏联军队无法收复巴库油田区。直到 1943 年 12 月 3 日，苏军才最后收复了厄尔布鲁士。德军先后共占领厄尔布鲁士长达一年又四个月之久，使苏联蒙受了巨大的损失。

那么德军又是怎么没费多大力气就占领了厄尔布鲁士的呢？原来法西斯德国早在二次大战前几年，就已开始了对厄尔布鲁士的各种侦察和测绘。1934年前后社会主义的苏联对外开放了高加索山区，允许外国登山者前来攀登高加索地区的各座山峰，德国的登山者们也随着其他欧美各国的登山者前来攀登厄尔布鲁士峰。在厄尔布鲁士峰的顶峰稍下的地方，苏联为攀登厄尔布鲁士峰的登山者们修建了一个休息和过夜的、从外表看好像一座堡垒状的两层水泥建筑，人们称它为"高山旅馆"或"厄尔布鲁士大饭店"。之所以修成堡垒型，窗户很小，墙壁厚而且外形是圆形，是为了抗御强风和严寒。因为攀登厄尔布鲁士的登山者们不可能在当天突击登上顶峰之后再返回基地营，至少需要在中途过一夜，苏联为登山者们修建的这座不收取任何住宿费的"高山旅馆"，完全是一种社会福利事业。

20世纪50年代，我国登山运动员在高加索学习登山技术时，也有十几位中国人曾在这里过夜。里边只有一些木制床和桌椅，做饭要靠自己随身所带的煤油炉和食品，实际上这就是一个防风御寒的休息站而已。但是第二次大战前的法西斯军事特务也以登山者的身份多次前来攀登厄尔布鲁士峰，他们也看上了这个"高山旅馆"的战略重要性，前边所讲过的1942年8月21日率领德军高山部队占领厄尔布鲁士的两位军官库马罗和盖马拉上尉，就是1934年到1937年多次前来攀登厄尔布鲁士峰的军事特务，他们对上山路线、气象条件、地形早已了解得非常清楚，而且专门对攻占这座欧洲最高峰进行过多次演习，所以后来才极为顺利地占领了它。而苏军当时就没有考虑到这一点，所以命令仅仅只有夏装和一般常规武器的苏军夺取被占领的厄尔布鲁士，从而招致了极大的损失，战死的、冻死的不用说，许多指战员甚至连敌人的影子都没见到就冻掉了双手和双脚。所以说登山运动的本身，也带有一定的军事体育性质。

厄尔布鲁士总是给人一种危险的错觉：伸手可及

中韩联合登山队从6日开始适应性行军训练，并由一名俄罗斯高山向导负责。向导名叫阿里，40多岁，在厄峰已经做了20多年登山向导，有着丰富的登山经验，尤其是对厄尔布鲁士峰的情况更是了如指掌。现在李致新他们才明白韩国队不着急的原因，原来他们把登山的宝押在这位教练身上。第一天行军的垂直距离只有200米，距离约12公里，时间用了6个小时。

湍急的河流、茂密的森林、绿色的山野、白皑皑的雪山，给人的感觉不是在登山，而是在旅游。李致新不停地说："这里的山太美了，怪不得欧洲人愿意登山，欧洲出这么多登山家，在这么美的环境里我天天都愿意登山，我要当欧洲登山家。"

第二天和第三天行军的距离和高度比第一天增加了许多，也听不到李致新嚷嚷着要做欧洲式的登山家了。就看到他一个人总是走在队伍的最后面，缺乏训练的后遗症在李致新身上显现出来。

三天的行军除了高山适应性得到加强外，另一个收获就是对韩国队员和厄峰的情况增加了了解。韩国队员中有四至五人登达过8000米的高度，尤其是韩国队厄尔布鲁士队长张炳虎曾登顶世界第一和第二高峰珠峰和乔戈里峰。

从实力上看，登顶似乎没有多大问题。可厄尔布鲁士变化无常的天气，需要登山者有足够的耐心和时间。而他们缺乏的恰恰是这一点。按照计划，12日他们将撤离厄尔布鲁士峰。也就是说，12日之前如果没有好天气，他们的攀登将不得不以失败而告终。以往的登山队在厄尔布鲁士峰停留时间在20天左右，当他们遇到坏天气的时候，就到附近的城市旅游，直到好天气的出现。阿里说，厄尔布鲁士峰的坏天气已经持续一星期了，天气能否在12日之前变好，他心里也没底。

9日，他们开始向突击营地进发，先是坐缆车从2000米的高度上升到3500米，然后又由雪地拖拉机把他们送到4200米。到达营地后，跃入眼帘的是一座由铝板做墙的形似碉堡的巨型建筑物，这个"碉堡"是一座三层楼房，有60间6平方米大的房间，每个房间有四个床位。食堂和休息厅在二楼，面积约50平方米，墙壁上挂满了照片和俄文说明，看样子是苏联登山史的简介。营地周围下着大雪，能见度20米左右。整个队伍在休息厅里无可奈何地等待着天气的好转。王勇峰和李致新商量，12日之前天气不好怎么办？李致新说，让韩国人先撤，我们等着好天气的到来。

傍晚时分，天空突然放晴了，厄尔布鲁士峰的主峰第一次出现在眼前。除了它的美丽壮观外，另一种感觉就是伸手可触，上几个缓坡就可到达顶峰。他俩不明白，这么近的顶峰阿里怎么说需要8—10小时的攀登时间呢？他们决定明天突击顶峰，3小时登顶，1小时下撤，中午赶回大碉堡吃午饭。

当他们把计划告诉韩国队长后，遭到他的坚决反对。他说，厄尔布鲁士的天气瞬息万变,它的主要山难就是在暴风雪中迷路失踪。他们必须听从熟悉地形的阿里安排,明天到达4900米高度做适应性行军。王勇峰对韩国队长说,登山计划应随具体情况制定,其第一要素就是天时,抓住了天时就抓住了成功的一大半。还给他列举了攀登麦金利峰和阿空加瓜峰时,如何抓住好天气获得成功的例子,但还是没有说服同样有着丰富登山经验的韩国队长。最后他们对韩国队长说:我们对自己的行动负责。

和以往的登山一样,突击前夜还是睡不着觉。10日凌晨3时他俩起来开始摸黑做早饭。3时半,韩国队长来到食堂劝他们不要单独行动,他们答应,如果天气不好马上下撤。不得已,他只好同意了。

4时半,李致新、王勇峰信心十足地离开大碉堡。四周静悄悄的,他俩的脚步声在雪地上发出极有韵律的声音。霞光渐渐出来,厄峰主峰清晰地呈现在面前。为了尽快登顶,他们没按登山常规一小时行军休息一次,而是连续走了3小时。

大缓坡翻了无数个,可就是翻不完。突击营地倒是离他们越来越远,而顶峰离他们还是那么遥远。事实证明他们的判断出了错。看来要做好持久战的准备了。

这时候,李致新脸上出现了倦容,脾气也变得暴躁了,一会儿抱怨冰镐太

■ 正是成功渐成泡影的时候,"苏联老大哥"(中间两人)如同神兵天将出现在眼前

短，一会儿抱怨积雪太深，看起来是耍脾气，其实都是疲劳的症状，王勇峰把重的东西放在自己的包里，并且独自承担起开路任务，希望以此来减轻李致新的疲劳程度。

这段时间，王勇峰的训练没有中断过，可李致新因为公务缠身，身体状况明显不好了。

在无尽无休的路线上，韩国人劝王勇峰：让他休息，咱俩登顶吧

6小时过去了，大缓坡总算是到了尽头，他们到了海拔5300米的位置：厄峰一、二峰之间的鞍部。此时，李致新脸色发紫，倒头就睡。令人担心的事发生了，李致新出现极度疲劳。在登山中极度疲劳是造成山难的重要原因之一，攀登者出现这种情况很快就会昏睡过去，导致体温迅速降低而死亡。

王勇峰给李致新做着工作："千万别睡呀。"李致新也非常清楚在这里睡觉意味着什么。他说："我控制不了自己，我就是想睡觉。"

没有办法，王勇峰只好和他达成协议，只允许他睡20分钟。身体下面垫着背包，两人身上所有保暖的衣服都给他了。李致新睡着了。

王勇峰在一边冻得来回跺脚，每隔5分钟就去摇摇他，以防他真的睡过去。

看着雪地上睡着的李致新，王勇峰突然感到了恐惧，如果他走不动，我一个人又无法把他拖回去，该怎么办？王勇峰不敢想下去了。

20分钟一到，王勇峰赶紧把李致新叫起来问他感觉怎么样。他说浑身发冷，想继续睡觉。王勇峰没有同意，让他伸伸胳膊和腿，准备下撤。

这时，一名韩国队员跟上来了。王勇峰感到奇怪，他们不是计划今天到4900米高山适应吗？那人说，看他俩在前面已把登顶路线踩出来，韩国队决定今天有部分队员登顶。王勇峰一听，心里算是有了点底儿，李致新真的走不动了，还可请韩国队员帮忙。

看着歪坐一边的李致新，那个韩国队员说，让李先生休息，咱俩登顶吧。王勇峰一听这话，气不打一处来，顿时对这位韩国队员没了好感，并坚决拒绝了他的提议。他一看王勇峰没同意，自己也不敢上，坐在那里等同伴上来。

王勇峰开始和李致新商量着下撤计划。李致新说：如果撤下去，这次厄峰登

■ 在厄尔布鲁士顶峰上展开国旗的时候，王勇峰眼睛湿了

■ 同以往一样，顶峰上的李致新泪流不止，对着镜头，他说：我几乎是在失去知觉的情况下上来的

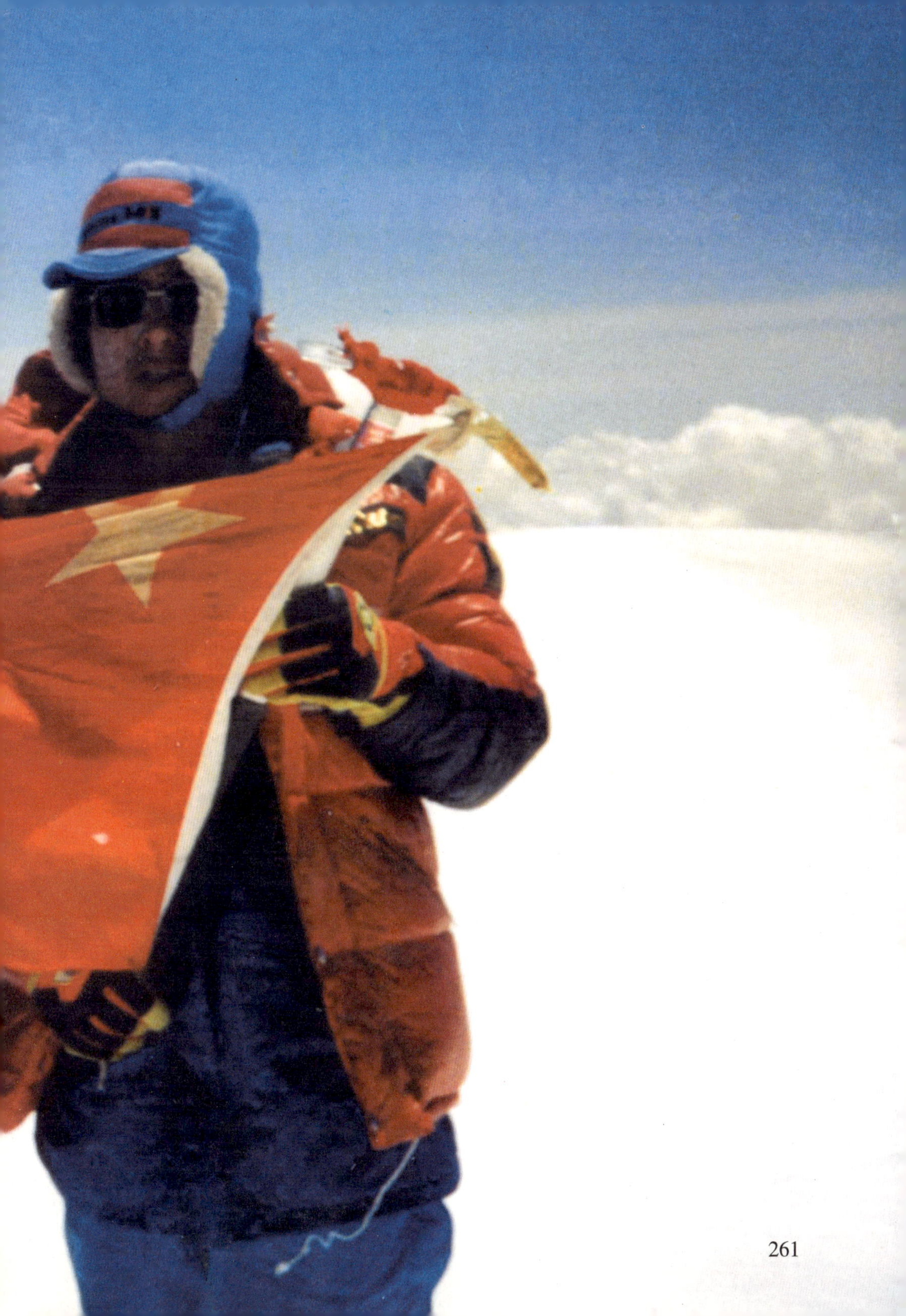

顶计划肯定告吹，下一次还不知何时何日再来。他建议王勇峰和那个韩国队员去登顶，他在5300米等着他们回来。

王勇峰没同意，心想，我登顶回来了，你在这里冻成了冰棍儿了。再说，登七大洲最高峰的目标是我俩9年前共同确立的，并经过千辛万苦，九死一生才熬到今天，怎么能撇下他自己去登顶呢？虽然失去登顶机会心里也难过，但看到这个时候李致新已经脱离了危险，心中又增添了许多安慰。

正做着下撤的准备，李致新说，现在感觉好点儿了，是不是再往上走走？可这时候王勇峰已经没有了登顶的心气儿，想着李致新的体力能保证走回"碉堡"就谢天谢地了。可登顶的诱惑实在难以拒绝，脚步又不由自主地向上迈去。

李致新体力的恢复让两个人都看到了希望，抬腿就走却忽略了一件事，李致新垫在身下睡觉的一件风衣被丢在了雪地上，王勇峰本来要把这件衣服留作攀登七大洲最高峰纪念的，却丢在了七大洲的第五站了。

攀登厄尔布鲁士最难的地段就是从5300米处到顶峰，这是一段坡度约30度的大坡。30度的坡度对登山者来说，应该不算什么难度。可对于极度疲劳的人来说，这是一道无法逾越的障碍。经过李致新这么一折腾，王勇峰也开始感到疲劳了。让李致新在前面开路已不大可能，那个韩国人根本就没有在前面开路的打算。若奇迹不出现，登顶的希望几乎没有。

每当他们身陷困境时，"上天"总会帮一把

李致新和王勇峰1983年参加登山以来，无数次的合作，都获得圆满成功，被登山界誉为"双子星座"、"登山福将"。

王勇峰经常爱引用一位登山家的话：登山的伙伴有时比妻子还重要。这也是他们20年的感受。登山中，对伙伴的信任是成功与安全的根本。登山最忌讳的就是和不熟悉、不了解的人一起登山，会带来无穷的问题和烦恼，现在，越来越多的商业登山已经显示出了队伍简单的组合所带来的诸多问题。

王勇峰也总说，和李致新在一起登山我的运气总是特别好。在旁人眼里，他们确实是一对天才和汗水的组合，李致新的判断力与决策力无论是在登山过

程中还是在生活中都极其鲜明地显示出来，而王勇峰的坚忍和执著都是常人极难相比的。

当然，他们自己也总结了成功的秘诀：就是每当遇到艰难险阻时，"上天"总会帮他们一把。其实，更应该说，每一次都是他们的决心和置生死于度外的气概感动了上苍。

也就在他们眼看着登顶的希望一步步远离的时候，眼前一亮。

前面不远处出现了两位"苏联老大哥"，他们也准备攀登这个大坡。如果老大哥把最后300米路踩出来，他们登顶的可能就不是什么天方夜谭了。看到他们的狼狈样，老大哥当仁不让地承担起最后这段的开路任务。上天又一次拉了他们一把。

跟着老大哥踏出的脚印，他们一步步向顶峰迈进。

大坡到了尽头，顶峰已近在眼前。

李致新不知从哪儿来的一股劲儿，冲到前面当起了开路先锋。

6月10日，莫斯科时间下午1时26分，王勇峰手中的摄像机出现了李致新和两名俄罗斯人，一名韩国人，在欧洲的最高峰上，厄尔布鲁士峰的最高点上。

梦上巅峰

Summit
5985

中国登山家李致新王勇峰攀登纪实

1998年
乞力马扎罗·浪漫之旅

乞力马扎罗 非洲最高峰 海拔5895米
南纬 3度   东经 37度05分
1998年1月7日7时40分 李致新和王勇峰成功登顶
知道豹子为什么要到那么高的地方吗？
这是他们在非洲一直问自己的问题

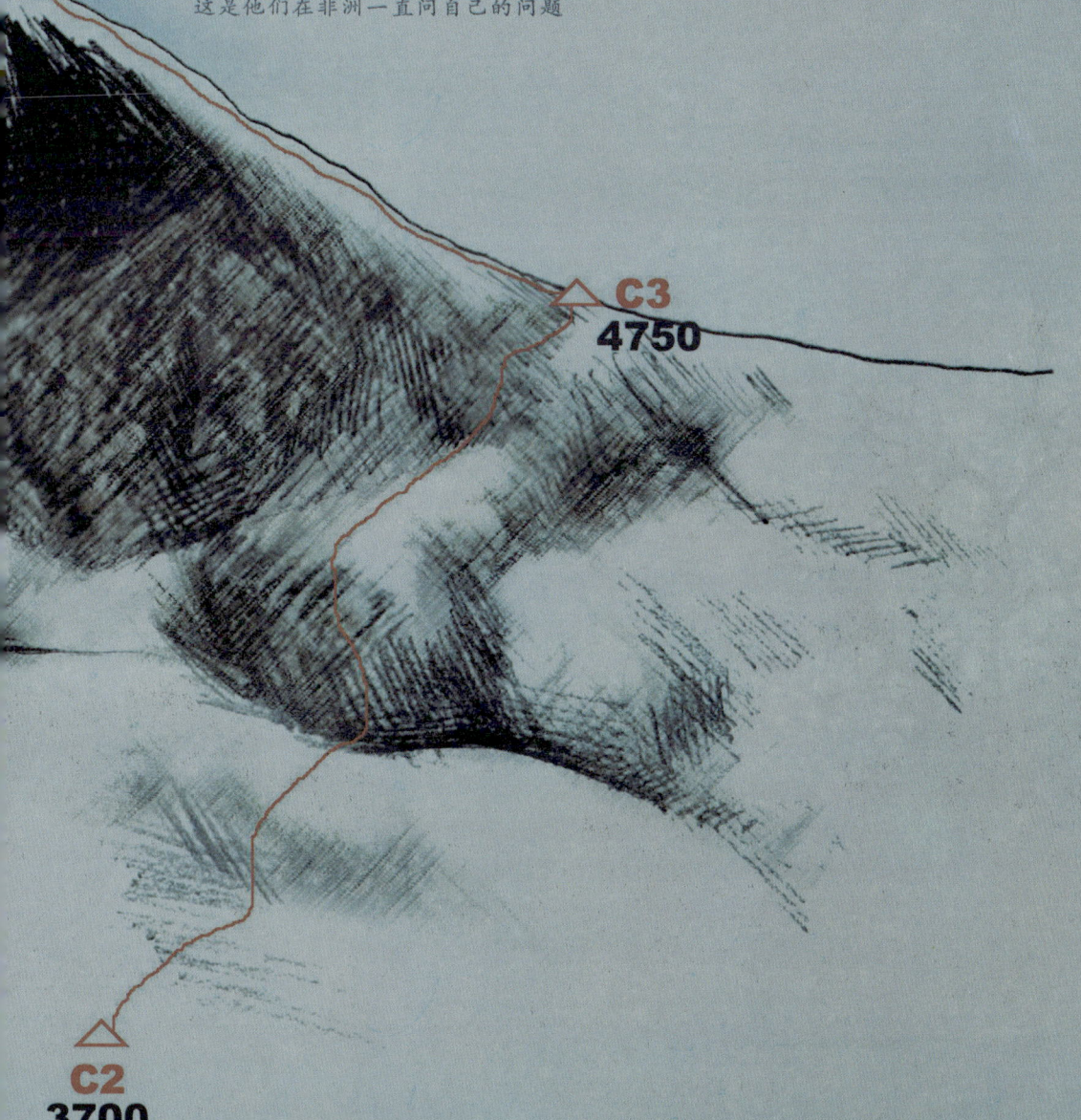

C3
4750

C2
3700

山顶上白雪皑皑，山腰间白云朵朵，山下，辽阔的草原上象群缓缓游动。这就是美丽浪漫的乞力马扎罗。

　　1998年1月5日晨7时40分，李致新、王勇峰完成了攀登七大洲最高峰的第六站：非洲最高峰——乞力马扎罗。一路上，他们都把这次非洲之行称为"浪漫之旅"。的确，比起珠穆朗玛峰，比起麦金利，比起文森峰，这座山自然环境好，攀登难度低，王勇峰总挂在嘴边的就是"too easy（太容易了）"。然而，谁能想到，就是在安静美丽的乞力马扎罗，在顶峰，他们离死亡竟然只有一步之遥。

■ 三年没有下雪的乞力马扎罗在1999年为李致新和王勇峰准备风雪

■ 本来准备在山上朗诵海明威的名著，可实际的登顶根本没有浪漫可言

> 出发前，每个人都复印了一份海明威的《乞力马扎罗的雪》，大家见了面总要问：豹子到这么高寒的地方来寻找什么呢？像接头暗号一样

  1997年11月30日，北京飘起了第一场雪。怀柔水库的岸边很快就白色一片了。中国登山队训练基地就在这个有雪的岸边，是个半岛，一直伸进怀柔水库。

  早上9时30分，李致新、王勇峰带着三名记者开始了第一天的训练。步行25公里，绕行怀柔水库一周。王勇峰说，能不能上乞力马扎罗就看今天大家走的怎么样。

  三名记者里只有我没有进过山，张伟和潘燕生跟随中韩联合登山队攀登过西藏境内的穷母冈日（海拔7048米），算是有见识的了。

  我们带了5瓶矿泉水、5个鸭梨，统统装进了王勇峰的小背包。他俩看起来特别兴奋，站在院子里不停地大喊：啊！乞力马扎罗的雪。

  沿着大堤，大家边走边聊。那个时刻，突然想起了《阿甘正传》里的那句台词：他们像秤离不开砣，砣离不开秤。李致新不停地说着逗乐的话，王勇峰认真地笑着，配合着李致新的笑话。

  王勇峰是一个仔细的人，检查我们的衣服，鞋子，嘱咐我们把拉链拉开，感觉到冷了赶紧拉上去。我们三个像幼儿园里的小朋友，乖乖地站在那儿，让他检查。怎么穿衣服是我们学习登山的第一课。

  出了登山队训练基地没有多远，看见路边一辆白色小面包车陷在沟里了。李致新大声问："要帮忙吗？"那人摆了摆手，叮了我们一会儿，问："你们这是干什么去呀？"我一下愣了，该怎么回答？王勇峰说："走走。"继续前行，我还在想，真的，我们这是干什么去？该怎么回答？

  一个多月以后，在非洲最高峰乞力马扎罗的攀登路上，太阳猛烈地晒着我的皮肤，仿佛有哧哧的烤焦的声音传出时，我突然又被这个问题定在了路上：我们这是要去哪里？我们这是在干什么？我无法回答自己。能回答的只有一个字：走。如同此刻，绕着水库，从起点到起点。

  按计划，我们要走4个小时。因为有雪，走路变得诗意起来。走过一片浅滩

■ 两名护士在乞力马扎罗发现的冻僵的豹子。这印证了那个著名的问题：豹子到这么寒冷的地方来干什么？

的时候，李致新指着水面大叫："快，拍一段，有倒影呢。"张伟和潘燕生忙扛起了摄像机。

　　李致新和王勇峰攀登七大洲最高峰已经快10年了，电视记者跟踪采访这是第一次。这次中央电视台派出了三人拍摄小组全程跟踪，中央电视台体育中心新闻部主任张兴亲自带队，记录这两个中国人正在创造的纪录，还没有一个华人完成这个目标，登上七大洲最高峰。

　　在后来的电视专题片中，确实有这一片浅滩：他们的脚步越过浅滩，身影渐渐隐在雪花中，一行行字幕推出来：

　　　　乞力马扎罗是一座海拔一万九千七百一十英尺的常年积雪的高山，据说它是非洲最高的一座山。西高峰叫马塞人的"鄂阿奇—鄂阿伊"，即上帝的庙殿。在西高峰的近旁，有一具已经风干冻僵的豹子的尸体。豹子到这样高寒的地方来寻找什么，没有人作过解释。

　　为非洲之行做的准备之一就是我们每个人复印了一份海明威的小说《乞力马扎罗的雪》，开篇的那段引子大家都会背了。见了面总要问：豹子到这么高寒的地方来寻找什么呢？像接头暗号一样。

其实，关于海明威的小说，我们就对这段引子感兴趣，张伟他们设计在登顶之后，由两个人在顶峰上朗诵这一段，谁能想象，真正登顶的时候会是什么样子。

遥远的非洲，遥远的非洲最高峰，对于中国人来说是多么神秘的一个名字，以至于在一个月以后，报社的编辑把我从非洲发回报道的标题定为《我亲眼看见乞力马扎罗的雪》。真的，在很多人看来，亲眼看见就已经是一件值得庆幸的事情了。

我们舍近求远，没有从肯尼亚入境，而是选择了达累斯萨拉姆

1997年12月27日，坦桑尼亚首都达累斯萨拉姆。我们终于站在了非洲红色的土地上，但乞力马扎罗还在800公里以外的地方，而我们好像已经走了一个世纪了。

按照最合理的路线，到乞力马扎罗是应该到肯尼亚首都内罗毕，再坐汽车到乞力马扎罗，乞力马扎罗在坦桑尼亚和肯尼亚的交界处，距离肯尼亚只有100公里。但我们却舍近求远了。

在北京准备出发时情况发生了变化，由于我们到达的时间正赶上肯尼亚大选，局势动荡，使馆发来电报：请在这段时间内不要到肯尼亚。这十几个字把整个计划改变了。那天，在李致新的办公室，我们趴在地图上开始找：还能怎么去？

当时，北京飞往达累斯萨拉姆的路线有两条，北京——巴黎——达累斯萨拉姆；北京——阿姆斯特丹——达累斯萨拉姆，因为回来要去法国采访登山学校，我们选择了在巴黎转机，巴黎飞达累斯萨拉姆的时候还要在瑞士转一次机。预算又超支了，往返要19236元，而飞内罗毕是1.6万元。

似乎注定这个旅程要有挫折，12月26日早上，原来准备踏踏实实提前三个小时到机场的时候，10点钟突然接到航空公司的电话：法航罢工，如果要坚持当天走，一定要在一个小时内赶到机场。简直是仓皇出逃的架势，六个人从三个方向集合到了首都机场。

手忙脚乱赶到机场，行李又超重了90公斤。为大家送行的陈尚仁老先生忙得一头大汗。他在登山协会办公室工作，登山队的每次迎来送往都是他忙活，而

■ 女儿的照片是李致新行囊中的宝贝

攀登七大洲最高峰他也是每站必送。这一次的手忙脚乱让老陈忘了拍照。

四年后，说起这事时，老先生说，每次他俩走都要拍张照片，那时候，不敢说原因，其实是担心他们回不来，留个纪念，从乞力马扎罗开始，山越来越容易了，不拍就不拍了。老先生笑着说出当年的小心眼时，眼睛里噙满泪花。

中午12时，CA933起飞了，飞了一会儿，大家才定下神。也忽然茫然了，前方实在渺茫，第一站是巴黎，之后是瑞士，再以后是达累斯萨拉姆，再以后是乞力马扎罗。无比遥远的起点。

坐在飞机上，我也不能相信，自己真的要开始这个体验了？

读者们已经注意到了，作为笔者的我，也加入了登山的行列。需要说明的是，我去非洲很是侥幸。

中央电视台体育栏目的记者张伟是我爱人，1996年，他和李致新、王勇峰他们一认识就成了朋友，他很欣赏这两个人，也喜欢登山这个圈子，就把我拉了进来。1997年底，有了这次采访任务，他希望我也能参与这次采访，没想到，李致新特痛快就答应了，只要自己出钱，没有问题。和报社一讲，报社领导说，给你时间；钱，自己想办法吧。我也想不出办法，就找爸妈借了几万块钱。当时想，这样很轻松，就当是旅游吧。

当然，后来从山上下来的时候，我已经忘了当时的初衷，山上经历的一切让我恢复了记者的冲动，下山的第二天早晨，他们还在呼呼大睡的时候，我写完了一篇通讯，当天传回了报社。

趴在非洲青草上写那篇通讯的时候，我不知道，我居然就这样被山征服了，从此，没有离开过一步，接下去的采访一个接着一个，以至于很多人认为我和我爱人一样，是一个体育记者。

到今天，巴黎于我的记忆也还是灰色的，因为那漫长的等待。

巴黎的冬天阴冷而潮湿。我们住在城市的北边，一个新区，叫拉迪方斯，也叫新凯旋门。现在，北京正在建的 CBD 常常和这个地方做比较，它也是巴黎的一个商务区，但比起北京的中心商务区显得冷清了一些。站在新凯旋门下，可以望见老凯旋门。

■ 非洲登山给了两位登山家全新的感受

空旷的街道和连绵的雨总是让人提不起精神。我们住在一个公寓里,每天的活动是去附近的超市买食品回来做饭。虽然凡尔赛宫去了,卢浮宫也去了,但大家总是高兴不起来。关于我们要去的地方,没有人提起。也没有谁能说出什么,谁也说不清那个起点会是什么样子。李致新、王勇峰不知道,我们这些连雪山也没见过的人更是连该想点儿什么也不知道了。

只有在圣心教堂那一天,六个人找到了一点快乐。在圣心教堂和艾菲尔铁塔之间有一个小广场,每天傍晚,都有一些人在那里溜旱冰,他们从一个30度左右的坡上滑行而下,沿途设置路障,一路蛇行穿越,我们停在路边做起了观众。他们一遍遍冲下来,跑上去,冲下来,跑上去。塑料路障不断被撞飞,围观的小孩子们极其崇拜地为他们捡回来,重新放好位置。王勇峰很快加入了这个服务队,像那些孩子一样,守着路障,不停感叹:真棒呀!他崇拜所有术业有专攻的人。在广场上,我们消磨了不少时间,那会儿像是忘了身在异乡了,飞驰而下的年轻人让我们忘了很多事,忘了我们遥遥无期的起点,忘了我们在忍受等待之苦,忘了我们不可知的未来。

尽管巴黎的等待之苦刻骨铭心,但比起一年之后在印尼攀登大洋洲最高峰查亚峰时的等待又算得了什么呢?

12瓶矿泉水让我们觉得丢人。
看见乞力马扎罗的时候,王勇峰要了啤酒

终于等到飞瑞士的那一天。六个人好像恢复了思维,开始琢磨在巴黎准备点什么。对于非洲的共同认识让我们决定:带矿泉水。法国依云牌矿泉水。这个在国内惟一了解的牌子。为什么带?怕传染病。出发前,收集到的所有资料没有能让人放心的,比如艾滋病的泛滥,比如疟疾的横行。饮用水的不洁最让人担心。12月27日,在巴黎还看到一条电视新闻:"坦桑尼亚霍乱严重。"大家的精神顿时紧张起来。于是,我们带了12大瓶矿泉水上了飞机。但在瑞士转机的时候,这些水真让我们觉得丢人。

到非洲,通常是在瑞士、荷兰或德国转机,12月正是非洲的旱季,因而,世界各地去旅游的人很多。登机的队伍里,我们的矿泉水显得很扎眼。别人都是一身轻装，神情轻松的好像是去夏威夷，甚至，我们在队伍里发现了几个月的婴儿。尤其是到了达累斯萨拉姆，看见满街的可口可乐广告，我们发现，对非洲的了解是太少了。

在飞机上，六个人又恢复了沉默。李致新还好一些，王勇峰简直可以说是昏昏沉沉，总是心不在焉的样子。跟他们出来登山我是第一次，这个情绪低落的采访对象一直让我担心自己的工作。但在7个小时之后，我的顾虑烟消云散了。

在飞行了7个小时之后，正是午餐时间，空中小姐说，乞力马扎罗将出现在我们的右边。大约是说的次数太多了，她就那么平平淡淡地说了出来，她不知道，她的这句话对飞机上的六个中国人有多重要。

我们冲到右舷窗边，每个人占据了一个窗口。李致新的尼康相机，中央电视台的专业摄像机、家用摄像机还有我们各自的傻瓜相机全伺候在窗边。

乞力马扎罗，非洲最高峰，在一片开阔的草原上安静地出现了。火山口周围白雪覆盖着，清清楚楚地显露出火山口的边缘。

■ 和中央电视台摄制组在一起。左起：李致新、潘燕生、王勇峰、张伟、张兴

275

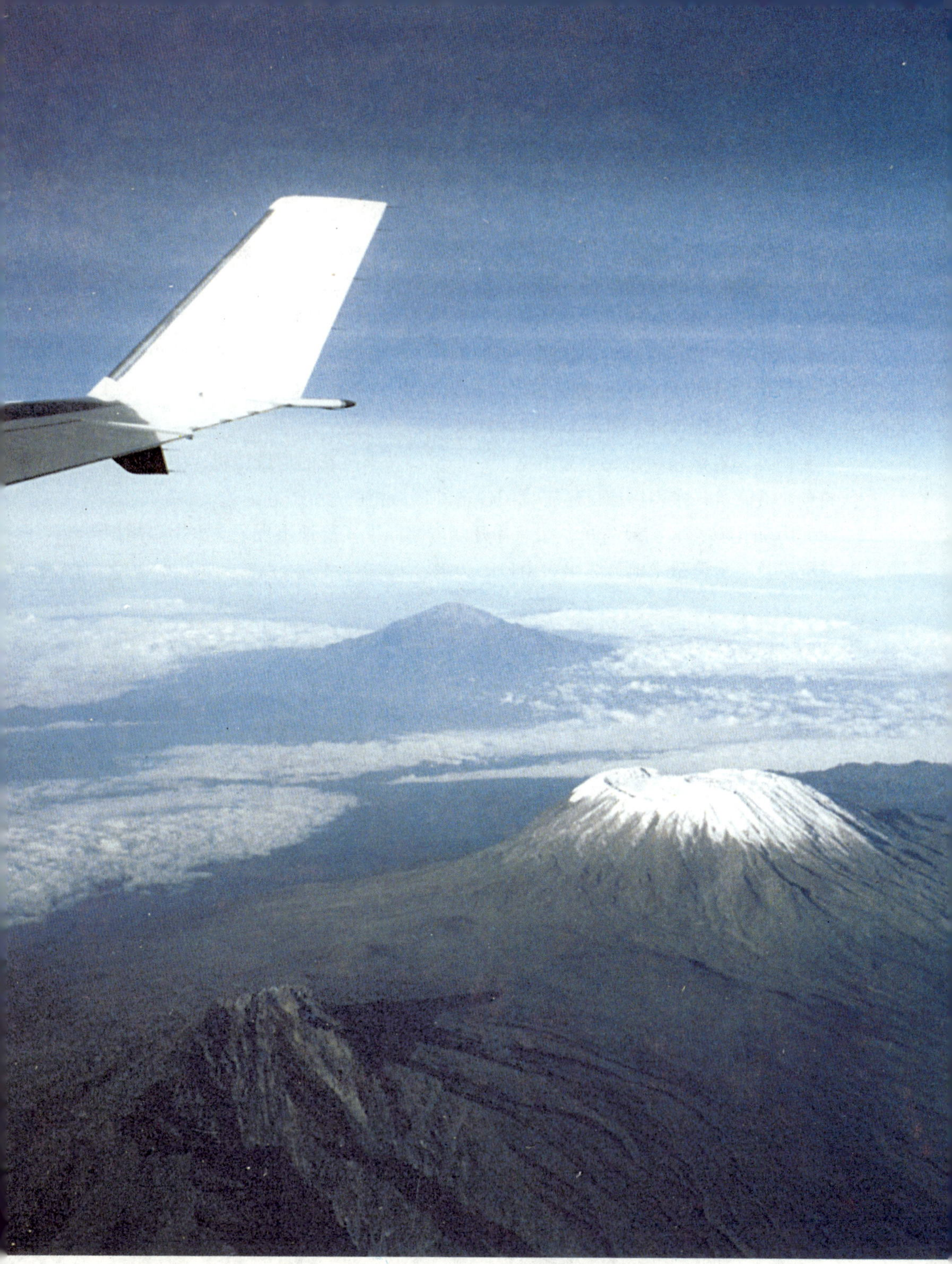

■ 不经意间，乞力马扎罗出现在飞机舷窗边

1889年，德国科学家、登山家汉斯·美亚第一次走上这座美丽的山峰开始，无数人领略了它的风采，并且，从这里开始爱上了登山。

　　我们的起点在不经意的时候突然出现了，它的出现扭转了大局。王勇峰兴奋地大叫起来，在山峰移向飞机后方的时候，他要了啤酒，眼睛亮了，整个人也明朗起来。接着，困扰了我们六个人的忧郁烟消云散了。

　　实际上，每靠向乞力马扎罗一步，非洲的阳光正慢慢照亮我们每一个人。

跟小时候听的相声里说的一样，非洲兄弟亲热地伸出手来大声叫："拉非克"

　　达累斯萨拉姆在大海的边上。有巨大的面包树，有吃不尽的大虾和螃蟹。我们住在商务接待处，很像国内的机关大院子。带蚊帐的床，有巨大铁窗的高大房间。一楼大厅的墙上还贴着发黄的坦赞铁路时刻表。很多中国人对于坦桑尼亚的了解是来自坦赞铁路以及在这里工作的医疗队。

　　我们在离开坦桑尼亚的时候拜访了驻坦医疗队，他们的工作地点在一个村子里，门外看起来和普通的居民家没有两样，只是院子门口挂个小牌子。他们的办公室和宿舍全在一个三居室里，客厅就是诊室。我们去那里是为了给张伟看病，他发烧呕吐，很像是患了疟疾一类的疾病，在医疗队，闻着医生

■ 达累斯萨拉姆的集市

278

们的饭菜味，他吃了一把药。

　　再说说我们住的商务接待处，食堂也是我们在国内熟悉的样子，大师傅问我们这些远行的人想吃什么，我们大着胆子说，想吃螃蟹。他们大笑：在这里这是最没有人吃的东西了。据说他们平时是一桶一桶吃的。

　　我和张伟跟着采购的车去了集市，和北京的集贸市场没有什么区别。在大棚里，吆喝着海鲜、蔬菜。我们的出现吸引了很多人的目光，他们叫着：嘿，契那，拉非克。我们不由得笑了起来，多熟悉的称呼，像小时候看的电影一样。总是有人过来伸出手，像老友一样，紧紧握住我们的手，亲热地叫"拉非克"。这让人真高兴，就跟相声里说的一样。负责后勤的工作人员说，一定要和他们握手，这很重要。当然，看着那些热情的笑脸，所有关于疾病的顾虑早就烟消云散了。

■ 乞力马扎罗山脚下的小镇

■ 小贩看见中国人就会大声喊着："拉非克"

我们这支队伍在中国使馆受到了欢迎。大使接见了我们，还特意领着我们去看蔚蓝的太平洋。站在大石头垒起的使馆的后墙边，脚下是青草蔓延的山崖，接下去就是海水了。深蓝色的海水一波一波优雅地起伏着，仿佛在抚慰我们被非洲太阳灼热的心。

使馆里还有个露天游泳池，这是使馆工作人员重要的娱乐生活，据说，坦桑尼亚总统尼雷尔曾经在这里游过泳。

使馆的工作人员知道很多关于非洲最高峰的故事，它是非洲最高的山，也是世界上最大的独立式山脉。但他们却没有人去过。

在中国驻坦桑尼亚大使馆，曾任驻华大使的萨拉基二亚大使会见了大家，还骄傲地介绍了乞力马扎罗——非洲的骄傲。

乞力马扎罗在当地也叫友谊峰。在赤道以南将近328公里、坦桑尼亚的北部边境。巍峨耸立的山峦离印度洋不远，在一片绵延起伏的平原上，从潮湿的大草原一直到荒凉寒冷的山峰，它是非洲最高的山，也是世界上最大的独立式山脉。

它的高度和占地面积都给气候、植被、动物和登山环境带来了巨大的影响。它由三个死火山组成：海拔5895米的基博峰、海拔5149米的马文济峰和海拔3962米的希拉峰。

断裂的大峡谷有着漫长的演变史，在一二百万年之间才形成现在这个样子。今天，乞力马扎罗所在的地方曾经是一片丘陵起伏的平原，只有几座古老残破的小山。100万年前平原由于地压而变形沉陷。地壳下面的熔岩通过裂缝和断层涌到地面，于是，便出现了火山，平原上到处是火山锥和火山口。地面的断裂和沉陷形成了一个巨大的盆地——乞力马扎罗洼地，至少有三个活火山：奥尔摩洛格、基蓬高托和基尔马，它们喷出的岩浆形成了一个100公里长、65公里宽、3000米高的巨大山脊。这就是乞力马扎罗的前身，大约30公里以外仍能找到当年的痕迹。

75万年以前，乞力马扎罗开始在地层裂缝上的三个主要出口——希拉、基博和马文济生长出来。火山锥经过几千年的堆积最终达到了5000米的高度。50万年以前，希拉变成一个死火山口，不再活跃。基博和马文济则在继续长高，它们的熔岩相互交融，达到5500米的高度。后来，马文济熄灭，很快被侵蚀。基博则继续活跃，产生几股更大的熔岩流。36万年前，范围最大的一次爆发制造出的黑色熔岩灌满已经被腐蚀的希拉死火山口，又呈扇形越过马鞍山和马文济山麓，流到北部和南部以远。这种被称作菱形斑岩的熔岩与众不同，因为它是黑色的菱形或钻石状晶体。

45万年以前，乞力马扎罗开始停止生长。那时候的基博峰高5900米，从那以后，整个山脉开始萎缩。火山仍在断断续续地爆发。在它的蛰伏期，山的形状经蚀刻而成，形成马文济坚硬的山峰和平缓的希拉高原。基博峰日渐平坦，变成以峰顶为中心的梯地和火山口，反复被冰川覆盖和磨洗。约10万年前，一次大型的山崩掀去一部分峰顶，形成巨大的基博峡谷。偶尔才有火山的活动。许多寄生火山口的爆发给乞力马扎罗留下了一片与众不同的、沿东南西北方向的火山锥和火山口。基博峰终于有了自己的最后一次爆发，形成了现在的死火山口、内火山口熔流和灰坑。

冰川的再一次归来把山脉蚀刻成现在的样子。随着溪水从容流过老化断层块的褶皱，森林便在水源充足的低地上生长，剩下的山地也逐渐被植被覆盖，山形继续在风化，基博峰开始失去自己在冰川时期形成的雪峰。

萨拉基二亚大使是坦桑尼亚的第一位将军，他30岁的生日、40岁的生日都是在乞力马扎罗的山顶度过的。1999年，他准备依旧以这种方式庆祝自己60岁的生日。他还说，他曾经在山顶挥杆打过高尔夫，他开玩笑说，你们到了那里，不妨找找我打出的那颗球。

以120公里的时速，我们横穿坦桑尼亚奔向乞力马扎罗。每一次的停车都会被小商贩们拦阻，如同在国内的旅游点。

尼桑面包车装上了我们全部的行装，全速向北

通往乞力马扎罗国家公园的路是法国人修的，只有两个车道，但很平坦。在绿色的原野中不知疲倦地延伸。王勇峰又开始唱歌了，《蒙古人》，大约是想起了他的家，内蒙古大草原成了我们共同的家，这是我们此行的主题歌，每个人都会哼唱："这就是蒙古人，这就是想家的人……"

路上的双层大巴士很多，且车速极快。我们的面包车9点出发后，车速一直在120迈左右，但双层巴士还是迎面呼啸而过，经过时，我们的车总是要摇晃起来。司机说，非洲的公路上常有车祸出现。

终于，刚见到281公里的路标不久，我们的面包车也发生了意外。前右胎爆了。路面温度太高了，至少在35度以上。李致新戴上手套帮司机换轮胎，其他人四处溜达溜达。

路两边的房子一直没有什么变化，泥巴垒起的，有房子的地方就有一群孩子在玩耍。我们在一棵大树底下吃午饭时，七八个小男孩围了上来，笑嘻嘻地看着我们喝可乐吃花卷。李致新很快就和他们玩在一起，那个叫桑迪的男孩儿表现得尤其友好，用弹弓打树上的果子吃，还把弹弓给李致新一试身手。但他的表情总是若有所思的样子，终于，我们的车要出发时，他拦住了我们："money!（钱）"原来如此。这条路上，双层巴士之外的车基本上就是旅游的，孩子们已经有一套生意经了。

在路上，类似国内旅游区的情形时常出现，面包车一停，很快会有小贩围上来兜售水果，他们也像我们熟悉的那样，把住窗口，围住车门，把芭蕉、橘子举到你面前，在最热烈的一次推销中，我们见识了李致新的风采。

也是那样，我们的车子被团团围住了，司机不停地按喇叭，人们也不退后，只见李致新哗一下拉开车门，两腿叉开，双手举起，向下一压，语气深沉地说："No! finish!"（不要再说了，停止吧）所有的人都愣了，包括我们，小贩们呼的一下子散开了。李致新像个将军似的又一摆手：开车。

大家笑得难以自制。这后来成了典故，常常在有争吵的时候会有人突然语气深沉地冒一句："No! finish!"

当高大的树木和高大的芭蕉出现时，乞力马扎罗到了。

下午2时10分，进入Moshi（莫西）境内。路边的房子开始有了变化，出现用砖砌的房子了。刚出达累斯萨拉姆的时候，路边的房子是铁皮的，后来变成泥加木棍儿，现在，有了砖房。看来，是野生动物园给这里带来了变化。这里很像我国南方的某个城镇，是中国在70年代时帮助坦桑尼亚建设的。

4时15分，Marangu 17KM（马兰古，17公里）的路标出现了。这是我们的目的地了，高大的树木和高大的芭蕉，出现了衣着色彩艳丽的坦桑人。

很快，乞力马扎罗的路牌出现了。当空气突然变得湿润而且充满了青草的香气时，面包车开始爬坡了，乞力马扎罗国家公园到了。

乞力马扎罗山上的环境跨度很大，从赤道气候一直到北极气候。开始时是温暖干燥的平原，平均气温摄氏33度，攀缘而上经过广阔潮湿的热带雨林，然后是温度渐次降低和雨水随之减少的地带，最后是终年被冰雪覆盖、气温在冰点以下的山峰。

■ 高原草甸。很多登山家是从乞力马扎罗爱上登山的

　　我们住在山脚下一个叫马兰古的酒店，是个花园式的类似家庭旅馆的酒店，尽管这里的经营者都是当年殖民者的后裔，但无论是经营者，还是在这里工作的动植物研究者，或是志愿者，你问起他们是哪里人，他们通常会很自豪地说：坦桑人。马兰古酒店的老板是个英国人，曾祖父那一代来到这里，从此没有离开。
　　我们所处的位置正是温暖干燥的平原向热带雨林过渡的地带。从来没见过那么粗壮的芭蕉树四处都是，土地肥沃得像是能渗出油。
　　李致新高兴地在草地上翻跟头的时候，两个小伙子过来搭讪，其中一个听说这是支登山的队伍，便说，他尝试用一天的时间登顶，一天的时间下撤，这是最快的速度了。李致新一看棋逢对手，也和他聊起来，但听说李致新登上过珠峰，小伙子一下没话了。
　　他们是在这里揽生意的，如同无照导游，但很难有生意，一方面是因为公园管理比较严格，另外，各酒店都有自己固定的向导和背夫队伍，都是要经过资格

■ 沿途的小贩让人有在旅游区的感觉

认证的。这些"无照导游"通常可以拉到一些散活儿，比如租车去附近的阿鲁沙野生动物园。如果想在乞力马扎罗有个愉快的旅程，最好别理睬他们。

在这里，下雨最多的季节是3月到6月。实际上，一年中的大多数月份里，雨水都非常稀少，所以在整个一年里都有较好的登山气候环境。在3月到6月的雨季里，厚厚的云层会遮住山峰，因而山顶下雪，山下则在下雨。即使没有下雨，云雾也使能见度很有限。一年中的这个时候气候相对温暖。

旱季从6月底开始到7月末结束，夜间非常寒冷，但通常风清月朗。8月到9月也开始有些凉意，天气可能晴空万里，但森林和高沼地以上的山地常常被湿漉漉的云雾所笼罩。山顶可能是一片晴朗，成功登上顶峰者可以俯瞰脚下的茫茫云海，看远方的山峰如同海面上露出的星点小岛。

10月到12月的短暂雨季里，经常会有暴风雨经过这里，一路上如天女散花。云雾一般在晚上消失，夜间和早晨万里无云，能见度极高。1—2月通常都干燥而温暖，天气晴朗，偶尔才会有阵雨，是很好的登山季节。

我们是赶着最好的登山季节来的，可以在干燥温暖的环境里登山，实际上，在几天后，我们完全没有感受到什么叫温暖干燥，雨水几乎把我们淹没。

攀登乞力马扎罗的路线至少有8条，而其中最常用的叫马兰古路线，我们住的地方正是叫做马兰古，可见，是人们通常会到达的地方。但我们的运气没有那么好，几天后，我们并没有走这条最常走的路线。

烤牛肉和免费早餐让我们重新认识非洲

　　马兰古显然是一个旅游区。旅馆老板很有经验地把我们安顿下来之后，就让司机把我们带上了半山腰，一个可以看得见乞力马扎罗山的地方。

　　它那么近，在太阳的余晖下温暖而宽厚，看着它，我几乎说不出话来。

　　回到马兰古酒店，我们开始整理装备。对乞力马扎罗的一无所知，让我们准

■ 千里光，乞力马扎罗山上最常见的植物

备了一些奇怪的东西，比如特别多的湿纸巾，特别多的饼干什么的。正在整理东西的时候，一件重要的事情被我们想起来了：我们到达乞力马扎罗的这一天是12月31日。

第二天就是新年了。"每逢佳节倍思亲"，这句诗变得实实在在。我们决定奢侈一下。把准备登山用的食品拿出来挥霍一下。还在门外挂起了一面国旗。不离开祖国没有这样的感受，只有在这个时候，一面国旗能给我们足够的安慰。祖国啊，母亲，其实不是一句空话。

我们住的酒店实际上是家庭庭院式的，每栋房子有两个房间，一个客厅。在李致新他们的小客厅里，我们布置了一个餐桌。出发前就知道登山的特别清贫，很难有赞助。当然，谁会愿意赞助这个没有观众的项目呢？所以，根本没有人提去餐厅的建议，尽管中央电视台的记者是自费，他们也没说什么，高高兴兴地准备乐和乐和。

餐桌刚布置好，一位黑人大婶来了，敲着我们的门大声说：到晚饭时间了。我们高声应着：知道了。继续切午餐肉。

纷纷举杯的时候，竟有点伤感，像是六个离家的孩子。其实，李致新和王勇峰攀登南美最高峰阿空加瓜的时候也是在这个时间，那个时候的他们也是这样的心情吗？

1994年12月31日，在阿空加瓜峰脚下的那个海拔2700米印第安小镇上，他们也迎接了一个新年。是狂热的南美音乐激情的南美舞蹈提醒着这些远在异乡的人们：新的一年要来了。为了一解思乡之苦，尽管事先定下了厉行节约的原则，他们还是要了四罐价钱昂贵的啤酒。黄皮肤的亚洲人在这里就是少见的"老外"了，旅馆主人在迎接新年的夜晚热情地赠送了一瓶香槟和一盘煎饺子。

今天没有饺子。当再次举杯的时候，又有人来敲门了，边敲边喊：吃晚饭了。我们高声应着："知道了，谢谢。"继续我们的晚宴。我们当然不知道，我们已经错过了一顿丰盛的晚餐。

休息的时候已经快12点了，就是说快到1999年了。窗外传来放焰火的声音和节奏感很强的非洲音乐。我甚至没有一点看热闹的好奇心，在有些潮湿的被子里茫然地听着。

第二天，我醒得很早，似乎是窗外湿漉漉的青草味儿把人唤醒的。屋外的空气清新而湿润，一些黑人正在安静地忙碌着。整个酒店是由三个院子组成，院子之间有篱笆墙隔开，附近的居民离得远远地向这里望，却没有人走进院子一步。十几个黑人在这里工作，他们那么安静，甚至听不到他们说话。

287

在院子里闲逛的时候，碰上了王勇峰，正是在中间院子里的餐厅门前。这是马兰古酒店的中心，餐厅和一间办公室及酒店仓库在这个院子里。

我们进了餐厅，发现了奇怪的事情。

太阳光从大门方窗斜射进来，照射在原木桌椅上，让人有坐下来闲聊的愿望。扫视空无一人的餐厅，突然发现了问题：我们的房间号出现在角落里的一张餐桌上：一张六人餐桌。不会吧？有免费早餐？正在犹疑，一位黑人大叔跟了进来，伸手指向那张桌子：请。王队长小心地问：是免费的？黑人大叔说：当然。

当然，所有人重新吃了一遍早餐。煎蛋、果汁、沙拉、水果，在任何一个星级酒店里能享用的早餐这里都有。

还是这天晚上，大家决定破费一次，去餐厅吃晚饭，不管怎么样，该进山了，节约的事情先放一放，先吃顿好的，山里可是没什么好吃的，至少李致新和王勇峰的经验是这样。

就是那么戏剧性地重复着早晨的经历，我们的房间号依然在餐桌上，只是换了个位置。的确，晚餐也是免费的。我们嘲笑着自己的经验，嘲笑着每个自信英语特棒的家伙，嘲笑着新年晚餐的凄凉。烤牛肉，这道菜的味道，至今六个人也能回忆出来。

这个小酒店每天提供早晚两餐，中午游客都在附近的野生动物园玩，基本上是没有人用餐的。晚餐后，里面的小咖啡厅提供免费的茶、咖啡和甜点。

看来，我们要重新认识非洲了。

■ 背夫在给王勇峰指点山脚下的家

整个队伍的技术装备基本上都留下了，
李致新反复检查国旗是否安顿好了

常规路线已经满员了，1月2日，在难度相对比较大的 Umbwe 路线上，我们出发了。资料显示，登山队赶上了最好的登山季节，温暖而干燥，偶尔会有阵雨。但实际上，出发不到两个小时暴雨就来了。

在介绍中，这条路线被评价为：虽然有点陡，但却是一条非常美丽的路线。

直到今天，出发时的那种惊讶还能体会到。旅店的小院子里站了很多人，这是我们住进来后第一次见到的，清净的院子热闹起来。王勇峰在和老板闲聊，我们的向导都是老板负责找的。

一会儿，一位个子不高30岁出头的年轻人来了，他自我介绍，他叫杰夫瑞，是我们的向导。他一指身后，他们是你们的背夫。我们所有人的嘴巴都张大了，足有十几个人。老板对王勇峰说，公园有规定，每个背夫只能负重20公斤，超过了是要被罚的，在公园门口有称重的秤。我们数了数，一共13个人，而我们，只有六个人。13个人中，我只记住了两个人的名字：一个是杰夫瑞，一个是最矮的那个，他叫八月。

我们这支队伍的技术装备基本上留在了酒店，根据他们的介绍，山上3年没下雪了，穿着普通的山地鞋就可以登顶。我们只带上了睡袋、雪杖、墨镜、防晒霜、相机，他们两人的雪套都没有带。而我们的食品也都留下来了，老板说，山上都有，带些自己特别需要的就行了。我们几个记者很高兴，原来这么轻松，背好自己的东西就行了，可李致新和王勇峰有点儿犹豫，这是登山吗？他们俩不停地嘟囔，怎么跟旅游似的？

惟一一件不太顺利的事情是中央电视台的专业摄像机成了负担，公园规定，不能进行专业摄像，以保护公园的资源。于是，酒店老板帮助想了个折中的办法，把摄像机装在大背包里，当作装备背上山，他说，你们走的那条路线人不多，也不会有检查的。我们哪里想到，那条路线何止人不多，根本就是没有人。于是，装摄像机的背包成了潘燕生的追踪目标，背摄像机的人就是八月。他的步伐和八月一样，到了突击营地也不示弱，潘燕生被判断为最具登顶实力的原因就在于他对八月的跟踪。

李致新把东西又检查了一遍，其实最重要的是检查国旗。四面国旗仔细叠了好几遍，又包了几层塑料袋放在背包的最上面。放好了又拿出来，分开，再包。"万一要丢了，好有个备份。"我们说："你怎么像神经质，这么多人还看不住一面国旗？"他不说话，来回折腾。终于，自己满意了，说："没问题了，看看你们的东西都装好了吗？"

除去我们的个人装备，背夫们也杂七杂八的有很多大的麻包，后来才知道，直到最后一个营地还能吃到的水果就归功于这些大包。

吉普车走到森林边上的时候，我们开始正式攀登了。

我们的车子是英式吉普车，一看岁数就不小了，走起来稀里哗啦地响。大约行驶了十几公里，我们到了Umbwe村。

街市和中国南方的小村子没有什么区别，路两边是小饭馆，小商店。我们被杰夫瑞熟门熟路地带进了一家，看样子是定点餐厅。随便吃了点儿东西，继续走。

在这里，头上顶着香蕉行走的基本上是妇女，男人们都在闲聊，抽烟，大声地放着音乐，80年代板砖录音机在这里最流行，随身听是最受欢迎的礼物。

在剧烈的音乐声中我们离开了小镇。如果有一天，你能路过这里，不妨多停一会儿，因为下山走的是传统路线，没有可能看到那些抽烟的男人们。

再继续行走5公里左右，我们到了森林边上。森林是极其茂密的那种，中间穿插着很多已经枯黄的树干，李致新说，是因为太密了，照不到阳光的就自然淘汰掉了。

在森林的不远处有公园管理处，他们要检查我们的公园许可证，这些已经在马兰古酒店就办好了。公园管理人员居然准确地问：是中国人吗？这不多见，我们通常遇到的是：是日本人吗？在山上，我们一路在回答这样的问题。如同李致新和王勇峰在海外登山的每次经历一样。

离开检查站后，继续走6公里左右。木牌做的标志出现了：左边是登山路线。而吉普车也没有了行走的路。背夫们把所有的装备顶在了头顶。在一条小溪旁边，我们出发了。杰夫瑞说，我们大约会走3个小时左右。

我们是在壮观的森林里出发的，行走在高大的林木中，有点像云南的西双版纳，脚下的落叶很厚，走上去软软的，很重的湿气从四周围绕过来。

鸟鸣声是不断的，还有一些小动物在你不留神的时候从灌木丛里穿行，有一段，可以听见白叶猴的交谈声。

大约走了两个小时，出了森林，在灌木和高山草甸交接的环境中穿行。

■ 王队长就像长征途中的宣传队员，唱着歌，给大家鼓劲儿。

293

雨下了起来。这可不是一般的雨，是暴雨，但不同于北京夏日的暴雨，很有耐性，不知道天上到底存了多少雨水，不知疲倦的没有休止地倾倒。我们的风衣很快抵挡不住了，食品袋也上阵了，把摄像机保护了起来。我的怀里也被安排了一台家用摄像机。因为它，人也不敢站直，怕雨灌进去。

脚下很快就有小河淌起来，很明显，我们在上升，雨水汇集着向下滚滚而去。这种上升让我们都有些吃不消。最胖的张伟已经在呼呼直喘了，王勇峰给他鼓着劲儿，鼓励他，千万别停下，否则会感冒的，可张伟还是不行，王勇峰说，我给你数数儿，到五十，你就歇一下。

开始还蛮有兴致地听他们俩逗贫嘴，慢慢地，我也不敢等了，身上越来越冷了，能感觉冰凉的雨水已经浸透了内衣。

雨，还是没有歇口气的意思。而且，雾也上来了。向左看，白茫茫的雨水；向右看，白茫茫的雨水；向前看，白茫茫的雨水；向后看，依旧是。恐惧感突然袭上了心头。因为怕雨水灌进鞋里，我一直左跳右蹦，躲着已汇成溪水的水流，这会儿，有点担心自己偏离了路线。

我喊了一声，没有应答。咬着牙顺着水流的上方走。这时候，杰夫瑞的身影出现了，他挂着雪杖很威严地站在那里，看着我，他那样子像位将军，当然，将军的披风只是一件黄色的雨衣。

我如释重负，要是在这里迷了路，就会有冻死的可能。杰夫瑞看我上来了，转身继续走，走了几步，又停了下来。等我走到近旁，指着地上的一大堆粪便说：大动物。足有直径40厘米的一堆粪便。这堆粪便让我不再选择路线了，鞋子湿就湿吧，总比大犀牛什么的追来强。

大约上升到了海拔2900米的地方，有一个岩洞，那是我们的宿营地。但我们并不住在洞里，洞是用来做厨房的。我们

■ 袜子拧出水一点不夸张

到达洞旁边的时候，帐篷已经搭好了，炊烟也飘了起来。李致新和王勇峰惊喜地大叫：到非洲登山就是不一样。

的确，他们什么时候有过这样的待遇？在哪座山不是自己扎营做饭，而在这里，简直是旅游一般。2002年，中国登山队在乞力马扎罗组织第一次海外商业登山时，教练次洛，这个在24岁就登上珠穆朗玛峰的藏族小伙儿也发出了这样的感慨：真的是旅游呢。

在乞力马扎罗，登山旅游是当地人一项重要的生活来源，每个家庭都会有一些人在从事这个行业，因为作为一项旅游项目来开发，所以服务是非常完善的，这也是很多人从这里爱上登山的一个重要原因。

■ 雨中登山对他们来说也是第一次

一般来讲，传统路线的第一个营地通常是设在海拔 1800 米左右，上升速度慢可以使攀登者有一个良好的高山适应过程。在此四年之后，2002 年，王勇峰带领国内一个业余登山队攀登乞力马扎罗的时候也把营地建在了海拔 1800 米的地方，在漫长起伏的山路上完成适应，但营地海拔低就意味着要多走路。

　　刚把身上的东西安置好，杰夫瑞叫我们到炊事帐篷里吃饭。

　　帐篷里铺着一块地毯，我们的餐具已经摆好了，晚餐居然有烤肉和水果布丁，应该说，我们是在无比惊喜中吃完的晚餐。晚餐之后，王勇峰突然认真地问：咱的消毒纸巾呢？大家狂笑起来。因为是来非洲，大家做了充分的卫生准备，餐具，消毒纸巾一应俱全，这会儿，只有自嘲了，杞人忧天。

　　第二天的路线更加陡了一些，很快就行走在高山草甸中了。早上出发的时候，王勇峰嘱咐我们别穿备用鞋，以免到了高海拔没有替换会把脚冻伤，谁也不知道前面还有没有更大的雨等着。

　　说实话，直到今天，我也难以相信，我在那个时候能做出那么伟大的事情，可以把热呼呼的脚放进又凉又湿的鞋里。

　　当然，那个时候我不知道登山原来是一件可以夺走性命的事情，我当然也不知道登山是一件可以让人从此无法自拔的事情。我一直想追问这个原因，直到那一天，听见"迪克牛仔"唱：爱上你是一场宿命。我才知道，这原来是没有办法的事情。

　　两天之后，李致新、王勇峰他们突击顶峰的时候，我们从突击营地下撤。艰难地俯下身去抚摩乞力马扎罗的雪的时候，我不知道，为什么我会控制不住泪水，我甚至无法回头去寻找云雾中的山峰。如果到了那一天，告别这世界的那一天，我也会无法回答自己，当年的泪水究竟是为了什么。

三点钟，两天没有见面的乞力马扎罗露出了面容。
那么近，仿佛翻过眼前的这个坡就能踏上雪了

　　在路上，发现了两个岩洞，在岩洞下面，我们曾经避了一会儿雨，午餐也是在那里解决的，三明治和热茶热咖啡。

　　大约在 4 个小时的行军之后，下午 2 时 30 分，我们到达了海拔 3700 米没有

■ 背夫们钟爱的行走方式

雨的2号营地。让人兴奋的是,太阳居然出来了。我们一通忙活,把所有的衣物晾了起来,正把营地铺展得五颜六色的时候,不知道是谁喊了一声:山!

3时,两天没有见面的乞力马扎罗露出了面容。那么近,仿佛翻过眼前的这个坡就能踏上雪了。王勇峰笑着说:"看着近?去年6月在厄尔布鲁士,也感觉是伸手就能摸到,结果走了6个小时,累得李致新直想睡觉。"那一次,在海拔5300米的雪地上,体力不支的李致新昏睡了20分钟。

尽管离着远,李致新和王勇峰还是朝着雪山走了几百米。

营地周围已经没有什么植被了。惟一能找到的是两棵雏菊,紧紧贴着地面。

吃晚饭的时候,王勇峰有些不对劲了,总说头晕。李致新说,肯定出问题了,我看他几次把豆腐干拿到嘴边又放下了,要是平常,早就狼吞虎咽了。14年了,他们俩相伴相随,太熟悉对方了——对方的脾气性格,对方的生活习惯,甚至对方的呼吸和步速。

不到6时,王勇峰就钻进了睡袋。营地沉闷起来。在山上最怕感冒,更何况,在医疗条件不好的坦桑尼亚,我们最怕的就是得病。看着我们愁眉苦脸的样子,李致新反而笑了:"你们太不了解王勇峰了,这十几年,他靠什么登山?不单是实力,还有忍耐力,超人的忍耐力,这点小病没什么。"他正给大家吃着宽心丸,雨又来了,"下雨了,收衣服了"。大家喊着跑着,把衣物往帐篷里扔。这就是为什么后来一看电影《大话西游》就忍不住大笑的原因。电影里,唐僧大喊:"打雷了,下雨了,快收衣服呀"时,大家是被他逗笑的,我们是被自己逗笑的。

也真是祸不单行。就在王勇峰倒进了帐篷的时候,一个捡木柴的搬运工丢了。杰夫瑞分析会有三种情况:被大野兽吃掉、摔伤不能动或迷路失踪。而登山过程中的失踪很大程度上意味着死亡。我们的心头又笼罩上一层阴云。

快8点了,那个捡木柴的搬运工还没有回来。杰夫瑞和李致新在不远处找到了一个制高点,点燃一堆大火,希望那个可怜的人能看到。

夜是这么黑,只有杰夫瑞的手电一高一低地晃动着。

我们在营地留下的蜡烛也在忽明忽暗地指引着他回来的路。

> 一路上，雪山就陪在我们的身边，
> 山下是碧绿的非洲草原和花儿一样的云朵

第二天早上，我们是被王勇峰的声音叫醒的："快出来看雪山呀。"

雪山清晰可见，触手可及。向山下看，碧绿的非洲草原，花一样的云朵飘浮在上面。出发的心情像天一样晴朗。

9时，我们向突击营地进发。终于可以用上防晒霜了，我们仔细地在脸上涂抹的时候，李致新和王勇峰指着山顶上的一团蘑菇云说，看样子山上要有暴风雪。

1992年，在北美洲最高峰麦金利，他们见过这样的云，十年来最大的暴风雪夺去了十几个人的生命。

1995年，在南美洲最高峰阿空加瓜，他们也见过这样的云，那一次，他们连续上升两个营地，抢在暴风雪前登上了顶峰。

可现在是在非洲呀，在赤道附近，在南纬3度的乞力马扎罗呀！我们无法把安静美丽的乞力马扎罗和暴风雪联系在一起。况且，乞力马扎罗已经三年没有雪了，去年8月才开始恢复降雪。

■ 雪山突然在身后露了面，两个人忍不住要在营地周围走一走

一路上，雪山就陪伴在我们的右侧，植被也变成了高山草甸。一边走还一边想，如果上中学的时候来这里学地理，肯定一下就明白什么叫植物的垂直分布了。

　　出发不久，忽然发现身后不远处有一个人很眼熟，原来就是那个丢了的搬运工，原来，他迷路后找一个岩洞待了一夜。大伙儿这才放下心来。

　　最高兴的是杰夫瑞，他的工作保住了。在乞力马扎罗地区，登山向导是一份很不错的工作，做一次向导，工资加小费能挣100美元。成为一名向导要参加政府部门的考试，合格后做两年助理向导，没有大的过错才能升为向导。

杰夫瑞做向导已经有五年了，在当地是很有地位的。也显得很有经验。下山后，李致新让大家先回去休息，第二天再做一些后续的交接。第二天，杰夫瑞很早就来到了我们住的酒店，而且穿了一件颜色艳丽的衬衫，一条西裤，很正式的样子。

寒暄了一阵之后，他很委婉地说，如果大家对他的服务满意，能不能把小费付给他。李致新一下子笑了，我们也是计划把装备清理一下，当作礼物和小费送他们的，我们见过下山的队伍，在院子里围成一圈，会把身上的衣服和用不着的

■ 和顶峰合影。左起：中央电视台记者张伟、王勇峰、李致新

装备送给他们，很多登山者在告别的时候，脱得只剩一条短裤。

看来，首次和中国人合作，他们也有担心。

听清楚李致新的意思，杰夫瑞很高兴，还说，很多人愿意到当地的人家看一看，如果需要，可以去他家做客。

比起周围的人家，杰夫瑞家的房子很新，但也只是土坯的，全家只有四个字：家徒四壁。惟一值钱的东西是两个登山装物资用的大圆桶，他说，是登山者送的。杰夫瑞自豪地给我们看他的大桶似乎是在炫耀他的成绩。

一个小时之后，杰夫瑞叫住了我们，让我们回头去看：2号营地已经被浓云罩住了，"那里在下雨"。他说他也搞不清楚为什么会有这么多的雨。

走着，走着，就发现自己除了大脑还能想事，不要说聊天了，甚至连笑的力气也没有了。太阳火辣辣地晒着没有包裹起来的皮肤，仿佛发出哧哧的烤肉一样的声音，脑子里一片空白，想也不想了，只有两条腿在机械地运动。

王勇峰却似乎有无穷的力气，走着，唱着，和我们耍着贫嘴，跟长征中的文工团员差不多，就差一副快板了。大约是会唱的歌都唱了一遍，最后就反复唱他新学的一首：《慢慢地陪着你走》，"慢慢地陪着你走，慢慢地知道结果"，我们用力伸出大拇指称赞他，唱得好。能做的只有这些了，不要说感激的话了，就是感激的笑容也做不出。

越走，草越少，遍地火山岩。云雾又从身后包抄过来，大家加快了步伐，两天的大雨已经吓坏了大家，谁也不想享受雨中漫步了，只想着赶在雨前到达海拔4750米的突击营地。

**乞力马扎罗是一个上演人间故事的舞台，
在不足70公里的攀登路线上，很多人发现了自我**

只有这一段路是和传统路线重合的。在这之前，传统路线基本上是在高原草甸上行走。对于我们来讲，最幸运的就是，见识了乞力马扎罗的两张面孔。下撤时，我们走的是传统路线，一比较才发现，我们走的那条路线很寂寞，竟只有我们一支队伍，可在传统路线上，赶集一样，上上下下都是人。

那是一支来自荷兰的老奶奶队伍，六个人都在 60 岁以上，双手拄着雪杖，喊着号子往上走。还有那个肯尼亚的小伙子，背着一把大雨伞，扛着一个四喇叭的录音机独自行走。也有来自美国的一家人，儿子嫌太苦了，半路下山了，老爹带着老婆女儿一路生着闷气继续上。

在 1990 年，曾经有一支特殊的队伍来这里攀登，他们是来自美国的 12 名 19 岁到 30 岁的弱智人，他们要用 8 天的时间登上这个有雪的非洲山。据说，25%—30%的攀登乞力马扎罗的人获得了成功，但这支由弱智人组成的队伍要用他们的努力显示他们的决心，他们说："挡在我们面前的和落在我们身后的一切若与我们的内心世界相比，都是微不足道的。"

那个叫杰夫的小伙子从很小的时候，人们就叫他"傻子"，但他一直坚持着学习。他说："我学东西比较慢，但这对我来说，也许就意味着，学得更好一些，学得更多一些。"在乞力马扎罗茂密的热带雨林中，他用那双满是水泡的脚走在最前面，他喊着："没问题，我拥有全美国最强健的体魄，我要全力以赴。"

最后，终于有五位队员登上了顶峰。他们铭记了山上的一段碑文：我们要奋斗，要用希望代替失望，用爱代替恨，要把尊严还给那些受到过羞辱的人们。

在这支队伍之后，还有轮椅登山队、盲人登山队先后登上了顶峰。

而到了 1993 年，美国一位职业妇女把三十多位乳腺癌患者带到了山脚下。她本人也是一名乳腺癌患者，在和癌症进行了 5 年的斗争后，她决定采用环境疗法。医生建议她，试试简单又见效的运动。于是，1993 年，这位名叫罗拉·埃文斯的女人组建了这支有一位医生在内的登山队。她们成功地登上了顶峰。从那以后，每个人的病情都有所减轻。这样，在 1995 年 1 月，罗拉又在三十多人中挑选了 12 位身体条件较好的，获得了攀登南美洲最高峰阿空加瓜的许可。

其实，以登山作为抗癌手段早在 1987 年就有人实验过，七位日本癌症患者在医师的指导下成功地登上了欧洲西部最高峰——勃朗峰。他们到今天也活得很好。

但更多的人，是在这里寻觅心灵的故乡。

1997 年，奥地利一位年轻的音乐家把圆号背上了顶峰。在他的家乡，一支乐队已经在等候他的前奏了。他们相隔万里完成了《维也纳圆舞曲》演奏，他要这样来纪念自己的父亲，一位攀登过乞力马扎罗的老人。

乞力马扎罗，这座非洲惟一的雪山，其实在很多人看来是一个象征。韩国有一位著名的歌手赵容弼，他的上百首歌曲为人传唱，其中就有一首《乞力马扎罗的豹子》，尽管，他没有到过非洲，没有见过乞力马扎罗的雪，他却唱着：

我不应像风一样来，像露水一样消失/我要留下我的足迹/我不要像一缕青烟飘去/要像火焰一样燃烧/不要问我，不要问/为什么要爬到那山顶/没有人会理解我的孤独，还有燃烧的灵魂。

　　不知是云还是雪，在高高的乞力马扎罗上/今天我也将启程，背起背包/在山里遇见孤独和它握手/哪怕我也变成那座山。

■ 每一次回望山下，都是花儿一样的云朵

到了突击营地，我不行了，高山反应袭击了我一人

5个小时后，突击营地到了。

恐怕再没有哪座山是可以一天之内从荒漠走到冰川上的，只有乞力马扎罗。

建立在高山荒漠上的突击营地是攀登乞力马扎罗峰的所有路线的最后会合点，这里叫作基博木棚。

营地到处都是白人和他们的挑夫，人来人往很热闹，给人的感觉像到了集市。要不是那块标着基博木棚海拔4750米的醒目木牌，真不敢相信这是登山突击营地。这里有三栋石头和水泥建成的房子，可容纳60名登山者。另有两排类似中国北方平房的建筑，一排是厨房，一排供管理人员居住。

■ 和向导杰夫瑞（中）在一起
■ 王勇峰摆完了这个造型之后就倒进了帐篷

我无心参观那些石头房子。头剧烈的疼痛，胃里也开始难受了，我怀疑是路上吃三明治的时候呛着风了，又怀疑是三明治里的西红柿是不是坏了，闹肚子了。总之，想吐，头疼。李致新和王勇峰也在猜测，他们也不能确认是高山反应，在这里不会有这么严重的反应吧？先给我吃了一堆感冒药，王勇峰找医生去了。

高山病是登山活动中最要认真对待的大问题。这是中国登山协会高山医学专家李舒平的名言。据统计，进入海拔3000到5000米的健康人，大约一半会发生各种高山病。高山病是登山死亡事故的第三大因素，名列一二的是滑坠和雪崩。

最常见的高山病是急性高山反应，轻度就像感冒。反应敏感的人在1800米左右就会出现高山反应。每个人高山反应的程度都是不同的，即使是汉族人，也有人在海拔7000米的地方没有反应。每个人的生理反应也不同，有的人是头疼；有的人是睡不着觉；有的人是胸闷；有的人是吃不下东西；有的是全身无力。

我是所有这些症状都有。后来无论是去植被丰富的梅里雪山，还是去青海的玉珠峰、西藏的珠穆朗玛峰，高山反应一次也没有离开过我。尤其是在珠峰大本营，我甚至感觉自己已经脱离开了躯体，我能听到人们在和我说话，却不能回答，不能动，像是进入了一种梦魇。高山反应可以夺人性命，但只要妥善处理，谁都可以适应，登山队的队员们说，都是人，谁没反应呀，就是看谁能扛。

王勇峰很快就回来了，带回了一个挪威的医生，老先生也是登山者，本人是个高山病专家，他给了我几片药，安慰我，没事，迅速下山，慢慢就好了。

药片下肚十几分钟，我吐了起来，开始还穿上鞋离开帐篷吐，后来，连穿鞋的力气也没有了，帐篷边被我吐得一塌糊涂。大家有些慌，李致新说："王勇峰，快去问问老头，给的什么药呀。"王勇峰跑遍了营地，把老头抓了回来，老先生说，这是正常反应，把胃排空，可以减轻心肺负担。也不要进食，随着海拔下降，自然就好了。

于是，我就放心大胆地吐，直到脚底下轻飘飘的，听大家说话像隔着什么，听起来很远。

2002年带国内业余登山队攀登乞力马扎罗的时候，王勇峰也碰上了这样的情形。中央电视台的一位记者在海拔4700米的营地开始出现反应。到了晚上10点，王勇峰钻进帐篷看他时，他已经出现了昏迷。王勇峰当机立断，马上下山。自己放弃登顶，带着背夫把伤员送下了山，刚下了一个营地，人就缓了过来。及时发现，快速下撤是最有效的方法。

但如果出现了喷射状的呕吐、失去知觉或咳出粉红色的痰同时胸膛里有开水沸腾的声音时，那可就不是小事情了。那意味着出现了脑水肿和肺水肿。电影《垂直极限》里的场面相信谁也忘不了，就是这个样子。服用利尿药和快速下撤是最佳办法。

因为我的缘故，被李致新和王勇峰看好可以登顶的张伟和潘燕生放弃了登顶，陪我一起下撤。

我们谁都没有想到的是，悄然无声的乞力马扎罗
为李致新和王勇峰设计了一个毫无诗意的登顶

登顶乞力马扎罗在这里有一个不成文的规定：夜里12点起床，1点出发，6点到达5681米的吉尔曼峰顶看日出，有能力的人再用2小时登达顶峰乌呼鲁。考虑到自己的实力，李致新向杰夫瑞提出晚走1小时，凌晨2点出发。

晚上7点开始睡觉，9点半，李致新和王勇峰的帐篷里又传出了声音，看样子，他们是睡不着了。能听得见，他们在讨论明天如何拍摄峰顶镜头。李致新是要双手捧雪说几句话；而王勇峰则是朗读《乞力马扎罗的雪》开头那段。

谁也没有想到，乞力马扎罗已经悄然另外设计了一场毫无诗意和浪漫的登顶。

凌晨2点钟他们离开营地，除杰夫瑞外，又增加了一名向导。黑暗中，谁都不说话，只跟着杰夫瑞那摇荡的灯光闷头往前走。40分钟后，他们赶上第一支队伍。两小时过去了，许多队伍都被他们甩在了身后。然而，他们沮丧地发现上升高度只有400米。一会儿，他们俩就都困了。黑夜里登山对于李致新和王勇峰来说也是第一次，以往天黑后至多走1小时就休息，因此，没有对付这类情况的经验，只好两人互相提醒，以免摔倒或滚下山坡。

困倦不断加深，脑子里迷迷糊糊，走路已是下意识的机械行为。王勇峰拿出在帐篷里沏的一小壶浓咖啡，里面放了4袋雀巢二合一。这水本来是救急用的，不到万不得已不能用，此时管不了那么多，他们俩一人一半，全喝光了。

不久，更深更浓的睡意包围了他们。暗夜无边，脚下的路也仿佛没有尽头，他们好像陷入了童话中的噩梦。

懵懂中，他俩到达了5681米的吉尔曼峰。王勇峰已经坚持不住，倒头便睡。然而，山顶上冷风飕飕，穿着鸭绒服也不管用，根本不可以睡觉，只好坐起来休息。

挚爱睡觉的王勇峰在描述睡眠的时候最有文采，他说，困倦一次次无声地袭来，好几次我要陷入它宽厚的怀抱里了。睡觉是多么的甜美呀，哪怕只有眯一下眼的工夫！

越过了七八支队伍之后，他们到达了海拔5600米的火山口。在之后的整整1小时里，他们都是在漫天的暴风雪中焦急地寻找来时的路……

天蒙蒙亮起来，云层很低能见度还是不好，风开始加大，很多队伍开始回撤。杰夫瑞和另外的向导慌了，担心他们在暴风雪里登顶，大声说这就是峰顶。

王勇峰怎么想怎么有问题，向身边的一个英国人询问，英国人说，这里是火山口，不是顶峰。王勇峰被激怒了，大声说："你回去吧，我们自己登顶！"就和李致新头也不回地向高的方向走去。

两个向导无可奈何地跟了上来，杰夫瑞嘟囔着："到这里就可以领到登顶证书了。"他当然不知道，这两个人不同于一般的登山者，他们肩负着国家的荣誉，岂能要一张掺水的登顶证书。

7点钟，杰夫瑞担心的事情果然发生了。一开始是风，从四面八方压来，越吹越猛烈，在空中发出嘶嘶的声音。接着雪粒多起来，风裹挟着雪粒，戳扎着脸，抽打着身体。他们遇上了登山最可怕的天气——暴风雪！

情况虽然万分危急，却丝毫也没有动摇他们登顶的信心。埋着头，他们一步步艰难地向上走。7时40分，终于胜利登顶。顶峰是一个一百多平方米的平台，上面有一个铁箱和已被风刮倒的坦桑尼亚国旗。在天晴时，从这里应该可以看到下面的火山口和远处辽阔的平原，而此时的能见度只有三四米。

坦桑尼亚独立的时候，一位少尉曾经把独立火炬举上山顶。坦桑尼亚总统尼雷尔说，把火炬插上自由峰，让它照亮坦桑，照亮非洲。乞力马扎罗，是坦桑尼亚的骄傲，也是非洲的骄傲。

李致新从背包里抽出雪杖，开始绑国旗。隔着厚厚的手套，他绑了几次也绑不上。时间一秒一秒地逝去，扛着摄像机的王勇峰心里暗暗着急。李致新也急了，竟然把右手手套摘了下来！这要冒着冻伤的危险呀。

7时40分，中国的五星红旗和坦桑尼亚黄绿相间的国旗交相辉映。

他们取出相机开始拍照留念，只拍了两张，李致新的尼康和王勇峰的奥林巴斯都失灵了，风雪灌进了相机缝。

■ 回到乞力马扎罗国家公园门口的时候，所有风霜都已成为过去

"快下山吧，我们回不去了，要死在这里了！"在一旁焦急难耐的向导已经有些歇斯底里，大声嚷嚷着。李致新和王勇峰也感到不妙，决定立刻下山。然而，仅仅15分钟，四周已被雪完全覆盖，茫茫一片，看不出任何区别。他们迷路了！

两个向导开始大声地诅咒、骂娘，声音里透露出绝望和恐惧。这时，暴风雪更猛烈了，走了几步路高山眼镜里就塞满了雪，什么也看不见，更甭说找路了。杰夫瑞的同伴艾米勒显然已经丧失了理智，情急之下，摘下眼镜，他雪盲了！

经验告诉李致新他们，在这种情况下，要坚定信念、沉着冷静，恐惧只能加大出事的概率。李致新牵着艾米勒的手一步步摸索着下撤。依靠残存的直觉本能，1小时后，他们穿出暴风雪区找到了下山的路，此时大家都已精疲力竭。

■ 和向导、记者、司机的大团圆

　　下午4点，他们安全返回2号营地不久就传来一个噩耗：一个德国人在峰顶附近遇难了。

　　乞力马扎罗因为海拔低，自然环境好，是很多登山爱好者起步的地方，很多人把它看得轻而易举，因此，每年都有快速上山导致高山病而遇难的人。

　　1998年1月6日，我们整个队伍安全地撤回了大本营。

　　据山下留守的中央电视台记者张兴讲，山下也下了4天雨，雪山一直藏在云雾中。

　　1月7日，所有的风雪已成为往事。在马兰古酒店，坐在房门前，抬头就能看到如洗的碧空和乞力马扎罗的白雪。

311

梦上巅峰

中国登山家李致新王勇峰攀登纪实

Summit
5030

1999 年
查亚峰·岩石的洗礼

查亚峰 大洋洲最高峰 海拔 5030 米
南纬 4 度 东经 137 度
1999 年 6 月 23 日下午 1 时 25 分 李致新和王勇峰成功登顶
在暴雨中抓住最后一段保护绳的时候
王勇峰说：七大洲的目标终于完成了

C1
4200

■ 攀登七大洲最高峰的最后一站：查亚峰顶峰

帕特里克·马罗是世界上第一位登上七大洲最高峰的登山家，在他写的《云霄探险》那本书里，有一段话被王勇峰画上了重重的记号：我痛苦地意识到，探险的难点并不在于登山本身。如果不是陷于财力、政治麻烦和后勤等方面可怕的泥沼之中，爬山也许只需要一个星期简单的技术性攀登。七大洲的最后一站让他们更深切地感受到了这种痛苦。

■ 如果从查亚峰开始爱上攀岩一点也不奇怪。雨水把灰岩冲刷得极具摩擦力

两名记者是以厨师和儿科医生的名义进入印度尼西亚的

依利安查亚,印尼最迷人偏远的角落,为了探访它,无数人都经历了等待之苦。第一个完成攀登七大洲最高峰目标的加拿大人马罗曾为查亚等待了17个月,并且两次前往依利安查亚。而李致新和王勇峰为了这七大洲最高峰的最后一站,更是努力了近两年的时间。

查亚峰所在的依利安查亚省在地理位置上是特殊的。从自然地理的角度看,它既然是新几内亚岛的东半部,当然应归到大洋洲去,但由于政治统属关系,又往往被算作亚洲的一部分,这就是为什么登七大洲最后一站要去亚洲的印度尼西亚的原因。

依利安查亚是印度尼西亚最东端的一个岛。是一个连印尼人也很少到达的地方,必须得到特殊的许可。我们此次是在印尼军方、安全局、警察局、文化体育部等多部门的批准下才得以成行的,近半年来和印尼联系登山事宜的传真就有上百份,更不用说电话和电子邮件了。一直到1999年5月底才和印尼登山协会正式达成协议,6月6日是原定的出发时间。但到了6月1日,情况又有了变化。

同1998年去非洲的情形几乎是一样的,中国驻印尼使馆来了明码电报,6月

5日，印尼大选，出于安全考虑，行程推后，改在6月12日。

依利安查亚省是印尼面积最大、位置在最东边、人口最稀疏、对外最封闭的一个省，它的面积广达41.3万平方公里，几乎相当于日本的本州岛或英国大不列颠岛的两倍，但人口却不到200万。岛上少数民族比较多，其中最有名的是达尼人，他们至今的生活方式还处在石器时代，大多居住在贝莲姆山谷，和从前一样，都不穿衣服，男人在身上挂一个葫芦，女人围草裙，在一些集市上，可以看到他们和穿着现代服饰的人们和谐地站在一起，因而对很多探险者来说，探险的同时还是一次回归石器时代的旅行。

曾经有一件很有影响的事情发生在那里。1968年，两位来自美国和澳大利亚的传教士在当地被阿斯玛特人（食人族）吃掉。当时曾有直升机去救援但食人族不停地射箭，救援没有成功。因为很多地方没有路，当地人对直升机不陌生，后来在政府干预之下，战争和吃人没有了，这些内容被作为表演形式保留下来，但尽管这样，印尼政府还是不鼓励人们到那里去，一是安全问题，还有一个原因在于，世界上第二大铜矿——美国人办的自由港工业矿区就在这个岛上，他们控制极其严格，一般人不让进入。

由于这些原因，我们到达雅加达时，还有当地人对我们能否真的进入依利安查亚表示怀疑。

因为这个国家的特殊性，采访记者也压缩了，只有我和张伟两个人，大家戏称"夫妻采访团"。不过我们都没有以记者的身份申请入境，而是以登山者的身份加入"中国泰达登山队"的，在登记表中，张伟的身份是厨师，因为他的确爱做饭，而我的身份是儿科医生，这是王勇峰随口编的。他说，万一在山上有人病了，也不会请儿科医生治疗。

王勇峰是穿着那件"百战百胜"的T恤出发的，那是1993年登上珠峰时穿的

我们是取道新加坡前往雅加达的，在新加坡住在我们的朋友艾达家里。艾达曾在1999年送孩子来北京学习汉语，那时候，我们相识，她是一个热情的人，还有一个热情的家庭，为了让自己的两个孩子能在深夜11点看到两位登山家叔

叔，艾达让他们一定加一个午睡。

在机场接上我们的时候，看着我们小山一样的行李，他们张大了嘴半天没说出话来。

我们的托运行李就有9件，4个驮包，3个箱子，每人还有背包，另外还有摄影包。从北京机场出发的时候，行李一共185公斤，超重了80公斤，按照国航的规定，补交超重费8000元，几经交涉我们还是补交了4000元人民币。

到了艾达家，我们开始琢磨能把什么精简了。个人装备28种，集体装备16种，哪些能派上用场不好说，但到用的时候缺了哪样都事关最后的成败。

最后，大家的目光集中在了一箱雨衣上。1998年非洲乞力马扎罗的大雨把大家吓坏了，惟恐今年再遭此运，赞助商天津泰达公司听说了以后，特意给做了200件厚厚实实的雨衣，说，你们用不了，就送背夫。盛情难却，我们的行李中加了这近30公斤的雨衣。接下去还不知道要为这些雨衣花多少钱，而能扔的也只有雨衣和食品了。

■ 准备搭乘自由港的缆车上山

在整个行程中，超重是每个人的心事，到了雅加达之后，李致新拎着一条湿毛巾和王勇峰开玩笑："谁让你弄湿的？这怎么减分量呀？"而回来的时候，背包里的岩石标本也成了负担，王勇峰为了省钱，全装进了自己的背包，从香港过境安检的时候，他故作轻松地把包背上肩的时候，人险些掀翻在地。资金的缺乏让中国登山家付出更多。

    轻装之后已经是凌晨1点多了，5点，我们就要出发了。可李致新和王勇峰竟没有一点困意，回到房间，艾达的儿子泰龙还在等他们聊天。迷迷糊糊睡去的时候，还听到王勇峰在大声朗诵泰龙的英文课文，泰龙在一旁哈哈地笑着说，王叔叔是小学三年级的水平，李叔叔是幼儿园的水平。

    走到这最后一站，李致新和王勇峰的心情明显轻松了，没有了乞力马扎罗的那种低落，也没有厄尔布鲁士的那种焦虑了。毕竟，11年的努力马上就要到终点了。这次出发，王勇峰特意又穿上了1993年登珠峰时穿的那件T恤，上面写着：百战百胜。

■ 在当地雇用的背夫

世界上第一个登上七大洲最高峰的登山家是加拿大摄影师帕特里克·马罗。1982年登上世界最高峰之后，他决心站到世界七大洲的七个顶点上。

在南美洲顶峰的绝境上，走在他前面的一名阿根廷登山者摔落深渊，随后而来的空军救援飞机又撞山爆炸，机组人员全部遇难。在珠穆朗玛峰，雪崩吞噬了战友和三名向导，接着，他又看见德国女登山家冻成冰雕一样的尸体。这，就是他的探险生活。极地严寒造成的冻伤，高山缺氧引起的脏器水肿和无法康复的脑损伤，以及时时相伴的死亡威胁……但这些都没有销蚀他对理想的追求。他几经磨难，终于在1986年成为第一个攀上七大洲最高峰的登山家。

在登山界，由一个人完成七大洲最高峰的攀登是一个共同的理想，很多登山家都在为自己的理想努力着，也同样走着马罗曾经走过的艰险之路。1988年，中国登山家李致新、王勇峰确立这一目标的时候，世界上只有马罗一人，而当1997年，中国人离这一理想只有一步之遥的时候，世界上已经有41位登山家实现这一目标了。

就在李致新、王勇峰为这最后一座山峰寻求经济资助的时候，传来了香港同胞钟建民成功登上查亚峰的消息，钟建民已经完成了六座，而当李致新、王勇峰出发的时候，钟建民已经在珠穆朗玛峰进行自己的最后一搏了。

其实，对于大多数山峰来说，真正的攀登就是那么几天的事儿，即使是攀登珠穆朗玛峰，打通路线之后，不过三五天就上去了，但就是那之前的准备是那么的漫长和细微，拿错一双袜子也可以断送你三五年的准备。因而，更多的时候，对于李致新、王勇峰而言，更多的敬重更来自于他们十几年坚定不移的信念，却不是他们登上七大洲最高峰的业绩。对于中国登山家来说，很多困难是双倍于多倍于国外登山家的，在更多的时间里，他们是在用自己的青春等待，而在这种等待中，他们的热情从未熄灭，他们的理想从未放弃。

在雅加达，使馆工作人员告诫我们，吃饭也尽量别出酒店

从新加坡登机时，海关工作人员听说我们是去雅加达时，连说："不简单，那里局势还不稳定。"似乎每次都是这样，总是一出发就带着强烈的冒险色彩，但在不可知的未来面前，对这两个人来说又仿佛什么都不是问题，因为他们所有的向心力都指向了一个明确的目标，一个清晰不可动摇的目标。

尽管入关时有使馆工作人员来接，但还是有点小差错。张伟被边检人员带进了小黑屋，我们很怕是身份暴露了，大气不敢出地等着。为了掩饰身份，这次张伟没有带专业摄像机而是带的质量较高的家用摄像机。

等了20分钟，使馆的周先生带着张伟过来了。原来虚惊一场，他居然和一个在逃犯重名，大家痛骂着他有那么一个大俗名时，一块石头落了地。那会儿，所有人都像惊弓之鸟，不知那个遥远的角落会给我们准备了什么。

从机场前往雅加达市区的公路很整齐，上下行四个车道，右边是浓密的植物，左边是一片片的水塘。

就是在这条安静的机场路上，去年五六月间，令人震惊的骚乱、烧、杀、抢、强奸，就发生在这里。现在，雅加达已经恢复了平静，来的飞机上有不少抱着孩子的华人家庭，大都是前一段时间逃离雅加达的回流。

进入市区的路上明显出现贫富不均，污水道旁的破旧木屋和高楼大厦比邻而居。印尼是世界上富翁最密集的地区。当然，在这里当富翁也太容易了，石油、矿产、经济类作物、丰富的海产品，印度尼西亚简直就是一个遍地是黄金的地方。所以，很多勤劳聪明的华人在这里能够迅速成为富翁。

但华人在印尼的地位一直是极低的，华人的护照上有特殊的标记。在海关，华人和毒品是同样的概念，在这里，华人没有自己的学校，只是这两年，因为旅游开发的缘故，才有了华语学习班。在印尼，40岁以下的华人几乎都不能讲华

■ 变换不停的路线让人攀登起来是快乐的

■ 攀登路线是在岩石中展开的

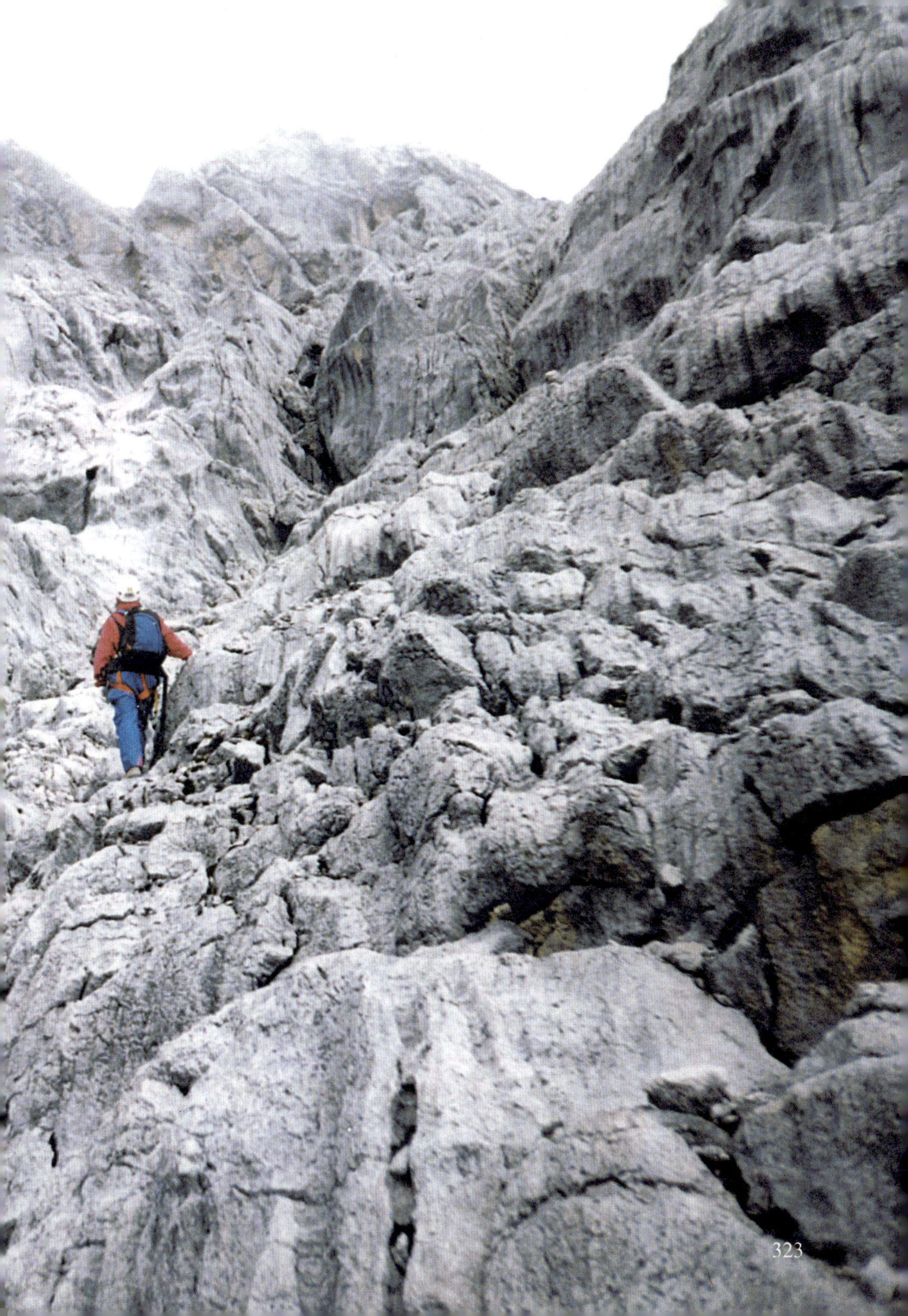

语。印尼政府对待华人的政策一贯是：政治上控制，经济上利用，文化上灭绝。在印尼的华人有700万到800万，占印尼总人口的4%到5%，但他们却控制着国民经济的70%。

1990年8月中国和印尼恢复了邦交，但在1992年的时候，华人还不敢在公开场合聚会或讲华语，那样会遭到印尼人的攻击。

最近几年，华人在印尼的地位才有了极大的改观。

据使馆工作人员介绍，近来一段时间当地迫害华人的局势有所好转，但还是不可掉以轻心，尽量不要随便出酒店，更不要单独行动。我们被特意安排进了一家五星级酒店，以保证安全。

这家酒店的名字叫SAHID JAYA，十几层的客房里只有二十几个房客，其中还包括我们四个，印尼的局势严重地影响了它的旅游。去年6月，1美元曾经换到了1.2万印尼盾，而现在，一个美元可以换7500印尼盾。

因为这样的兑换率，一到雅加达，王勇峰立即成了千万富翁，他管理所有的财政支出。去一趟银行，他的一个小信封就变成了一背包的钱。

在雅加达，既不能用信用卡，也不能用旅行支票，服务费都在20%以上。总之，在这里，什么信誉都不如现金。

第一次训练是在印尼特种兵兵营里开始的

到达印尼的当晚，10点钟，迟到了一个小时的穆特来了。他是整个登山活动的组织者，是印尼登山协会的主席。在国外，登山协会是纯粹的民间组织，出资最多的人一般就是协会的负责人。

穆特看起来像个印第安人，褐色皮肤，很健壮，左耳有个小耳环，右手拇指上有枚戒指。他是个地质学家，李致新和王勇峰大学毕业如果没有选择职业登山就是他的同行。穆特在伊利安查亚工作过很多年，但攀登查亚峰对他来说也是第一次。

见到他之前，使馆的工作人员一直在为我们担心，路途太遥远，那个地方很少有人去过。周彬先生特意留下来陪我们一同了解攀登计划。每次海外登山都是这样，使馆的工作人员给了李致新和王勇峰以最大的帮助，他们是每次登山最贴近最关心的人,也是每次成功后,最先祝贺的人。

穆特的第一句话就让大家放心了,他说,将有七个人陪同我们前往,其中有两个是军人,都是特种兵,有一位还有攀登经验。包括主席穆特本人的其余五人都来自登山协会。其实,后来真正上山的人数要远远超过这个数字,比如有自由港救援队的人员、酒店老板。攀登查亚峰对于他们来说也同样是难得的机会。

谈判围绕着三个方面展开了,依次是日程安排、经费、技术问题。第一个话题刚开始,王勇峰就迫不及待地询问:计划哪天登顶?传统路线难度有多大?他这两天睡眠很少,还特兴奋,人都变得絮絮叨叨起来。看来,当目标越来越靠近的时候,每个人都会有惶恐的感觉。

而我,总是小心翼翼地避开主题,仿佛那个日子是一个惊喜,希望它慢慢地到来。

按照穆特的安排,6月16日离开雅加达,通过自由港上山,往返一共16天。

6月15日,我们见到了穆特的助手,攀岩高手苏迪,瘦且高的一个羞涩的小伙子。他要带我们去训练攀岩,攀登查亚峰,最重要的就是攀岩技术。

第一站居然是郊区的一个兵营。通过了三个关卡之后,我们到了室内篮球馆大小的一个场馆。馆里有一群士兵正在休息,看到我们进来,纷纷扭过头来。门外照射进来的阳光在他们的头盔和盾牌上泛着冷光。看到他们的装束,我心里明白了,这不是一般的地方,正是印尼特种兵的基地。

我们被告知,训练时间半个小时,不许拍照。苏迪显得很无所谓的样子,他说,没关系,别正对着拍他们就行。苏迪曾经在这里和士兵们一起训练,对这里的环境很熟悉。

军营里的岩壁高15米,几乎都是俯角,一共布了三条线,中间是难度赛的线路,两侧是速度赛的路线。李致新仔细观察了一下,判断难度在5.8级左右(攀岩的难度标准,依据难易程度,设置等级,5.8级属于难度偏大,5.10级难度更大一些),王勇峰也仔细看了看岩板,说是法国产的,质量不错。但即使是在兵营里,也很节约,接近地面的一米是木板,王勇峰说这是一个省钱的好办法。

攀岩是登山中的一项基本技术。早在1865年,英国登山家埃德瓦特首次使用钢锥、铁链和绳索等简易装备成功登上险峰,从而成为攀岩运动的创始人。20世纪60年代开始,攀岩运动在前苏联迅速发展起来,1974年有了首届"国际攀岩锦标赛"。而在我国,攀岩运动真正发展起来却已经是80年代末的事了,虽然现在还不能进入世界排名,但在亚洲已经有了一席之位,中国登山协会的攀岩教练丁祥华和李文茂就是其中之一,他们两个都是国内攀岩高手,攀登水平在5.10

级左右。

　　李致新和王勇峰分别爬了一趟，呼哧带喘地下来了，连连说，要是丁祥华和李文茂来就好了，小菜一碟。

　　离开兵营，苏迪又把大家拉到了一个商场外面，商场的外墙是一个涂得花花绿绿的岩壁，很多孩子在那里爬上爬下，爬一次50盾，很吓人的数字，相当于人民币5毛钱。

　　在雅加达，攀岩馆很多，大约有2000多人在从事这项运动，而且，雅加达的每所大学里都有岩壁。

带枪的特种兵和我们一起出发了

　　6月16日傍晚，从雅加达国内机场出发时，特种兵阿古斯来了，瘦小但结实，大约是让我们赞赏他们良好的服务，阿古斯托运他的枪时很引人注目，从雅加达起飞的时候，他让我们目睹了他托运一支手枪的全过程，以至于我把时间都

■ 正在创作的李致新

记录了下来：18 时 15 分。

也是在 18 时 15 分，当我们一包包的装备和阿古斯的枪一同放到行李传送带上的时候，开始行动的感觉终于找到了。

在当事人看来，他们因为正在经历着而不觉得枯燥和漫长，但对于旁观者来说，这简直是一种折磨。后来，在翻看这段时间的日记时，我忽然发现，那实在是一个看似毫无意义的过程呀，难怪当时报社的领导都着急了，怎么去了这么久还没看见山呢？

为了等飞往蒂米卡的飞机，我们在雅加达等了三天，机票一改再改，不像是等飞机，倒像是等公共汽车，因为要有足够的乘客飞机才飞，这足够的乘客并不是指从雅加达到这里的人，从雅加达到蒂米卡需要停三站，要保证三站都有足够的乘客。等待惟一的好处是可以坐波音 737，而不是小飞机。

6 月 16 日一早，我们就像是准备出逃的人，把行李收拾好等待出发的最好时机，但出发的时间总是没有最后确定，我们既不能出酒店也没有事情可做，居然是用泼水节的方式庆祝出发。

"战争"是王勇峰挑起来的，他看着张伟呼呼睡觉很惬意，就接了一杯水泼醒了张伟的美梦，这个创意很快演化成了"战争"，四个人各自为战，直到床褥和地毯都被水浸透了。

■ 走在高山湖泊边的特种兵阿古斯，他的身份和他的枪曾给我们最大的安慰

战争平息之后，李致新饶有兴味地回忆起 1988 年去南极攀登文森峰，那是他和王勇峰第一次在国外住星级酒店，叫餐服务让这两个土包子找到了乐趣，他们俩一会儿你叫一份冰激凌，一会儿我叫一份水果，直叫到领队老麦克大发雷霆，两人才知道，把东西叫到房间吃是极其奢侈的一件事。幸好这次他们没有继续叫餐游戏。

在蒂米卡，还有五个来自印尼登山协会的人在等着我们，和国内登山一样，他们被派去打前站了，其中有一位个子不高胖胖的叫厄共，他曾经攀登过珠穆朗玛，到达过 8000 米的高度。是这些人当中最厉害的人物。

李致新说，这样的队伍组合很像我国改革开放初期，利用国外登山队的资金丰富和本国队员的经验，创造本国队员的攀登机会。

如果吃过午饭蒂米卡还不下雨，我们会问为什么

6 月 17 日，当蒂米卡的赤道阳光照耀在肩头的时候，当手表调快两个小时的时候，查亚峰之行才刚刚开始。

蒂米卡是依利安查亚省南部的城镇，位于平缓的丛林原野上，在蔚蓝的海洋和苍翠的群山之间。

出人意料地，我们被安排进了喜来登酒店，几天之后，正式开始攀登的时候才知道，这家酒店的老板，一个瑞士人，也是我们的同伴。

这完全是一个热带风格的酒店，楼梯、地板、房门全部是深棕色的柚木，房顶也是一条条厚重的柚木横梁，深棕色营造的沉重氛围逼退了室外的溽热。

最引人注目的是走廊两侧的纱窗，好像整个酒店都被纱窗密密实实地从上到下罩住，房间里也是如此，任何一扇窗的外面都是纱窗。院子里有一个露天游泳池，一进门口，立着一个醒目的牌子，"晚上六点以后请不要游泳"。那是蚊子上班的时间。

这个因自由港而闻名的小镇同时因为蚊子而闻名，是世界上有名的登革热和疟疾高发区，因而防蚊是我们来这里得到的最严正的忠告。

喜来登酒店显然也是和自由港有着密切关系的。在它的二楼，有一个很大的展室，有录音录像设备，讲述依利安查亚的历史，同时也在讲述自由港，这个世界上第二大铜矿的兴盛。

　　小镇上的小型超市和街边的小饭馆很多，所有的小饭馆门前都是一块大布，上面画着大虾和螃蟹，写着巨大的字：SEA FOOD（海鲜）。小馆的四周也是用白布围起来的，里面放着一排排的木桌和塑料小凳子，脚底下是湿漉漉、黏糊糊的土地。

　　在蒂米卡同样是喝不到啤酒的，可口可乐随处都有。这里的海鲜就像外面招牌上画的，主要是大虾和螃蟹，是浇汁炒过的，配餐的是米饭，还有北京常见的苏子叶以及薄荷叶，用来去腥味的。

　　到蒂米卡不久，我们就掌握了这里的天气规律，每天午后必有大雨，一如北京的酷夏大暴雨，每天不知疲倦地下一个下午，甚至到半夜。在依利安查亚的20天里天天如此，就是在山上，气候特征也是如此，所以，偶尔一天下午3点了还有太阳高照，大家忍不住会抬头去找：为什么不下雨？

■ 大本营三面是山，一面是湖

■ 脚下是矿渣，背后就是上山的路

开往普拉的汽车像是在刀背上行驶一样

等待踏上铁木巴加普拉的路途并不漫长。我们只在蒂米卡待了一夜就出发了。

铁木巴加普拉是一个典型的矿镇，人们都叫它普拉。当这个现代化的小镇出现在人们视野中的时候，你必得惊叹人在自然中的力量。在海拔1990米高的地方，6万工作人员和4万服务人员生活在这里，在无尽的大山之间，生活区整整齐齐地呈现在你面前，还是那样的生机勃勃。

当然，如果你换个角度来看这种生机勃勃，厌恶感会油然而生。

这个矿山是荷兰人在1936年发现的，1963年，美国人开始开发，1972年，美国人组建了自由港矿业公司开始开采，现在，这里已经成为世界第二大铜矿山，从南向北，我们穿越的路线已经将近150公里，但我们所看到的普拉只是这个矿山的边缘。

每天，6万人在这里不停息地挖掘着，每天，这里都要有几千吨废料倒入河流，一座座青山就这样被吞噬掉了。1986年，加拿大摄影师马罗在这里登山的时候，当地部落的首领对他说：他们是在挖掘我们母亲的头颅。因为这里的山脉被当地人誉为母亲山。这也是自由港一直不欢迎外界造访的原因。

不知会不会有一天，矿车就直接从查亚峰身边开过。实际上，现在几乎是这样了，站在查亚峰大本营居然可以看到矿区的灯光。

从蒂米卡到普拉才不过100公里的路程，但海拔高度却提升了1700米，温度也降到了16度，最让人欢欣鼓舞的是，可怕的蚊子跟不上来了。

从蒂米卡泊船的地方一直向上延伸的这条公路应该说是奇迹。它直截了当地横穿过热带植物群，发动机轰鸣着四个车轮同时驱动起来，我们坐的货车泥水四溅地冲上陡峭的山路。坐在车尾的四个人一声惨叫被埋在了行李下面。因为是先装车，王勇峰、张伟、我还有阿古斯坐在了车尾。我们的小货车就斜斜地停在了碎石路上。"快，把行李倒到车尾。"王勇峰叫着爬过行李，我们把行李一件件移到了车尾，这样的坡度是原先没有想到的。

在很多路段，那狭长的碎石公路就像一条绳带，附着在山脊的棱线上，宽度正是那山脊的宽度，我们的车子就在蜿蜒的山顶上如腾云驾雾一般，忽而进入云雾之中，忽而又浮荡在云海之上。简直是在刀背上行驶一样。

■ 达尼老人从天而降

那个和画册里一模一样的达尼人从天而降

我们在矿区高级员工的宿舍区里困守了四天。

一排排外表看起来像简易房的灰色楼房，房间外是一个长长走廊，每个房间里有两张床，也有卫生间。霉味从墙壁、被褥、床铺四面袭来。每天下午，如约而至的雨水就来了，整个天灰蒙蒙的。

宿舍外的长廊上，四个人冲着对面云气之间的山各自发呆。

对面的山上，接送矿工的班车像长龙一样蜿蜒着，昼夜不歇，即使在夜里，它们也像无数只戴了头灯的大蜈蚣。

直到住进了自由港工业矿区的宿舍，我们才对自己的行程了解了一半，一路上不准确的信息太多了，看看我们的装备就知道了。装备中最主要的东西是三部分，技术装备，防蚊措施，防雨措施。来之前的计划书上写明，要穿越原始森林，其中蚊虫很多。但实际上，那是北线的情况，走北线要穿越贝莲姆山谷，贝莲姆山谷，那无疑是一条充满诱惑和刺激的路线。但要比北线，就是我们现在走的线路要多花费20天的时间和几倍的金钱。

我们如今的路线是个捷径，从蒂米卡镇沿着平均

■ 达尼老人的模样和画册里一模一样，只是摆弄起弓箭来很像作秀

332

30度的山路开车一个多小时就到达了自由港矿区，印尼方面已经和自由港达成默契，准许我们穿越这里登山。但我们要等待穿越的时间。这种等待在无尽的阴天和雨水相伴下，沉重无比。

　　每天下午5点半，对面山坡上那个清真寺的唱经声通过高音喇叭在山谷里回荡起来。这声音对于我们来说，意味着晚饭时间到了。

　　我们在自由港的生活就是这样，发呆，去员工食堂吃饭。

　　只在一个有太阳的早晨，我们走出了矿区的铁栅栏。

　　越过宿舍区后面的食堂再往前走一点，声音嘈杂起来的地方，就是到了矿工们的一个班车站了，车站附近有一些小摊，卖一些日常用品，有简易邮局、台球桌和电影放映室。在那个小型的集市，我们往国内发了明信片，我在小摊上买了一面小镜子。

　　接着，向更边缘的地方走去。

■ 合影之后是熟练的索要小费

路两边是滚滚不息的灰白色的水流,李致新趴在桥边看了看,说,都是矿山废料,污染很严重的。这些污水流向的地方是一个小村子。

村子路旁,妇人们在编织着网袋。绳子的原料是树皮,根据日本记者本多胜一1964年在这个地区体验生活时的记录,那是桑树科的树皮,据说,用番达纳斯树叶的梗也能编织。这种树叶用途很广,能编成雨衣、铺地的席子,还能用来盖屋顶、卷烟。番达纳斯树,主要分布在东半球的热带、亚热带,有二百多种。

日本记者本多胜一被称为是日本新闻史上最著名的记者,他用独特的方式创造着报告文学,那就是和当地人同吃同住同劳动,他的三同是艰苦卓绝的,但就是因为有这三同,才有了他客观公正和科学的记录。他用这种方式完成了对新几内亚的探险和对北极爱斯基摩人的访问。《新几内亚高地人》是他一篇著名的报道,我们关于依利安查亚的很多认识都来自这篇报道。

当年,本多胜一应该是到达了普拉的附近,因为他的目标是要到蒂米卡。但走到这附近的时候听说,美国传教士已经从这条路到过蒂米卡了,他认为继续探险之路没有必要了,就从这里折返回了乌金巴。本多胜一只追求第一。

这种网袋的实用性我们见识了。当地妇女把带子挂在额头,网袋兜背在背上,里面装着什么呢?走在我们前面的那个女人的网袋里有个半岁大的婴儿,他的小脚从网眼里钻出了半截,用手去抓他的小脚,孩子咯咯地笑了。

就在我们研究这些网袋的时候,一个重要的人物出现了。

在村子的土路上,一个身高一米五几的老人目不斜视地向我们走过来,直到近前我们才发现他,原因是他的肤色和地面的土褐色几乎是一样的,让人最为诧异的是,他就是达尼人。我们渴望穿越热带雨林,渴望进入贝莲姆山谷见到的达尼人。如同画册上的一样,他赤着脚,头上戴有羽毛,全身上下的装束是:勾咋卡——遮盖男性象征的圆桶型的罩,也是他身上惟一的服装。

原以为,走了这条被现代文明浸淫了的路线,就不会再有石器时代的体验,原以为,到了这个和自然已成对立的矿区,就不会再见到著名的达尼人了。没想到,他从天而降。

勇敢的本多胜一穿上达尼人的衣服时加了一层塑料

在本多胜一著名的报道《新几内亚高地人》中有这样一段记载：1963年10月，相当于西依利安中央高地东大门的瓦梅那，来了两个不速之客，一个是20岁的德国人，另一个是24岁的澳大利亚人。德国人研究哲学，澳大利亚人搞美学，两个人都是大学生。为了研究当地哲学，他们走了3个小时，来到达尼族部落，想住一周。

他们认为，要想弄懂当地哲学，必须同当地人一样过裸体生活，于是，两个人一丝不挂，赤裸裸地走进了部落。部落里的男人吓得掉了魂，女人全部跑回了家。部落里一个拥有48个妻子的大富翁，给了青年人两个勾咋卡，说"至少把这个戴上"。可那两个年轻人不戴，照样裸体研究，无奈，驻在瓦梅那的印尼警察把两个年轻人逐出了西依利安。

这是本多胜一从瓦梅那警察那里听来的真实故事。两个年轻人不戴勾咋卡就和文明社会里在大街上光身行走没有区别。

作为一种民族特色，我们从蒂米卡带回20多个勾咋卡，样式很多，粗的，细的，带弯的，顶端带羽毛的。最长的一个有50多厘米，上面还有简单描绘的图案。像我们的服装有流行样式一样，勾咋卡也有各地特点。本多胜一到过的乌金巴，那里的人们喜欢巨大的筒，但在瓦梅那，人们则喜欢细而短的筒。

带回北京的勾咋卡是葫芦做的。大都是达尼人后院种的，当葫芦的藤蔓上结出青青的果实的时候，男人们开始审视那些葫芦的形状，不适合做勾咋卡的就吃掉，发现自己喜欢的形状就用棍支起来，或用蔓草拴起来，使它长成自己喜欢的形状。

据介绍，在非洲的塔比罗族、阿萨姆的米利族那里，也能看到戴这种罩的人。不过，像这里一样，把它当作服装的不多。

在和当地人共同吃、住、劳动之后，本多胜一也和他们穿了同样的衣服，他自己的衣服和达尼人的做了交换，只是在穿上勾咋卡的时候，他加了一个小小的措施，垫上了一层塑料薄膜。这很值得理解，毕竟，是从别人身上接下来的衣服。

此刻，我们眼前的这位着盛装的达尼族老人目不转睛地看着我们，看着我们如何手忙脚乱地拿相机，然后，身经百战般地立在我们身旁，任由我们拍摄。看我们有些怯怯的不敢近身，他主动的几乎是扎进我们怀里，他太矮了，刚到我的肩膀。看我们每个人都跟他合了影，老人伸出一个手指，示意我们等一会儿。他更惊人的举止是从身后的网袋里拿出了一个将近10厘米长的弯曲动物牙齿，迅速地穿过鼻孔，又拿出身旁的竹子做的弩，装扮好了之后，再次站在我们身边，示意我们可以重新拍照了。

在周围孩子的一片笑声中，我们四个人花费了整一个胶卷在这个达尼族老人身上。当然，老人用他的方式结束了这次突然的会面，他伸出了手，做出点钱的手势，我们顿悟，就是嘛，天下哪有不收费的演出。甚至怀疑，在这条土路上，老人是每天要上演的，今天的观众恰巧是四个中国人而已。

这里本来不是一个村子，是寄生在自由港周边的聚集地而已，而真正的达尼人生活的地方要在更深远一些的地方。

世界上最长的单距高空缆车把我们提升了822米

6月21日，我们终于听不到古兰经了。

我们和矿工们挤上世界上最长的单距高空缆车时，云雾正从四周包围过来。

缆车启动前，我们按要求带上了和矿工们一样的安全帽、雨靴以及防辐射的眼镜，工人们无声地看着我们，四周只有缆车的钢缆发出的摩擦声。

这个缆车的缆线长度接近1.6公里，垂直升高的距离是822米。直线般把我们拉起的时候，缆车上的四十多个矿工悄然无声。他们大都来自北部高原的山区。他们的家安在普拉边缘的那些简易木屋里。

迅速超越云雾的时候，我很担心自己的身体，这样快速的上升，高山反应是逃不脱了。

下了缆车，又坐了一段卡车之后，我们行进在泥泞的山路上了。

雨总是追随着我们，上山开始就悄悄地飘起来了，越走越大，最后终于发展成大雨。雨里行走了五个多小时之后，终于到达了海拔4023米的查亚峰大本营，这时，距离我们离开北京已经有8天了。

我们的营地傍着三个高山湖泊，蓝绿色的湖水像纤尘未染的深色翡翠，静静地躺卧在一片片风化岩石中。碎石中只有一些稀疏的草和紫色的小花。向东望去，几个世纪以来时而向前延伸，时而向后退缩的冰川，把山崖悬挂凸出的部分都快磨光了。因为雨水多的原因，上面几乎每天会有雪，是松软的雪，使那些冰川看起来毛茸茸的，非常可爱。李致新兴奋地眺望那里说，能滑雪呢。

　　营地三面环山，山谷下正对着的就是自由港，到了晚上，那里的灯光会把天映亮。周围的山都是严重风化的山包包，扎下营，顺着印尼向导指引的主峰方向，我们试着往里面走去。

　　十几分钟之后，沿着碎石坡路翻了两个山脊，在一座恢弘的岩石大山前我们惊呆了。

　　来之前，他们甚至没有一张查亚峰的主峰照片，巨大的绵延不断的灰色立体岩石山耸立在眼前，几个人一句话也说不出。李致新和王勇峰在山脊上冲着山盘腿坐了下来。苍茫的暮色正从四周围拢上来，他们就那么静静地坐着，仿佛默默地和它聊着，这样看过去，连灰色的岩壁也温情了。

　　15年了，他俩还是学生的时候，就这样面对面地和山交谈，15年了，山成为他们生命的一部分，他们也成为把生命互相托付的朋友。

■ 世界上最长的单轨缆车可以把人们直接升高822米

高山反应袭击了每一个人

回到营地的时候，天色暗了下来，不过才 5 点钟。坏消息来了，我们的装备还没有上来，山下的背夫在闹罢工。在这里，寻找背夫不是一件太容易的事。大多数人不适于高山行走，我们的行装还要分装成 15 公斤一个的小包他们才肯背，当然，这样能给更多的人挣钱机会。到晚上 8 点钟的情况是：我们四个人只有一条睡袋和随身背上来的东西，一直到晚上 9 点钟，印尼登山协会的几个人才自己背上来几件行李。

到了大本营，我们终于搞清楚了这支登山队的组成。除了印尼登山协会的 5 个成员，特种兵阿古斯，喜来登酒店的老板；还有自由港救援队的贝弗利，一个讲一口纯正美式英语，有着美国人名字的印尼小伙子，他是第一次登山。看来，穿过自由港也是有交换条件的，印尼登山协会要给自由港培训人才。

按照印尼登山协会的安排，我们四个人被分成两组。李致新、王勇峰和苏迪、厨师咖喱以及一个瑞士登山爱好者一组，作为第一突击队，他们 6 月 23 日突击顶峰，而穆特和厄共带领救援中心的贝弗利以及张伟和我，6 月 24 日登顶。作为计划，李致新和王勇峰同意了。至于我们两名记者的安排，他们说要根据登顶勘察的情况再最后决定。

当天晚上，大家都出现了不同程度的高山反应，头疼，睡不着觉。印尼队的帐篷里一直有人在喊叫。我们这边只有张伟反应良好，吃得香睡得好，这再次印证了王勇峰的那句话，在高山反应面前，没有专业和业余的区别，只是一个承受力和忍受力的区别。李致新这次的反应最奇怪，直到撤营，他还无法睡觉，在山上的四天里，他总共睡了不到 10 个小时，四天体重下降了 4 公斤。

6 月 22 日，所有人在附近适应性训练一天，并在海拔 4200 米的山脚下修建了一个过渡营地，留了一些装备在那里，准备第二天的登顶。张伟当天就入住了这个营地，准备第二天的拍摄。其他人从大本营直接出发。

■ 印尼队安全下撤后，大本营终于有了欢乐

■ 装备的不足给登顶带来很大困难

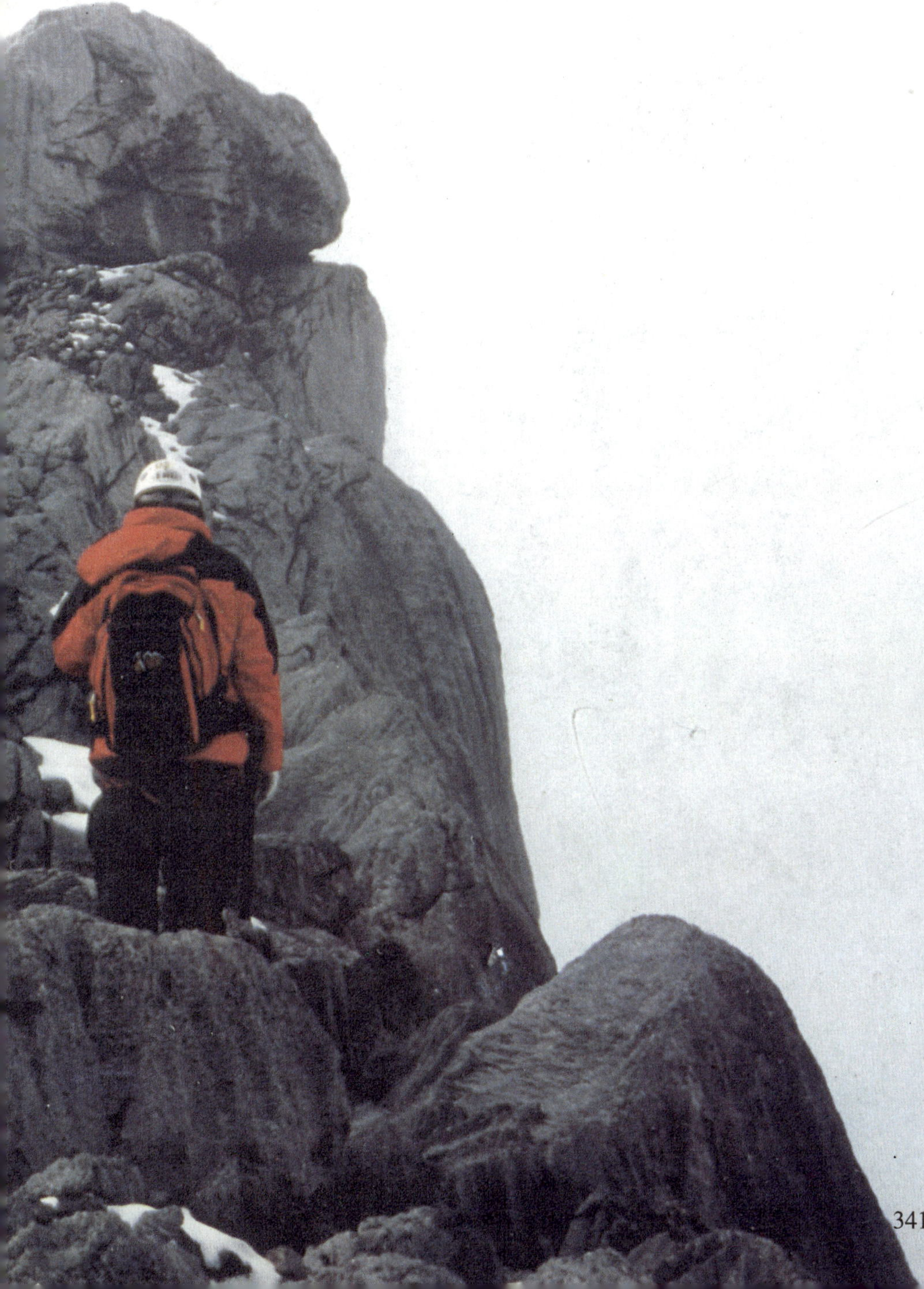

■ 直立的岩壁让人感叹水流的力量

343

如果谁从查亚峰开始爱上攀岩，那是一点不奇怪的

6月23日凌晨4时，按计划，李致新和王勇峰准时出发了。

根据印尼方面提供的资料，一般的攀登者需要用十一二个小时登顶，按李致新和王勇峰的实力，6到8个小时不成问题。由于午后有雨，会给下撤带来困难，因此按照惯例出发都在凌晨。

这一天的天气出奇的晴好。刮了一夜的风之后，满天星斗，甚至不用头灯就能辨认灰白色的小径。

其实，按照准备情况看，这一天是无论如何也不适于登顶的。首先是技术装备没有运到大本营。印尼登山协会和挑夫没有协商好，全队的2/3装备还在山下。王勇峰居然没有自己的睡袋和安全带。但印尼方面却打了包票，说上面根本用不到那些技术装备，按他们的说法，中国队坚持要带的一条50米的绳子都是多余的。实际上，这种轻率的态度为后来的突顶和下撤带来无穷的后患。

另一个不适于登顶的原因还体现在运输上。从矿区到大本营的5个小时是雨中行军，张伟只贴身带了一架摄像机和两盘磁带两块电池，其余的装备全部被用塑料布里三层外三层地装了箱，但在大本营等了两天，这只箱子也没有上来，手头的电池已经用完了。这意味着：七大洲最后一站将没有登顶的画面，这无疑是一个极大遗憾。

尽管如此，李致新和王勇峰还是出发了，因为天气太好了。天气是登山中的重中之重，况且，他们轻易也不愿意更改计划。

比起以往攀登最大的不同是，他们这次突击顶峰带上了铱星电话，虽然铱星电话只存在了一年多的时间，但在这次活动中却充分发挥了作用，无论是在营地还是在顶峰，它的信号都极其清晰，只是每隔5分钟，信号会消失一瞬间，我们都戏称它有高山反应。这是第一次，李致新和王勇峰在顶峰上向北京报告登顶的消息。回北京后不久，因为使用率不高，铱星公司放弃了这个系统，七大洲的第一次就这么成为了历史。

在晨曦中，李致新和王勇峰到了1号营地。

1号营地就在攀登的起点处，海拔和大本营区别不大，更像一个过渡营地。

只需从 1 号营地沿碎石坡走上几十米，山势就陡然直升起来。站在这里，把头仰成 90 度可以看到那灰色岩壁的顶端以及顶峰，正对着的岩壁至少有 600 米。每日不断泻下的雨水、山溪把近 80 度的倾斜岩面雕出一道道锯齿形的裂隙，为密布的青苔提供了理想的落足之地。那岩面上被急流磨蚀的一条条水痕，绵延不绝，一直连到峰顶。用恢弘壮美形容查亚是不过分的。

李致新和王勇峰从 1992 年开始已经很少攀岩了，但这个独特而奇美的岩石山再次勾起了攀爬的冲动。说实话，如果谁从查亚峰开始爱上攀岩那是一点不奇怪的。这里的灰岩中含有丰富的石英，经雨水冲刷之后，石英裸露出来，具有极大的摩擦力，每一次踏出脚去都是一个牢固的支点，手上也是如此，雨水把灰岩冲刷成条、洞、棱，那支点是丰富而多变幻的，那种攀爬的感觉极其美妙。因此，在后来 6 月 25 日记者攀升到 4700 米被命令下撤时，心情是极其失落的。

6 月 23 日清晨 5 点半，李致新和王勇峰就是在这样的愉悦攀岩中开始七大洲最后一站的冲击。这个时候，晨曦照耀着锥形顶峰，熠熠闪光，引导着人们向上、向上。

印度尼西亚人把它叫做彭凯克查亚，即胜利之峰。位于岛的中西部，澳洲最高峰。西方人最了解它的是荷兰探险家简·喀斯特斯，并以此人的名字命名此山。

1962 年希里查·汉里首次登上了这座山，他写的书《我来自石器时代》告诉了我们关于攀登查亚和这个地区的情况以及他和达尼人在那里生活一年的经历。这座遥远的神秘的山对登山者有极大的吸引力，因为在那里你可以看到植被从热带到寒带的变化以及远古人类生活的变迁。查亚峰的登山路线是先沿着山脊走，然后翻过约 500 米的岩壁，最后沿着起伏的山脊走半公里之后就到达顶峰。

最难攀登的是一个 20 米深的裂缝，这个地方要固定绳索，用下降器下降，回来时用上升器上升，山虽然很陡，但用下降器的地方不是很多，因为整个岩石很坚硬，给攀登者提供了很好的摩擦力。

岩壁攀登者最难的地段为 5.8 级，但只是很少的一部分，要求攀登者有基本的攀登技术和熟练使用上升器的技术。陡峭的地段必须固定绳索，是保证安全成功最重要的因素。

这里白天的温度是摄氏 22 度到 32 度，晚上 12 度。如果下午有雨，气温会降下来，接近查亚峰的时候山口气候多变，并且有下雪的可能。在接近顶峰的地方，温差在摄氏 28—60 度，一般是早晨晴空万里，午后有雨，大风也经常可见。截止到 1994 年、1995 年，已经有 18 个人登顶。

闯过第一个难关之后，李致新发火了

在愉悦的攀登中进行了四个多小时之后、，李致新和王勇峰的心情没有出发时的愉快了，持续不断的攀岩极大地消耗着体力，最关键的是，装备的不足严重地影响了上升的速度。

出发前，据苏迪介绍，英国人曾在5月刚刚来过，山上有他们留下的绳子，尽管用别人的绳子是登山最大的忌讳，但装备不足只有用此下策了。而实际上，他们在山上连个新绳子的影子都没有见到，可利用的只有起步时的200米布满接头的绳子。李致新说，按查亚峰的情况，以中国人的登山习惯，至少要架设1000米的绳子，可第一突击队6名队员只有一条50米的绳子，倒来倒去，极其消耗体力浪费时间，并且六个人中还有两名新手，不要说修路了，连一些基本技术都不懂，完全是李致新和王勇峰修路、保护，领他们上山。

■ 印尼队水平参差不齐，很多时候，李致新和王勇峰
　是在充当教练的角色

347

■ 印尼队提供的错误信息为攀登带来更大难度，大家必须为不充足的绳子而排队

　　登查亚峰的第一个难关是一个20米宽的裂缝，从海拔4700米的地方望上去，云雾中一个"V"字清晰可见。这个"V"字下端是深不见底的裂缝。跨越这个裂缝只有先顺着一侧下降，下降到一个两米多宽的位置后跳过去，李致新说，跳的时候不能往下看，那样会丧失跳的勇气，但又不能闭着眼睛跳，因为跳的同时要抓住对面的岩石。

　　通过第一难关六个人用了一个小时的时间。

　　跨越之后横切的200多米是徒劳无功的，因为他们一直在寻找道路。苏迪只在1995年来过一次，找第一难关时就已经在路上浪费了两个小时的时间。这个时候，已经接近12点了，比预计登顶的时间推迟了3个小时居然还在找路！

　　李致新发火了，毫不客气地指出了苏迪及他的伙伴的轻率态度，并且提供了一系列错误信息，在山上，错误不仅仅意味着失败，更意味着生命的危险。在如此需要攀登技术和装备的山上，他们每个人只有一个安全带，一个上升器，一个下降器，两个铁锁。当他们在山上用一条50米的绳子倒来倒去的时候，从北京带来的几十公斤重的技术装备还静静地躺在山下呢，一直到他们登顶后撤回才运到大本营。

　　李致新发火是不无道理的，一天之后，6月25日，第二组冲击顶峰时装备的不足险些造成不幸。

　　那天一直到深夜，也没有见到穆特他们登顶返回的身影，厨师咖喱守着一帐篷的沙拉、牛肉欲哭无泪。

那天下午 1 时 30 分左右，山上曾传来一声惊呼，只有一声，大家不约而同地说：登顶了。按李致新、王勇峰登顶的时间推测，那个时候，他们应该是在顶峰上。但实际上，他们就是在跨越那个"V"字裂缝时耽误了时间，下午 5 时才登达顶峰，下山的时候，天已经黑了，他们根本寻找不到下山的路，整个夜晚是在岩石缝里抱做一团度过的。在查亚峰的攀登历史上是有过登山者遇难记录的，曾有两个印尼人冻死在山上，原因就是下山时食物和衣服不充足。顶峰最冷的时候温度可达摄氏零下 10 度。如果人的体温降到了 34 度以下，心脏就会停止跳动。

在海拔 4800 米左右的岩石缝里，在摄氏零下 4 度的风雨中，穆特他们一分钟一分钟地数着等待天亮，直到清晨，听到阿古斯的枪声，他们才看到了希望。第一次登山的贝弗利说，这实在是一个糟糕的开始。

而在山下，等待撤营的李致新和王勇峰把情况向北京作了汇报，北京指示：第一，推迟撤营计划；第二，积极投入救援工作。

看着闷不做声的苏迪，王勇峰自言自语了一句："为什么还不通知救援中心呢？"

上山前，我们曾参观过自由港矿区的救援中心，这个中心有 6 个分中心，42 个救援人员都是美国人培训的。他们的装备绝对一流：高能量食品，每袋 418 克，够一个人用六天的。但那些装备太新了，会让人担心他们是否会使用。但至少有一点是可以信任的：他们有三架直升机。王勇峰说："让直升机在山上绕一绕，也让困在山里的人心里有个安慰呀！"当然，他忽略了一个问题：直升机一来就是 1.5 万美元的代价。

那个晚上是极其难熬的，王勇峰坐在炊事帐篷里，一支接一支地点燃蜡烛，摇曳的烛光指引他们返回的路线。

还好，第二天早晨 7 时准备出发的时候，山上传来了穆特的喊声，他们回来了。

从李致新和王勇峰出发开始，我和张伟就像两截木头望着山上发呆。此刻的过渡营地和 1998 年的突击营地显然已经不只是一个概念了。

1998 年，在乞力马扎罗，李致新和王勇峰向顶峰发起冲击的时候，我们开始下撤，当时就想，快点走，他们那么快，登了顶再追上我们可就太丢人了。

到了 3 号营地，我们等了两个小时也没看见他们的身影，就钻帐篷睡觉了。睡得迷迷糊糊的时候，听见他俩声嘶力竭地喊我们，跑出去一看，两个人一身狼狈正四处找我们呢。我们肯定没有想到，3 年没下雪的乞力马扎罗也会有暴风雪，

■ 查亚峰是为攀岩高手准备的

更没有想到,他们险些迷失下山的路。王勇峰带着嗔怪的语气说:"我们一到突击营地就四处找你们,连个影都没有,你们也不怕我们丢了。"

说实话,那个时候,对于雪山,没有任何的概念,对于攀登,更没有任何的感受。

但这次不同了,我们的行装中出现了"金嗓子喉宝",这是王勇峰每次登山必备的。我们已经是一个队伍一个集体了,这是与1998年最大的不同。我们也了解了,这两个人居然都是平足,属于最不适合长途行走的人,他们也都有痔疮,登山队员的通病。在山上,别人忍受头疼的时候,他们还要承受难言之隐。

很多时候,我都在想一个问题,应该说,从他们身体条件来说,他们都不是天生的登山材料,在登山运动中,他们究竟在哪方面优于我们这些普通人?想来想去,他们的忍耐力是最为超人的。

就像美国一位作家所言,那些能够站在高山之上的人有三个共同点:自信心、大决心以及忍耐力。

坐在印度尼西亚依利安高原上,任思绪漫无目的地游走。但我们的耳朵不放过山上的任何一个声响。直到两点,大雨如期而至,雨声淹没了所有的声响,包括风穿过灰色山峰的声音。

王勇峰简直不敢相信顶峰就在眼前了,还差几步走上去的时候李致新哭了

中午12时,他们又翻越一个20多米高的陡壁,之后是在山脊上一起一伏地行走。李致新说那山简直是用大片石垒起来的,无数个石尖无规则地耸立着,四周的云雾围拢上来之后,必须仔细辨认路,否则便是直线下降,降到不知何处去。

在这样的山脊中走到下午1时的时候,他们到了那个50米的直壁前,这就是那个有名的5.9级难度的岩壁,来之前,对这个山的了解除了海拔就是这个岩壁,每个登过查亚峰的人都会提到它。互相保护之下,他们越了过去。随后是五六十米的冰雪和岩石混合地形。

■ 直到看到最后一段保护绳，王勇峰才敢把压在心底的话说出口，终于把七大洲的目标完成了

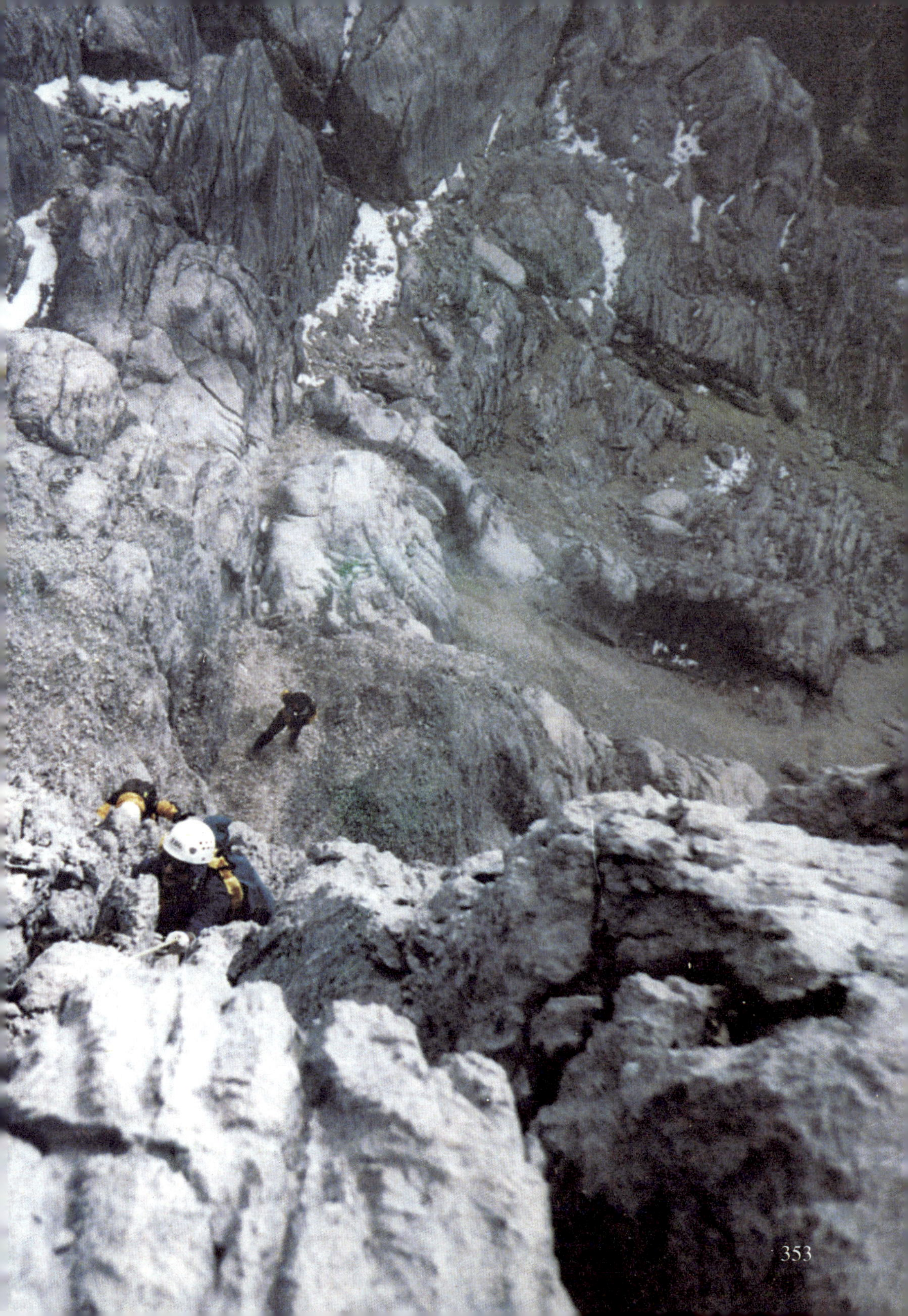

即使是混合地形也不用担心脚下失足，因为气候的原因，冰雪是极其松软的，手依旧可以抓牢，脚依旧可以踩实，身体以80度的倾斜横移。下撤后，回忆那段横移，李致新说太像珠峰的第二台阶了，也是岩石上覆盖着雪，但又那么不同，这里的雪一触即化。

大约是13时20分的时候，一直埋着头走在最后的王勇峰听见李致新在喊："快点上来。"抬头看去，他们正坐在一块石头尖上，王勇峰心想：要是顶峰就好了。他已经不敢相信顶峰就在眼前了，因为这个时刻来得太磨人了，相似的山脊走了一个又一个，相似的岩壁翻了一个又一个，找主峰找得让人心殚力竭了。李致新又喊："快上来拍照。"王勇峰这才惊醒：顶峰真的在眼前了。这时候，周围的能见度只有15米。

顶峰是由犬牙交错的岩石塔尖一层层垒起来的，并排屹立在山脊上，很难辨认出它们究竟哪一个该是老大，好在离得不远，相距十几米。拍照的时候，李致新在镜头里找到了真正的顶峰，上面有一个金属纪念牌，它提醒着人们1981年的一桩事件：当时印尼一个登山爱好者向下滑降的时候坠下了山崖。它警告着人们，登顶只是成功的一半，只有安全下撤了才叫成功。

在离这三个塔尖还有几步的时候，李致新哭了。以前每一次在展开五星红旗的那一刻他都会落泪，这一次也一样，他再也控制不住自己的情感了，再走几步便可以为11年的奋斗画上一个句号了，但这几步却无论如何也无法跨越11年的风雨，11年，他和王勇峰相伴相随，从青年走到中年，只为一个目标：把五星红旗展开在七大洲的最高峰上。

当地时间13时25分，北京时间12时25分，李致新拨通了铱星电话，中国登山协会办公室里铃声刚响了一声，协会主席曾曙生立即抓起了电话，这个经历了李致新和王勇峰七大洲攀登道路的"老登山"从早上8时就守候在电话旁。

老曾在电话里叮咛着：把胶卷全部拍完，把顶峰工作全部做完，一定要安全下撤。王勇峰记不清他在电话里说了多少个安全，反正这两个字是重重地敲击在心上了。

**见到了最后一段保护绳，王勇峰对李致新说：
咱们总算把七大洲的目标完成了**

顺流而下是毫不夸张的。大雨在石槽的缝隙中汇集着，无休止地汇集着。就是这些流水，把那50度至60度的倾斜岩面雕凿成一道道锯齿状的裂隙，岩面上被急流磨蚀出的一条条水痕绵延不绝，一直达到峰顶。

顺着这些急流打磨的道路安全下撤才是整个登山活动的结束，登顶只意味着攀登全程的一半，这是所有登山者的共识。大雨不断地浸湿他们的眼睛，一边找下山的路，一边要挥去脸上的雨水。上山时曾经用过的绳子埋伏在急流和石缝间，必须要小心判断，哪些是可以支撑的，那些糟腐的，会把人扔下陡壁的。在靠近顶峰的地方立着一块金属纪念板，它随时提醒着人们记住1981年的一个事故，当时，"玛巴拉俱乐部"的一名成员在下山的途中遇难，他是从山顶顺索具往下滑的时候坠下山崖。虽然李致新他们没有利用索具下滑，可是，没有安全返回营地，就一刻也不能放松自己。

滂沱的大雨不停地兜头浇来，没膝深的水流在凹槽中翻滚而下，王勇峰有些厌烦一步步在雨水中寻找落脚点，在一个看起来不短的石槽里，他一屁股坐了下去，像在游乐园的滑梯一样。效果不错，但冲风裤被划开了一个一尺长的口子，这更方便雨水向里倾倒了。

没有保护的那段路极其漫长。见到绳子就是见到了希望，上山时见到的第一根绳子离营地只有5分钟的距离。摸到这个绳子的时候，王勇峰对李致新说了登顶后的第一句话："咱们总算把七大洲的目标完成了。"

晚上7时，被大雨裹挟到帐篷门口的时候，他们冻得牙齿在格格作响。

李致新和王勇峰是唱着"想说忘记你也不是很容易的事"下山的，是忘不了查亚峰灰色的岩石还是忘不了攀登世界七大洲最高峰11年的风霜雨雪，无从得知。

查亚峰的山麓上生长着一种印度尼西亚稀有的植物，当地人叫它forever flower（永不凋零之花），它灰白色的絮状花朵没有什么惊人之处，却受到登山者的钟爱，大概是因为它一如登山者对山的情感：永远！

■ 这最后一段的攀登是查亚峰最后的威胁

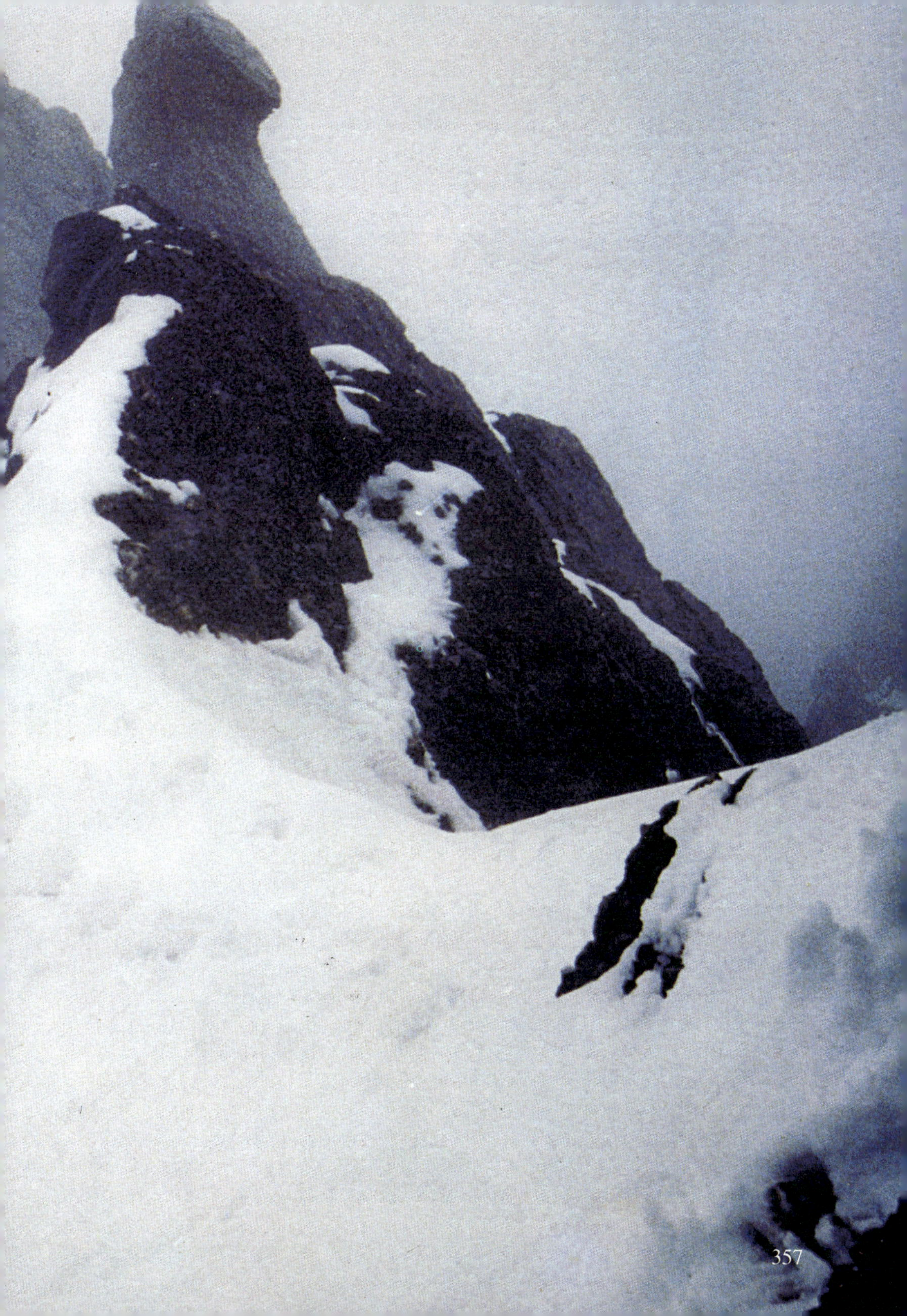

■ 第二次攀登文森峰对于王勇峰来说更多的是在享受了

王石这样评价王勇峰：他具有包容，助人的优点，是一个非常果断的登山指挥者，更是一个了不起的组织者。

而王勇峰这样定义队长：如果你登山时背最大的包走在最前面撤在最后面，就可以当队长了！

后记　只为这一天

王勇峰

2008年5月8日上午9时，我和我的队员站在世界最高峰珠穆朗玛峰峰顶上，负责携带火种灯的火炬手罗布占堆问我：队长，什么时候开始点燃火炬？我对他说，看队长的手势往下挥就可以开始了。然后我对尼玛校长说，让五位传递火炬手摘掉氧气面罩各就各位准备开始点燃圣火并传递。当尼玛校长开始让传递火炬手站好自己的位置的时候，我拿起报话机说：报告总指挥李致新，请央视做好准备，10分钟后开始点燃火炬。

这时候的我心情无法平静，多少人为奥运圣火上珠峰付出的努力开始结出硕果。心中充满了感谢，感谢我的队员的努力工作，感谢所有为奥运圣火上珠峰作出贡献的人们，感谢默默为我们祝福的亲朋好友。

9时08分我举起手臂挥了下去，罗布占堆开始取出火种点燃火炬。此时的我心情无比放松，身上的压力顿时释放。作为2008北京奥运火炬接力珠峰传递攀登队队长，我和我的队员完成了祖国交给我们的任务，实现了中国向全世界的承诺——奥运圣火在世界最高峰峰顶点燃并传递。

冥冥之中等着的就是这一天。1999年6月22日我和我的队友李致新在大洋洲最高峰查亚峰顶用铱星电话向时任中国登山协会主席曾曙生报告，我们完成世界七大洲最高峰的攀登。为这个目标我和李致新奋斗了11年，成为第一个登上世界七大洲最高峰的中国人后，人们总在不停地问你们的下一个目标是什么？

2000年5月的一天，已经是登山运动管理中心主任的李致新，把我和张志坚叫在一起说：登山要为奥运作贡献，我们能做些什么？张志坚说：我们可以让奥运圣火在世界五大洲最高峰采集。这个方案报到奥申委的时候，他们告诉我们奥林匹克圣火只能取自于希腊雅典。直到有一天奥申委和李致新确定了奥运圣火将上珠峰，我的心里

■ 2003年文森峰攻顶后回到突击营地 038
■ 和7+2的队员们攀登文森峰的途中

又有了自己的目标：我要保持我的攀登水平，在 2008 年的时候在珠峰顶峰去亲自见证这一伟大的历史时刻。

心中有了目标，行动开始实践。从 2000 年开始，和我的好朋友王石开始了中国商业登山的探索。从最熟悉的非洲最高峰乞力马扎罗开始，带业余登山者攀登。我发现，这比自己登山可难多了。各种各样背景的人集中在一个队伍里，性格不同，体力不同，诉求不同，每个人的攀登计划都有差异。这个挑战让我从迷茫中一下子清醒起来。这是一个全新的领域。不知不觉中，7+2 的计划起步了，所谓 7+2，就是完成七大洲最高峰的攀登同时徒步南北极。

从 2000 年到 2005 年，两位业余登山者完成了这个目标，他们是 56 岁的王石和 41 岁的刘建。另外一位女性：王秋杨，还有三座山峰，她也将完成这个目标。

重走七大洲最高峰对于我来说更多的是享受过程和积累带队经验。相对商业登山队，专业队伍要简单得多，需要协调的关系也简单一些。

2000 年，我首次带领业余登山队攀登 7000 米以上的山峰，珠穆朗玛峰旁边的章子峰。

■ 2004 年登顶南极最高峰

■ 2004 年在阿空加瓜登顶
■ 2004 年带领业余登山队攀登厄尔布鲁士

从章子峰一下来，就听说玉珠峰出事了，五位业余山友失踪。这是中国业余登山史上第一次这么多人失踪。

曾经在春秋两季登顶过玉珠峰的大连小子（注：大连山友刘福勇，2007年登顶珠穆朗玛峰）不相信，传统路线的玉珠峰怎么会出事。玉珠峰海拔6178米，在青海格尔木境内，距格尔木市260公里。传统路线为玉珠峰南坡，大本营海拔5000米。从大本营到顶峰中间设一个营地，平均坡度30度以下，攀登技术难度不是很大，春季气候异常，秋季气候稳定。登过玉珠峰的人一般无法想象玉珠峰传统路线会出人命问题。

中国登山协会指示：章子峰的整个队伍立即奔赴青海参与救援。

没想到，这次救援行动成为我的第二个方向：高山救援。

到2002年8月，我已经是第四次做搜索队长了。这一次是刚完成"希夏邦马西峰救援搜索行动"，搜救失踪的大学生山友。

从山上下来整整三个月，我都特别的郁闷，总好像在生谁的气，甚至想，是不是我也需要心理救援了？看到的山难都是不该发生的，太让人惋惜了。

直到2002年12月4日，我找到了方法，第一次在电脑上敲了上万字的帖子。把

■ 攀登厄尔布鲁士转机途中，和教练次落（右）队员刘建

■ 2005年带领搜狗美女登山队攀登
■ 2005年和队员王秋杨在南极点

标题定为"登山是一项有生命成分在里面的运动",用"队长"名字在论坛上发表。

我喜欢大家叫我队长,但很不喜欢搜索队队长这个称呼,太沉重了。发帖行动一直持续到2003年1月,我的心里好像才平静了些。写什么呢?曾经发生在我身边的山难以及2000年和2002年的山难救援。

第一段话写得最快:登山是有生命危险的运动,是需要做好充分心里准备的。在国际上,如果你想参加登山,你必须背会下面几句话:"登山是一项探险活动,它存在受伤和死亡的可能,参与者必须清楚这些危险并对自己的受伤和死亡负责任。如果你对受伤和死亡没有心理准备,最好不要参加这项运动。"

从这年开始,每一年在美国举办的搜救大会,我都会认真去学习,同时开始和中国登山协会的相关人员研究中国登山界的高山救援体系。

我的工作方向也朝着这个方向慢慢调整了。

引导商业登山和高山救援,说起来,这两件事似乎都是在为2008年做着准备。

2001年2月,我作为技术专家参与了北京奥申委的筹备会,为杨澜做技术支持。杨澜要陈述火炬上珠峰的计划,她问我,能成功吗?我告诉她:一定成功!

■ 南极点

■ 徒步北极点 2005 年的飞机上，右一为王石，已经完成 7+2 目标，左二为王秋杨，还差三座山峰完成 7+2
■ 2006 年在卓奥友峰

那是我们所有登山人的梦想，无论作出什么样的努力，一定要实现。

真正要完成大任务的时候，带商业队的融合经验，参与救援的高山经验全部涌了出来，我这才发现，原来，这9年的打磨是为了5月8日这一天。

2003年李致新任总指挥，我和尼玛校长任前线指挥，我们实现了中国业余登山队员首次登顶珠峰，并在顶峰进行了电视实况转播，把我国的业余登山运动推向了一个新的高度。2006年秋天，又和尼玛校长共同组织业余登山队员登顶8201米的世界第六高峰卓奥友峰。卓奥友峰成功后，我和尼玛校长确信，我们可以做到2008年在珠峰的攀登过程中，胜任自己的指挥工作。对于我来讲，实现在珠峰顶峰去亲自见证这一伟大的历史时刻就看自己的登山实力了。2007年5月24日我第二次站在珠峰顶峰，为2008年登顶珠峰做好了身体准备。

在山上，我也越来越感受到：登山和打仗有时真的很像，关键时需要标志性事件来鼓舞士气。

在最艰难的时刻，你的上司，同事及所有人都希望你能完成一个不可能完成的目

■ 和著名的高山向导罗赛尔（中）在一起，优秀的高山向导也曾经是他的梦想

标。作为登山指挥者来说，你要协调好天气、后勤补给、安全、队员信心及拼命精神。你内心紧张却要外表平静，要向大家讲明任务的意义还要果断地下达命令。或者从这个意义上说，登山指挥者也很像在指挥一场战争。

总有人问我，如果不登山，能想象一下你的人生规划吗？我想了又想，不知道，如果从事极端环境的工作，我一定是最优秀的。如果是普通的工作，我可能就是一个努力工作的普通人。

今年45岁的我以后登大山的机会越来越少，但我愿意把我的登山经历和登山经验，同喜欢登山的人，关心和帮助及支持我的人分享。

因为山，永远不可能远离我。

■ 2006年登卓奥友峰，王队长和尼玛校长的配合已经有十几年了

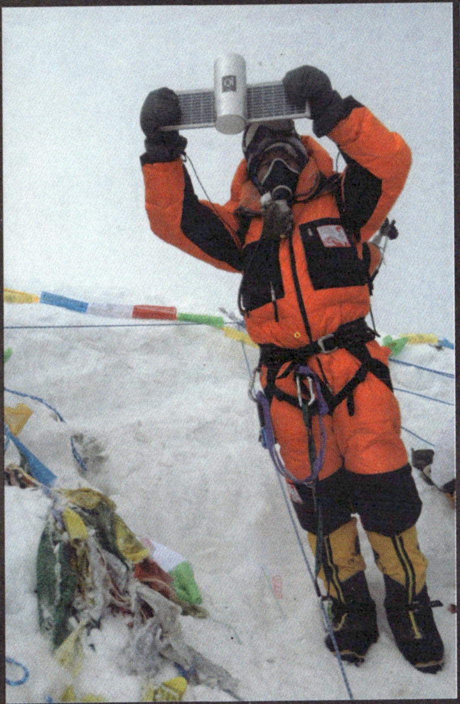

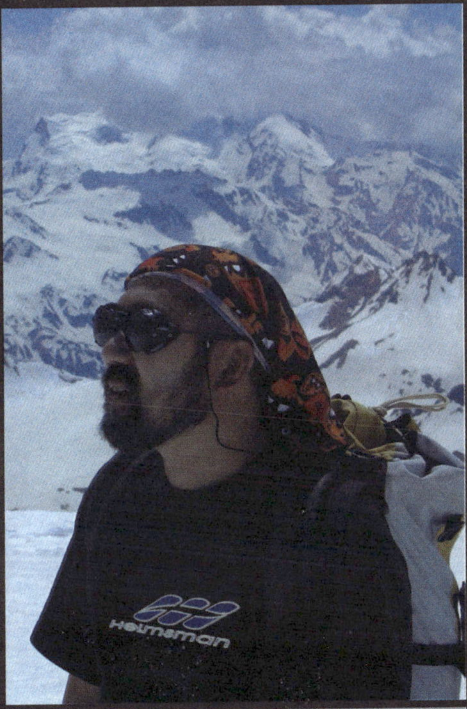
Helmsman

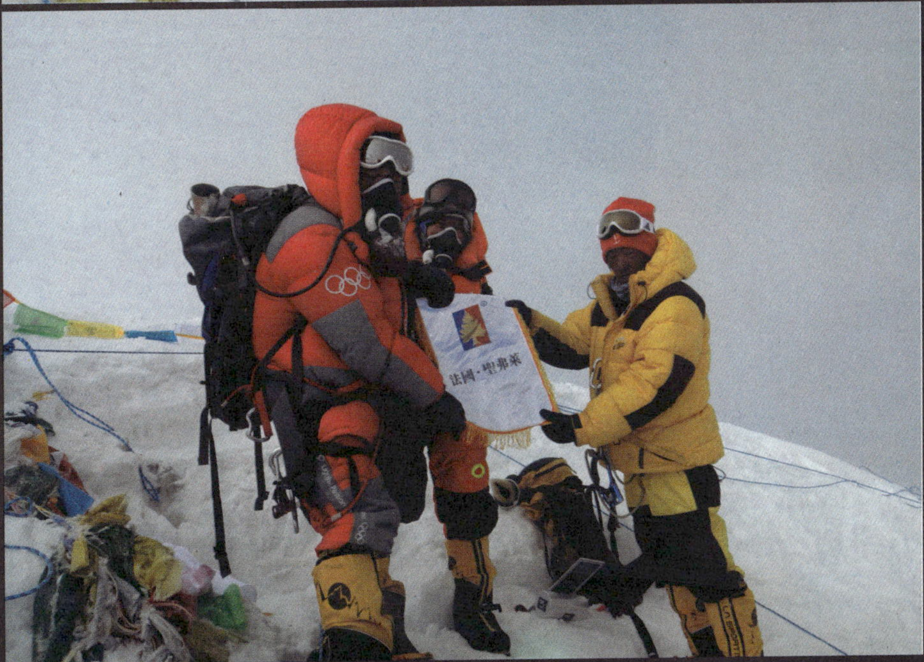

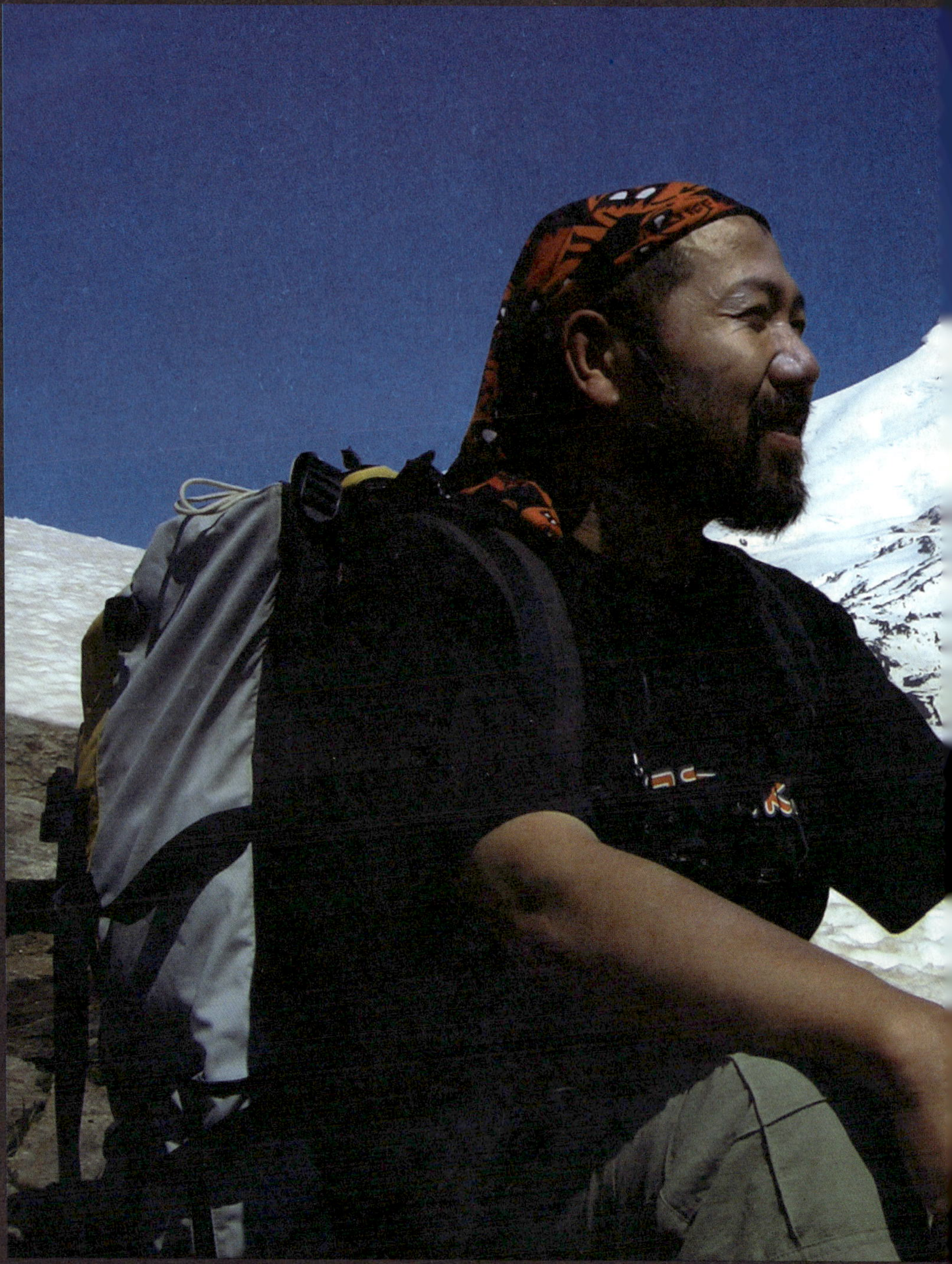

只有山，不曾远离

感谢中国登山协会、西藏登山学校为本书提供图片

感谢李致新、王勇峰、尼玛次仁、次洛、扎西平措、阿旺丹杰、
德庆欧珠、王石、于良璞、刘福勇、孙建军等

感谢你们在狂风与高寒之中按下快门，
让我们这些普通人可以跟随你们的镜头梦上山巅